MINGUO TONGSU XIAOSHUO
DIANCANG WENKU

民国通俗小说典藏文库·张恨水卷

水浒新传

张恨水 ◎ 著

（第一部）

中国文史出版社

小说大家张恨水（代序）

张赣生

　　民国通俗小说家中最享盛名者就是张恨水。在抗日战争前后的二十多年间，他的名字真是家喻户晓、妇孺皆知，即使不识字、没读过他的作品的人，也大都知道有位张恨水，就像从来不看戏的人也知道有位梅兰芳一样。

　　张恨水（1895—1967），本名心远，安徽潜山人。他的祖、父两辈均为清代武官。其父光绪年间供职江西，张恨水便是诞生于江西广信。他七岁入塾读书，十一岁时随父由南昌赴新城，在船上发现了一本《残唐演义》，感到很有趣，由此开始读小说，同时又对《千家诗》十分喜爱，读得"莫名其妙的有味"。十三岁时在江西新淦，恰逢塾师赴省城考拔贡，临行给学生们出了十个论文题，张氏后来回忆起这件事时说："我用小铜炉焚好一炉香，就做起斗方小名士来。这个毒是《聊斋》和《红楼梦》给我的。《野叟曝言》也给了我一些影响。那时，我桌上就有一本残本《聊斋》，是套色木版精印的，批注很多。我在这批注上懂了许多典故，又懂了许多形容笔法。例如形容一个很健美的女子，我知道'荷粉露垂，杏花烟润'是绝好的笔法。我那书桌上，除了这部残本《聊斋》外，还有《唐诗别裁》《袁王纲鉴》《东莱博议》。上两部是我自选的，下两部是父亲要我看的。这几部书，看起来很简单，现在我仔细一想，简直就代表了我所取的文学路径。"

　　宣统年间，张恨水转入学堂，接受新式教育，并从上海出版的报纸上获得了一些新知识，开阔了眼界。随后又转入甲种农业学校，除了学习英文、数、理、化之外，他在假期又读了许多林琴南译的小说，懂得了不少描写手法，特别是西方小说的那种心理描写。民国元年，张氏的父亲患急症去世，家庭经济状况随之陷入困境，转年他在亲友资助下考入陈其美主持的蒙藏垦殖学校，到苏州就读。民国二年，讨袁失败，垦殖学校解散，张恨水又返回原籍。当时一般乡间人功利心重，对这样一个无所成就的青年很看不起，甚至当面嘲讽，这对他的自尊心是很大的刺激。因之，张氏在二十岁时又离家外出投奔亲友，先到南昌，不久又到汉口投奔一位搞文明戏的族兄，并开始为一个本家办的小报义务写些小稿，就在此时他取了"恨水"为笔名。过了几个月，经他的族兄介绍加入文明进化团。初始不会演戏，帮着写写说明书之类，后随剧团到各处巡回演出，日久自通，居然也能演小生，还演过《卖油郎独占花魁》的主角。剧团的工作不足以维持生活，脱离剧团后又经几度坎坷，经朋友介绍去芜湖担任《皖江报》总编辑。那年他二十四岁，正是雄心勃勃的年纪，一面自撰长篇《南国相思谱》在《皖江报》连载，一面又为上海的《民国日报》撰中篇章回小说《小说迷魂游地府记》，后为姚民哀收入《小说之霸王》。

1919 年，五四运动吸引了张恨水。他按捺不住"野马尘埃的心"，终于辞去《皖江报》的职务，变卖了行李，又借了十元钱，动身赴京。初到北京，帮一位驻京记者处理新闻稿，赚些钱维持生活，后又到《益世报》当助理编辑。待到 1923 年，局面渐渐打开，除担任"世界通讯社"总编辑外，还为上海的《申报》和《新闻报》写北京通讯。1924年，张氏应成舍我之邀加入《世界晚报》，并撰写长篇连载小说《春明外史》。这部小说博得了读者的欢迎，张氏也由此成名。1926 年，张氏又发表了他的另一部更重要的作品《金粉世家》，从而进一步扩大了他的影响。但真正把张氏声望推至高峰的是《啼笑因缘》。1929 年，上海的新闻记者团到北京访问，经钱芥尘介绍，张恨水得与严独鹤相识，严即约张撰写长篇小说。后来张氏回忆这件事的过程时说："友人钱芥尘先生，介绍我认识《新闻报》的严独鹤先生，他并在独鹤先生面前极力推许我的小说。那时，《上海画报》（三日刊）曾转载了我的《天上人间》，独鹤先生若对我有认识，也就是这篇小说而已。他倒是没有什么考虑，就约我写一篇，而且愿意带一部分稿子走。……在那几年间，上海洋场章回小说走着两条路子，一条是肉感的，一条是武侠而神怪的。《啼笑因缘》完全和这两种不同。又除了新文艺外，那些长篇运用的对话并不是纯粹白话。而《啼笑因缘》是以国语姿态出现的，这也不同。在这小说发表起初的几天，有人看了很觉眼生，也有人觉得描写过于琐碎，但并没有人主张不向下看。载过两回之后，所有读《新闻报》的人都感到了兴趣。独鹤先生特意写信告诉我，请我加油。不过报社方面根据一贯的作风，怕我这里面没有豪侠人物，会对读者减少吸引力，再三请我写两位侠客。我对于技击这类事本来也有祖传的家话（我祖父和父亲，都有极高的技击能力），但我自己不懂，而且也觉得是当时的一种滥调，我只是勉强地将关寿峰、关秀姑两人写了一些近乎传说的武侠行动……对于该书的批评，有的认为还是章回旧套，还是加以否定。有的认为章回小说到这里有些变了，还可以注意。大致地说，主张文艺革新的人，对此还认为不值一笑。温和一点的人，对该书只是就文论文，褒贬都有。至于爱好章回小说的人，自是予以同情的多。但不管怎么样，这书惹起了文坛上很大的注意，那却是事实。并有人说，如果《啼笑因缘》可以存在，那是被扬弃了的章回小说又要返魂。我真没有料到这书会引起这样大的反应……不过这些批评无论好坏，全给该书做了义务广告。《啼笑因缘》的销数，直到现在，还超过我其他作品的销数。除了国内、南洋各处私人盗印翻版的不算，我所能估计的，该书前后已超过二十版。第一版是一万部，第二版是一万五千部。以后各版有四五千部的，也有两三千部的。因为书销得这样多，所以人家说起张恨水，就联想到《啼笑因缘》。"

不论张氏本人怎样看，《啼笑因缘》是他最有影响的作品，这一点毫无疑问，可以随便举出几件事来证明。《啼笑因缘》发表后，被上海明星公司拍成六集影片，由当时最著名的电影明星胡蝶主演，同时还被改编为戏剧和曲艺，在各地广泛流传；再有《啼笑因缘》被许多人续写，迫使张氏不得不改变初衷，于1933年又续写了十回，张氏在《我的写作生涯》中说："在我结束该书的时候，主角虽都没有大团圆，也没有完全告诉戏已终场，但在文字上是看得出来的。我写着每个人都让读者有点儿有余不尽之意，这正是一个处理适当的办法，我绝没有续写下去的意思。可是上海方面，出版商人讲生意经，已经有好几种《啼笑因缘》的尾巴出现，尤其是一种《反啼笑因缘》，自始至终，将我那故事整个地翻案。执笔的又全是南方人，根本没过过黄河。写出的北平社会真是也让人又啼又笑。许多朋友看不下去，而原来出版的书社，见大批后半截买卖被别人抢了去，也分外眼红。无论如何，非让我写一篇续集不可。"这种由别人代庖的续作，出书者至少有四种：惜红馆主《续啼笑因缘》、青萍室主《啼笑因缘三集》、康尊容《新啼笑因缘》和徐哲身《反啼笑因缘》。虽然远不如《红楼梦》续作之多，但在民国通俗小说中已经是首屈一指了。张氏在《我的小说过程》一文中还说："我这次南来，上至党国名流，下至风尘少女，一见着面便问《啼笑因缘》。这不能不使我受宠若惊了。"

《啼笑因缘》使张氏名声大振，约他写稿的报刊和出版家蜂拥而至，有的小报甚至谣传张氏在十几分钟内收到几万元稿费，并用这笔钱在北平买下了一所王府，自备一部汽车。这自然不是事实，但张氏当时收到的稿酬也有六七千元，的确不能算少。这样，他就可以去搜集一些古旧木版小说，想要作一部《中国小说史》。就在此时，日寇侵华的"九一八事变"爆发，张氏的希望随之化为泡影。作为一位爱国的作家，在国难当头的状况下自不会沉默，张恨水在 1931 至 1937 的几年间，先后写了《热血之花》《弯弓集》《水浒别传》《东北四连长》《啼笑因缘续集》《风之夜》等涉及抗敌御侮内容的作品。

1934 年，张恨水到陕西和甘肃走了一遭，此行使他的思想发生了很大的变化。张氏在《我的写作生涯》中说："陕甘人的苦不是华南人所能想象，也不是华北、东北人所能想象。更切实一点地说，我所经过的那条路，可说大部分的同胞还不够人类起码的生活。……人总是有人性的，这一些事实，引着我的思想起了极大的变迁。文字是生活和思想的反映，所以在西北之行以后，我不违言我的思想完全变了，文字自然也变了。"此后，他写了《燕归来》，以描写西北人民生活的惨状。

抗日战争全面爆发后，张恨水取道汉口，转赴重庆，于 1938 年初抵达，即应邀在《新民报》任职。抗战八年间，他除去写了一些战争题材的小说外，还有两种较重要的作品，即《八十一梦》和《魍魉世界》（原名《牛马走》），均先于《新民报》连载，后出单行本。抗战胜利，张氏重返北平，担任《新民报》经理，此后几年他写了《五子登科》等十来部小说，但均未产生重大影响。1948 年底，张氏辞去《新民报》职务。1949 年夏，他患脑溢血，经过几年调治，病情好转，张氏便又到江南和西北去旅行。1959 年，张氏病情转重，至 1967 年初于北京去世，终年七十三岁。

张恨水一生写了九十多部小说，印成单行本的也在五十种左右。说到张氏作品的总特色，一般常感到不易把握，因为他总在不断地变。其实，这"变"就正是张恨水作品最鲜明的总特色。

张恨水是一个不甘心墨守成规的人，他好动不好静，敢于否定自己，这正是作为开创者必须具备的素质。读一读张氏的《我的写作生涯》，就会发现他总是在讲自己的变，那变的频繁、动因的多样，在民国通俗小说作家中实属仅见。……待到《金粉世家》《啼笑因缘》相继问世，张恨水的名声已如日中天，他在思想上的求新仍未稍解，他说："我又不能光写而不加油，因之，登床以后，我又必拥被看一两点钟书。看的书很拉杂，文艺的、哲学的、社会科学的，我都翻翻。还有几本长期订的杂志，也都看看。我所以不被时代抛得太远，就是这点儿加油的工作不错。"

追求入时，可说是张恨水的一贯作风，不仅小说的内容、思想随时而变，在文字风格上也不断应时变化。仅就内容、思想方面的变化而言，在民国通俗小说作家中也很常见，说不上是张氏独具的特色，但在文字风格上也不断变化，就不同于一般了。张氏在《我的写作生涯》中经常提到这方面的事例，譬如他曾提及回目格式的变化，他说："《春明外史》除了材料为人所注意而外，另有一件事为人所喜于讨论的，就是小说回目的构制。因为我自小就是个弄辞章的人，对中国许多旧小说回目的随便安顿向来就不同意。即到了我自己写小说，我一定要把它写得美善工整些。所以每回的回目都很经一番研究。我自己削足适履地定了好几个原则。一、两个回目，要能包括本回小说的最高潮。二、尽量地求其辞藻华丽。三、取的字句和典故一定要是浑成的，如以'夕阳无限好'，对'高处不胜寒'之类。四、每回的回目，字数一样

5

多，求其一律。五、下联必定以平声落韵。这样，每个回目的写出，倒是能博得读者推敲的。可是我自己就太苦了……这完全是'包三寸金莲求好看'的念头，后来很不愿意向下做。不过创格在前，一时又收不回来。……在我放弃回目制以后，很多朋友反对，我解释我吃力不讨好的缘故，朋友也就笑而释之，谓不讨好云者，这种藻丽的回目，成为礼拜六派的口实。其实礼拜六派多是散体文言小说，堆砌的辞藻见于文内而不在回目内。礼拜六派也有作章回小说的，但他们的回目也很随便。"再譬如他在谈及《金粉世家》时说："以我的生活环境不同和我思想的变迁，加上笔路的修检，以后大概不会再写这样一部书。"诸如此类的变化不胜列举。

张氏的多变还体现在题材的多样化。他说："当年我写小说写得高兴的时候，哪一类的题材我都愿意试试。类似伶人反串的行为，我写过几篇侦探小说，在《世界日报》的旬刊上发表，我是一时兴到之作，现在是连题目都忘记了。其次是我写过两篇武侠小说，最先一篇叫《剑胆琴心》，在北平的《新晨报》上发表的，后来《南京晚报》转载，改名《世外群龙传》。最后上海《金刚钻小报》拿去出版，又叫《剑胆琴心》了。"第二篇叫《中原豪侠传》，是张氏自办《南京人报》时所作。此外，张氏还写过仿古的《水浒别传》和《水浒新传》，他说："《水浒别传》这书是我研究《水浒》后一时高兴之作，写的是打渔杀家那段故事。文字也学《水浒》口气。这原是试试的性质，终于这篇《水浒别传》有点儿成就，引着我在抗战期间写了一篇六七十万字的《水浒新传》。""《水浒新传》当时在上海很叫座。……书里写着水浒人物受了招安，跟随张叔夜和金人打仗。汴梁的陷落，他们一百零八人大多数是战死了。尤其是时迁这路小兄弟，我着力地去写。我的意思，是以愧士大夫阶级。汪精卫和日本人对此书都非常地不满，但说的是宋代故事，他们也无可奈何。这书里的官职地名，我都有相当的考据。文字我也极力模仿老《水浒》，以免看过《水浒》的人说是不像。"再有就是张氏还仿照《斩鬼传》写过一篇讽刺小说《新斩鬼传》。张恨水的一生都在不停地尝试，探寻着各色各样的内容及表达方式，他甚至也写过完全以实事为根据、类似报告文学的《虎贲万岁》，也写过全属虚幻的、抽象的或象征性的小说《秘密谷》，他的作风颇有些像那位既不愿重复前人也不愿重复自己的现代大画家毕加索。

张恨水写过一篇《我的小说过程》，的确，我们也只有称他的小说为"过程"才最名副其实。从一般意义上讲，任何人由始至终做的事都是一个过程，但有些始终一个模子印出来的过程是乏味的过程，而张氏的小说过程却是千变万化、丰富多彩的过程。有的评论者说张氏"鄙视自己的创作"，我认为这是误解了张氏的所为。张恨水对这一问题的态度，又和白羽、郑证因等人有所不同。张氏说："一面工作，一面也就是学习。世间什么事都是这样。"他对自己作品的批评，是为了写得越来越完善，而不是为了表示鄙视自己的创作道路。张氏对自己所从事的通俗小说创作是颇引以自豪的，并不认为自己低人一等。他说："众所周知，我一贯主张，写章回小说，向通俗路上走，绝不写人家看不懂的文字。"又说："中国的小说，还很难脱掉消闲的作用。对于此，作小说的人，如能有所领悟，他就利用这个机会，以尽他应尽的天职。"这段话不仅是对通俗小说而言，实际也是对新文艺作家们说的。读者看小说，本来就有一层消遣的意思，用一个更适当的说法，是或者要寻求审美愉悦，看通俗小说和看新文艺小说都一样。张氏的意思不是很明显吗？这便是他的态度！张氏是很清醒、很明智的，他一方面承认自己的作品有消闲作用，并不因此灰心，另一方面又不满足于仅供人消遣，而力求把消遣和更重大的社会使命统一起来，以尽其应尽的天职。他能以面对现实、实事求是的态度对待自己的工作，在局限中努力求施展，在必然中努力争自由，这正是他见识高人一筹之处，也正是最明智的选择。当然，我不是说除张氏之外别人都没有做到这一步，事实上民国最杰出的几位通俗小说名家大都能收到这样的效果，但他们往往不像张氏这样表现出鲜明的理论上的自觉。

张恨水在民国通俗小说史上是一位名副其实的大作家，他不仅留下了许多优秀的作品，他一生的探索也为后人留下了许多可贵的经验。

目　　录

1

原　序

　　予以稗官为业，将及二十年，虽社会有人嗜痂，而予未尝自侧于著作之林。何则？糊口之技，文在易米，卑之毋甚高论也。然予抱有一义始终不渝者，则力求无损害于社会。即以在本报（指《上海新闻报》）发表者而论，由《啼笑因缘》以至最近所作之《秦淮世家》，读者当能辨其微意所在，而不以为诳。昔人谓罗贯中之后人三世犹哑，荒唐之言自不足信，然中国旧社会对小说作者之观念不良乃复如此，不亦可戒欤？

　　予读中国旧小说多矣，统括其意义言之，则不外劝忠孝、志游侠、重礼教、慕荣华、信仙佛。一方面沿袭封建社会之习惯，一方面又抨击封建社会而解放之。矛盾复矛盾，起作者而问之，实也无可相对。予未知读者对予拙作亦作此想否，予所可自信者，则二十年来无时不述其生活之反映，而未尝坠诸玄幻之意境。现在如此，将来亦无不然也。

　　予何为而发此言乎？则予何为而作《水浒新传》？不能不先于此书一述是矣。盖当前所可描写之事物甚多，初不见其题穷，而予乃好谈千年以前之故事，此令人不解者一；予生平反对赓续他人著作，予亦不欲他人对拙著更有其发挥，今则继续他人数续之水浒，令人不解者二；予不于新作发表之始有所申述，将无以释读者之疑，故就半生笔墨经营略道其甘苦焉。

　　然就水浒本书而言，宋江三十六人横行河朔，为张叔夜所击降，载之宋史，不难考证。古本水浒，大概搜罗宋元时代传说，编串百十故事，凑合成书。故言遇合有时极为牵强，言地理有时极为脱节，但经多人之修饰，更反映其时代之背景，在文艺上遂为成功之著作。而与原来

1

传说，更参以笔记如"宣和遗事"等，故其去事实尚不甚远。至明代而加进平辽一段，虽作者之意未可厚非，而书之后半乃益感芜杂。清人金圣叹目睹流寇祸乱之惨，以盗为不可诲，且嫌书之尾大不掉，芟治非易，乃断然删除招安以后事迹，而结之以卢俊义之梦，且于书中叙述宋江、吴用处，故多入微词，以状其奸。火候深到，书诚如芋之烂熟，然已成为清代金圣叹之水浒，而非宋元明以来各文人所述之水浒。且仅见宋江等反封建之义侠，而未见宋江等对国家之忠贞，此大伤古人意处。吾家圣叹（圣叹原姓张）竟未能梦见也。

明逸民陈忱，身经忧患，心在汉室，曾借书聊以解嘲，根据古本水浒作后传四十回，将水浒未死之人胥以置诸海外，命意超脱胜于圣叹，顾事过奇异，文亦草率，未能恰到好处。其后俞仲华为金圣叹所欺，变本加厉，续七十一回本而作《荡寇志》，不但文意毫无可取，且令人读之每增不快。俞曾参军幕，从征南粤，其为文亦有作敲门砖之意义。水浒作者为罗贯中乎？为金圣叹所虚构之施耐庵乎？抑另有其人乎？予意其在九泉与俞相遇，当数掴其颊，以责其不肖也。于是予意境中乃有新传生焉。

尝读宋史，见吾家叔夜随二帝北狩，差入异国，在白沟扼吭而死。予辄掩书而起，肃然致敬。以是知其父子率三万人进援东京，未能解除倒悬。实大势已去，非战之罪也。史书所言宋江等不已降张叔夜乎？宋降张之后二月，童贯执方腊以归，史虽书侯蒙上书，令宋平方腊以自赎，按之时日，宋等当未及前往，且讨方腊奸阉童贯主其事，宋亦未必屑往。古本水浒叙一百零八人因平方腊而大有死伤，是用史而又为史所误也。以予度之，良禽择木而栖，水浒诸人既降张，必乐为张用。张后由知海州升任南道都总管，部曲云屯，纳水浒诸人于其营中，事属易举。宋降张为宣和三年二月，张奉召勤王，则为靖康二年二月，相去不过八年，水浒诸雄自然未老。则又焉知其不相率奋起随张而卫首都乎？故用宋史为线索而作水浒，则当从张叔夜之击降。从张叔夜之击降，则与其信宋等之随童贯平盗，则不如信宋等之随张勤王。予惜古本未能及此，因遂另起炉灶，而以勤王一役结之。自信与事理稍合，而于水浒所标榜之"忠义"二字亦能自圆其说也。

新传若《荡寇志》，亦紧接七十回本之一。因是书为通行本，联接处易为人知，且由招安前述起，亦以此为天然之下笔处。圣叹所割裂者，予亦无法拾起矣。至不曰续传而曰新传者，则亦不敢步伍前贤以示自造其局面。用水浒人物写予理想中情事，盖借花献佛之意云尔。若必更问借何花、献何佛，是则予唯有拈花微笑答之。究其作史，不必凿凿究其因果矣。

　　　　　　　　　　　　　　　　张恨水序于二十九年夏初

新　序

作《水浒新传》的用意，以及下笔的手法，在原序和凡例里，我已经有交代了。但作这部书的起因和经过，我还得另有所声明。

我自民国十九年起，就给上海《新闻报》写长篇小说。抗战以后，因为交通的阻隔和我自己生活的变化，中断了一年多。而且那时上海成为了孤岛，《新闻报》虽是挂了美国旗，但主持报务的人，非常谨慎，关乎时代性的小说，很难在报上发表，所以我也无心继续写下去。后来《新闻报》同人，再三地函商，表示略有抗战意思而不明白表示出来的，总可以登。于是在民国二十八年我就写了一篇《秦淮世家》，讽刺南京汉奸；但以用笔隐晦，不能畅所欲言。我感到要在上海发表小说，又非谈抗战不可，倒是相当困难。到了二十九年，我就改变办法，打算写一本历史小说；而在这本历史小说里，我要充分地描写异族欺凌和中国男儿抗战的意见。这样对于上海读者，也许略有影响，并且可以逃避敌伪的麻烦。

考量的结果，觉得北宋末年的情形，最合乎选用。其初，我想选岳飞韩世忠两个作为主角，作一部长篇，却以手边缺乏参考书，而又以《说岳》一书在前，又重复而不易讨好，未敢下笔。后来将两本《宋史》胡乱翻了一翻，翻到《张叔夜传》，灵机一动，觉得大可利用此人做线索，将梁山一百八人参与勤王之战来做结束。宋江是张叔夜部下，随张抗战，在逻辑上也很讲得通。《水浒传》又是深入民间的文学作品，描写宋江抗战，既可引起读者的兴趣，而现成的故事，也不怕敌伪向报馆挑眼。这个主意决定了，我就写信向《新闻报》编辑人商量。他们正有欲言不敢的痛苦，对我这种写法非常满意，复信促我快写快寄。不久，我就在重庆开始写《水浒新传》了。

也许上海的读者，对我特别有好感；也许这《水浒新传》，能够略解上海人的苦闷；当这篇小说在《新闻报》发表之后，很引起读者的注意。竟有人为了书上极小的问题，写航空信到重庆来和我讨论。这样，颇给予我不少的鼓励，我就陆续地写下去。直到三十年底，上海全境沦于敌手，我才停止撰寄；然而已经寄出四十六回，写到四十七回了。朋友们有看过我这篇小说的，多怂恿我把它写完。说是便在抗战后，这书也还有可读它的趣味存在。自然，朋友阿私所好，总不免虚奖我一番的。我自己也觉得写了五分之三，弃之可惜，正打算找个机会续写。到了三十一年夏季，却接到上海朋友来信，说是上海的小报，已请人接了我的稿子向下写，而且用原名公然登载。我虽无法向他们谈什么侵害著作权，可是在敌人控制下的文字，不能强调梁山人物民族思想，那是当然。我不能猜想他们会怎样歪曲我的原意，但以他们这种行为而论，甚至写得宋江等都投降了金人，也有可能。我不敢说敝帚自珍，而这种事实的表现，到战后，也许会教社会对我发生一种误解；因此在一气之下，于三十一年冬季，我又从四十七回再向下写，把这部书写完。当这书与大后方读者相见的时候，读者也许只说个原来如此；可是假使这书得在上海登完，又在上海出单行本，那就有点儿不同的观感了。

完成这部书的经过，大概如此。笔者虽不无冒犯罗贯中、施耐庵、金圣叹之处，那是大可以原谅的了。

三十二年三月张恨水序于南温泉

凡　例

本书直接七十回之《水浒》通行本。古本七十回后所述，或有与本书根本冲突处。取径不同，自不妨各行其是。

《水浒》续本，世有三种。一为金圣叹割裂后之古本遗文，后人题曰《征四寇》，其实并非续作也。二为雁岩山樵陈忱所著之《后水浒》。三为俞仲华所著《荡寇志》。陈著似系续百十五回本。与吾人见解略有同处。俞著虽亦续七十回本，与拙著意见，根本相反。仁智之判，是在读者。

《水浒》古本，种类甚多，除《宣和遗事》中一段外，有百回本、百五回、百十回本、百十五回本、百二十回本、百二十四回本。拙著既系续七十回本，故亦以七十回本为根据，其他各书，虽大抵读过，唯手边无书，未能一一参考。

笔者入川后，行李萧然，手边书不及百册。本篇涉及历史人物，除依据《水浒》原书外，大概采用《宣和遗事》《宋史》《金史》《靖康实录》。以上各书，仅原传及《宣和遗事》在手边，余均偶在中央政治学校图书馆翻阅一二次，强记得来。挂一漏万，势所必至。然本书只是为《水浒》人物作传，非作靖康讲史，自可原谅。

小说中人物衣冠叙述，乃所必要，笔者虽对宋代衣冠，捉摸甚难，然亦无法藏拙。篇中所述，仍不外依据原传及上述各参考书，非敢闭门造车。

《水浒》笔法紧炼，写对白是另一种手法，与其他章回小说不同。笔者观宋人小说，其所用白话，颇有相同处，大抵是当时中原标准语。曾在《道藏》中见《元太祖诏书》，多与《水浒》相似，可做旁证。吾人写宋代人物，虽不必故作宋代语，致读者不可解；但全用现代语，有原传在前，亦必因太不相像，致伤害小说中之描写。故笔者于此，尽可能模仿原传口吻，以增读者兴趣。其无可模仿处，则参酌宋人小说，及宋儒语录。非好效颦，保存《水浒》气氛，不得不如此耳。

书中地势，自当依据宋代，但亦有必须含混处。如蓟州在燕山之北，本由石敬瑭割与契丹，在《水浒》当时，乃是辽境；而原传大段述及蓟州，均认为是内地大误，且此种错误，势又无法补救。故过去之事，只好概不照应，仍以含混了之，非笔者对此人所尽知之事而不察也。至地名，则有两法，其大地名，易考证者，则用宋州郡名，如滑县称滑州，北平称燕山或燕京是。其小地名，考证不易，但求方向距离无大错，则出以虚构，如京东驿望海卫是，不敢欺骗读者。

书中官职，依据原传或《宋史》，或兼取之。如种师道仍称经略，亦称宣慰使是。又错误可不必再蹈者，亦不从原传。如指挥使一职，宋代属于禁军，古本梁山人物，招安后，多为指挥使，未妥。此则斟酌各人身份，位置于统制以下，似较恰当。

原传人物，多有各占一长传者，此篇亦稍加叙述，以免前后不称。至篇中于白胜、段景住小弟兄，描写多于原传，则为反映当时士大夫阶级故，亦结构上所需要；且详略稍别原传，借免处处雷同。又宋江强李逵吃药酒、武松只手擒方腊、鲁智深闻潮坐化等情节，虽不见七十回本，但古本所云，世多知者。此篇亦取其轮廓，而以不同之时地及遭遇出之，以符合传说。

书中年月，大致依《宋史》。唯尽依《宋史》，则又必使布局过长。故求情节紧凑，其间亦有年月跳格处。

笔者写小说，好以细腻出之。《水浒》文如柳柳州，却佳在简练，笔者一变故态，学之不像，自在意中。唯涉笔成趣有时略加小动作及风景描写，推敲以后，亦不删去。因此虽原传所寡有，但颇可增文字姿势，在不伤原传精神情形下，似不妨听其存在。

原传有涉及神话处，如戴宗之神行、公孙胜之呼风唤雨，非科学时代所能承认。故此篇对此等事，概不述及。

古代战争，虽有斗将一法，然不常用。中国旧小说所叙战斗，恒以将为主，《水浒》未能例外。其实两军胜败，决于数将百十回之交锋，实无是理。此种错误，不宜再蹈，故本篇力避此种叙述；但《水浒》人物，以单刀短打见长，完全不取，又与原传不能照应。故于特两军对阵间，多叙武将之领导，以做点缀。间亦有二三处，专叙斗将者。如卢俊义与张叔夜单骑决战是，然不以此做两军胜败枢纽也。

宋代器具，虽难一一考证，然《水浒》原传可用者，仍尽量用之。如门首悬帘、喝酒用碗是。又筷子称箸、酒家市招称望子，一仍其旧，借保存原来气氛。读《水浒》者，熟知其意，不必因其非近代物品而改之。

章回体小说，鄙意系出于盲词底本。开首之"却说"，文末之"下回交代"字样，原系说书人口吻，笔述者未察，相习成风，实可不必。今日叙述故事，一气呵成，此等结构，读者似会反感累赘。笔者近年为章回体，曾试为废除，结果读者许可。故此篇虽沿袭《水浒》，仍未用每回起结之套语。

第一回

四好汉车马下梁山
两相公笙歌傲上国

却说华夏大宋宣和二年二月二十三日，梁山泊众头领在忠义堂上宣誓，结为一百零八名生死兄弟。誓后，众人歃血饮酒，无不大醉。只有副总领卢俊义回房安息，晚上做了一场噩梦：一百零八名兄弟，都为投降被斩。一觉醒来，看到纸窗外面天色大白，方知是梦，脊梁上冷汗淋漓，兀自粘贴着寝衣。

自己在枕上呆了一晌，忽然转念道："我玉麒麟卢俊义，生有地，死有方，管他甚好梦噩梦！我为贪官污吏逼上梁山，已经是捡到的一条命，现在活着的日子，都是众家哥弟所赐，纵然有梦中这一日，大家死在一处，也落个痛快。"想到这里，也就把梦事放到一边。

这时，勇将虎聚，战士云屯，好生旺盛。宋江逐日邀着卢俊义与吴用、公孙胜二位军师，处理大事，一连忙了多日。这日下午，宋江吃过几碗午酒，邀着卢俊义在东边屋内坐地，闲谈胸襟，放眼看到窗子外边，几株高大杨柳，已是嫩叶垂金，柔条拂翠。宋江手抚髭须，沉吟若有所思。

卢俊义问道："兄长想着甚的?"宋江道："贤弟，你看，现在春光三月，正是江南好景时节。愚兄往年受困江州，去是炎夏，别是残冬，恰是把这一截春光错过。想着有个机会，再到江州游玩一番也好。"卢俊义道："兄长切莫提到江南，兄弟在大名时，便听说睦州地面有一个方腊，已有人几十万，声威颇壮。便是山寨恁地兴旺，也及不得他。现在吴中百姓，疯狂也似，都随了方腊要诛戮应奉局朱勔，请朝廷免除花石纲。大江以南，一片杀气，今年哪有好景可观！"

宋江道："我也留心这事，不过方腊虽有十几万人，却是乌合之众，枪刀剑戟，一切兵刃都无，做得甚事？他所以有这多人，一来江南承平日久，民不知兵，有人强迫裹胁，人民不敢抗命。二来朱勔那厮，朝里有蔡京父子撑腰，在苏杭一带无恶不作。他探得民家有一花一石可以赏玩的，便将一纸黄封条贴了，道是进贡之物，兀谁要损坏一点儿，便是死罪。到了起运时拆墙拆屋，任意毁坏。应奉局里那些衙役，都狼虎也似，只要打听出哪里有一点儿花石，哪怕在万丈深渊，也要百姓探取出来。为了花石纲，吴中富户个个破家，穷人个个送命，有人登高一呼，百姓怎的不跟他走？有道是英雄造时势，时势造英雄，方腊那厮有了这样可为的时势，却不省得秣马厉兵，扫除君侧，只顾虚张声势，窃号自尊。等到赵官家派了官军去剿办他时，看他怎的？终不成驱着徒手百姓去厮杀？"正说时，吴用由屏风后转了出来，笑道："兄长所言，我已听了多时。方腊那厮死不足惜，只是可惜失了使用这十几万百姓的机会。"宋江益发让吴用坐地，商谈此事。因道："假使朝廷早日招安我们弟兄，不要朝廷多加一矢，也可把方腊那厮收服了。"

卢俊义笑道："提到招安，小可便想起一事，日前曾得到一梦，未知是凶是吉？"因把那场梦境说了。吴用先哈哈笑道："员外一个名盖河朔十郡的豪杰，直恁相信梦话？"宋江作色道："学究，这虽是梦境，却也由心造。我兄弟聚义这山寨，终日说着除暴安良。你想东京蔡京、高俅这班奸党，他每人都长了两耳，怎的不切齿恨着我们？他们真要来招安时，我们倒也要提防一二。"

吴用起身拱手道："兄长言之极是。小可正有一言奉告二位哥哥，只因山寨攻破大名府之后，一打东平，两打东昌，我们军马只是在东京东北角里兜转。朝廷纵然装着痴聋，附近州郡官员须自提防首级，怎的不走蔡京、高俅门路，摆弄我们？小可之见，须差得力弟兄混入东京，探听朝廷有何计划。"宋江道："军师有此意思，便可差戴宗兄弟走一遭。"

吴用道："若论传达军情，朝发夕至，自是戴宗兄弟长处。只是此番到东京去观察情形，非是人马调动，或者官家有何大典民间可以得见。我们是要探得蔡党有甚诡图，朝廷有甚摆布，便好从中定下应付之策。此非能与冠盖往还之人不足当此重任。几个熟悉东京情形的兄弟，林冲、杨志等人都去不得，须提防露了破绽，须是小可自走一遭。"宋江沉吟道："军师是全寨司命，须是离不得，待明早忠义堂聚议，再作计较？"当时三人把话暂做个了断。

次日天明，几声鼓响，各头领齐到忠义堂上聚会。宋江升了首座，便向大家道："蒙各兄弟齐心努力，现今山寨兵精粮足，十分旺盛。只是现在朝廷奸党专政，正人义士都散在草莽，却不知道哪一天才能拨云见日，得受招安？有道是安不忘危，又道是知己知彼，百战百胜，现须派一位可以上识公卿、旁通百家的兄弟，前去东京探听朝廷动静。不知各位兄弟，哪位自认可以胜任前去？"五虎将中的关胜，起身拱手说："启禀兄长，小弟正有此意，未曾道出。曾与宣赞兄弟私议，我们应当探听东京消息，好作处置。宣兄弟当过郡马，朝廷人物他自认识得多，只是他这副面目却去不得。"宋江回头看着丑郡马宣赞。他在次一排座位上起立道："弟虽不能前去，却保荐一人可以胜任。他是大周皇帝嫡派子孙，人物器宇轩昂，胸襟洒落，足可和东京缙绅人物往还。他虽名震南北，东京却没甚人认得他。"宋江手摸髭须，向东座的柴进微笑。

柴进等宣赞坐下，便起立答道："若是兄长差弟前去，弟当效微劳，只是东京缙绅这条道路，小弟却生疏得紧。"吴用笑道："这却值不得介意。当今东京城里，宫里有童贯，宫外有蔡京，八字大开着门，由四面八方的人去进献贿赂。这两人以下，又都是爱钱的，山寨里现放着金珠锦绣，听凭柴家兄弟使用。怕有甚路子走不通？"宣赞又道："小弟自知东京各官吏家里舞弊勾当。可以开一清单，柴兄去时，请柴兄带着备用。"

宋江回顾吴用道："可请军师差遣。"吴用便发令道："差柴进兄弟，扮着河北财主模样，只道由吴中新回来的，要在东京找着门径，谋个官做。恁地说时，他人就不疑心了。另派浪子燕青，扮着兄弟，自可在东京与些浮浪子弟来往，这班人极易和王孙公子亲近，厮混得熟了，便可出入公侯将相之门。另差鼓上蚤时迁、白日鼠白胜，扮了小厮模样，见机四处打听消息。再差张横、张顺、花荣、石秀暗地保护。预备两太平车子金珠、四太平车子锦绣珍玩，在东京使用。"吩咐已毕，又差戴宗来往着接应。一行人等，定于明日陆续下山。

当日忠义堂上，大摆酒宴，为柴进等饯行。席间，曾在东京久住过的弟兄，如林冲、徐宁、宣赞等，又把那里人情风俗说了，柴进、燕青都一一记下了。次日巳牌时分，柴进、燕青扮着富人模样，时迁、白胜扮着两个仆人，先行下山，宋江、卢俊义两位总头领，直送到金沙滩上。

卢俊义看燕青时，头戴卐字头巾，身穿白绿绣花绸衫，腰系紫色玉带，足穿红锦薄底便履，头巾上加着紫绸风披，肩上斜背了一柄绿鱼皮纹剑匣，匣外露出青铜剑柄，柄上垂下五色穗子，临风飘荡，身边有一骑金顶白马，已备好了鞍鞯，便向他笑道："小乙哥，你这副人物，到了东京去，怕不是游侠班头、王孙领袖？自不会露出破绽。只怕你在东京厮混得熟了，三瓦两舍，有甚仁义朋友？万一酒前酒后说出甚肺腑话，让人报到当官，你自己性命且休提，误了山寨大事，愚兄也担个血海干系。"燕青躬身唱喏，连道"省得"。宋江执着柴进的手，也郑重叮嘱了几句。四人在沙滩上拜别，渡过河去，各骑上马匹，顺了大道，直奔东京。

这已是暮春天气，驿道上杨柳垂了绿色长条，日光里面，随风飞着似有如无的柳花影子。大道两面的麦田，都长有七八寸长的麦苗，正是平芜一碧，直接青霭。这日午牌，将近东京，驿道越发得宽了，马也显着高兴，拨开蹄子，向前飞奔。柴进一马在前，见迎面二三十棵高大柳树，簇拥着一个驿站，在柳树下面，夹着几树野桃花，在人家院墙里伸出，便有两处酒望子，将长竹竿挑了，在屋脊上飘了出来。

柴进回头向燕青说："小乙哥，我们就在这里打了中尖吧？"燕青两脚一夹马腹，抢上前几步，两马并走着，笑道："我正想吃两碗酒，大太阳晒着口渴得很。"正说时，后面一阵马铃响，夹着百十只马蹄，卷潮也似扑将来。柴进、燕青都一抖缰绳，闪开一边。早见路面上卷起一丛黄尘，跃起几丈高，二三十骑马抢了过去。其中有个青年，头戴束发小紫金冠，身穿紧身绛色绣花战袍，腰围金兜搭，左胁后斜插一壶雁翎箭，手挥五色丝鞭，骑在一匹紫骝马上。前后十几个随从簇拥着，看不清面目。这些随从，全副猎装，也有人在肩上挂了飞雉跑兔。

柴进勒住缰丝，目送他们过去，见他们进了镇口。白胜在后面骂道："这撮鸟！在天子脚下耀武扬威，怎地了得！直扑了我一身尘土。"说着，在马褡裢里抽出了尘拂，向身上扑着灰。燕青回头向他笑道："我的哥，你既知道到了天子脚下，说话还怎粗鲁。"说着又向柴进微笑说，"他们若也在这镇上打尖时，却不是机会。"柴进点点头，四匹马缓缓地进了镇上。

果然不到十家铺面，临街一爿酒肆的廊檐下，一大群马拴在地面石槽上。铺对面有块敞地，交叉着两株古槐又拴了一群。南北两群马匹几乎把镇上的人行大道里都阻塞了。那酒肆里闹哄哄的，正是刚才过来的那班人，在里面坐地。燕青道："哥哥，我们的车辆过不去，不如在东边那家小酒店歇下，让伙子们歇歇腿。"柴进道："兄弟说的是，我们又不忙。今日赶不到东京，明日到城也不妨。"

说话时，那家大酒肆门口，有个虞候，两手环抱在胸前，站着对这里上上下下打量。燕青不理会，一跳下了马，回身牵到后面一家酒店前来。后面跟随的车马，正因为前面大路拦阻住了，都拥在路心，见燕青向这里来，大家下了马，将马牵到店侧冷巷里去拴了。六辆太平车子，却靠了酒店墙脚，一字儿排开。

酒保见他们一副排场，便含笑迎将出来。燕青向里看时，这虽是小小酒店，里面纵横七八副座头，都是红油桌凳。临街一排朱漆栏杆，围着三副座头，恰好向外面看望风景。屋檐外两株柳树高出屋脊去，正映着座上一片好树荫。燕青向柴进笑道："哥哥，我们临街坐着好吗？"柴进回头看时，这里正对了那爿大酒店。他自理会得燕青的意思，便含笑在这副座头上面坐了。燕青打横，也正向着那边。白胜、时迁是跟随模样，坐在另一副座头上，自和喽啰们装扮的车夫们簇拥在一处。

酒保过来，向柴进问道："上下要多少酒？这里有上等下酒，鸡鸭猪牛肉都新鲜，还有活跳的黄河鲤。"燕青道："你先打两角酒，好下酒只管将来。你这里倒有黄河鲤，益发和我们宰一尾，煮些汤汁下饭。"酒保笑道："此地天子脚下，有名的东门驿，终日冠盖往来，酒肆里没有上等下酒，怎留得住客人？"柴进问道："我正要问你，对门酒店里那一群人，甚等脚色?"酒保向那边张望一下，走近来一步，低声道："两位客官，莫不是初到东京的? 这是蔡衙内带了几十名随从，到郊外来射猎的，行路百姓却是休冲撞了他。"燕青道："莫不是蔡太师的衙内?"酒保说："客官说的是老蔡太师相公。这是小蔡太师相公的第二个衙内。"他只说到这里，看见那边大酒肆门口有人进出，立刻闪开，去安排酒菜。燕青低声问道："他说的小蔡相公，莫不是蔡京的儿子蔡攸?"柴进眼望那群人物，手抚髭须，微微点头。酒保送了酒菜来，柴进再问他时，他却摇着头走了。

燕青提着壶，向柴进碗里筛酒，见柴进只是向那边瞧科，便道："哥哥想些甚的?"柴进低声说："现在蔡攸加封开府仪同三司。皇帝喜欢他了不得，他今日荣宠，胜过他父亲蔡京十倍。这衙内既是他的儿子，我们结识了他，才不枉东京走一趟。只是人却在面前，想不到怎地进身。"燕青道："这酒家烹调得好菜，我们先喝两碗酒，再作理会。"柴进不语，只是吃酒。

燕青正凝神，却听到哇哇几声，有几个老鸦在当头柳树上叫着，抬头看时，两只老鸦厮斗着，却飞向那边大槐树上去了。燕青心里一动，便起身走出店门，向那槐树下走去。那两只老鸦厮斗不休，兀自在树上叫着。燕青站在树下，大声道："我兄弟上东京，大小图个吉兆，你这孽畜，只是在我头上叫怎的? 叫你认得我!"他把那张随身弩弓，由背囊里取出，搭上一支弩箭，两手高举，嗖的一声，只见一只乌鸦扑地落在地上。那酒肆蔡衙内随从，看到燕青举了弩弓，已有几个人抢步出来观望。看到弩箭上去，乌鸦下来，便齐齐喝了一声彩。燕青未曾理会，那时已另取了一支箭，扣在弦上。树上另一只乌鸦，见那只乌鸦落地，也惊动着飞出树林去。燕青道："也不能放过你。"举弓迎头射去，那乌鸦在半空里打个翻转，落在敝地外边，土墙脚下。身后又齐齐地有许多人喝了一声好箭! 燕青且不理会，跳过土墙去，将乌鸦拾了回来，那鸟兀自穿在箭头上。

那时槐树下站着一堆人，大栲栳似的围了那戴紫金冠的少年。燕青打躬唱喏道："惊动衙内，宽恕则个!"衙内见燕青这表人物，先有三分愿意，又见他恭顺，便笑道："你这汉子射得好弩箭，兀谁传授给你的?"燕青道:"小人是北京人士,名叫周佳,祖传箭法。"衙内说:"你既是祖传武艺,你还懂些甚的?"燕青又躬身说:"小人年幼,得先人宠爱,也曾请过名师点授武艺。只是小人性好游戏,不敢说有本领,倒是鞠球投壶,吹弹唱曲,略知一二。"蔡衙内近前了一步,笑问道:"怎的?你会唱曲?你且说,你会吹甚的?你会弹甚的?"燕青道:"小人会吹笙笛,会弹琵琶。"

蔡衙内说:"我看你发弩箭恁地准确,不是无用的人,你说吹弹得来,必不是假话。到了东京,你到小相府里来见我,我身边正要你这般的人,省得吗?"燕青道:"小人省得,只是不敢去。"蔡衙内沉吟着道:"说得也是。你一个乡下来的人,怎敢上我相府?"他身后站着一个伍虞候,便应声道:"这有何难?他到东京投奔哪处,说明了小人自去引了他进相府来。"燕青道:"便是小人新由苏州回来,东京城里便有两处亲友,多久不曾有得信息,未知尚在东京也无?小人还有个阿哥在那边酒店里,一行人多,到了东京要先投客店。"蔡衙内向伍虞候道:"你索性陪了他进京,安排好了,却来见我。"伍虞候见衙内恁地高兴,诺诺连声,便随同燕青到小酒肆里来。

柴进远远坐着,早是瞧科了八九分,见伍虞候入来,便起身相迎。伍虞候见他头戴簇花转角巾,身穿绣花箭衣,披风毡笠放在一边,长眉凤目,面白须长,体态雍容,在风尘中兀自不带伧俗之气,便未敢小觑了他,因笑道:"适才令弟射得好弩箭,衙内看到,甚是欢喜,为此要和他相识,特地叫小可来陪引二位进城。要不,东京是帝王之都,人事繁华,错过了哪里找寻去?"柴进听了大喜,请伍虞候上座,洗盏更酌,又向燕青说:"兄弟且陪这位官人吃几碗酒,我告便就来。"于是在太平车上搬下箱柜打开来,取出两支珠花、两匹锦缎、一条玉簪,两手托着,送到伍虞候面前,笑道:"小可新自苏州来,这点儿土仪,聊表寸心。"伍虞候啊呀了一声道:"萍水相逢,何以克当?"燕青道:"小人得蒙衙内垂青,三生之幸!以后全仗足下携带,将来若有寸进,没齿不忘。这点儿土仪,足下不收,却是嫌简慢了。"伍虞候看那对珠花和那玉簪,都是上等物事,怕不值一二百两银子,心里早热了,一揖笑道:"恁地说时,小可便收下了。"当时将礼物收到一边。

三人更觉投机，伍虞候不住问长问短。柴进道："兄弟姓周，单名一个集字，舍弟周佳，一母同胞，早年随父母沧州居住，后迁居北京大名，你不听我兄弟二人说话，口音怎地紊杂？年来南北经商，薄有点儿积蓄。也是父老相劝，叫小可图谋一点儿官职，为乡里风光风光。因此，在江南经商北回，绕路来到东京，颇想纳捐个员外郎。只是小可虽然也读过十年书，练习过多年武艺，但到了京都人文萃荟之区，却是毫不足道。"伍虞候笑道："周大官人，好叫你得知。现在虽是赵家大宋，却是蔡家天下。令弟巴结了小相公的衙内，这便是求宝求到了水晶宫。休说是一个闲额员外，便是要个州尹、知府，也不费吹灰之力。除是你在外想个都统制、节度使，在内想个尚书、中书，多少费些手脚……"柴进连连拱手道："小人焉敢望此！"伍虞候道："人事难料，只要我家相公肯做主，凡夫俗子，不难一步登天。何况大官人这表人物，又有文武才略，此去定是禄星高照。"柴进一面谦逊，一面求他携带。酒饭用罢，那蔡衙内已经带得随从风驰电掣而去。伍虞候牵来他自己的坐骑，也引着柴进一行人上路。

　　此处到东京，只有三十余里路程，太阳未曾偏西，已经到得城下。城郊几处关卡，都有伍虞候在马上说一声"相公衙内相识"，关卡上吏役谁敢道个不字？一行车马，大模大样地进了东京。伍虞候马在前，引着他们在一家高升客店住下了。这宣和年间，国家承平已久，当朝徽宗是个有名的风流天子，把一座东京城，造就得锦上添花，四面八方求富求贵的人，都来到东京，凑合热闹。这高升客店，便是这些人来集合的一个所在。店主人见柴进一行人是小相公府内伍虞候引导来的，十分巴结。柴进等起居，自是十分方便，当日伍虞候约着，今天且让燕青好好将息，明天下午来引他去见衙内，燕青自是听候他安排。

　　次日在客店里等了一天，却不见伍虞候前来，柴进要重重托他，也不敢远去。到了第三日下午，还不见伍虞候来到，燕青却悄悄地趸到柴进房内，向他道："怎是作怪！蔡衙内见着小弟时，十分亲热，恨不得小弟到了东京就去投奔他。现今一连三天，还没有消息。贵人多忘事，过后便不提了。"柴进道："那蔡衙内不分日夜寻着快乐，大路上偶然说下的一句话，怎地会放在心上？不过这在我们却是个绝好的机会，自不宜轻易放过了。东京城里相国府，兀谁不知？我与贤弟且到街上走走，便绕到蔡攸家前后去看个动静。"燕青道："哥哥说的是，只要碰到伍虞候时，自有处置。"

于是两人带了些散碎银子，向大街走来。路上打听得相国府所在，缓缓前往，只是到了那巷口，便见广阔的青石板铺了路面，绿阴阴的，巷内排立两行槐树，直通到底。这里，并无平常百姓人家，但见大小车辆、高低马匹不断进出。车上马上，都是衣冠楚楚的人物。其间虽也有步行的人，都也规行矩步。

柴进不敢造次进巷，迎着出来的一个老者唱喏道："在下是初到东京的，请问蔡相国府邸在此巷内吗？"那老者对柴进上下看了一番，便道："不知阁下打听是老蔡相公府，还是小蔡相公府？此是老蔡相府，小蔡相府却大宽转地绕到这相府后面，一般地有这么一条宽巷。巷内并无第二人家。"柴进道："再动问上下，小可一个平常百姓，可以由巷内经过吗？"老人道："阁下但看巷口悬有肃静回避牌时，便不宜进去；若无此牌，进去不妨。若不进相府，可绕辕门过去。若进相府，只在辕门口稍站，自有人前来问话。"

柴进道谢了，走开一步向燕青道："兄弟听见吗？"燕青道："我们且大宽转地绕到小相府看看。"边说话时，顺了一条大街向前走。却见路上车马往来，更形拥挤。两旁茶房酒肆，青衣乌帽和软甲战裙的人，纷纷攘攘进出。有些店铺门口，堆了旗牌伞仗，有些店铺门口，木架子上悬了开道大锣。有些掌执事的儿童，穿了红衫戴了雉尾帽，却五个一群，七个一队，在人家屋檐下掷骰扑钱耍子。沿街东一带，各种车辆一乘接一乘停着，怕不有一二百乘，把半条街都占了。车辆间断处，果是像老相国府一般的一条巷子，在那绿茵茵的树下，蓝袍乌纱帽的人，都离开了随从，或是骑马，或是坐车，悄悄来往。巷子口上，左右两个朱漆木架，架子上各插两块金字直匾，一大书"肃静"两字，一大书"回避"两字。再看街上行人，真个少有人向那巷里走去。在那巷子斜对面，一列有好几个茶坊酒肆，也正做的是相府生意。

柴进道："我们且吃了一碗茶去。或者可以守候到伍虞候由这里经过。"燕青道："兄长，你听，哪来的一片笙箫鼓乐之声？"柴进立住脚听时，果然在巷子里树杪上，随风卷送了一阵乐声。柴进道："难怪伍虞候不见，兀的不是相府奏乐，怕有甚喜庆？"燕青道："恁地时，我等且回去。偌大一个东京，来了也不曾观光观光！"

说时，身后有人道："两位官人，莫不是要寻找伍虞候，这两天特地忙些个。"柴进看时，那人穿一身青衣，手提供盒，分明是相府里一个跟随，便拱揖道："足下尊姓？小可面生。"那人指着燕青道："那天你在东门驿射下老鸦来时，我在一边看见。"燕青笑道："我恁地记性坏，难得又相会，就请在路边酒楼上吃两碗水酒去。"那人笑道："听伍虞候说，两位官人好慷慨，今日一见，果然，小人自也愿相识。"柴进大喜，将此人引到路边酒楼上小阁子里坐地，吩咐酒保，只把好酒好菜将来。

那人自道叫董贵，在小相府二衙内面前当个小使，虽说相府是个金窟，油水却不容易轮到小使身上，而且事少人多，数日摊不到一回差干，自也难寻油水。他开口一番言语，正中柴进下怀，便在身上掏出十两花银，放在桌上，一揖道："权为一茶之敬。"董贵站起来道："周大官人，小人如何消受得？"柴进道："仁兄，请坐，听我说。"董贵坐下，酒保送菜进来。燕青道："我等自筛酒，叫你时你便来。"酒保声喏去了。

三人复又坐下，柴进道："实不相瞒，小可是个不第的秀才，薄有家私，此次兄弟二人进京，端的想求点儿功名。幸得东门驿一会，蒙衙内垂青，小可实是想巴结这条路子。"董贵望了银子，笑道："周大官人，你直恁地慷慨，话不虚传。这两日府中特忙，并非伍虞候把你忘了。"燕青一面筛酒，装成不甚理会。因道："端的府内有甚喜庆？在大街上兀自听到鼓乐之声。"

董贵笑道："官人你自外方来，怎知道京中事？有道是'天上神仙府，人间宰相家'。往日老宰相府里，本就天天作乐。后来小相公蒙当今另赐府第，比老相国府更要热闹。你道为的甚的？只因蔡相公正在壮年，又生得人物风流，当今道君皇帝，甚是宠任。"说到这里，他将声音低了一低，笑道，"小相公亲自教得一班女乐，专门讨当今官家欢喜。因未便将这班常常带进宫去，官家兀自悄悄地驾临相府。前昨两天，圣驾都曾来此，夜深始回。今天是六部三司陪小相公取乐。那边老相国府有时也奏乐，只不像这边，一个月倒有二十七八天是恁地热闹。只是这两个相府，将一座东京城点缀得成为花花世界。"

柴进听了，默然无语，大碗酒端起来自吃，他心想，当年我家祖先，将一座锦绣江山平白地让给了赵氏兄弟。虽然陈桥事起，太祖得这座天下容易些个，他自身却也是半辈子戎马生涯。不想传到现在，却是恁般治理政事，堂堂宰相，却只是替官家教练女乐。董贵道："大官人出神怎的？"柴进连忙赔笑道："我这兄弟，吹弹歌唱，调丝品竹，无一不会。相府里既是天天作乐，自是要乐工。我自思，恁地让他在相府里找个进身之阶才好。"

董贵道："此事只要衙内说一句话，有甚难？我益发告诉大官人，小相公也有好几位衙内。大衙内单名一个行字，现在宫内做领殿中监。那天在东门驿射猎回来的是二衙内。这早晚也会得着官职。东京城里哪个不会唱：'一天一加封，宫内有一童。乐不穷，用不穷，汴梁老少两相公。'这一童，道的是童贯太傅；两相公就是我家相公父子了。"这厮有了银子，又被柴进将酒肉喂得快活，只管把蔡家私事，倾囊倒箧地说了出来。柴进看得他醉了，此地去相府太近，耳目甚多，不敢直撩拨他，将桌上银子纳在他袖里，约了后会，分手而去。

柴、燕二人在街上游玩了一番，回到店中，却见戴宗一种行商打扮踅将进来，在房门口道："有高丽人参、山东阿胶，客人要些吗？"柴进道："将进来，我正要些。"戴宗一掀门帘进来，低声道："小弟住在城外小店里，已与时迁兄弟会过，知道兄长走通了蔡府这条路子。军师有令，但有些路径，就要回报，小可明天回家寨去。"柴进道："我有了路子，却不得主意，正要禀报军师。"于是将详细情形修了一封书信，交给戴宗。他这一去，便劳动梁山寨好汉另有一番打算了！

第二回

窦缉使真开门揖盗
蔡相公也粉墨登场

却说柴进这番来到东京，是个做细作的身份。本也就准备着耗费三五个月工夫寻觅一些机缘的。凑巧在东门驿遇到了蔡衙内，也就有了一种侥幸成功的意思。一直等了三四天，也不曾见伍虞候来约会，柴进就把意思放淡了。这天把书信交给戴宗带回山寨，晚间依然约了燕青暗地里计议。他道："我们虽又相识得董贵了，他在小相公府里是个极下贱的人，做得甚事？我们带的宣赞兄弟开的门路清单，且将来一看，狡兔三窟，我们不妨另找一条路子。"燕青道："伍虞候不来我也等得暴躁。"

柴进在箱内取出清单，就灯下观看。在许多人名字之下，觉得有两个人那里容易下手。一是孙褛裑家，此人本名清流，画得一笔好山水。靠了这点儿技艺，专一趋奉达官贵人。当朝的王黼太宰手下有一大批门客，都与他有往来。还有一个是朱八眼，是个高手石匠。这时，朝廷因在江南搬运花石来京，堆砌假山，应奉局找寻了许多匠人在京候用。有那石头还要雕琢的，让匠人到御苑里去治理。朱八眼最能把石头雕琢得玲珑剔透，灭除斧凿痕迹，内侍杨戬最器重他。他又说是应奉使朱勔的同宗，在东京城里益发有了气焰。柴进和燕青商量妥当了，预备了一份贵重礼物，交给白胜、时迁用礼物盒盛了。自己头戴一顶唐巾，身穿一袭紫色道袍，束上黄色丝绦，扮着东京最入时的秀才装束。

原来当日徽宗皇帝，信慕神仙，屡次重用道士。秀才们也都变成半个道士，好像对人说，乃是赵官家亲信的人物。不过穷秀才却不怂地装束，因为出入茶坊酒肆是要多耗费金银的。柴进如此打扮，骑了一匹马，带了随从，先向孙裱褙家来。他家小使出来应门，柴进下马道："请上禀贵主人，小可周集，由苏州来京，有事求见。"那小使打量一番，已自明白。进去通知了，转身出来，掀起帘子躬身道："家主人有请。"柴进被他让进了客厅，只见九曲锦屏前，设着红木坐榻。一旁卐字架格，随格陈列着花瓶、宝鼎、酒筹、诗牌。另一旁设了锦墩青几，何曾像个裱褙匠人家里。那孙裱褙由屏后转了出来，却是葛巾皂袍，粗须如鬃，大眼如桃，漆黑一个矮胖子。他拱手连称失迎。柴进道："小可闻得足下丹青高妙，造次登门，敢求赐教。"说毕，掀开帘子，招手将随从叫入，捧上礼盒。随从退了出去，柴进便向孙裱褙拱手道："微物聊为进见之礼。"说着，随把礼盒盖揭开，放在一边。孙裱褙看时，内有锦缎四端，珠花四支，玉带两条，蒜条金子十支，不觉"啊呀"失声道："素昧生平，怎敢拜领恁般隆重人情！"柴进道："只因素昧生平，今日登门求见，不得不略表寸心。阁下如嫌菲薄时，小可就不便啰唆。"孙裱褙笑道："既然光临舍下，且请拜茶，再作理会。"说时，一壁厢向柴进陪话，一壁厢吩咐家人送上香茶果子。

略谈片刻，孙裱褙问明了柴进所道一番经历，心里便十分明白。笑道："周大官人要小可几笔糙画，是留了自用，或是赠送当朝贵人？实不相瞒，小可在东京王公府第常常走动，何人好何物，都十分熟悉。"柴进道："阁下大笔，自应珍藏。只是身居客中，无处张挂。正如尊意，颇想结交缙绅。若有人垂青时，颇想借贵人汲引一二。"孙裱褙笑道："既蒙大官人另眼相看，道出了实话，小可焉敢不以真情奉告，琴棋书画，雅人深致，才有此好。当朝贵人虽有几个雅士，专凭在下这点儿雕虫小技，还不能邀人青眼。大官人既是由吴中来，江南的物品，想是带有若干。"柴进道："若有寸进，小可不惜把在吴中带来的几车子上等金珠锦绣，一律拿出来花费。"孙裱褙笑道："大官人真有这样慷慨，小可结识你这个豪杰。来来来，请便在舍下薄饮几杯，畅谈一番。"柴进拱手道："敬谨候教，只好叨扰了。"

孙裱褙大喜，收过桌上的礼物，吩咐家人上街沽酒买菜，又吩咐家人在外厢房好好款待周大官人随从。不多时，小使送进两壶酒，并有炙鹅熏鸡大块牛肉配着各色果子。孙祎褙让柴进桌前上座，主席相陪。有了几分酒意之后，孙祎褙左手按住桌上的一双牙箸，右手理着颔下那部乱须，笑道："大官人来到东京，莫不有人指点道路，要不怎的知道孙祎褙家？"柴进道："画师孙清流，东京城里，兀谁不知？"孙祎褙摇头笑道："虽是恁般说得，知道在下是王太宰门下走动的，比知道在下会绘画的更多。太宰总陪伴圣驾，不易见面。却是太宰几位亲信门客，都与在下交好。大官人，你若是拼得出些资财，我可以保得稳大官人一身青紫。"柴进突地立起来道："若蒙提携，小可必有重报。舍下薄有家私，但得一官半职，在下可以把大半个家私酬谢提拔我的人。"他说时，将手拍了胸脯，脸色红红的。孙祎褙端起一大盏新丰酒，向他笑道："恁地说，我要先贺大官人一盏。"柴进自是高兴。连陪着他吃了七八盏。

孙祎褙笑道："未知大官人想在朝任职，还是想出任州郡？"柴进道："天下英俊人物，都聚在东京，小可来自田间，怎的比得？若能在外，不强似在东京豪杰队里比下来？"孙祎褙道："说的也是。大官人从江南北回，莫不是想在中原地面任一个州郡？"柴进道："便是不容易顺小可心事。若依小可愿心，高唐、平原都好，究竟去故乡沧州近些。"孙祎褙将舌头伸了一伸，摇着头道："周大官人，偌大乾坤，哪里去不得？却看上了高唐、平原。那是梁山盗寇出没的地方，只这一年里，他们黄河北岸十几个州郡当了门前大路走，来往了无数次，官兵哪里敢正眼看觑他们一下。"柴进道："我也听说一二，终不信他们恁地了得？朝廷却不做个处置。"孙祎褙道："原来蔡太师却也想招安他们，只因他劫过生辰纲，杀了梁中书全家，屡次侵犯蔡太师，蔡太师恨得他们牙痒痒的。也曾几次派人收剿，不曾得胜。现今要派大队人马去进剿，又为了江南反了方腊，朝廷只好先按下这边。"

柴进心里自把句句话牢记了，脸上却是不曾理会，端起酒盏来，只管慢慢地吃酒。眼望那卍字架上的古玩，闲闲地问道："阁下却听何人道得此事？"孙祎褙笑道："正为了反了方腊那贼，王太宰兀自不自在。因为采办花石纲的应奉使朱勔，是太宰一力保荐，方腊造反，便是先反叛那应奉使。太宰那里昼夜接得快马文书，道是方腊进占了许多州郡，若是一任那贼声势大了，太宰自身也不稳便，所以现在已调了好几路人马下江南去扫荡，待得方腊平了，再来剿灭梁山。我常在太宰府里出入，自知道这事。"柴进听了，心中十分自在，益发对他说："预备了三百两黄金，走通王太宰这条门路，如有机缘，便请他引见，金子现成，随时可取了应用。"孙祥褶出入朱门，也不曾遇得将金子恁般使用的人物。待不信时，他已送过十根蒜条金进门，并非闲话。将信将疑，随口依允。当日酒兴阑珊，握手订约而别。

次日傍午，孙祥褶取了两张画。命小使捧了拜匣，向高升客店来回拜柴进，见他仆从舆马成群作队，暗下探问店家，也道周官人兄弟两个，甚是富有，这便料定了是头肥羊，大可从中渔利，更面许了柴进，在三五日之内，定和他走通王太宰这条门路。柴进为了要他欢喜，又陪他到酒楼上吃酒，二人凭栏把盏，酒尽更酌，甚是得意。

忽然街上一阵喧哗，有十几骑骏马，由街上过去。其中一个人，紫棠面皮，五绺长须，身穿紫缎战袍，头戴紫色凹面巾，金兜带上，却悬了一把戒刀，骑着一匹紫骝马。一双金鱼眼在马上顾盼自雄。柴进道："好一位英俊人物！"孙祥褶道："此人是汴京皇城缉察使窦监。因他这等模样，东京人常在街上看到，叫他赛门神。"柴进道："皇城缉察使，外号赛门神，却不是好？"言下不住地称赞。孙祥褶道："窦缉察与小可夙有往来，大官人如想与他相识，小可今日便先通知他，明日同往拜会如何？"柴进道："如得识荆，小可愿备一份重礼，先请人送去。"孙祥褶笑道："如此更好。大官人回寓，可以派尊介带了礼物到舍下齐会，小可自引了去。"柴进连声道谢。二人也不恋饮，柴进会了酒钞，各自回去。

柴进到了客店，叫时迁、白胜到室内，密商此事。白胜笑道："我等在东京细作自是要结识此人。但他兀自外号赛门神，眼睛里甚等人看觑不出。我等却亲自送上他门去，叫他缉捕？"时迁笑道："怕甚鸟！只要我们把礼物送得丰厚些，怕他不认我们做阿舅！"柴进道："有了孙祥褶荐引，窦监绝不疑心。兄弟自去。"于是备下一挑礼物，让白胜挑了，时迁捧了拜匣，向孙祥褶家来。孙祥褶见柴进言而有信，甚是欢喜。因向时迁道："缉察使府上，距此不远，我们便去。"

三人到了窦府，见门口左侧马棚里，那骑紫骝马兀自未将鞍鞯除了。孙裱褙笑道："来得正好，缉察巡街方回。"于是叮嘱时、白二人在门首稍候，接过时迁手上拜匣，自将进去。不多一会儿，里面出来两个差拨，连道两位辛苦，接过担子代挑着，引将二人到内室里去。时迁一路留心，经过两重厅堂，直到第三进堂前，远远看到孙裱褙和缉察陪话。时、白二人在阶下便拜了。进得屋内，又躬身唱喏。时迁看这里，已是内室。正面是湘妃木榻，铺了虎皮褥子。屏后有间暖阁，是帷幔遮住了。四周除陈设着椅案珍玩之外，还有几项武将家风的物件，右壁厢悬了一张雕弓，一柄青铜刀。左壁厢下列一张琴台，上面却放的不是琴瑟，一具雕花木架，一排插了五支令箭，箭外套住丝油布套子。套上有碗大朱笔所书的令字。

那时窦监手捧了礼单，正看两个差拨由礼担里捧出礼物来。不禁向时迁笑道："上覆你家殿试，多谢盛情。我有职务在身，不得亲到贵寓拜访。明晚就请枉驾，到舍下小酌。只约孙朝奉作陪，并无别人，请勿推却。"原来那时秀才入京应试，人家都称他一声殿试，不似后来专称状元做殿选。此外把一技一艺在朝任职的，便叫着朝奉。窦监恁地称呼，甚是礼貌。时迁理会得，躬身应喏。窦监心里舒适，又吩咐差拨取出四两银子，各赏白胜时迁二两。二人拿了银子出门在冷巷里遇到两个叫花子，就把四两银子分给他们了。到了客店，将话告诉柴进，相视大笑。

次日傍晚，让时迁掌着灯笼，柴进自骑了一匹白马，向窦监家来。远远望见两扇朱漆大门，八字儿洞开，门梁上垂下一盏六尺周围大灯笼，上面朱笔大书一个窦字。大门两边，两排十六盏方扁灯笼，用竹片活脚架子，十字交叉地支了起来。上面屋檐下，又两排点起十盏纱罩八角宫灯，照耀得内外雪亮。柴进在门外下了马，早有窦府差拨进去禀报。只见两盏手提宫灯，由内室里举了出来，窦监直把柴进迎到头进庭院里。在灯光下看到他风姿英挺，举止雍容，绝不是位田间秀才。心里便暗地思忖道，怪地他慷慨结交，便哈哈笑道："我猜周殿试是位英俊人物，一见果然，幸会幸会。"他说时，深深拜揖。让到客室里时，孙裱褙换了一身新衣服，已早自在这里坐地。

窦监让座已毕，便笑道："听得孙朝奉说，东京来了一个沧州周殿试，把东京的秀才都比下去了。孙朝奉阅历的人多了，他佩服的这个人，绝不会错了。现今和周殿试一谈，只怕孙朝奉的譬喻还不确切，周殿试差不多把东京的书生都比下去了。呵呵呵！"他说时，掀髯大笑。柴进道："小可未到东京，便听到说窦缉察是一位英雄，既到东京，益发听到人称道。所以因孙朝奉之先容，敢求一见。将来在京有些勾当，还望缉察提携则个。"窦监昂起头来，手抚长髯，笑道："此事请殿试放心。东京城里现今是好一个花花世界，茶坊酒肆歌台乐院，都受我的儿郎们管辖。殿试尽管自自在在地耍子，有兀谁敢侵犯了殿试一根毫发，至少也吃我三百棍棒。"柴进拱手道："全仗缉察虎威。小可也未敢在帝都犯法，却是人地生疏，诚恐有个疏虞而已。他日若有所进取，再图报答。"窦监笑道："将来的飞黄腾达，是十分拿得稳的，将来还仗大才照拂呢。"

彼此说得痛快，孙裱褙又不住在一旁凑趣。窦监便吩咐差拨摆上酒菜，开怀畅饮。白胜、时迁也与几个差拨使役另在外面小屋里吃酒。时迁随身带有苏州来的汗巾香坠玉牌之类的小珍玩，分送各人，大家都欢喜。

这晚柴进吃到夜深始回客寓。行到庭院中，见燕青屋子里兀自灯火照耀。因问道："小乙哥还未曾安睡？"燕青笑了出来道："哥哥虽然去把酒吃得快活。小弟也开了眼界。哥哥去了不久，那伍虞候却来相约。"柴进吃惊道："却是见着衙内了也无？"燕青道："伍虞候来这里，本是带小弟去见衙内，到了相府，二衙内却吃得醉了。"说时，随着柴进到了屋里。回头看，身边并无外人，因低声道："小弟送了那门官四锭银子，又约了将来自有重报。那厮又看我有伍虞候引着，便说以后可自到相府门首去觅他。明天蔡攸又在家中宴客，必是冠盖满门，小弟想再去走一遭。"柴进道："兄弟便多赠与那门官一些，又何妨？好在我们所送出去的礼物，依然要在蔡家父子身上拿回来。"时迁也走进屋来，他道："小乙哥进相府时，明天也带了我去。"燕青道："终不成你明天就要捞本？"说毕，三人哈哈大笑。

这东京城里的高升客店都是些缙绅大人，兀谁知道一窠强盗在富贵人家当上宾出入？真是由不得他们暗地好笑。次日，燕青带了时迁将一个红绸包袱包了一些东西，又到蔡攸家来。这已是初更时分，蔡府各处灯烛燃起，四处通明。燕青远望到府门口站了两排侍卫，剑戟鲜明，又和昨日情形不同。行来辕门，便站了一站。一个卫卒过来盘问。燕青唱喏道："二衙内有命，今晚初更传见，门官自认得在下。"卫卒将他引到门官屋内，门官却吃了一惊，低声问道："周二官人，今晚你忒来得冒失些个，圣驾在此。"燕青道："小可只求见二衙内，又不面圣，相府中千门万户，便是进来一个小可，圣驾怎的知道？"门官道："虽然恁地说，圣驾来此时，向来是不让生疏人进府。"燕青道："不知二衙内在府也未？二衙内在时，小可是务必乘机求得一见。此事全靠门官成全。"说着，取过时迁携的包袱。此时，屋内并无第四个人，燕青将包袱放在桌上打开了，却是黄澄澄的十根蒜条黄金。门官目瞪口呆，又吃了一惊。燕青道："这点儿微物奉赠门官，只求提携。若二衙内不在相府，小可立刻便行，不敢俄延。"

那门官仔细在灯下看了红绸包袱齐头放着的，实在是十根蒜条金，不是眼花，便向前一步，牵了红绸包袱，将金子遮盖了。笑道："昨日已蒙厚赐，今日又有这种隆仪，小官委实不忍拒却盛情。二衙内却是在府，因圣驾在此，小官怕他不肯见外人。"燕青道："二衙内不肯见时，门官多和小可圆转两句，也就见了。终不成小可每次来了都扑空回去。"那门官见了那十根蒜条金，觉得燕青胜似他爹娘，为了爹娘，也应当担些干系。因之向燕青笑道："士为知己者死，只索和仁兄进去走一遭。尊介且屈在外面走廊角上隐藏一下，小可预备有半瓮酒，留着半夜里守夜的，且将来仁兄解渴。这厚情，小弟就拜领了。"说着，深深地一揖，且不问燕青是否把金子还收回去，两手捧起那包袱，送到屋后暗阁子里去。接着，捧出一个酒瓮来，又是一个木盘，托了半只熏鹅放在桌上，笑道："特粗糙些个，就请仁兄用手撕了来吃。"燕青向时迁使个眼色，他自出去了。这门官告诉了私用的差拨，照应着大门，又向燕青告罪失陪，才入内去了。燕青想道：管他呢，且先受用。用桌上茶碗，在瓮里舀了酒来吃，撕着熟鹅下酒。

约有半个时辰，那门官满额头是汗，进门来向燕青拱揖道："总算不辱尊命。二衙内听道阁下来求见，倒没说甚的。却说下官怎地糊涂，圣驾在此，怎叫生疏外人进门？经下官再三央求，说仁兄日日在此候见，这份忠诚难得。又说仁兄本事了得，二衙内身边正少这般一个人。足说了两盏茶时，二衙内才回了心，悄悄地让仁兄去见他。"外面自有虞候相引。燕青道着谢随门外引见的人去了。

时迁在窗外走廊上站了甚久，心想，见鬼吗？花了这些个金银，却来宰相府大门角里来站了。这时，有阵弦索歌唱之声，从墙头上随风送了过来。心里又一想，赵官家在这里寻乐，不知他们帝王将相作乐是怎么一种情形？他正苦恼着，看到燕青随着两个虞候到内室里去了，也就挨了廊外的白粉墙缓缓向前走去。看到远处大月亮门下，有小一排身着软甲，手拿兵器的人守着，就隐在一架蔷薇花下面。心里也兀自忖度着，这粉墙旁边的便门都是怎地警戒森严，直通内室的门户，自然更加难去。站立着凝神一会儿，见有几个扛抬食盒的人，却自在地由月亮门里进去。这就将身一趯，趱过走廊，这墙角上有条冷巷，曲折地通向相府外院。在路上遇到两三个人，彼此不顾而去，时迁胆子大些了，益发向前。

便见一个斑白胡须的老人，挑了一副担子，径自走来。时迁抢一步，在路头上挡住，大声喝问道："哪里去？"老人歇下担子道："老汉是向厨房里送鱼的。"时迁问道："我们相府里送东西进来，都有凭据，今天圣驾在此，闲人不能进来。"那老人歇下了担子，在怀里掏出一块铜牌来，笑道："大哥不认识老汉？"时迁接过那号牌，在手上验看了一会儿，也笑道："我是由老相府新调来这里的，却不相识，休怪则个。"老人道："老汉叫胡老，每日都在黄河岸上收买新鲜鲤鱼，向相府里送。往日由后门进来，到厨房不远，今天来得晚些，后门关闭了，大宽转地由东侧门进来。改日却请大哥相国寺街吃水酒去。"时迁笑道："却不用改日。我在这冷巷值班半日，肚皮饿得发慌，老伯带我向厨房里去，临时讨些酒肉吃，却是大大方便。"说着，便来代挑了胡老的担子，一壁厢道："老伯休道我是相府里人。一来我没有穿上号衣，二来我说是自己人时，他们却道各有职责，不会给我酒肉吃。"

他一壁厢说时，他一壁厢挑起担子便走。那胡老是个忠厚人，又不知道时迁究竟是相府里甚等角色，只好随了担子走。时迁看得他动脚了，便退到他身后去，央告着道："若是有人问起时，只说我是你阿侄，别的话我自会说。"那胡老也不会想到相府里有个造反的，自依了他话做，引将厨房里来。厨子们看到胡老，先有人笑道："我们正在奇怪，恁般时候，你还不曾将鱼送来？约莫是你瘫了，不然，却让人和你挑了担子？"胡老道："正是如此，老汉不能来，又怕误了厨房里使用，所以叫阿侄挑了来。"时迁这几日，已学了不少东京话，看定了一个面貌忠厚些的打杂厨丁，赔了许多好话，要讨些酒肉吃。那厨丁盛了一大碗剩菜，大半壶酒，又几个馒首，都交与他了。大厨房里事忙，却引他来下房里吃，他自去了。

时迁见下方一堆干柴，齐了屋檐。先熄灭了屋子里油灯，暗地爬上了柴堆。两手抓住屋檐下挂物事的绳索，做个打秋千的式子，荡了出去，两脚凭空一钩，钩住了屋檐，一个鲤鱼大打挺，人便站在瓦檐上。北方的房屋，都是泥浆麻屑砌合的厚瓦盖的屋顶，时迁又手脚轻便，以此没有一些响动。走上屋顶四下张望。见正中一所地方，灯光照耀，直射入半空，将屋脊周围的树木山石楼阁，都映了出来。便是弦管之声，就在那里发出来。时迁看定了方向，在屋顶上顺了重重屋脊，向那光亮地方走去。眼看相去不远了，眼前却隔了一条长巷，长巷两边都是泥鳅脊圆瓦盖的院墙，颇不好立脚，且伏在两间屋子的瓦槐里伸头向巷子里看时，见有两盏纱罩宫灯，引着一对男女向前走去。

那男子约有四十上下的年纪，头戴纱帽，身穿红缎一品朝服，三绺掩嘴髭须，看不十分仔细。但听到随后那个妇人道："今天圣驾恁般喜欢，相公换了朝衣，便可一同歌唱。"时迁一想，在这相府里，兀谁穿了一品衣服，有人称相公？这岂不是蔡攸那厮？我只揭两块瓦丢了下去，便可为人民除害。只是恁地做时，却误了我山寨大事。望着这对男女去远了，转身回来，见右边院落里有架紫藤，顺花架柱子溜了下来。挨墙趸过了长巷，对面一个海棠叶的窄门，正接着回廊。趸进门，立刻爬上回廊的盖顶，踏上屋脊，再一看那一座灯火辉煌、笙歌缭绕的院落，已在面前。爬越两道屋脊，到了那院落前看时，四周堆了假山，繁植着花木，随着山石高低，树枝上下，挂了绢糊彩剪的各种花灯，笙歌

20

笑语之声，却在正面高阁子上。那阁子四面拱起屋脊，中间盖了平顶天棚。时迁端详了一会儿，便向那天棚边走去。天棚和四周屋檐不连接，挺出去丈来高。在天棚之下，屋檐之上，周围支起雕花格罩。格罩上嵌着夜光石琉璃镜，漏纱裱糊，却正好向下面张望。

时迁俯伏在屋檐上，由格子缝里向下看去。这正面是一座八根大柱落地的大殿，中间一扇盘龙宝座，上面坐了一位黄袍长须的人，只看宝座左右，八字排开站了两排锦袍玉带、高髻宫装的男女，便可以想到那位是当今赵姓皇帝。大殿上千百盏纱灯，高低挂了，彩丛里照耀如同白昼。殿门敞开，三列白玉石台阶，七级下降，到这天棚下面。这里是红毡铺地，周围支起五色锦幛，丈来长的红烛，用紫铜盘盛着，一列十六支，簇拥着一架绢扎鳌山。南向一架大孔雀屏。上齐殿檐，孔雀屏里的花眼光闪闪的，照着当地。这屏风下，有一排穿蓝衫子的人，各捧笙箫鼓钹，在那里吹吹打打。红毡子上，有十几对男女，穿了红绿彩衣，在那里蝴蝶穿花也似又唱又舞。皇帝坐在宝座上，手摸了胡须点头，不住微笑。

一时乐止，在红毡子上的人，便齐齐地向上俯伏着。不过他们俯伏时，旋风也似向下一蹲，还是舞蹈的式样。那皇帝也就不见怎的尊严，昂头哈哈大笑。笑后，他回头向身边侍立的臣子，有所吩咐。道着个甚的，远去却听不到。但见那个听话的臣子，手拿了一根龙头红杆五色的节旄，站在阶沿上一挥，那孔雀屏下的乐队，又奏起乐来。原在红毡子上舞蹈的那批人，现在都不知到哪里去了。由东西两旁的锦幛后面，又出来两队男女。女人穿了长袖宫装，拖着长带。男子们却倒转来装束，全身紧俏，上着绿罗袄，下穿红彩裤，头上包扎了红巾，脸上抹了脂粉。

东向那队出来的第一个男子，便是方才穿了一品朝服的蔡攸。这时，他脸上将粉搽抹着雪也似白，在额角点了绿色的梅花点子，在两颊涂了两块红晕。头上扎的红包巾，用珠辫来缚了，乱插了一头的花草。他两手捧了一只排箫，身披了彩红，在乐声紧张中，和西边领队的一个男子，一同抢上石阶，向皇帝下拜。皇帝张开口哈哈大笑。东边这个人，既是开府仪同三司的小相公，西边这个人，自也是三司上下人物了。他们拜罢了，便回到红毡子上，和那群男女吹弹舞蹈。蔡攸是舞蹈得极好，左摇右曳，前仰后跌，在人群中似个彩球在滚着。皇帝十分高兴，反背了两手，离开了宝座，直走到殿口来观望。这两个舞蹈大臣，有时也就舞到皇帝面前去。

　　时迁在屋檐上张望了多时，心想，便是山寨宋公明哥哥坐了第一把交椅，也端正了面孔，众家兄弟，兀谁敢胡乱嬉笑着。不想大宋皇帝，却是恁地耍子。当朝相公，扮着鬼脸儿，满场打滚。这等人坐江山，有甚作为，回去对公明哥哥说，益发抢方腊一个先着，把东京来夺了。他恁地想时，便忘了身靠在雕格上，身子向前面靠了着实些，把嵌在雕格上的琉璃夜光石挤碎了两块。那物事铮的一声响，飞了许多碎片下去，在乐舞队上，下了小小的一阵琉璃雨。早见下面人停了舞蹈，抬起头来张望。时迁大惊，悄悄两耸，爬上了屋脊，顺着朝外的屋脊，滚将下去。他只管向下滚，忘了这还是相府的上房，见屋檐下有棵梧桐树，就顺树溜了下去。等他两脚落地时，向上看着，却不免慌了！

第三回

借刀杀人权奸定计
当堂逐客儒吏丧生

这小相公府里，虽是院落重重，但圣驾光临的所在，自必紧邻着内室。时迁由那壁厢天棚上顺溜过来，只隔得一重大院落，当然还是内室。他在树顶上向下溜着，直落到一座芍药花台上。定睛看时，平面一排绣阁，雕花窗格，深绿的窗纱，映照着一片幽深的灯光。有两个黑魆魆的人影子，正贴了走廊上的柱子，到那绣阁檐前。有一人低声问道："什么东西响？"时迁将身子隐藏在芍药花底下。有个女子的声音低低答道："这里没有人来，定是娘喂养的那花狸猫。"时迁便喵喵地做了两声猫叫。由花茎缝里向上张望时，阁子门悄悄地拉开，有一牛角灯，在门缝里一闪，有个女子出来开门。外面去的正是一男一女。在那一片小小的红光中，见着门里那个女子满脸含春地笑着。那男子一趔，先进门去了，随后两个女子嬉笑着，掩上了门。

时迁看这情形，十分尴尬。听到先那个女子说过，这院落里没有人来，便大着胆子伸直腰来。侧耳听前面那重院落里，又在吹弹歌唱着。便溜下花台，顺了走廊出去，有个月亮门，已是闩杠得结实，悄悄地开了门，外面又是所小院落。在星光下，看到挨墙有两个小厢房，屋子里熄了灯烛。时迁走着挨近了，见那房门却是虚掩着的。挨了门听时，里面鼾声大作，还有一阵热烈的酒香冲扑鼻子。时迁将身上藏带的火筒里纸卷取出，迎风只一晃，火光里见屋子里两个老年人醉猪也似睡着。时迁先把桌上一只烛台取出，将大半支残烛先来点了，大大方方地手里捧了走进去，那两个老人，一个倒在床上，一个伏在桌上，动也不动。时迁把烛放在桌上，见屋子里墙上，挂着佩刀、灯笼、伞、笠等类。桌上摆有半桶酒和几碗菜，想必是那门里女子将他们灌醉了。时迁看睡在床上的那个老人戴了猪嘴头巾，身穿一领青布衫，料是内院仆役。于是将衣带解了，向他袖笼，吹口冷气，他一转动，便脱了一只袖子，只两次将青布衫脱下了，自穿在身上。他头上猪嘴头巾，也取来戴了。见桌上有两块铜牌，正和胡老所戴的相同，也都拿过来了。取下墙上的一盏短脚灯笼，将里面烛点了，吹熄桌上的烛，便撑着灯笼出来。

时迁记得相府坐北朝南，看着天上的北斗星，认定了方向，便取路向南走。转了两幢院落，顺了回廊却把自己转昏了。迎面一座大阁子，灯烛通明，阁门洞开，远远看到上面正中列了公案，两旁列了金瓜斧钺，武器架子八字对排，直达阶下。时迁虽未敢前去，却看到阁子两侧便道上，来往人特多。于是故意将灯笼碰熄了，站巷子口上不动。见一个小书童，手里提了一盏牛角白皮灯向外走，便迎向前笑道："小哥，借个火亮。"那书童便站住了，伸过灯来。时迁且不揭灯罩接火，却问道："小哥，你往门外去吗？不用点我这灯了，一同走吧。"

时迁说话时，在灯光下，见他鬓下斜插一支桃花，身穿墨绿绸袄，白绸领上，兀自滴了两点胭脂，香喷喷的。因接着笑道："我自带你到一个好耍子地方去。"那书童笑道："今天圣驾在此，相公时时要使唤我，不得工夫，我又不认识你是谁。"时迁笑道："好小哥，过去让我做过东，你都忘了？"书童道："你正是兀谁？"时迁便在身上掏出一块铜牌来让他看了一看。他笑道："啊！你是五夫人院里的，那边我去得少些个，你莫不是张……"时迁笑道："小哥认识我的，还不趁此和我吃两碗去。我们院里，有个人儿，每日至少念你三百遍。"书童笑道："青蚨那丫鬟，她背地也念我？"时迁道："你且把我送出大门口，我有好事对你说。"那书童一时高兴，提着灯便引了时迁由大堂边出去。一路灯火照耀得须眉毕现，时迁却在侍卫森严中谈笑了出去。到了门外，时迁对那书童低声道："我那院门是虚掩的，五夫人花狸猫跑了，青蚨定要出来寻它。小哥，你快些去，莫错了机会。"说毕，哈哈大笑走了。

出得巷口，将灯笼点了，烛光上映出字来，一面红黑相间写着开府仪同三司，一方朱笔大写一个蔡字。路上没有一些子阻拦。到了客店，店小二认为是小相府里来的人，诺诺连声，时迁大笑。燕青从屋里出来埋怨道："不见了你，叫我好焦急。圣驾正在相府，你若犯了警卫，却不是耍处。"时迁到了屋子里，掩上房门，却把在相府看着的事都说了。燕青笑道："你的胆子忒大些个。休闯出祸来，坏了山寨大事。"柴进道："时迁兄弟能把蔡攸家里门户路径看熟了也好，迟早有用处，明天你益发带了他去。"时迁道："正是，不曾问得小乙哥见了二衙内也无？"燕青道："自然见了，让我当面耍了两套棍棒。我看他手下没有高明的教师，也只是耍了两套好看花棒，那厮不省得，胡乱评论了几句。他听说我会蹴球，便点起几十盏灯火在庭院里耍子。他手下有几个帮闲，都不十分高明，败在我手上，二衙内却喜得不得了，让我明日便住到相府里去。我想，要在他们那里做些手脚，必定和那些门客厮混得熟了，才有道路。时迁兄弟把门径认熟了，又是那门官遇事讲个便利，好歹我们要在蔡攸家里寻方便。"柴进道："你自大胆地去，在外我自处处关照着你。"当晚议到更深。

次日巳牌时分，燕青、时迁又向蔡攸家来，门官通报了进去，伍虞候笑了出来，便来引着他二人到内堂见二衙内。燕青隔了帘子躬身唱喏。二衙内道："你且进来。"燕青进去看时，见二衙内穿着一件月白绸紧身，披散了满头黑发，有三个俊俏丫鬟围绕了一把交椅和他篦头。有的托了梳妆盒，有的捧了铜镜子，有的捧着巾帻。燕青未敢抬头，远远地躬身站住。二衙内笑道："周佳，昨夜里球蹴得甚好，灯亮下恐怕你还不能把解数使得尽，今日且看你再耍子一场。你先出去将息了。"燕青道："小人有一随身仆人，自幼一向跟随，如今若把他放在客店里，只恐他吃酒误事。可否让跟随小人入府？他也有几种绝技，可供衙内一笑。"二衙内听说有绝技，便道："他能甚的？且叫来耍给我看。"燕青道："此人叫张二，自幼会摔跤，翻筋斗，竖倒顶，又能仿效百种鸟兽叫，现在门首。"二衙内一迭连声，着将入来。

燕青自出去引了时迁到堂口滴水檐前，隔帘站住，向里便拜。二衙内笑道："你能甚口技，且当面学来。"时迁唱了喏："请原谅放肆。"便背转身去，立刻阶沿下有几声狗叫，帘子里几只小哈巴儿，直奔将出来。这是大金国特送蔡府的珍物，二衙内先笑了。时迁看到檐前银条架上，立着一只白鹦鹉，便学了两声猫叫，引得鹦鹉扑打着翅子，大叫猫来了。二衙内散了头发，奔出帘子来。一面抚弄鹦鹉，一面笑向时迁道："你且学鸟叫。"时迁退到院子里蔷薇架下，将身子隐藏了，学了百灵、画眉鸟叫，引得檐下各笼子里鸟，先后相和。二衙内大笑，便叫人取了一大锭银子赏了时迁。自此燕、时二人，便在蔡攸相府里厮混。每到更深，时迁便潜入内室，在蔡攸室外偷听他们动静，其中也打听了不少消息。

约莫半月光景，戴宗已回到山寨报过信，二次来到东京。吴用有口信传给柴进，当今方腊在江南兴兵，声势益发浩大。务须时刻打听朝廷动静。白胜来告诉了燕青、时迁，二人更自留意。这一日二更时分，太宰王黼、太尉高俅同到小相府来拜访蔡攸。他二人都是轻车简从，颇可疑惑。时迁找个僻静地方，爬上了屋脊，绕着好几道楼阁，到了内室。时迁已知蔡攸有密事与同党磋商，必在一座小阁上屏去随从，低声商谈，那阁子附近，都没有人去得。时迁看到月落星稀，已是三更天气。爬上了相府中最高的一棵树。人藏在树叶丛中，四处张望，看到东阁有一角小楼，撑出了屋顶。在花石扶疏中，射出了灯光。料定蔡攸、王黼、高俅便在那里。于是在屋顶上蛇行雀步走去。到了那阁子附近屋顶上，向那边看去，只朝南的窗户洞开着，其余三方，全都掩上了窗扇放下了帘子，看不到里面。

时迁在屋脊上大宽转地绕到阁子的北面。这里是一堵白粉墙，墙里有两棵垂柳树，正是千条万缕地垂着绿叶，遮掩了大半个阁子的屋顶。时迁选择了半天，寻觅得一枝横干，两手紧抓着枝梢，由墙头吊了上去。然后把身子翻转来，两脚钩定了树干，缓缓向树中间移了过来。当自己移着靠近了树身，便正过身子来坐在树干上。向树外阁子的屋檐端详得准了，又顺了一支横出去的树干，向下一溜，溜到了屋上。然后倒伏了身子，蛇行到屋檐上，伸头向窗子里看去，果是三人坐在锦墩上，围了一张方几细谈。

上首那个人便是蔡攸，正拿了一叠文书，向袖子里塞了去。他道："除了河东、河北，现在无可用之兵，方腊贼势坐大了，实不当稳便。王太宰、高太尉二公所说，与不才所见却有不同，用宋江这班人去打方腊，虽可让他们彼此杀伤死亡，但总有一胜一败。宋江那贼败了，自是灭了一股悍贼。朝廷不妨再调大兵去扑灭方腊。若是宋江胜了，他落得将功折罪。万一圣上见喜，不削减他们兵权，却不是添了我们心腹之患？"

高俅那厮做了几年大官颇自矜持，手抚髭须，侧坐沉思，一手按住膝上的锦袍，默然无语。王黼便道："我也顾虑到此。只是梁山贼势近来甚为嚣张。老相公也曾在近畿屡次调兵调将，都损折不回。若朝廷用兵江南，山东之寇乘中原空虚，窥视畿辅，却不是要处。"高俅道："梁山贼势虽盛，大举作乱，尚不敢为。不然，中原虽近空虚，一纸之诏，十万大兵可调。宋贼极是狡猾，若无十分准备，不敢做此大不韪之事，以激天下之怒。所怕者，方贼北窥金陵，宋贼南窜徐、海，二股合流，剿灭便是不易。那个亳州知州侯蒙，上书请招安宋江去平方腊，未尝不是替自己打算。他想着两贼要在徐、海合流，必犯中原，他现在所处的地位，却是首当其冲。依小可之见，不如就依了侯蒙所请，招安宋江，让他去平方腊。只朝廷少给他粮秣兵器，等方腊吞并了他们。方腊是个无知之徒，虽有数万乌合之众，将来调一支劲旅，不难将他扑灭了。"

蔡攸笑道："计倒是条好计。高太尉，你不想到了方腊胜了宋江时，把梁山贼众合并起来，正是如虎添翼？"高俅笑道："此层岂有不知之理！梁山这伙贼寇，颇有点儿古游侠风。除非宋江亲自投降方腊，那些贼首才会跟过去。所以方腊胜了他们时，也只能合并他们的喽啰，合并不了他们的贼首。借刀杀人，倒是我们剪除梁山的一个好机会。粮秣兵器，都在我们手里，只要宋贼着了我们的道儿，他后面远离了巢穴，前面正对了大敌，我们再暗暗地知会了地方官吏，相机行事，不怕这伙贼不落在我手心里。"他说着，在袖里伸出右手，捏了几捏。

王黼拍了桌沿道："高太尉之言甚是！这条计不但是借刀杀人，而且是调虎离山。"蔡攸沉吟道："二公既恁地说了，明日早朝，便向圣上保奏侯蒙一本，调他去做东平知府，就近招安梁山。此人既上书替宋江说话，想必认得宋江。他办得好时，等把梁山贼伙灭尽了再作计较。办得不好时，不愁没有罪名办他。"时迁在屋檐上将这些话听了个备细，直等王黼、高俅告辞，才顺了原路，回到相府差拨房安歇。

　　次日一早，将话暗暗告诉了燕青。燕青向二衙内请了一日假，同时迁奔回客店，向柴进告知一切。此时，张横、张顺、花荣、石秀四人，也到了东京。花荣正假扮了一位关西来的武弁，住在附近客店内，托为柴进故交，时来拜访。这时，适也在座。便道："这侯蒙是个满腹经纶之士，屈在下位，现做个亳州知州。但他和风尘人物向无往来。怎地上书要招安我们山寨？"柴进道："听时迁所说，高俅兀自要奈何他，自不是有意伤害我等。此事应当即刻通知山寨，莫着了道儿。"花荣道："大官人最好向窦缉察那里探些消息。"柴进道："他只缉察汴京，如何会知道侯蒙上书的事？"燕青道："不然，他常在王黼、高俅两家走动，王高的举动，他总有些知道。"

　　柴进便依了大家计议，暗地将石秀找来，详细写了一封书信向宋江告知，着石秀星夜上山。当晚便轻衣小帽来拜访窦监。他恰是巡街未归，未曾会得。次日晚间再要去拜访时，只见石秀一身行装，手拿木棍，身背包裹，掀帘进屋来。柴进道："石兄弟，你还未走？"石秀道："小弟昨日下午趁城门未闭，就出城赶了两小站路。今日巳牌时分，在路上遇到戴宗哥哥，彼此把消息说了。他走得快，小弟做主，将书信请他送回山了。现在他将来的军师书信……"柴进抢着掀开帘子，朝外张望了一番，然后回转身来，向石秀取过来书，背着灯光看了。书上说的燕青走通蔡府这条路子，十分是好。窦监也是极用得着的人物，带来金银，尽管花费，山寨中随后便会派人将金银继续送来。柴进又看了一遍，其中并没有什么须牢记的字句，就在灯火上焚化了。时已二更，石秀向外另找店家投宿。

　　次早，柴进起床未久，帘外有人问道："周殿试在寓吗？"柴进唤进屋来时，是窦监家差拨，他躬身唱喏道："我家主人拜上殿试，现有喜信相报，就请前去一行。"柴进听到喜讯两字，却是吃上一惊。转念一想，他怎地会向我说梁山招安的事？必定和我在王黼那里关说外放官吏有了线索，且去看上一遭。于是吩咐喽啰备马，随了差拨径向窦府来。窦监将他引到客室，先便拱手贺喜道："殿试所嘱，幸不辱命。昨日王太宰问我，愿做山东都缉捕使不？我却未敢答言。太宰又说，现今有个知亳州侯蒙，上书朝廷，请朝廷招安宋江，用梁山人马去平方腊。昨日早朝，高太尉保奏一本，调侯蒙做东平知府，专一去招安宋江。又因侯蒙是个文吏，却恐梁山宋江轻视于他，再着派一个武将前去。"柴进笑道："此系缉察喜讯，怎的倒转来，向小可道喜？"窦监道："殿试有所不知，这侯蒙升调东平知府，他那知州原任，却还未曾定好继任的人，殿试若是愿去时，小可便在太宰面前一力保荐。"

他原和柴进同坐木榻上，中间隔了一只矮几，这就伸过半截身体来，向柴进耳旁低声道："假使周殿试舍得出两万贯金珠，便可走马上任。"柴进在他这几句话里，知道了侯蒙调升东平府这件事，已是千真万真。因道："两万贯，小可总可以筹划，若是能让小可随心所欲，便是五万贯亦所不惜。"窦监听他这话，却是不愿到亳州去，抹杀了他的人情，自不高兴。不过他又说了若可如意五万贯亦所不惜，心里又是一喜，因道："殿试意思只是想去高唐、青州一带。现在梁山有了招安的形势，殿试是更想衣锦荣归。"柴进又道："只缉察便省得小可之意。"窦监道："怎地说时，且作理会。"柴进怕冷了窦监的心，又说了许多图报的话，方始告别。回到客店，又写了一封书信，即日着石秀回山报告。

石秀在路上行了三日，遇到戴宗下山来。石秀告知侯蒙要来东平。戴宗道："军师正要我打听此事。益发同路上山。听候军师重新调遣。"于是二人并作一路，同回了山寨。石秀见了宋江，呈上柴进书信。宋江看毕了书信，便请吴用军师前来商议。吴用笑道："据信中所言，时迁听到的，确是高俅的言语。那厮设计最狡，用心最毒，他借刀杀人，叫我们死无葬处。兄长有何主见？"宋江取过书信，又看了一遍，沉吟着道："愚兄屡次以大义宣告内外，静待朝廷招安。不但山寨数万儿郎知道，便是上至朝廷，下至江湖豪杰，兀谁不知？这位侯知州也就为了知道我等有归顺朝廷之意，才肯上书为我等请命，而且柴进兄弟打听出他书中所言，明说宋江之才，必有大过人者。也算我们兄弟一个知己。无论于公于私，断不能当他前来招安，我们反而抗命之理。纵然我们可以把高俅借刀杀人的话，告诉众兄弟，天下人却不能相谅。"吴用道："兄长既如此说，等侯蒙到了东平，且作理会。"宋江道："愚兄也曾思量多时。这侯知州有此见解，想不是个书呆。将来他来招安时，我们便告知就里。若要我等前去平方腊，须是朝廷和我们筹足兵器与粮草。用人行军，我们都得便宜行事。只是怕高俅见我们识破了他的计，老羞成怒，却又另来奈何我们？"吴用道："兄长所言，正是面面都想到。目前山寨中粮草充足，财帛丰富，且让儿郎们休息几时，免得侯知州来到东平，要招安我们反是棘手。"宋江道："军师言之极是，我等既要受招安，山寨里毋须再添粮草财帛，乐得省事。"宋、吴这一番言语自是减了河朔十郡无限干戈。

相过一月上下，那调任东平知府的侯蒙，得了朝廷诏书，也就到东京来陛见。此时蔡、王两姓掌权，来京官吏，不先见过蔡京父子以及王黼、童贯、高俅等人，那就在京候召一年，也无陛见之期。侯蒙知道东平府这个职守是蔡攸、高俅保的。到京定了客馆，出于无奈，便先来小相府见蔡攸。此时皇帝闻说方腊猖獗得很，便立想招安梁山这支兵马去平贼，也曾向蔡攸说过，要侯蒙早日到任。此时来相府求见，蔡攸立刻坐在大堂公案里传见。

当侯蒙到了阶前拜见时，蔡攸见他仪态持重，很有几分书生气，便不甚高兴。因道："侯蒙，你且入来谈话，你知道我保举你的意思吗？"侯蒙入到堂内，蔡攸大剌剌地坐着，毫不谦让。他只得恭立一旁道："恩相提拔微职，自是以蒙曾上书招安宋江，去剿方腊赎罪，就以蒙去东平招安他们。管窥之见，未知当否？"蔡攸手摸髭须道："你道得个外面，却不知就里。宋江这班贼寇，狡猾凶猛，胜方腊十倍。他们所以还没有大举，一来没有机会，二来水泊邻近畿辅，三来没有方腊那般乌合之众。就方、宋两股盗寇来看，我们却道不得个分别的。权衡利害，倒是方腊一勇之夫易擒，宋江多诈之贼难伏。方腊乌合之众，可以劲旅破之。宋江方张之寇，就是招安了，也怕他狼子野心，中途有变。"

侯蒙以为朝廷容纳了他的献策，调他去招安梁山，作为国用。今听蔡攸这番言语，分明他却是特地不放心梁山，那还招安宋江则甚？心里有着疑惑，便不敢多出主张，因进前半步，躬身道："卑职愿请恩相明教。"蔡攸笑道："侯蒙你想你前程远大时，你须听我的话。你到了东平，你可以差一个舌辩的人，先去通知宋江，只说朝廷大兵，要用去伐辽。方腊那股盗贼，无甚能为，有梁山一半兵力，便可把方腊擒了。且劝他留些兵力守看梁山。"侯蒙听了这话，大吃一惊，但脸上却不敢表示出来，躬身道："朝廷招安宋江，讨剿方腊，方法不同，要将这两处不法之徒一齐消灭，用意却是一般。恁地时，梁山还留下余孽。宋江只得一半力量去江南，不但未必能胜方腊，或者倒是让方腊打败了。那时，方腊之势坐大，梁山又没有斩草除根。"

蔡攸不等他说完，脸色一沉道："侯蒙你是真不解朝廷用意，还是故作痴聋？朝廷岂真要起用宋江去平方腊？无非以贼杀贼，让他们自相败灭。不然，朝廷何至如此无人？"侯蒙听他这番话，觉得与自己上书的意思，竟是个反面。便又进前一步，再拱一揖道："恩相指教，卑职已理会得。唯是宋江一百零八名寇首，文武人才全备。他果有向善之心，朝廷落得用他的力量去平方腊。方腊虽是乌合之众，也未可轻敌，官军若有力扑灭他时，何至连陷郡县，猖獗日甚？再则果用以贼杀贼之计，若被宋江看破了，倒是为渊驱鱼。"蔡攸将桌案一拍，喝道："好大胆的侯蒙！你说此话，不但触犯上宪，而且藐视朝廷，你带了几颗头颅来到东京？"侯蒙拜倒在地，连称死罪。蔡攸喝道："我这里岂容你唠叨？左右将他叉了出去！"只这一声喝，两廊下出来十几个如狼似虎的家丁，拿了鞭子，便向侯蒙抽来。侯蒙身在虎穴，怎敢抗拒，只得踉跄走出了蔡府。

这一群家丁中正有一个时迁在内。他知道侯蒙是为了招安梁山被打，怎的不心里火烧呢，他见侯蒙两手捧了腰间玉带，头上纱帽斜歪倒着，抢着向相府门首走。便由里到外，挡住了众家丁的鞭子，紧跟了侯蒙。眼见离开大堂远了。便圆转身来向众人道："各位，这位知州是个好官，虽然言词触犯了相公，却又无甚大错。我们何必侮辱斯文？"这些家丁，日夜由时迁供奉着金帛酒肉，闲时，便一同到花街柳巷耍子，也是时迁花费着银两。大家喜欢时迁慷慨，把他当个首领也似看待。因之他说了一声何必时，各人拿了鞭子的手，便不向下打了。侯蒙虽是在许多鞭棒下朝前奔走着，本也知道身后有个人在暗暗护卫。这时见时迁一番话拦住了众人，便回转身来向他一揖道："不想你这汉子却懂得公道。只是我也该打，未曾陛见圣上，却怎的先到此地来？"说毕，长叹一声，竟自走了。时迁见他面如死灰，帽侧衣斜，一步高一步低地走出去。望了他那后影，却替他不堪。当日悄悄地把事告诉了燕青，燕青又来告诉柴进。

柴进访得了侯蒙寓所，次日，便扮着一个殿试秀才前去拜访。到那处时，是城东永济寺的西院。那院门半敞着，里面有口棺材，放在屋檐下，棺材盖放在一边。一个团头和几个伙家，忙着进进出出，阶檐上，又堆了些经幡钱垛金银纸锭之属。柴进却是一惊，见有个穿皂衣的老人，哭丧着脸，是个仆人模样，便问道："这可是侯知府寓所？"那老仆向柴进周身打量一番，垂泪道："回禀官人，敝主人昨晚病故了。"

柴进又是一惊。因问道："昨日下午曾见来，如何便归天去了？"老仆摇摇头道："一言难尽。"柴进道："端的为何得了暴病？我与侯知府是幼年八拜之交，一别多年，现今方来东京图个相会。"老仆道："主人停灵正屋，未便请官人里面拜茶。"柴进道："昨日侯知府到相府去，受些委屈，我正要来安慰他。"老仆道："唉！官人昨晚来便好了，敝主人回来时，长吁短叹，吃了一夜的酒。今早小人进屋去看时，敝主人便僵直着在床上了。"柴进道："且引我进去一拜。"老仆道："官人尊姓？"柴进道："我姓周。我且先拜过灵，客中想是盘缠不多，回头我即着人送办理丧事的花费来。"

老仆先道着谢，引了柴进到正屋。见右壁厢挂了千秋幡，地面停着灵床，侯蒙穿了朝服，直挺挺躺在那里。柴进在床前拜了四拜，起来一揖，洒了几点知己之泪。里屋有妇人呜呜咽咽哭着，老仆却引了一个四五岁孝服儿童出来谢孝，柴进着实感慨。回得高升店，将出十锭大银，交与白胜，送到侯寓，作为奠礼。不想他这一番好意，却几乎引出一场大祸来。

第四回

煎同根张达动官兵
放野火时迁闹相府

　　原来蔡攸将侯蒙申斥了一番。依然不放心他，怕他陛见之时，却在皇帝面前道着什么，因当年在枢密院时，他就说过蔡京闲话的，且待他向司院报到时，先羁压住他陛见的日期。不想一过四五日未见动静，蔡攸想着奇怪，他小小一个未到任的知府，敢藐视诏命，到了东京不向三司报到请陛见吗？因手谕员司调查侯蒙有文书到三司也无？待得详覆上来，侯蒙已死，他的眷属已报丧多日了，病故的日子和那次在相府里被逐，却是同一个时候。蔡攸知道这事，心里却有些过意不去。侯蒙是个念书人，在大庭广众之下，让棍棒打出了相府，必是羞愤致死。细想此人言语，只是不合意旨，却未曾于犯宰相尊严。一时良心发现，便派两个相府虞候去视察侯蒙眷属，并且通知他们，朝廷可以重加抚恤。这两位虞候回报上来，说是侯蒙眷属将丧事办得很好，有一个沧州秀才周集重重地周济了他们。这秀才自道是侯蒙总角之交，侯蒙眷属却不知道这个秀才的底细。蔡攸心想一个秀才却平白地周济在京病故的一个知州，其中必有缘故，便又差此两人去看周秀才行动。

　　相府中虞候，彼此在值班房里道论此事，却被伍虞候听到，心中暗暗一惊。想着相公将棍棒逐出府门去的人，周殿试倒重重地为他料理后事，这不故意与相公为难。悄悄地出了班房，找着燕青把话告诉他了。燕青道："侯知府自是舍下世交，他在外病故了，愚兄弟在此，酌量周济他家有甚使不得？"伍虞候道："相公所不喜的人，休说是世交，便是同胞兄弟也当避着嫌疑。"

燕青嘴里虽恁地说了，却是怕泄露了本相，立刻回到客店，向柴进说了。柴进道："现在侯蒙死了，高俅借刀杀人的那条计自然使不出来。但方腊的势焰，近来却不见稍煞，朝廷绝不能坐视不理。我想，在目前朝廷必定要另调得力人马去平江南。对梁山军事，必要放松一把了，我们应当回山寨去，报知宋公明哥哥，乘机另图出路。蔡攸若是不容我们时，我们去休。"燕青道："好在相府内外，我们都安有线索，万一危急，也走得出东京。军师未有令来，我等且再等几时。"柴进道："我自理会得，你且到蔡攸家里去守候，遇事留心则个。"自这日起，柴进暗下通知了在东京藏伏着的几位弟兄，随时准备厮杀出京，提防蔡攸下着毒手。

这其间的张横、张顺两人，本住在城外客店里。吴军师派遣，是恁地想着。来京一行兄弟，遇到水码头不易渡过时，却有两个水路头领护卫。在东京城里，自不须他们多有出面。这日二张在高升客店听了柴进的命令，依然回向城外客店去。张横在路上向张顺道："兄弟，我们生长在浔阳江上，难得机会到官家脚下来看看这繁华世界。来了东京恁久，不曾游逛得。现今柴进兄弟说东京住不得了，要回山寨去，今天我们且在街巷里走走，寻所酒楼吃几盏酒。"张顺道："须是不要闯出祸事来。"张横道："我等一个寻常老百姓，又不干甚闲事，九城军马管辖的皇城里有甚飞来的横祸？"

张顺想着也是，便不取直路出城回寓，大宽转地在街上走着。忽然有人迎上前道："二位兄弟一向好？多年不见，不想却在此地会见。"张横看时，是本家哥哥张达，外号水老鼠，往日是在江州城外卖鱼为生。因为他曾在二张父亲手下学习得了一些武艺，和二张又有了一份师兄弟情分。张顺在一边，却抢上前唱喏道："真不想在此地得会见哥哥。府上现寓何处？改日我兄弟却来拜见。"张达扯住衣袖道："今日难得遇见，就到我家里去吃几碗淡酒。今日相逢倒不去，改日两兄弟却怎肯来？我家离此不远，就去则个。"张顺待不去，可又却情面不过。张横一本性直，只瞧科张顺。张达笑道："益发叫二位兄弟得知，前妻在籍已亡故多年，愚兄来到东京，续娶了一房家小，是济州清河县人氏，娘家姓潘，十分伶俐，会做得各种好面食。也叫她认识家乡来的骨肉，显些手段领教。"说毕，哈哈大笑，哪里容得二张推诿，只是拉了他两人走。

到了家门口，掀起帘子喊道："大嫂快来，远客到了。"有妇人从楼上应声下来。到堂前拜见。她梳了个盘云髻儿，发上插一朵小翠花，上穿月白绫袄，下系绿罗百褶裙子。满脸脂粉，却不是贫寒人家妇女。张达道："这是我两个同宗兄弟张横、张顺。"那妇人道了两个万福，说声："二位叔叔，奴家拜见。"二张躬身回拜不迭。张达便让二张在堂屋坐地，向潘氏笑道："难得在几千里外，与两位兄弟会见。相烦大嫂安排些菜肴，我们且吃三杯。二舅在家也不？就请来陪客。我也好到街上去买些果子来下酒。"张横起身拦着道："兄弟多年未见，畅谈一番，胜似饮食，哥嫂休得费事。"潘氏看着张达眼色，入厨房去了。张横道："未知哥哥因何来到东京？"张达道："去年随了个贩葛布客人来到中原，就未曾回去。出门辛苦，真是一言难尽！容将来慢慢地说。"

张横心里想着，他必然也要问我兄弟缘何来此？我们便答是随了客商漂流到此。但张达却不问这些，随着有个年轻汉子捧了三盏茶出来，分别递送到宾主面前。张达向二张道："这是我妻弟潘海。因岳父母都过去了，便在我这里居住。二位兄弟将来指点他一些武艺也好。"潘海放下茶盘，向二张唱了喏。他悄悄地向张达道："姊姊请姊夫说话。"张横道："哥哥不必费事，畅谈家常便好。"张达起身入内去了，张顺看这堂屋，收拾得甚是整洁，正中供了张氏清河堂上祖先神案，挂了佛像，案前点了长年佛灯。左壁厢设了长榻，右壁厢一列四把红油交椅，墙上也张挂上三五张字画。

张顺想着，一个做鱼贩人家，却有这等排场。因问道："潘舅哪年与我宗兄联姻？"潘海道："有三年了。"张顺道："约莫我宗兄来了三年多了。"潘海道："正是。"张顺道："敝同乡有一位做葛布生理的，潘舅认识也不？"潘海道："在下少与商家往还。"张顺道："自是我宗兄朋友。"潘海道："不见姊夫提到认识贩葛布的。"张顺听了这话，益发瞧科几分了。因站起身来道："这房屋修理得恁地整洁，我来看看。"他一壁厢说着，一壁厢转入后堂，隔了一扇木屏风，听了那妇人道："你便由后门出去，我这里自安排酒肉他吃。有二三十碗酒，怕他不醉?"

张顺听了这话，好生蹊跷，又未便停留久，回到堂前，大声叫道："宗兄快来，兄弟有话说。"那妇人勉强笑了出来道："叔叔慌怎恁的？奴怕二位叔叔客气，自打发他由后门出去买果子去了。"张顺道："嫂嫂是新到我家来，却不明我兄弟以往因缘。实不相瞒，当年蔡九知府在江州时，兄弟做鱼伢子，供应差遣不周，官府认兄弟是不法之徒。曾拿捉兄弟未得。当时曾听说我这位宗兄，跟了蔡九知府做亲随，却是未曾见得。后来蔡九知府因梁山好汉闹了江州，当今蔡老相公调他回京，我那宗兄，怕不是跟将来？于今蔡九知府不知做官也未？但是他爹尊和阿哥，是老小两个相公，他要奈何兄弟，却不费吹灰之力。我那宗兄，却休是把我兄弟留在家里款待，却私自报官去了。"

那妇人被他说破，脸上红一阵，白一阵，却道不出一句话。张横猛可想起，跳起来叫道："是的是的，我们在江州听说他在蔡府。要不，他怎的会投奔到东京来，有这一副排场？好张达！你有今日，都是我阿爹的教训。你不念往日旧恩，倒要陷害我。"张顺道："哥哥去矣。"张横哪里肯依，手提了交椅举了起来便待向那妇人劈下去。张顺扯住他手道："哥哥若打死这妇人，益发张达那厮有得嘴说。我们且走开，让他带了逮捕公人来，却扑一个空。看他把什么交代？还有一层，我等有山寨大事在身，休为张达那厮坏了大事。"张横向那妇人道："便宜了你这贱人。"说毕，丢下交椅，同张顺一溜烟出门去了。

那妇人吓得战兢兢地靠了墙壁，潘海却钻入桌子下面去藏躲着。半晌，妇人先醒了过来，骂道："二郎，你枉为一个丈夫，却不如我妇人，眼见两个强盗关在家里，吃他跑了。"潘海缓缓地爬出桌子来，脸色兀自苍白着，因道："姊姊说得好风凉话。张横、张顺是有名的梁山泊水军头领，千百个军马近他不得，叫我将他怎的？"潘氏道："兀谁叫你厮打，你不会将好言语安顿着他。我若早在外面陪话时，是两只大虫，也休想逃了。"潘海道："姊姊，你这裙子怎的？潘氏低头看时，那条绿罗裙子，湿了大半截。啊哟一声，跑上楼去了。

约莫有一个多时辰，张达领着几十名官兵，刀枪乱晃，直拥进门来。张达见潘海呆坐在椅上，便问道："两个梁山强盗，哪里去了？"

潘海道："张顺那厮刁滑不过，他看风色不对，将姊姊唤来，把言语说破了，忙忙跑走了？不是我护了姊姊，几乎让张横那厮一交椅打死。"听说强盗走了，人丛中挤出一个东京缉察使手下的柯巡检，手拿两把朴刀威风凛凛，向张达道："平白地你说皇城里来了梁山强盗，兴动干戈。现在捉不到人，上宪怪下罪来，说是皇城里兀自容着匪人，没有缉捕得，成何话说？要我等缉捕官兵何用？说是并不曾有强盗，你妄词报了，你谣言惑众。须是死罪！"张达急得流下泪来道："我有几颗人头，敢在天子脚下造谣？"潘海也急了，替张达分辩道："实在是两个强盗。临走时，他兀自说，休坏了山寨大事。"柯巡检道："张达，你在老相公府里当差，绝不能知法犯法，只是吃两个强盗跑了，我等怎的交代？缉察使现在巷口，我等同去请示。"张达没的说了，带同潘海一同到巷口来。

这时，九城兵马陆续听调来到，将附近十余条街巷，围得水泄不通。张达这条巷子里，一个连一个，挨排地站了兵马。窦监骑了马，全身披挂，手使一支长槊，横拦在马上。柯巡检跑上前去，把话向他禀报了。窦监大怒，喝道："在京城禀报匪犯，岂同小可！不捉到犯人，岂不连累本官？"柯巡检怎肯和张达担当，便引他同潘海到了马前。张达跪下道："张横、张顺是小人同宗兄弟，哪得认错？小人自不犯疯病，若不是在街上遇到他两人骗困在家，小人怎敢到官举发。小人做此事，不但是求赏。因小人跟随蔡九相公，当年九相公在江州时，吃梁山这伙贼人闹过法场，于今怀恨在心，小人也是替主报仇。"窦监道："看在蔡九相公面上，权寄下你这颗狗头，把这厮押起来。"说着，喝向左右动手。跟来亲随兵丁，将张达押下。潘海虽是事外人，且派他做眼线，带了营兵，向全城搜查。窦监一壁厢通知各城门，盘查出城人民。这东京城里，人山人海，大队人马开来街上捉强盗，怎的不惊人耳目？不到几个时辰，东京城里，已是风声鹤唳。

那张横、张顺两人惹了此祸，不得不来通知柴进。柴进想到二人既是走开了，张达便是引了缉捕兵差到家，也便罢休。便请二张隐藏在店里，休在街上再遇到了张达，可于黄昏时候再混出城去。不想只半日工夫，街上传说纷纭，京城要戒严，道是有梁山泊一百零八名好汉，带十

37

万喽啰混进了东京，还有公孙胜、樊瑞要用妖法伤人，越传说越厉害。又道是九城兵马都调动了，早晚城里要厮杀。只这高升客店里，就人人面带死色，人来人往地报信。不到半下午，店家将门便关了。柴进在店内，自是不安。随后在京兄弟，也陆续前来报信。

柴进留了大家商议，在座共是柴进、花荣、张横、张顺、燕青，石秀、戴宗、时迁、白胜九位头领。柴进道："各位头领休慌。第一是戒严这事，不会有的。京师甚等地方，非事关国家大变，岂能轻易戒严？不戒严，商民在街巷进出，自不犯法。我等先休当着有甚事，自不会露出破绽。其次，时迁兄弟早在蔡攸家里，陆续运出进府铜牌二三十面，便连带来的喽啰们，也各有一面。事急时，自可拿了这铜牌在街上走路，料得五城兵马，不会逮捕到相府里去的人。其三，小乙哥和时迁兄弟现在小相府，谁敢拿他？小可也和窦缉察交好。今天这事，正在他手里，他终不成会疑心到我周殿试？"说毕，哈哈一笑。又接着道："只要小可和小乙哥无事，各位遇到人盘查，只说出小可和小乙哥来，谅也就无事。"花荣道："虽是恁地说，东京人民，五方杂处。狭路相逢碰到熟人，却也难免。不然，怎地会有今天这番事？东京久居不得了。大官人来京是个主体，可否做主我们便回山寨。"柴进笑道："我等来京，耗费了许多金珠财帛，须不能空了手回去。依小可之见，戏耍戏耍蔡攸一番，也为侯知府出口气。"张横攥了两拳头道："我只要一刀砍了张达那厮。"柴进笑道："只要行了小可这条计，便顺带也将张达那厮收拾了。"因悄悄地把自己的计划告诉大家。因又笑道："这样行事，万无一失。"各头领接了计策，分头行事。

燕青、时迁回到蔡攸相府，时已黄昏，又值高俅、王黼在此议事。晚饭以后，时迁在值班差拨房里假称肚痛，暗地里带了背囊，却走开了。他在此两月，已是把蔡家一草一木认识得清楚。趄过两重院落，到了一个蔷薇架的小院落里，抬头看了天上，明星灿烂，如千点明珠，洒在深蓝幕上。微微的几缕稀疏的白云影子，在星光下飘荡着。这正是初夏四五月天气，月在下弦，兀自未曾升起。中原天气凉爽，蔷薇初开，黑幽幽的院落里，正落在香海中。一道碎石子小路，通过一重粉墙下的月亮门去。这门外有三间厢房，有两个老院公看守。时迁那次偷看圣驾，便是由这里借了灯火出去。这是蔡攸第五房姬人的院落，里面正房，只有几个丫鬟仆妇，如蔡攸不向此地住宿时，月亮门早早闭住，一路悬挂的纱罩灯都熄了。原来蔡攸姬妾众多，便是这十分宠爱的五姬，却也三五天才得来此一宿。又怕五姬生怨心，只将金珠珍玩来重重的赏赐。

　　时迁知道此地金珠最多，又是个僻静的院落，早在这里留意了。料着这个时候，是一个混进门去的时候，因为屡次晚上来偷觑，只要蔡攸不来时，便是恁般的。他想着先隐在蔷薇架下。果然，那月亮门开了，便有一个仆妇，走向那院公厢房里去闲谈。那月亮门半掩着，就不曾关上。时迁悄悄几步，趱进了那门，里面这重院子，一律灯火熄灭，只上面纱窗里，隐隐放出一线红光。时迁将身子隐藏在花台下，不到片时，正房半掩的双门开了。一个窈窕身段的女人影子，在走廊下闪了一闪，就下了台阶，直出月亮门去。时迁知道这时光很短，轻轻窜了两步，进了那正门。这里是五开间的房屋，正屋挂了一块横匾，屋梁下，悬了四盏红皮牛角灯，隐约照了那匾上四个大金字"淑女之居"。时迁盘了直柱，也爬到横梁上，然后把身子钻进那横匾后去。不多会儿，有脚步响，见一个俊俏丫鬟，引了个少年无须的男子进来。轻轻悄悄走向后面去了。又不多会儿，听到关月亮门响，再听到关正屋门响，那个仆妇便进来了。她将牛角灯都熄了，摸黑进去。

　　时迁爬出横匾，蹲在横梁上。先是听到里面有喁喁谈话之声，继着嬉笑之声，约莫一个更次，一切声音都停止了。时迁顺着直柱子溜了下来，轻轻向里面走了去。一排绿纱窗户，微微放出灯光。贴近窗户，在窗户低处的纸格上，用舌尖舔湿了一块，再用眼自纸缝里张望了去，里面是一间极精致的屋子。上面檀木象牙嵌边雕花床，正四面垂下白罗帐子，帐子下面，放了男女鞋子各一双。床头一架九曲屏风，上面搭了男女衣服。屏角一支雕漆木架，上承银色烛台，烛台上有支长烛已燃去了一半。这时，远远地听到梆锣响过了三更。时迁伏在窗下，侧耳听了里面，鼾呼之声大作。于是轻轻一纵，跳上了窗台。推开虚掩活页的窗户，将身子钻了进去，把怀里所藏彩笔涂画的假面具，取了出来，在面上蒙着，靴筒子里抽出银光夺目的匕首，就溜到房间里来。床上一对男女倦极睡熟，时迁又手脚轻便，却是一点儿声音也无，更不曾惊动兀谁。

他走向屏风角，先把男女衣服取过来了。隐身在屏风后面，先把这衣服来一卷，卷了个结实，再到床前去，把男女鞋子捡了过来，塞在衣服卷里，就把屏风上的一根丝鸾带将衣鞋捆了。收拾停当了，将桌上一双玻璃灯在烛上燃了。床上人便惊醒了一个，有妇人轻声问道："兀谁来了房里？"时迁故意站在烛光下，现出了那狰狞的假面具，手将匕首指了罗帐里，轻轻喝道："我是夜游神，奉了玉皇圣旨，查人间善恶，你这奸夫淫妇犯了淫罪。理当剜出你心肝来。只是蔡家父子，当今第一大奸臣，他家里应当出些丑事，所以权免你一死。你且说出所有珠宝藏在哪里，以便本神拿去盖一重玉皇大殿。"

时迁这样说了，那床上人哪里答应得出一个字来，只见罗帐波纹乱抖，是床上人在颤动着。时迁直把小刀尖子伸到帐子里面来，又轻轻喝道："你快说快说，再不说我先割下这奸夫的头来。床上妇人抖颤着声音道："床后暖阁子里堆着第七只箱子、第十三只箱子里，都有贵重珠宝。"时迁喝道："我且去开箱子去，若有一句虚言，把你舌尖割下来。我对你说，你的衣服鞋袜都在我这里，你若喊叫时，是你自投罗网。"说毕，自转到暖阁子里去将珠宝由箱子里取出来，更在箱子里抽出一大幅红绫子，将大小珠宝盒子，一包袱包了，先放在屏后。复回身走向前面房里来，笑道："多谢五夫人送了我这包金珠，请你们安心睡到日上三竿吧。"说着，在怀里掏出了一把药末，缓缓洒在香上，立刻这房间里香气充溢，紫烟缭绕。时迁便在梳妆台上，取过五夫人的画眉笔砚来，跳上桌子，在粉墙高处写了几行大字道："梁山好汉，感谢蔡小相公气死招安使臣大德，特派兄弟们下山，代为捉奸。奸夫淫妇，双双俱在，请自惩罚，未便代予处分。携去金珠珍玩一袋，聊充赏金，当不吝予也。"

时迁写完了，把烛火一齐熄灭，然后开了房门，大大方方出来。由里到外，一路开着门走，毫无阻挡。他将包袱金珠，捆缚在肩上背了，然后顺了廊檐柱子爬上屋去，反溜到这座院落后面来。这里有几间厢屋，堆了不用的零碎物件，门虽外锁了，时迁将带来的铰剪，只三铰二铰便开了。将背囊里带的硫黄硝药纸卷，放在杂物堆里，安好了火药引线缚在一根信香上。距引线一寸来长处，将信香点了一根。还怕有误，照样做下了三根引线。看得一切安排妥当，时迁不敢怠慢，爬上院墙，翻过几重屋脊回到前面门客住处来，燕青和衣在床上假寐，正燃烛等候时迁消息。听到窗格弹了两下，开门放时迁入去。见他身背包裹，便掩上门将烛灭了。

那时迁留在五夫人院落里的火种，接上了火药引线，轰然一阵大响，将硝黄纸包燃烧着了。那厢房里都是些干燥的器具，立刻件件燃着，火焰冲上了屋脊。相府里长夜有守更的夫役，见火焰射了出来，便乱敲梆锣，大呼起火。时已三更二点，蔡攸议了半夜事，正在一个新纳姬人房里睡觉未久。在惊呼声中，披衣起床，心慌肉跳，还未敢出屋。不久有几个家丁和武弁，陆续在院外齐集，道是五夫人院落里失火。蔡攸问大门后门是关闭的不是。家丁回报，前后护卫严密，并无他事。蔡攸才大了胆子，取过一柄七星剑，领率了二三十名护卫人士，簇拥向五夫人院落里来。

这个院落里，只有守着外院门的两个年老院公，里院都是丫鬟仆儿，外面一片呼喊声起，这些妇女们从梦中惊醒，各在床上抖索着一团。后来听到呼喊声渐近，火势在空中闪动，也呼呼作响，知道是近处起了火，不得不勉强挣扎了起来逃命。那火焰从后面屋顶上冲出，火星像放火焰也似乱飞，窗户外一片红光，里外通亮，各人跌倒着撞将出来，五夫人两三个亲信丫鬟，并不见夫人出来，见房门洞开着的，便进房去张望。纱窗外的粉墙上，将火光反映进来，照着罗帐低垂，里面鼾声高低相应。丫鬟隔帐大声叫喊，只是不应。年纪大些的丫鬟，掀起帐子来叫时，却又臊得退回来了。府中救火的人，纷纷向屋子里跑来。皆问五夫人受惊了吗？丫鬟暗中不住地叫苦，却不敢说夫人在床上，只道夫人避开了。丫鬟心里想着，火烧过来了也罢，一把火把房屋烧平了，只是五夫人烧死了，却落个干净。偏是这风势向后吹堆存杂物厢房，又隔了一片宽院落，救火人不断地派人来报平安信，火向后去了，且休惊慌。恁地说时，丫鬟们惊慌得更厉害，屋外一阵脚步杂乱，相公到了。

十几盏灯火引导着蔡攸进了小堂屋，蔡攸见屋里陈设未动，不见第五房爱姬，连问五夫人怎的不见？三个照料卧室的丫鬟却偷走了两个，剩一个站在堂屋里也战兢兢地答不出话来，只看蔡攸手上的那柄七星剑。蔡攸在侍从手上接一柄牛角灯笼，右手依然提剑走进卧室。见罗帐低垂，却上前一步，将剑头掀开帐子看来，这一看不由大叫一声。回头见侍从们环绕在身后，举起剑来便向床上乱劈，侍从们听了喊，簇拥灯火进来。在灯光下，看到帐子缝里是一对男女，兀谁敢来劝阻？蔡攸劈了一阵，将剑和牛角灯一齐丢在地面。坐在一把雕花小榻上，只是周身抖颤，跳了脚道："将本院所有男女仆人，一齐绑了！"

这时，蔡攸之妻朱氏，闻道蔡攸在此救火，也带领仆妇追赶来了。见蔡攸呆坐着，因道："相公休惊，火已救熄了，五夫人怎的不见？"蔡攸跌了脚道："辱没煞人。"朱氏见血染被褥，剑落在床前，便瞧科了。四面张望着，见粉壁上有几行大字便指向蔡攸道："相公看，兀谁在这粉壁上留下了字句？"蔡攸听说，起身便向墙壁下走来。仆役们举了灯烛，向墙上照着。蔡攸从头至尾，看了一遍，又大叫了一声，向后倒去。

第五回

劝酒盗令柴进赚城
夺船渡河花荣还箭

　　这时，相府火警，早已惊动了东京全城。蔡攸看了壁上题字，突然倒去，却又惊动了全府。早有家人抬过安乐椅子，将蔡攸放上，抬进他自己正室。他夫人朱氏，紧随了前后，嘴里直唤怎的是好。那蔡攸其实不曾晕倒，等朱氏靠近了却暗暗地握着她手，捏了两捏。朱氏是跟随他左右，伺候过皇帝的人，有甚不理会得？进了正室以后，她就轻轻挥退从人。蔡攸睡在珠罗帐里，却是在床上仰面睁了眼。朱氏钻入帐子来，低声问道："相公怎的？"蔡攸道："夫人，你好不明白，此等丑事，是府中上下人都看到了的，好叫我难于安排，此尚是小事。府中失火，必然惊动了全城文武，都要来探望我，我见了人却叫我说些甚的？最要紧的，是那墙壁上题的字，自称是梁山贼寇。且不问真假，此话传了出去，却叫人心更是浮动。前两天传说张横、张顺混进了东京城里，今有此事，明后日定是说宋江杀进了蔡府。我自装晕倒，不让人去理会那墙上字句。夫人快派人把那字抹擦了。有人来问安时，道是马棚草料房里失了小火，已扑灭了。"朱氏道："益发对人说，相公身有小恙，请谒的一概免见。"蔡攸点点头道："我正要恁般说。"朱氏立刻把这话吩咐了出去。

　　恰是汴京缉捕使窦监率同一队人马，带了镣钩水桶，各种救火物件，蜂拥到了相府门首。门官迎着，把夫人传下来的话说了，因道："相公身体欠安，深夜自要将息，将军请回去。"窦监坐在马首沉吟着道："有府里两位人员，骑了马奔到我家去报信，说是相府里失了火。

不然，下官怎的来得恁地快？下官自想着，这几天东京城里，谣言特多些个，相府有了火灾，怎的怠慢得？"门官道："相公也正因为有谣言，烧了半间马棚。理会时，却不是又增加些人心不安。将军且下马在门首将息一会儿。下官却是不曾听说府里着人去请将军。"窦监道："却又作怪，此两位到舍下去报信的，确是相府里人。"说着，吩咐随从，且在府门口稍候，自己却下马来，踅进门官房里坐地。不多会儿，果然，有附近住家的官宦，陆续前来问安。那门官正是道着前留的一些话，一个不曾通报，因之都丢下了拜帖就走了。窦监在此，约莫守候了一个时辰，看看来人，不问官阶大小，都不曾进府，便也带了巡兵悄悄退去。心里好生纳闷："相公家失火，派人传令，前去救火。到了时，却不许进见，火也熄了。这两天东京城里谣言很多，却休着了梁山贼人道儿！"他恁地想时，却不想真着了梁山好汉道儿。

原来此晚初更起时，柴进打听得窦监巡街方回，便着人挑了两担食盒，两坛酒，着白胜引路，自骑着马，向窦监家来。此地往来已熟，阍人引了入去，窦监便与柴进在客室里相见。柴进道："连日缉察辛苦，小可备得有两坛酒，和几样下酒，特来和缉察慰劳。"说时，自掀起帘子，着来人将酒食盒子抬入去。窦监见两坛酒泥封未动，上有封条。一坛的封条，有字写汾阳贡酒。另一坛写着新丰美酒。便笑道："此物来路甚远，殿试在哪里将来？"柴进笑道："小可与各处行商多有认识，分两坛好酒吃，却不甚难。缉察若吃得合味时，改日再多奉赠几坛。"说时，将汾酒先开了泥封，早是一阵奇烈的酒香袭人。从人又把食盒打开，里面有熏鹅炙鸭等类。

窦监十分高兴，立刻叫家中侍役，取了杯箸来，将菜肴分着两份，冷食的便留在桌上，热食的先搬到厨房里去，慢慢地热来吃。侍役们知趣，点上四支大红烛，由坛里先舀起两壶酒来，宾主隔了一桌菜肴坐下，开怀畅饮，酒是好酒，菜肴又做得甚是可口，窦监却忘了酒肴是客人将来的，吃得顺口，只管劝酒。白胜在外，和巡兵等坐地，也出了二两银子，临时买得酒菜，遍请相见的吃喝。吃到二更时分，换了一回蜡烛。窦监踌躇道："蒙殿试送了恁地好酒菜，小可兀自未吃得尽兴。只是这两日谣言太多，小可要出去巡夜奈何！"柴进笑道："窦缉察特地小心些个。东京九城兵马，怕不有上十万人，甚等样人，敢在天子脚下犯法。官府只管理会谣言，倒把事情认真了，不是反叫人心慌乱？"窦监捧了酒杯，沉吟着道："小可也是恁般想着。无奈上司有命，不得不日夜在街上巡视两遍。"柴进道："皇城内外，自还有几位缉捕使、制使、指挥使，不争偌大的东京，都要缉察来担当一切。且和小可再吃几杯，便是真须出去巡街，打过三更再走也不迟。"

窦监吃得口滑，本也不肯席半便走，柴进恁地劝了，却又吃了一些时。墙角外面深巷里，剥剥呛呛，正是梆锣敲着三更过去。柴进便筛满了一大杯酒，两手捧了向窦监一拱道："且陪缉察吃三大杯，小可已是有几分醉意了，若再回寓迟了，恐是不当稳便。"窦监笑道："殿试若未尽兴时，小可自奉陪殿试吃三杯。"说着，先筛了一大杯酒，端起来喝了。柴进手扶了酒杯，眼可看了窗外的天色，因笑道："小可不及缉察量大，这杯酒却要分三次喝。"窦监又提起了酒壶向杯子里筛着酒，因眼望了柴进，微笑道："却是作怪。往日周殿试吃酒，一味爽快，不似今天恁般迟疑，莫非有意捉弄我？"柴进听了，不免心里连跳了两跳，强笑道："缉察却不道今晚吃得时候久了，小可已量窄要醉。"

正推诿时，有一个弁目进来禀报城内有地方起火。随了这话，当当当，鼓楼上的大钟声，也在夜空里传了来。窦监推杯站起，便掀帘走出来，站在院子里昂头四周张望。柴进也跟了出来，背着两只袖子，站在窦监身后。只见城内东角，一股火焰，冲天而起，将半边天空，都照映着成了红色，一片火星，随着那成圈圈的向上卷的火焰，四处飞舞。柴进道："此火在什么地方？仿佛是去小相公府不远。"窦监道："我正恁地想。"柴进不等他说完，暗地里伸着两个指头在嗓子里掏摸了一阵，立刻哇的一下，将吃下的酒菜，都吐了出来。窦监便回转身来道："殿试怎的，莫不是醉了？今已夜深，外面又有火警，且休回寓，便在舍下安歇如何？"柴进哼了两声，手扶墙壁，因道："便请赐借一副被褥，小可就在这外面客室里榻上安歇，内室不敢去。"窦监笑道："我与殿试谊同手足。殿试何必见外。"便喊着随从，搀了柴进到内书房里去安息。一壁厢吩咐家丁备马，打算立刻上街救火。

正在这时，却见随从引着两个人，举着写了大学士蔡、开府仪同三

45

司字样的灯笼，直闯进了院子来。来人便是和其他相府里人一般，只站住了躬身唱喏。接着便道："敬禀使台，相府有火灾，请快快打点巡兵救火。"此人说话时，上下喘了气，颇觉言语匆促。他身后有个人，却高声接住道："相公有令，着缉察快去救火！"窦监躬身应喏。那二人更不多话，举了灯火便走。窦监本要出门巡街，既有了相府钧谕，哪里怠慢得，抢着回了内室，披挂起来，手里拿了一柄黄金檛，带同宅里巡兵，先奔相府。一壁厢取了一支大令，交给亲信差弁，向不远的汴京缉察使衙门调驻衙巡兵，携带着救火用器，到相府会合。住宅里却只剩了一二老弱男仆和一个年老的司阍。

原来这缉察使官职，权柄颇大，官位却是低微。窦监为了收受贿赂便利，将眷属住在衙署后的深巷里，应接宾客，都在家中。所以柴进来时，总是在他家里坐地。这晚，他匆促接了相府来人的钧谕，慌张地走了，却不曾理会到柴进还睡在家中。他去后，白胜兀自在阍人屋里和一个老司阍吃酒。却向老司阍说，要讨口热汤汁喝。司阍代他取汤汁去了。便在身上掏出一包蒙汗药，悄悄地洒在他酒杯里。老司阍回来时，说是夜深了，厨子都已睡了。白胜道："缉察不在家，我们也休只管贪杯，我们吃了这盏睡觉则个。"说着，先端起酒杯来。那老司阍陪着把酒吃下，立刻天旋地转，倒了下去。

白胜把屋里灯烛熄了。趄进里院，见一个人影由上屋廊檐下悄悄行走，白胜先向墙角落里一贴，且不动。等走进来，认清了是柴进，便远远地低声叫了一声柴兄。然后悄悄迎上前道："兄弟早来这里了。"柴进手拿一把腰刀，虚迎了一迎，向后退着两步，站定了，便问道："东西得手也未？"白胜道："我自知道东西所在，请兄长把风。"说毕，他直奔窦监的内堂。第一次将来礼物时，便晓得这里陈设，走到窗户下，两手握住窗格，身子只轻轻向上一纵，便上了窗台，由窗格里把活闩拔开了，推着窗子进去。先把屋门开了，屋脊上半轮残月正好斜照进堂内。看清了右壁厢琴案上齐齐整整，有三支令箭插在架上。白胜拔了两支，反带上了门，走到院外，见柴进手握腰刀，悄悄立在一棵梧桐树荫下。轻轻说声东西有了，两人便径直开了大门出来。窦家无人，又已夜深，由他们从容走去。

柴进出门来，深巷子里已有张横、张顺，带了十几名喽啰，假扮了缉察使衙里的巡兵，各人牵了一匹马，在这里等候。白胜也由窦监家马厩里牵出了骑来的两骑马。柴进就将喽啰带来的衣包打开，换了一件青色战袍，将头上唐巾取了，戴上一顶软盔，手捧缉察使大令，一马当先向大街走来。马后有在窦监家取来的几个灯笼，临空照耀着。时迁、燕青刚由蔡攸家出来，也骑了马在街口上等着，益发亮起灯笼，并作一路，向东门飞奔。恰是东门城外，一阵烈焰飞腾，又是一处火灾。百十只马蹄，像山洪澎湃也似，踏了街石前进。奔到城门口时，几个守城兵士，便迎上前来，时迁不待他们开口，先就喝道："小相公府城外花园别墅失火，现同缉察使署柯巡检出城救火，有大令在此，快快开城。"说时，一簇灯笼火把，拥到柴进马前。那些守城士兵，看到他手捧大令，有甚不信，便把城门来开了。大家一拥出城，已有石秀、花荣带了十几个人接应。大家会面，所幸不曾损失得一人，就合并前进。此时约莫有四更以后，无马匹的喽啰，不过七八人，已预先让他们改扮商贩回山。在城外集合的，都是乘马的，不到天亮，已赶了一小站路。

这日马不停蹄，跑了一百里路，移上小路，找个村子安歇了。次日便从容卸除武装，改了贩马商人模样，迤逦回山。柴进计算计算在蔡攸家里得来的金珠，比在东京花费了的，却要多十倍，心里十分高兴。只是随便行走路程，遇到风景好的所在，便寻找酒店吃酒。这已是五月天气，渐近暑伏，众家哥弟，也不愿苦苦在毒日下赶路，落得沿路歇凉。一日巳牌时分，到了黄河南岸，小渡口上也有七八爿村店，参差在大堤上。人家丛中，有那合抱的大柳树，一排十几株，在堤里外长出，凌空拥出一座青山也似。这时，大太阳当顶，一片火光临地，天空半点儿彩云也无，蝉声在柳树上响起，喳喳喳的声闻数里，一行人马在太阳下走来，遍体淋着汗，灰尘和汗沾染了，变成盐霜，身上都觉得十分不舒适。奔上了大河堤一望，黄涛滚滚，流入天际，对岸青霭隐隐，有几丛树林影子在天脚下，便觉眼界空阔，东南风自堤后吹来，甚是凉爽。堤上村店，就在柳荫下摆了几副座头，卖着茶酒。柴进左手牵了马，右手挥了马鞭，缓缓踏上大堤，站在柳荫，连称痛快。看那堤脚下沙滩，都被夏汛来的洪水淹没了。下堤不远，便是渡口，有二三只黄河渡船，互相倚傍地停在渡口。一群行人车马，纷纷地上船。

这黄河渡船，与他处江河船只不同，舱上扁平，并无遮盖。为了车马好在上面停留，在堤上便看到过渡的人，或撑伞，或戴笠，站在舱板上透风。张横道："我们有恁般多人马，自是要包只渡船过去，休和赶渡人一般地鸟忙，且讨两碗酒解解渴。"行人本乏了，站在风头树荫下，都不肯走，道声讨酒解渴，各人就在座头上分别坐下。路旁村酒店里，过来一位店小二，问客官打尖不？要渡过河那岸去时，现今水大，船要流下去约莫十来里路上岸，再回头向上走那多路，才是对过的北涯渡口，非到两三个时辰以后，休想吃东西。张顺道："这店家是实话，现在黄河溜急，过渡都是斜过，吃得饱了过渡最好。"柴进听说时，便向店小二要了两桶酒，切了两大盘黄牛肉，众头领共围了一副座头，分了一半酒肉，让喽啰们也在柳荫下草地上吃喝。柴进道："我们益发吃了饭吧。"问店小二："有饭吃也无？"店小二笑回道："天气热，不敢多预备现成的，上午蒸了几蒸屉馒首，都让刚才过渡的人吃了。客官要用饭食时，除非现切面条来下。"柴进道："也好，你且去切十几斤面条来，口味做得好时，益发多给你酒钱。"店小二应喏切面去了。众人吃完了两桶酒，凉爽过来，谈笑着等面吃。

张顺和时迁两人在堤上散步，看黄河景致。顺着柳荫，约莫走了三五十步，张顺偶然向堤里张望，这平原大道路上，约相距三五里，有一股黄尘，卷起来几丈高，上达青空。这黄河大堤，高像一条小山岗子，下看平原，有甚不清楚。时迁见他凝神，便道："这不是平常行人起的尘头，恐怕有官兵追了我们来？"张顺又注意看了一会儿，见尘头里面，已经有旗帜隐约地露出。立刻奔回村店报告。柴进道："休慌，此地虽在河边，好在渡船现成。"张横道："不打紧，便是我一个人，也把各头领渡过江去。"花荣便首先起身，在马背上将弓箭取了在手，和燕青道："我们站在堤上对准他们的来路，先射倒他迎头几个，挫下他威风。"柴进也慌忙取了武器在手，将二十多名喽啰，分作两批。一批随张横、张顺，夺取渡船，将马匹行囊都抢上船去。一批和其余各位头领站在堤上等候官兵。却掏了大锭银子，丢在酒店桌上算酒钱。酒保哪个要钱？早不见踪影了。

正不消一顿饭时，早见两匹探马，前后相隔三五丈路，对渡口村店飞奔了来。看来相距不及百步，众喽啰齐齐呐了一声喊，叫道："梁山泊众好汉在此，兀谁不怕送死的便来。"那两个骑探马，听到这种呐喊声，便勒住了马不进。但藏在柳树荫下的花荣，已是看得真切，弯弓引箭，对准了先一骑探马射去，嗖的一声，便见那人应声倒下。第二骑探马看到，扭转马头，飞跑了回去。远远地他迎上了大队人马，便一齐扎住了阵脚。柴进看时，约有二百余名骑士，因向各头领道："看他们用轻骑来追赶我们，来的军士必然是经过一番挑选的。我们虽各人有一匹马，都已牵上了渡船。我们人少，又是步战，恐怕不会占便宜。我们回山复命，志也不在厮杀，不如退去。"石秀听说虽不以为然，但是面前连自己七位头领，只得十来个喽啰。堤上地面窄狭，官兵马队冲过来了，却没有躲闪处。因此也不执拗，便随同众人，下堤向渡口退去。

这时张横、张顺已把一只大渡船抢到，一面整理帆桨，一面安顿马匹。柴进一行人退了上船，恰是安排就绪，张横在船头督率喽啰们拆除了跳板，手拿长竹篙，便一篙子点了堤脚，将船荡了开去。船离岸不到两丈路，便见官兵马队，已拥到了堤上。柴进看那为首一个人，长须紫面，身穿紫色软甲，手横一把金槊，正是赛门神窦监。便躬身一揖道："缉察幸得相会，小可临行匆忙，不曾面辞，恕罪则个。"窦监在马上大喝道："我把你当一个斯文中人，不想你就是梁山贼人，你姓什么？"柴进道："缉察未曾细看，小可也是金枝玉叶，大周皇帝嫡派子孙，沧州柴进，外号小旋风便是。"窦监道："此贼可恶，休把这船上一伙贼人放走，快快把他们拿下！"说时，他挥动金槊，便有三五十骑马军，奔下堤来。张横在船头上自与几个喽啰扯着帆索，不理会两方答话。猛然回头，见河边众马军里一个人，首先跃下马来，奔上另一只渡船，正是张达。便向燕青道："在东京城里骗我到家，要去报官的，正是此贼。"说时，指了奔上渡船的张达。燕青手举弩弓，随了张横一指射去，张达便倒入黄河里去。

那岸上官兵，见柴进这只渡船，扯起布帆，水溜风顺，料是不能追赶，便各个举起弓箭对渡船乱射。船上人未曾提防，早有白胜、张顺和几个喽啰中箭。人是躲在马后的，马也射倒几匹。花荣大喝一声道：

"窦监，我兄弟念你一番交情，兀自让你三分，你敢在我花荣面前卖弄箭法吗？"他半身隐在桅杆后，说了这话，便把手上弓箭，看得准，向堤上窦监射去。窦监一般地未曾料到船上有箭回射过去，兀自挺了腰躯，坐在马鞍上。唰的一下小响，接着卜笃一声大响，他已胸上中箭，翻身落马。一部分官兵，跳下马来抢扶，无心再射去船。渡船离岸越远，梁山众人，也不来理会官兵。大家分别将受伤人拔出箭头，裹扎创口。张顺腿上中了一箭，却不甚重，白胜左肩被射入两寸来深，人却痛晕倒了。约莫一个多时辰，渡过了黄河。柴进看看南岸，并未有渡船载官兵过来，便从容登岸，受重伤的，让小喽啰们架了船舱板抬着，受轻伤的，依然骑马前行。虽然小有波折，却是此行不虚。到了山寨，自然有一番庆功热闹。

只是花荣那一箭却种下了仇冤，那窦监中箭落马，血流遍体，官兵在炎暑天的太阳光下，将他抬回东京，伤势便十分沉重。王黼听得此讯，便觅得了一包御医制的金创药，着亲信丁虞候，将来窦家安慰，窦监躺在病榻上，请了虞候到了榻前，两手加额，做叩头模样，呻吟着道："梁山贼寇，欺我太甚，骗我在先，杀我在后，请王太辅替我做主，必报此仇。"说毕，微闭两眼，昏沉过去。过了一会儿，他又复睁开眼来，伸了一手，扯着丁虞候衣领道："我有一个兄弟窦益，现在青州做团练使，请转告他，花荣、柴进是我仇人……"以后语音含混，不能听清。但丁虞候受了他临危重托，怎的肯放搁，向王黼复命时，自又加了些言语，这一来王黼动了三分怒气，一片杀气又涌到梁山了。

第六回

三路调兵高俅献计
万旗匝地关胜屯军

这次梁山几筹好汉，在东京厮混了两月，宫廷丝毫也不省得，到了后来，益发闹到了小相公府。蔡攸着实恼恨这汴京缉察使窦监，和那皇城捕缉使孙荣。窦监追赶柴进，在黄河南岸中箭重伤回来，蔡攸却专一怒恼着孙荣。只因他是内监童贯的人，未曾动作。当时东京人民，称蔡京为公相，称童贯为婆相。蔡攸虽是皇帝面前红人，却也不敢得罪童贯。那孙荣素日趋奉权贵，实不曾亲问皇城治安。前些时全城传说有梁山好汉来了，他只说是谣言。后来他们真个烧了相府，他也很不自安。暗地里打听得蔡攸兀自要奈何他，不敢去碰撞，却来王黼家里恳情。

恰是这日丁虞候由窦监家探病回来，向王黼转述了窦监的话。门官说是孙荣求见，王黼便着将入来，在节堂前，和丁虞候一同厮见。因道："孙荣，你自身旷忽职务，情形特重大些个。窦监的罪自比你更大，开门揖盗，把令箭都失了。但他追赶梁山贼寇带伤回京，危在旦夕，又保荐他的兄弟去平梁山。你好歹学他那样将功折罪，我也好和你说情。此事我已彻查得清楚，梁山贼人有八九个在京，终日辇着金银，在冠盖中往来。你身为缉捕使一些不知，却怎的交代得过去？"孙荣躬身道："太辅所责，卑职万死莫辞。便杀了孙荣，也无补于事。卑职现有宗兄，名叫孙浩，现做沂州指挥使，和窦缉察介弟窦益也有往来。窦缉察既保荐他弟青州窦团练，卑职也保荐家兄去平梁山。这州军马，终年防着海盗，是有经练的兵力，却不像中原军队久不闻鼙鼓之声。若是合并青、沂两州军马，总不下两三万人，朝廷若再差一员才智的大将前去统率，梁山不难平定。"王黼坐着靠椅上，手摸髭须微笑。因道："你们只好做皇城里的官，知些甚的？若是梁山贼寇只要一两个州郡的军马可以平定，却还待到现在？你既有此建策，且和小蔡相公商议了，再作计较。"孙荣看到王黼脸上，还并无和悦的颜色，自不敢多议。

王黼知道自己门下有多人受过柴进的贿赂，若把事情说破了，却是不大稳便。因之特在这日深夜，邀了高俅到小相公府来向蔡攸商议此事。那蔡攸为了家丑泄露，多日托病不出，心里可又放梁山这伙仇人不下，兀自筹划不出一个良策。王、高来到，便扶了小琴童，到暖阁子里会见。他勒着一方巾帻，斜靠在湘妃榻上，一手按膝，双眉微皱。王、高侧坐在锦墩上，先慰问了几句。高俅笑道："相公贵恙，倒不须药石来医治，依着小可之见，只要圣上一纸诏书，调动一支大军去扫荡梁山，相公出了这口怨气，贵恙自好。"蔡攸笑道："只是太尉便知我意。现在圣上听童太师之言，只要出兵去平方腊。梁山贼势猖獗，倒放在一边。这次梁山贼混入东京的事，恐启圣上忧虑，又不敢奏明。现在想按住讨方腊的大兵，去转讨梁山，定是做不到。童太师好大喜功，兀自要亲下江南，谁能违拗了他？若说在讨方腊之外，再添一支军马去讨梁山，这样南北双管齐下的事，兵马钱粮，支用浩大，也怕圣上不许。梁山贼势，现在号称十万，三五万人，绝不会少。若调少数队伍去剿办，怕又敌不了他。"

高俅拱手道："小可倒有个小策，请相公卓裁。据窦监、孙荣保荐，沂州指挥使孙浩，青州团练使窦益两部人马可平梁山。小可想，沂州军马，倒是防海盗的劲旅，可以调用，却还怕不是梁山对手，愚意再调大名缉捕兵马三五千人，遥为牵制。"蔡攸笑道："各州县缉捕官兵，向来无用，大名府的兵马有能耐时，上次不让贼人破了城池了！"高俅道："小可此策，尚得呈明。一来调用缉捕兵马或地方团练，只是剿办地方匪类，我等自可指挥，无须奏明圣上。二来，沂、青二州兵马，由东北进剿，只是见机行动。大名缉捕兵马，由西北进剿，不必和贼人对垒，只是将贼人兵力牵制一部。若是这两支人马来按计行事，小可再调一员能将，统率一支劲旅，由南路进攻梁山后路，直捣匪巢。"蔡攸道："太尉且说这一员能将是兀谁？"高俅道："此人现任知海州。"蔡攸道：

"太尉道的是张叔夜？没有圣上旨意，恐怕他不肯移动部队。我却听说他本事了得。"高俅道："相公若以为此计可用时，我等且觑便奏明圣上，一面却通知青、沂两州和大名府操练人马。方今时届炎夏，待得秋高马肥，三路人马一起行动，必要在平方腊之先，扫荡了梁山这伙贼人。有了两三个月时间，总可以在圣驾面前进言。一壁厢叫济州等处，只管把贼人猖獗的情形，陆续报将来，在圣驾前做个伏笔。"

王黼这才插言道："此策可说出于万全。往日几次出兵攻打梁山，都因为小觑了那伙贼人，仓促出师，总是覆败。这次把兵马操练好了再去，又是三路进攻，贼人必难招架。这张叔夜在海州，曾训练水军，益发叫他另带一支水兵，那时由湖里杀进去，叫水泊子贼人无险可守。"蔡攸点头道："二公所言却是很有道理。只是我恨梁山这伙贼人入骨，平白地又要我多等候两个月。"高俅道："相公若不能忍耐，在这暑天行军，有好几则不宜。一来兵马远来，在毒日下必是疲劳过甚，梁山贼以逸待劳，我先吃亏。二来夏汛刚起，水泊里水面宽大，进攻不易。三来就是往次进剿情形，兵马不曾训练得。"蔡攸想了一想，点头道："恁地也好，便着孙荣修书给那孙浩，枢密院有意提拔他，叫他加紧操练人马。一壁厢去公文那里和青州、大名三处。海州张叔夜那里，稍缓再作处理。"高俅道："还有一层，宋江、吴用都是狡猾之徒，这次在东京作祟过了，料着朝廷震怒，必然大张挞伐。所以通知各处操练人马，且休说是为进剿梁山之用，只说是要调去江南平方腊。且叫各处放出风声，待平了方腊，再用余力来扫荡山东贼寇。"蔡攸细想了一番，觉得高俅所言极是，便授意高俅照计行事。

那壁厢柴进带了大批金珠回山，又探得朝廷虚实，而且兄弟们并无损失，满寨自是欢喜。高俅所料，却是中了。吴用料着蔡攸吃了这次亏，绝不甘休，一连派了十几批细作，来到东京打听事后情形。细作回报上山，总是说东京并无动作。如此有一月之久，并不听说东京有进讨梁山之意。宋江便请吴用商议此事，吴用道："蔡氏父子，胸襟最是狭小，他岂能吃了大亏毫不介意。若说平了方腊，再来对付我山寨，且不说没有这样用兵之法，便是有，也不宜事先张扬。据小可所想。必是他们故意装呆，懈怠我们军心。现在天气炎热，不宜作战，他却在暗地里准备，等到秋高马肥，却突然来奈何我们。此事不难对付，山寨里水陆军马操练，不曾停止过，随时可以厮杀。现今我们只要多派细作下山探听。料得东京那里，都是些声色狗马之徒，有甚动作也不难探得。"宋江也以吴用之言为然。

山寨里除了操练人马之外，又派杨雄、石秀、郁保四、王定六到朔州去采买马匹，以便添置骑兵。这四人夏日起程，直到凉秋九月，方回到山寨。四人分作三批，共运送了三千匹肥壮战马回来，宋江甚喜。其中石秀是个精细人，向宋江禀报道："弟等路经大名，听说那里的两个兵马都监还是李成、闻达，新近整顿军马，昼夜操练营兵，很是忙碌。我以为边疆有事，恐怕要和辽兵作战。但我等自北方来，不见得辽国有甚动作。再向老百姓探听，他们说是蔡太师、王大宰要练好这支人马去讨平江南方腊。兄弟想，在江南用兵，不在江南附近州郡练兵，老远地到河北大名来操练人马，绝无此理。莫非是梁中书要报仇来对付我山寨？"吴用坐在一边，不觉拊掌道："石家兄弟，果然有眼力、有心思。他们的动作，恐怕还不止此，大名兵马我们已是承教过了的，蔡攸和高俅不见得怎地不晓事，却特地在大名练一支兵马，叫败军之将来对付梁山。恐怕他声东击西，另外在附近州郡安顿了一支军马，却要乘虚来袭击我们。果然如此，大名兵马在西路装模作样，这埋伏的兵马必在东角。"众头领闻说，都也将信将疑。吴用便分别差一二十位大小头目下山，分别向附近州县打听。却把东路总差遣交给戴宗充任。不到半月，戴宗回山报告，现在沂州指挥使孙浩，带领步马军队七八千人，又集合青州团练兵勇三四千人，共约万余人马，说是要到江南平贼，由东大道向西走来。吴用大笑，说是果不出所料，当时与宋江计议。

次日上午，擂鼓升帐，在忠义堂上召集一百零八筹好汉，挨了次序坐下。宋江道："上次朝廷有意招安山寨，派了侯知州来做东平府，好来办理此事。叵耐奸相蔡京的儿子蔡攸，对我等却放不过去，活活把侯知州气死了。现今想杀我等一个措手不及，却调了大名、沂州、青州三处人马，暗暗地向山寨扑来。昨晚与吴军师计议，已有对付之策，所望各位头领，照着军师将令行事，丝毫不得违犯。若有贻误，军法无情。"宋江说毕，吴用便道："官兵现分两路来犯，我们也分两路迎敌。公明哥哥带三十六名水陆军头领，一万五千兵马渡过金沙滩，扎下营寨，西向寿张。卢员外带领二十员步马头领，六名水军头领，兵马八千，渡过湖泊，先取东平府作为根据，小可随行，参赞军务。其余头领，随柴进留在山上坐镇。所有出征头领，有军令传达，不必一一唱名。"说毕，吴用便在席次，传下数十道军令，并有锦囊十余通，分发卢俊义、关胜等人。本日三更造饭，明晨五更出兵。执有军令大小头目，各点齐本部人马船只，按时按地到齐，听候主帅点卯。吩咐已毕，又勉励了众人一番。

单说卢俊义接着锦囊，看上面写了"即晚亥刻开拆"字样，便按时将信拆读。上面写着："大名兵马，为牵制之师，不足介意。我亦故意张扬多调兵西迎，使其不敢轻进。宋兄渡湖驻守，并不远行，足以应付东西两面。沂州兵马，久经训练，未可轻视。闻其节节进兵，将近济州，意在引我离开山寨作战，使我劳而彼逸。主将孙浩，薄有才智，亦不容掉以轻心。小可已令关将军带领部队三千，遥做攻打东平之势，以引沂州兵马前进。员外无须顾及此事，可精选三千名儿郎，间道东行，径取沂州。此围魏救赵之策，彼未有不知。然孙浩为沂州指挥，守土有责，且其军士眷属，均在沂州，万不能听我夺取，势必回兵救援。即不救援，军士闻家乡被围，自亦无心作战。山寨大军，自当相机败之也。"

卢俊义看了两遍，便已明白吴用的调度。次日天明，渡过金沙滩向北岸进展。这里一片平原，各位头领，已带了人马，安下若干座营寨。卢俊义升了中军帐，便有关胜领了一行水陆头领进帐参谒。卢俊义就案上翻开花名册子，计有马军三千，步军五千。点名一过，便向站在帐下的关胜道："军师定有妙计，让关将军前去攻打东平，想已看过机密军令了？"关胜躬身答道："末将理会得。"卢俊义道："将军所带本部人马，可自将去，我这里再差朱武、史进、鲁智深将一千人在后接应。此去东平，有不少湖泊交叉地带，益发着水军头领带二百艘船只，先后接应。第一拨，三阮带领一百艘船只；第二拨，李俊、童威、童猛带一百艘船只。

关胜领了军令，自回到本部营寨里来，当有军师指派，马军先锋花荣、徐宁，马军小彪将宣赞、郝思文，步军头领雷横、刘唐，步军将校薛永、施恩，都已到帐内集会。关胜升帐向各头领道："奉军师将令，我等此去攻打东平，要大张声势，先夺官兵锐气。便请施恩弟赶回大寨，多运金鼓旗帜星夜赶回。明日正午出兵，派花荣领五百马军做先锋，摇旗擂鼓，向东平西城攻打。官兵若是出战，引他前进与中军接仗，且自避开。徐宁引五百步军做左翼，刘唐引五百步军为右翼，雷横引五百步军接应。其余马步将校军士，一律随中军前进。"吩咐已毕，大小将领，休息一日。次日正午，施恩随同专造旌旗头领侯建、专造铁器头领汤隆，运来大批金鼓旗帜。号炮一声，花荣带领五百马军、弓箭手，首先出发。迎头飘出两面白绸红边锦字大旗，一面上书梁山泊马军先锋，一面上书小李广花荣。

时维九月，草木微衰，晶日行空，天高野阔。这五百军马，竖起一二百面旗帜，绝尘东驰。只一个半日，便到了东平西郊。这城池自年前让宋江打破一回，后来朝廷放了几个太守，都不敢来。此席只好虚悬，由了兵马都监高云更兼文职。他究竟是个武官，到任之后，修缮城堡，操练守卒，以防万一。这里是到梁山泊最近的城池，梁山上有什么动作，这里也自先得消息。这些时，他接得朝中密报，调集沂、青两州人马，由济州进剿水泊，眼见就要在境界里厮杀，如何敢怠慢，昼夜派人出城打听消息。这一日得着飞报，梁山大批人马，渡过湖泊，由大道向东平攻来。

高云得此信息，大为惊骇，立刻全身披挂，下令紧闭城门。就点齐军马，登城瞭望。果然，只见飞尘滚滚，有如一道烈焰，冲入云霄。在尘头之外，却是五彩缤纷，飘荡着大小旗帜，把西郊一片原野遮盖了半边。高云见来势凶猛，下令守城军士准备弓箭飞石，高悬吊桥，只取守势。那梁山来的骑兵，旌旗招展，一直冲到护城河边。见城里守兵闭门不出，却也不来攻城，只绕了城池一周，便在西郊外五里，安扎了营寨。此日下午，三路军马，也都赶到。

这时秋末冬初，农家庄稼均已收割，平原上耕地平坦，一望无际。高云在城上瞭望，只见千百具营帐，像无数的小丘陵，在地面堆叠着。每间营帐外，插了旗帜，迎风飘荡，西边天沉落的太阳，在黄色尘埃上斜照过来，越发照得彩色鲜明。呜呜咚咚，鼓角之声，就在那旗帜下传出。高云望了多时，抚须自叹道："盗寇有恁地火炽的军容，天下事实在是不可问了！"暗下有细作回到城根，城上用绳索垂下来，吊上城去。高云问时，他道："那大寨前面，树立的是大刀关胜旗号。"高云心想，此是梁山五虎上将，本人绝非对手。因之一壁厢加紧防守城池，一壁厢修下告急文书，差人迎着沂、青两州军马去投递。

送文书的人赶到济州郊外，向指挥使行辕投递，辕前将校引到后帐拜见了统兵将领沂州指挥使孙浩、青州团练使窦益。孙浩看过来书，又给窦益看了，就在帐中草草写了一封回书，嘱咐高云死守城池，大兵即日来援。打发书使去后，孙浩便向窦益商议进兵之策。这孙浩四十上下年纪，面皮尖削，髭须稀疏，两鬓杂了不少白发，这和他额上皱纹相衬，正是说他经历过了多年的辛苦。他两目深凹，又是说他遇事肯深思。当时在驿馆坐地，吩咐随从回避了。因低声向窦益道："高太尉钧旨，原叫我等装着下江南人马，暗下袭取梁山。我也曾顾虑到梁山贼人都是来自江湖的人物，耳目散在四处，恁地会让我们捡了便宜去？我等驻兵济州，他不来接杀便有计划。此地到梁山，还有四五日行军路程。他先抢东平，便是不让我们觑空临近水泊。他那里既是有了准备，原来计划，便行不得。团练意思如何？"

这窦益外号小钟馗，模样和钟进士那般，他却没那份锦心绣口。因便答道："听将军做主，我只理会得厮杀。我想，便不管东平的事，直抢到水泊子边去，怕关胜那厮不回兵来救！"孙浩笑道："这叫围魏救赵之计，远道行得，近道却使不得。我们若把兵马去攻打梁山，贼巢里的留守群盗，出来挡着我们，关胜可以放了东平不攻，回师去救老巢，我们却两下吃夹攻。探马回报，大名军队也还不曾到得寿张，总还要迟二三日，才得联成掎角。这都罢了，高太尉派定的那支主力兵张叔夜的队伍，兀自未得动身消息。小可意思，只在济州郊外驻守，等候三路兵马同进，于今却说不得了，只有先解东平之危。要不，东平失陷了，我们由这条路进攻，却老大吃力。"窦益哪有甚主张，听了这番话，只有听凭孙浩做主。

当日孙浩将队伍检点一番，便着窦益将本部五千人马做先锋，向东平西郊梁山营寨挑战。自己统率八千马步大兵，绕城西进，然后背城列阵，好与城里兵马接应。那窦益得着他哥哥死信，要报那一箭之仇，兀自忍耐不得。趱行两日，已到东平东郊，城里都监高云得信，派人送了十担酒五十头猪前来劳军。并说那梁山贼营，白日旌旗接天，夜晚灯火匝地，鼓角之声，昼夜不绝，军容很盛。窦益听说，好生不快，且在帐内吃了半夜酒。便下令三更造饭，不等天亮，军士用过战饭，便把五千人分作三队，两旁各用五百马兵掩护左右翼，自引三千步兵，向西进展。

　　天色微明，相距梁山军营寨还有五里，果然看到营帐密密层层铺张了一片平原，那旗帜像树林子一般，插在营寨四周。鼓角无声，朝雾溟漾，在肃静里隐藏了一股杀气。窦益不知道对面虚实，也不敢轻进，自己一马当先，领了中军缓缓向大营进逼。相距到二三里时，见营帐外，砍了树枝向外堆着鹿砦，鹿砦之内，已有了营垒墙基，颇见他们也有坚守之意。这时东边天脚一轮红日已由地面烟雾向上升起，照见对面营寨里不见人影，只有万旗飘荡。窦益便按住了阵脚，大军不再前进。自挑了五十名骑兵，直扑鹿砦中间的营门亲自挑战。那营门已是将土墙筑起，八字分张，门上有个四方碉楼，上面树立四方红旗，筛箩大一个关字，迎风飘动。其下两扇寨门紧闭，外有干枯深壕一道，隔桥那面，用铁索支起了吊桥。只有这壁厢一片泼风的马蹄声，那壁厢一点儿声息也无，关胜是个熟读兵书的人，这里怎能没有用意呢？

第七回

陷州城将军失进退
步月色豪杰叹飘零

这时，窦益怕折损了自己的士气，强自镇定，便叫左右对了营门叫骂，自己却挺枪跃马在广场上来回逡巡。约莫有一顿饭时，那面咚咚三通鼓响，营壁里旌旗飘荡，营门八字大开，有三五十名校刀手，簇拥一人出来。那营前一道吊桥，并未放下，出营的人，隔了壕堑站定，骑马的那人，身穿螳蚁绿战甲，头戴狮头盔，一张枣红脸，三绺长须，手横青龙偃月刀，拍马临壕。马后两面长旗，临风招展，一面上写梁山泊义士大刀关胜，一面上写梁山泊飞虎上将军。窦益见他并无过桥交锋之意。便按枪大声叫道："关胜，你也是朝廷职官，怎的叛君造反？"关胜左手提刀，右手抚须笑道："奸臣走狗，权相家奴，全国百姓，欲得尔等甘心，我们正要扫清君侧，重整乾坤，你还在阵前说甚君国？"窦益叫道："我已摆下阵式，你敢过来交战吗？我不和你斗口。"关胜笑道："你这无知匹夫，身临绝地，还想和我对阵？我明言告你，我已在东平城外埋伏两支人马，抄袭你军后路，眼见你本部军马要全军覆没，还在这里耀武扬威。"窦益听说，疑信未定，早有几匹探马连续前来飞报，说是梁山人马在后分南北两路杀来，遥遥已闻金鼓之声。窦益踌躇着，还未发令，那边关胜已瞧科了，又在马上大叫道："你且退去，我不逼你。"窦益不敢恋战，拍马跑回阵地，立刻下令，后军改前军，着左右翼两部马兵，先向前迎敌。

那时，梁山寨埋伏的人马，听了三声号炮，马军头领徐宁、步军头领薛永，带领五百马步军，由南路杀来。马军头领郝思文、步军头领刘唐，带领五百马步军，由北路杀来。官兵虽已回身迎敌，无如阵脚已乱，先输三分锐气。等着他们左右翼接杀上了，后面金鼓大震。关胜阵营里的军马，拔开鹿角，一齐冲杀过来。窦益人马，前后受敌，分作东西两面交战，围困在平原上，没有一些险要可守，兵心大乱。所幸北路梁山人马只冲了一阵，便退在一带高地上，用箭猛射，中间反有一段空隙。官兵右翼马军，便向这里猛冲。后军人马，见右翼松动，也跟着向这里冲过来。东平城里的兵马都监高云，在城墙上观阵，先见梁山两支伏兵抄袭窦益的后路，大吃一惊，立刻调动一部人马，出城救援。梁山截杀的人马，放开一条路，让窦益人马过去。于是这里三面被迫的官兵，正像决了口子的流水，一齐向东平城边溃决了去。梁山人马只稍微追杀了一阵，就鸣金收军，并没有追到城下来。窦益的人马，陆续退进城里，一点儿数目，折损了三分之一。心里头十分懊丧。那后面孙浩的大军，听到前方飞报，知道窦益轻率进军，已经中伏。便差一员裨将，率领三千人马相机接应。后得续报，窦益已退兵入城，便将营垒扎驻在东南城角，遥为掎角之势。

这日晚间，高云、窦益一同出城，到孙浩军帐里请罪。孙浩向窦益道："所幸窦将军还很谨慎，只率了几十骑轻骑挑战。若是大军直压贼营，他的接应近，我们的归路遥远，恐怕还不止折损这些个人马。关胜那厮，本是一员文武兼备的名将，若能先占些便宜，这战事还有个厮拼。于今先让他挫了我们的锐气，颇是可惜。"说着，不住地将手轻轻拍了案沿，只是叹气。窦益坐在一旁，默默无言。高云起来躬身禀道："依末将之意，梁山贼兵就近下山，锐气正盛。我军远来，劳逸有别，今天初到，马上就向贼兵挑战，这原是我们的错处。"孙浩抚须想了一想，点头道："都监这话却是有理，你莫非计划着我们先守后攻？"高云道："末将驻守东平，稍有时日，深知贼兵剽悍。最好是主客易势，将贼兵的锐气消沉下去，然后见机行事。"孙浩道："休兵一日，明日且作理会。"高窦二人退去，孙浩下令全营严谨戒备，并不出战。

次日上午，只带了几名随从，进城点清了人马仓库，又在城垣上对着梁山营寨遥遥地看望了一番，只见大地茫茫，人兽绝迹，在云烟丛里，隐约一片旗帜的影子。同时有细作回报，梁山兵士挖壕筑堡，来往很忙。孙浩手扶城堞，回头见窦益、高云站着，因道："看这形势，贼兵并不想攻打城池。只是要和我对垒相守。"高云道："关胜那厮长于用兵，他的诡计很多，恐怕他明取守势，懈怠我们的军心，乘我不备来攻打城池。"孙浩道："贼兵果然这般打算，却正合我意，待得大名兵马到了，好夹攻这些下山的贼兵。若是海州张将军的兵马也能来时，那是精锐之师，三面兜剿，却看他贼巢里有多少人来抵御？只是梁山贼人得了这信息，绝不会困守不来厮杀。"当时他观看阵势完毕，着高云多备弓箭飞石，一意把守城池。却叫窦益带领本部人马在城北高原驻营，以便与大营东平城三处互相呼应。自己仍回城外大营。

窦益吃了那一回亏，不敢小觑了关胜兵马，也是厮守着营寨，督率兵士终日挖壕筑垒。一连五日，梁山兵营里一点儿动静也无。孙浩派人探听时，回报关胜那里已经筑好了三座大营，终日紧闭了营门，后面搬运粮秣的车马，却由个水集子上不断来往。那集子边有一道小河，正通梁山湖泊。孙浩听说，又派人打听押运粮秣的，都是些老弱士兵，兀自大笑。不久高云、窦益到大帐里来议事，因道："关胜闭营不出，好不焦躁人！他后路终日地运着粮秣，莫非赚我？"孙浩笑道："窦将军既理会得，睬他怎的？他既是要赚我出战，想必是不耐烦了，我等益发再坚守几天，却看他怎的？我猜不出三日，那贼兵必来挑战，只是休睬他。"窦益道："他若用小部分队伍来挑战，怕有诡计。若是倾巢来犯时，却不可放过了机会。"孙浩笑道："将军休急，再过几天，叫你厮杀个痛快。"窦益见他恁地说，想他总有几分见地，也不来分辩。却是孙浩猜个正着，关胜营里，宣赞、郝恩文带了约五百人马，来到东平城外挑战。城里等他们逼近，只把飞石乱箭射着。那梁山兵马，未曾攻城，呐喊一阵自去。孙浩看到，益发料着梁山兵现不耐久守，只派兵来引诱出战，怎的肯轻易出来。倒中了计？

这般相持到十个日子，却有一骑飞马探报，前来送信。道是有万余人马，打着梁山泊卢俊义旗号，向东进发，现今已到滕县境界。孙浩听说，大吃一惊，立刻召集高云、窦益到帐中会议。窦、高听说梁山有大队人马东行，分明是去袭取沂州，望了孙浩，作声不得。孙浩将手拍了桌案道："此必吴用下的毒计。向来梁山贼人行军，多冒充官兵旗号，免除沿途麻烦。这番他却明明白白打了梁山旗号，必是料定沂州一带州郡空虚，却故意使我等知道，好回兵相救。我们若不回救时，军士家眷多在沂州，无心作战。我若回救时，关胜却好步步赶着我们。不想关胜坚守不出，却不是引我们厮杀，正要我们也坚守不出。我没有料到吴用把三路围攻的人马不顾，倒敢分了兵力去远袭沂州。"说着，倒背了两手在身后，却在帐前踱来踱去，有时却昂起头来，望了天色很久。

窦益忍不住问道："末将前曾提到，用围魏救赵之计，前去打梁山，将军道是使不得。于今卢俊义去袭取沂州，分明也是这个计策，他却怎的使得？"孙浩跌脚道："我等离开沂州路远，城池空虚，自然使不得。关胜离梁山泊不远，贼巢里并不空虚，自然使得。"于是走进帐来，执了高云的手道："我看都监用兵持重，不会落梁山贼的圈套。我且留窦将军的兵马在此，与都监共守东平。我本部兵马，必须星夜调回。万一沂州有失，不但小可带军远离职守，有失土之罪。便是枢密院三司，没有圣上旨意，擅自调动防军，指挥失当，却也担当不起。"高云道："东平没有太守，卑职守城是分内之事，若有窦将军在这里协助，益发叫卑职放心。关胜若知道将军回救沂州，必定一面来攻打城池，一面派兵追赶，应当先挫败他一阵，免得他纠缠住了。"孙浩闷坐帐内，点了头道："却再理会。"窦、高二人不曾得着将令，且在大营里厮守。

这一天却不断探马回报，卢俊义人马毫无阻挡，正向沂州境界进兵。孙浩便约了窦、高计议，晚上撤兵。高云道："将军明鉴，我等探报，流星般来，分明是卢俊义在半路上亮出了旗号，惊动了探马。他怎般做作，怎的不会通知关胜？料想关胜必在这东平东南埋伏了军队，拦了去路，我晚间退兵，却不是走进他陷阱？"孙浩低头想了一想，觉得也是。便传下将令，初更造饭，二更行军。到了二更时，只派一小队人马向东南探进，走五七里便退回来。大军却在三更时分，拔寨向东北角撤退，由徐州大宽转地东行。行到天亮，接着后军探马飞报，东南角小队人马果然遇到梁山伏兵，不曾交战，就退回了东平。孙浩这才知道梁山人马，不但慓悍，而且狡猾，已处处设伏。一路多派探马打听梁山兵马情形。

这日行到滕县地界，前军报有沂州留守步兵都监殷洛来了。孙浩骑在马上，手一拍鞍子道："沂州完了。"小校引了殷洛到马前拜见。孙浩道："你不在沂州，想是城池失守了？"殷洛道："卑职死罪，让贼人冒用官兵旗号，赚开了城池。"说着，便拜倒地上。孙浩将马鞭指了他道："你且起来回话。卢俊义在几百里路外，便张旗擂鼓飞奔了来，你却怎地糊涂，一些没有理会？"殷洛起来躬身道："卑职正是为了那贼浩浩荡荡杀来，一面差人向将军禀报，一面在城里加意防守。前两天那卢俊义将沂州团团围住，不分昼夜攻打，十分危急。昨日拂晓，西南角有一支军队打着将军旗号杀来，贼兵纷纷败退，东北两城贼兵，同时解围。卑职见贼兵情形狼狈，以为是真个败了，便开城出来追杀。那贼兵四下里有埋伏，将卑职围住，进退不得。打着将军旗号的人马，原来也是贼兵，趁卑职照顾不及，假装官军败退回城。城里贾太守不知底细，便开城让他们进去了。卑职带了百十人苦战出了重围，奔到城下时，城墙上已竖起了梁山泊旗号。卑职只得带了残兵，向小路杀出，所幸贼兵却未追赶。"孙浩叹了口气道："卢俊义得了城池，劫洗仓库，掳掠金帛，正自快活，他追你怎地？别的罢了，这贾太守，正是蔡太师得意门生，梁山贼人怎的肯饶了他？"说毕不住长吁短叹。此时，孙浩带的一万人马，奔走了多日，已很是疲乏。蓦地迎着殷洛带来百十名败兵，却散遍了沂州陷落的信息，大家都丧失了魂魄，益发士气不振。孙浩瞧科了这情形，当日只走了半日路程，进到沂州边界，便下令安营，且看动静。

待到次日，已有沂州逃难出来的百姓经过。孙浩吩咐士兵，寻找几位老成百姓，带到帐里问话。据说梁山人马进城以后，就出示安民，并没有杀伤的事情。只卢俊义带了二三百人驻在城内，大批人马，依然在城外扎营。并规定每日开城门两回，听任百姓采办柴水粮食，老百姓愿意离开沂州，却也听便。不然，城池失陷了，却怎的出得城来？孙浩听了，心里暗暗地纳闷。随后遇到百姓，再寻来问时，都是怎地说。孙浩再进军一程，离沂州二十里扎下营寨。当日修下告急文书，星夜派人向东京枢密院告急。这孙浩左右将校，十有七八家眷都在沂州城里。听说梁山兵马入城，并无杀害，虽暂时安心，却想到若要去夺回城池，必定怒恼了卢俊义，在城里的家眷，更要受到报复，因此大家交头接耳，都有一种畏惧进兵的样子。孙浩也和各将校所处的境地一般，怎地不省得？只好紧闭营寨，等候东京枢密院的钧旨，再作处置。

那沂州城里的卢俊义，拆了吴用给予的锦囊，正是一步步地做着。探得孙浩带了万余军马回来，正自昼夜看他动静。见孙浩一连数日屯兵不进，便召集随来头领公孙胜、呼延灼、燕青、黄信一同商议。此时，卢俊义杀了蔡京的门生贾太守，将他眷属驱逐出城，便驻节在知府衙里。兄弟们把府衙大堂当了聚义厅，五把交椅，列了半环坐地。公案桌上，撤除了签筒笔架，大盘堆着菜肴，大碗酒筛着，一壁厢吃酒，一壁厢议事。堂下只有十余个轻装小喽啰，听候使唤。吃了半日酒，卢俊义向公孙胜道："吴军师给小可的锦囊，现已拆尽。我等只有三千人马，远隔山寨，却是和官兵相持不得。未得公明哥哥将令，却又不敢轻易把城池弃了。"公孙胜笑道："员外可以放心，十天半月里，孙浩没有接到枢密院敕令，自不敢动作。这早晚戴宗兄弟必然前来，想公明哥哥自会有个了断。我等进得沂州，对老百姓秋毫无犯，每日出城百姓，都暗暗替孙浩将校传递家信，要他休来攻打城池，这却最有力量。"卢俊义道："但愿怎地便好。"

说话时，天色已是黄昏，喽啰们燃起几对大蜡烛，插在立地烛台上，移靠了桌案照耀了。呼延灼又吃了几碗酒，便起身道："城外营寨里虽还留得韩滔、彭玘把守，却是放心不下。小弟须和黄将军出城去。"公孙胜说："今是初弦将满之夜，月色定好，也须提防官兵偷营，二位出城去也好。"于是呼延灼、黄信向卢俊义告辞。卢俊义也有了几分酒意，未敢多吃，相随送下台阶，走到庭院里来。

这已到了初冬时节，庭院里两棵高大槐树，落了满地的黄叶，树枝稀疏，露出天空大半轮新月，照得两廊白粉墙清如水洗。半空里略有西风，酒酣耳热的人，被风微拂着面，精神为之一爽。燕青、公孙胜都来到庭院树荫下，见呼延灼等在仪门下骑马去了，兀自背手昂头看月。耳边咚咚有声，听到外面鼓敲起了初更。卢俊义一时兴发，向公孙胜道："月色果然很好，我们且到外面步月一会儿，好吗？"公孙胜道："吃酒下去。身上正热些个。当得陪员外一行。"于是卢俊义、燕青各佩一把朴刀，公孙胜背了一柄长剑，同向衙门外走来。在这戒严时候，城里百姓，日里也不敢出来，到了晚间，家家紧闭了门户，街巷里没个人脚迹，因此，犬吠声出不听到一下。每次更鼓敲过，便万籁无声。卢俊义走到街上，月华满地，照见铺道石板，方方相接，直尽街头。

三人在街上走着，脚步声叱咤相闻。看两旁人家，很少有灯火露出。恰是不如野外，还有树声水声，人如到了墟墓里也似。因道："我等进得沂州，虽十分安慰百姓，市面还是恁地寂寞，可见地方上有了军事，老百姓总不能安帖地过活。"公孙胜只道得一声正是如此。三人默然走着。经过两三条街，月光下看到冷巷口外，壁立了一堵城墙。卢俊义猛可地站住道："在街上眼界小，我等何不向城垣上走走？"说时，穿过这巷子，正好有条登城的坡道。三人拾级上去，正遇两名巡城的喽啰。他喝问过口号，知是自家头领来此，便唱喏走过一边，遥遥跟随。三人站在城垣上四周一看，晴空里一片彩云也无，月轮远处，有三五个疏星相配。手扶城垛，向城外张望，远处白气漫漫，笼罩大地，近处却有几丛村庄，簇拥了一团黑影。极目一望，旷野沉沉，只有两三点火光，稀疏相隔。所登的是南城角，山泊大营，扎在城西，隔了城南，刁斗声破空送来。同时咿唔有声，在天空掠过，正是惊动了南归雁群。抬头看去，天空却又没些甚的。

卢俊义手握腰间挂的佩刀，不觉长叹了两三声，燕青随在身后，却忍不住问道："员外听到雁声，莫不是想念兀谁？"卢俊义道："小乙哥，我四海无家，想念兀谁？大丈夫生当此世，公不能扫清君侧，整顿乾坤，私不能保全庐墓，继承祖业。不是公明哥哥及山寨兄弟舍死相救，在大名几乎首级不保，我等正是空学了一身本领。"燕青叉手站在一边，昂头望了月亮，无言对答。公孙胜道："员外发此感慨，必有所谓。"卢俊义道："先生是出家人，有甚不理会得？公明哥哥及在下和全寨兄弟，都势逼处此，避身水泊，总望朝廷早日招安。我等兄弟好建立一些功业。于今只是打家劫舍，度这英雄末路。天下后世，却怎能相谅？便是我等忠义为本，外人又如何得知？只看我等来到沂州，恁地和百姓相安相处，百姓兀自惧怕着我们，是老大见证。可恨蔡京父子塞阻了我等自新之路，却叫我们有家难投，有国难奔，百余兄弟都飘零在江湖上。实不相瞒，方才经过街巷，上面洁白的月亮，照着眼前的寂寞的死城，实在感慨得很。将来作史的人，怎地理会得我辈心事，免不了著上一笔某年某月某日梁山盗洗劫沂州城，却不屈煞了人！"

公孙胜道："听员外这番话，可见员外的胸襟。贫道前次遵师命回到蓟州，本想不再出，一来看在公明哥哥恩义，二来看众头领情分，不能临危不救。别下老母两年，却又是山寨多事回去不得。这番朝廷派侯蒙来招安山寨，正是喜欢煞人。不道蔡攸、高俅竟将我等救星害死。权奸不去，我等兄弟恐怕无出头之日。"说毕，也嗟叹不已。卢俊义在月下顾影徘徊，忽然拈须笑道："先生，我自幼跟随塾师读书，也曾学过几句辞章。我现在得诗一首，念出来请指教则个。"公孙胜笑道："员外有此雅兴，愿听大作。"卢俊义便念道：

> 飘泊存傲骨，余生尚枕戈。
>
> 英雄成盗寇，荆棘遍山河。洗恨千杯尽，除奸一剑磨。
>
> 往来人不识，对月起悲歌。

公孙胜笑道："不想员外一身武艺，却有怎般秀才本领。"卢俊义哈哈笑道："正是为了不过秀才本领，却把来生疏了。"彼此正说着，却听到城下街上，梆锣敲起了二更二点。回头看去，屋脊鳞比，黑影沉沉，霜风微起，万灶无烟。偌大的沂州城，真个像大水冲洗过了也似。卢俊义道："沂州城里人民，胆小得紧，想到贾太守在这里多年，定是官法如炉。"正道着，忽见城垣下不远，在那冷巷子里，却有一点儿灯火射出。在全城沉睡下，这点儿灯火，却十分夺目。便笑道："却不能抹杀了全城的百姓，也有胆大的。"这人家灯光，兀自在闪灼着。燕青、公孙胜同看时，那灯光侧面，又有一盏红灯照起。卢俊义道："却是作怪。"便叫两个巡城小喽啰下城去探视。这一番探视，却在死城里，找出一线动静来了。

第八回

避战地二梁别乡城
做远图三阮探海舶

　　沂州城里，依然是一些生气也无。那两个小喽啰由城下上来，向卢俊义回报道："那点着灯火的人家，大门紧紧地掩着，但听到里面兵器叮当作响，未便进去探望。"卢俊义道："啊！这沂州城里，难道还有人敢捋虎须吗？"说时，将腰上佩的腰刀拔出鞘来，紧握在手上，拔步便向城下走来。燕青、公孙胜同那两个喽啰，一齐都在后面走着。到了那人家门口，卢俊义站住，便着两个小喽啰前去叫门。里面有个苍老的妇人声问道："这般兵荒马乱，深更半夜，兀谁敲门？"喽啰答道："梁山泊巡城兄弟，见你家亮着灯火，特来查看门户。"里面那人停顿了一会儿，呀的一声，将门开了。门里有个老妇人，手里捧了一只烛台。卢俊义上前一步，站在门外躬身唱喏道："惊动老娘，原谅则个！小可是梁山泊小头目，方才巡查街巷，经过这门首，听得这里面有兵器撞击声音。我等奉有军令在身，要到府上查看查看。"那婆婆却拦门站了，答道："好汉，你休错了。我家是良善百姓，哪来兵器响动？家里现有三岁小孙儿，正患着病，实不能惊吓了他。有话请明天来说。"

　　燕青站在一边，看这事甚是蹊跷，便向前两步，轻轻推开一把，抢进了院落。不曾站稳了脚，却见一道白光，由旁边直扑过来。燕青机警，向旁边一闪，举起手上朴刀，向前招架。月光下看得清楚，正是一个壮汉，同样手挺了朴刀，前来相斗。燕青来不及问话，便和此人厮拼在一处。另有个汉子，跳向前将那婆婆背到屋里去，烛台落在地上。卢俊义、公孙胜挤进屋来时，此人手使一根镔铁棍向二人飞舞将来。卢俊义迎上前去，只三五个回合，那人急于取胜，将棍横扫过来。卢俊义向旁一闪，将棍梢让过，然后乘虚将刀向那人腹部便搠。那人身子虚了势，来不及躲闪，只好回过棍子来挡住刀锋。卢俊义早已料到，反过刀背，在棍梢上一砍，棍子便由那手上飞了出去，那人没了武器，跳进屋去了，恰是公孙胜帮同燕青，用剑共斗那个使朴刀的。燕青暗中一腿横扫，将那人踢倒在地。卢俊义已在地上拾起棍子，横插过来，拦住了一刀一剑，喝道："休得伤害好人，有话缓缓地说。"

那人倒地以后，本已闭目待死，见卢俊义倒救了他，便拾起朴刀，站起来远退一步。原先那个使镔铁棍的，在屋子里取来两支铁铜，正要再斗卢俊义，见他们停了厮杀，也便站住。那个使刀的道："你们深夜闯到我家来，端的要怎的？我们闭门在家里，你兀自要奈何我兄弟，我看你们也不是平常头目，来来来，一个对一个，不许有帮手，我们再厮拼几合。我输给你们一个人手上，死而无怨。你若仗梁山泊人多，将我家围住，车轮般来战，却不是好汉。"卢俊义道："壮士你休误会了。实对你说，我是梁山副总头领玉麒麟卢俊义便是。此位是公孙胜，此位是燕青，门外还有两个小喽啰，此外并无第六个人。适才在城墙上步月，唯见你一家亮了灯火，特来探望。不想这院落里又有兵刃声。因此敲门动问一声，看看有无伏兵？卢俊义占了这座城子，我自应当提防意外，非是来骚扰府上。现见府上有白发婆婆应门，自是平常百姓家。正要说明便走。我等还未曾道得原委，你二位先自动手，也非是我等莽撞。我看二位武艺了得，情愿结为朋友。"说着，把棍子丢了，将腰刀插入鞘去，拱手唱喏。那使棍的道："你果是卢员外？吃你斗败了，却不冤屈。"卢俊义道："在下并无谎言。"那人道："哥哥，我道甚的，卢员外究竟是个英雄。"说着，弃了双铜，在地上捡起烛台，放在窗台上，照见卢俊义这表人物，扑地便拜。卢俊义道："梁山英雄甚多，卢某何足道哉！动问壮士贵姓？"那人道："小可叫梁志孝，这是哥哥梁志忠。哥哥，卢员外恁地说时，我们便结交了他吧。"梁志忠也过来拜见了。

宾主便在月亮下施礼相见，梁志忠道："三位好汉到此，且请到屋里拜茶。"于是一同进屋。那老婆婆也自欢喜，出来相见。卢俊义知是二梁老母，又拜了几拜。大家在灯下坐地，卢俊义看梁志忠，约莫四十上下年纪，头戴抓角头巾，身穿蓝色箭袖旧战袍，腰束紫鸾带。圆面大眼，一丛虬髯，颇像个军官。志孝只是小贩模样，兜头穿了件皂衲袄。因问道："二位有此本领，梁山泊占了沂州，既不出来相投，也无敌意，每日开城，又不离去，未知有何高见？"梁志忠道："实不相瞒，小可现在海州任缉捕都头，张知州屡次要提拔我，小可都推却了，特地告假，回来探望老母。舍弟志孝，只是在沂州城里贩卖粮食，多年未见。兄弟们也思念在一处聚首些时，不想小可到得沂州才半个月，就遇到这场厮杀。我是一个武官，遇到了有人犯我住着的城池，我怎的能不出来。贵寨人马向城里攻打着的时候，小可因城里欠缺主将，曾见贾太守，要他分我些守城兵，我愿出来厮杀。叵耐那厮听说我是个小职武人，见不得这般大厮杀，把我斥退了。这早晚我正打算同了兄弟奉着老母投奔海州。今夜月色甚好，兄弟两个烦闷不过，便在庭院里比试耍子，不想惊动了大驾。"

卢俊义笑道："怪道都头有这般本领，却委屈在家。现今朝廷权奸当位，贤人远避，两位何不上山，共聚大义？"梁志忠笑道："员外却不省得梁某叫着甚名字？朝廷虽是在权奸手上，海州张知州相公却是顶天立地的一个奇男子。服侍这种上宪，人生却不枉了。员外今日在沂州是至高无上的人物，梁某兄弟只是两个俘虏，如要强迫，无不听命。"卢俊义笑道："都头休疑，何至于此。"说话时，梁志孝便在屋里搬出茶来待客。卢俊义笑道："今晚月色甚好，得见二位，是在沂州城里一桩快事。在知府衙里尚有些酒肉，想请二位小叙一番，不知可肯屈驾？"梁志忠道："家有年迈老母，明日再到行辕里去拜见。"

卢俊义未曾发言，老婆婆却在内室里转了出来道："三位头领既恁地错爱，你兄弟只索奉陪一遭。卢头领若非另眼相看，适才动手时，便杀了我儿，何必骗你兄弟两个。"卢俊义叉手起立道："老娘说话恁般痛快，不愧膝下有两个贤郎。"老婆婆道："寒家三代习武，老身却也把厮杀看得惯了。不然怎的兀自住在围城里？"梁氏兄弟见母亲恁般说了，便起身和卢俊义同去，吃了半夜酒，方才回来。

次日兄弟两人商议着，放倒一腔羊，宰了几只鸡鸭，在城里沽得一坛好酒，向卢俊义回席，便向城外大营里也将呼延灼、黄信约了前来一同欢叙。酒酣，梁志忠在席上向卢俊义道："愚兄弟有一事奉恳各位头领，目前官兵在城外扎下大营，与贵山寨对垒，这早晚有一场厮杀，愚兄弟在此，帮不得各位头领，平白地要落场是非。意欲明天奉母出城，回到海州，却请通知城内外贵寨兄弟休得拦阻。"卢俊义拈须笑道："二位在此，公私两难，卢某深知。既是都头愿回海州去，明天当着儿郎们相送一程。"二梁听了甚喜，当日尽欢而散。

次日清晨，二梁备了两头驴儿，一头由老娘乘骑，一头驮着梁志忠浑家和小儿。二梁收拾两担细软，一前一后走着。到了城门口，却见卢俊义、公孙胜、燕青三人率了喽啰们在此相候。二梁歇下担子，向前唱声喏。卢俊义叫小喽啰把了两盘金银缎匹过来，拱手笑道："爱惜二位这表人才，未能久聚，些细物事，聊表敬意。"梁志忠笑道："蒙员外垂青，梁某有话却便直说。此物若是员外大名家中取来，分厘不敢辞。但沂州城内金帛，凭小可这点儿本领，离乱之时，也能取得，何须头领这一转手。君子爱人以德，头领前晚刀下留情，便没齿不忘。若把金帛来表头领相爱，便是把交情看浅了。"

卢俊义见他恁般拒绝，脸上十分尴尬。老娘在驴背上笑道："小儿便是恁地憨直，头领休得见怪。盘缠我们自有些，金银不敢拜领。敬受一匹缎子，老身将来做袄儿穿。"卢俊义道："惺惺惜惺惺，卢某也不敢把金银来玷污了英雄。便听候老娘吩咐，随意取用。"说着，便亲自将托盘送到驴儿前面，由老娘取过一匹缎子。回转身来，向二梁道："小可还备有几碗酒以壮行色，不知二位可肯吃些？"梁志孝道："若不肯吃时，这几日却在一处盘旋些甚的？头领，就请将酒来，我每位奉陪三大碗。"公孙胜笑道："二郎真是痛快，贫道先敬三大碗。"说时，三个小喽啰过来，一个捧了托盘，里面盛着炙鹅熏鸭，大块牛肉。一个喽啰将托盘托了酒碗，一个小喽啰抱了酒桶便来筛酒。梁志孝先和公孙胜对吃了三碗，然后又和卢俊义、燕青对吃了，手上取了一只炙鹅腿子撕了吃。向梁志忠道："哥哥便来吃几碗，休耽误了关闭城门时间。"梁志忠果然也吃了几碗。向卢俊义道："各位头领容异日相见。"便拱手作别。这就有两个小喽啰过来，代挑了担子，又牵了两匹马，与二梁乘骑。

二梁且不上马，各牵了缰绳步行出城。卢俊义三人也步随在后，送过了吊桥。梁志忠回转身来，执着卢俊义的手道："就请止步，不烦再送。深感卢员外恩义，在下有一言奉告。"卢俊义道："卢某不才，愿受嘉言。"梁志忠道："草莽究非英雄藏身之地，员外这表人物，休恁地毁坏了。东京枢密院三司，兀自计议着，想调海州这支人马，来奈何梁山泊。都因张知州爱惜梁山泊头领里面不少英雄，未肯多事。若是一日有了圣上旨意，他却不能不来。这支人马，只有代北老种经略，关中小种经略的人马，可以相比。"卢俊义笑道："承都头嘱咐，卢某感谢。但梁山泊里，将是名将，兵是强兵，却也小觑不得。异日在战场上遇到都头时，却叫都头看卢某马上本领。"梁志忠道："员外有救命之恩，有这一日，梁某自当退避三舍。"说毕，两个哈哈大笑，卢俊义一直等他兄弟两人上了马，才拱手作别。

回到城门口时，有探子来报，戴宗、阮氏兄弟随军师吴用来到。卢俊义听说，却是惊异，便由大路上迎了上去。不三里路，见吴用一行，扮作行商模样，带了车辆马匹，缓缓前来。吴用见了卢俊义，从马上跳下，拱手相贺，笑道："小可一路探访员外行军经过，十分严整。沂州这座城，唾手而得，果是员外威风。"卢俊义道："一切行军计划，都照军师锦囊行事，正是军师妙算。今番不辞跋涉前来，谅有指教。"吴用道："且到城中计议。"

大家来到城里，卢俊义在知府堂上摆下了洗尘酒筵，吃了半日酒。然后吴用独自邀着卢俊义在知府旧签押房里坐地。吴用正色道："山寨现有大难临头，员外晓得吗？"卢俊义吃了一惊，不由得自坐椅升起，问道："却不曾理会，莫非大名兵马攻打得紧？"吴用笑道："员外请坐。虽是大难临头，上凭公明哥哥与员外虎威，下有众头领义气，便是吴某一日不死，也当竭尽智谋，共谋前程。大名兵马，曾败在过我们手上，何足介意？"卢俊义坐下道："此外有何祸事？"吴用道："朝廷现派童贯为江南招讨大元帅，领了十万大兵，去平方腊。"卢俊义道："此与我山寨何干？"吴用道："怎的无干，不才探听确实，方腊虽有数十万人，毫无训练。所得城池，都是百姓响应，官兵不战而逃，方腊看得征战容易，益发骄横，中原兵马，究是有训练的。其中几位将官，却也不弱。料想方腊那市井细民，一旦贫儿暴富，如何能对付十万大军。童贯如平了方腊，自必将得胜之师，前来对付我们。十万人马，这是个大数目，我等怎能大意？"卢俊义道："原来恁地说，人无远虑，必有近忧，军师自也顾虑的是。这沂州隔山寨特远些个，似乎就不必守着了。"

吴用道："小可特意为此事而来。这里只有三千精锐人马，目前山寨里却还不须这点儿助力。有道是狡兔三窟，我们现在却也应该先挖上第二个窟。"卢俊义道："军师道的第二个窟，却不知在哪里？"吴用道："便是登州海外，不少海岛，除了几座大的岛屿，上面还有些渔户而外，其余都是荒凉无人的所在。我们先派一些弟兄去，把岛上布置好了，在宇宙里自立下一个国度。"卢俊义道："既是荒凉岛屿，我山寨这些人马，怎么过活？"吴用笑道："小可也已顾虑到了。第一，我们要在沿海先安下一块立脚之地，收买百十只大海船，停泊在海岸，以便随时可以入海。第二，向沿海地方，多借粮草，搬运到岛上去囤积。这两年海州、扬州、楚州三处，都十分丰收，我们便向那里去征发。只要我们有船舶在海上来往，岛上粮食丰足时就在海里操练人马。粮食没了，便上岸来征发。赵官家须不会叫童贯渡海来奈何我们。为此，小可特约了阮氏三雄同来，由此便向沿海去走一遭，好在此处离海岸已不远了。"

卢俊义道："军师要向扬、楚两州借粮，可曾知道海州张叔夜这个人物？"吴用摸须笑道："小可也听得人称道他。蔡京那厮兀自虚声要吓我们，说是要调海州人马来协攻山寨。小可也自想着，张叔夜真是一个奇男子也罢，徒有虚声也罢，我等必须在海州境内立一些战绩，先削减他的威望。他日真个和他对垒时，也免他先声夺人，二来也免得蔡京说嘴。"卢俊义道："若知道军师有恁般计划时，却平白地放过了可用的人才。"因把与二梁相遇的事，叙述了一番。吴用道："海州的事，小可早已留心，员外且请放心。兄弟一百零八人，横行河朔，不可让一个海州知州的名望震倒了。"卢俊义听他恁地说了，却也未便再提。

到了次日，阮氏兄弟带了五百名水寨喽兵，由旱道赶道。这五百人到了沂州界里，摇旗擂鼓好像数千人马向沂州城增援。孙浩因尚未得东京回报，依然闭营不出。吴用和卢俊义计议了，只留百十名精锐马军，在外大营里和城墙上巡更。两处和平常一般，明着灯火。却于当夜二更起，将三千余人马，分作三批，卷旗息鼓，向东撤退。到了天亮，这百十名留守的马军，也飞骑追上了大队。第一批人马，是吴用率同阮氏三雄和戴宗，行了两日，已去海岸不远。因一路行来，称是沂州缉捕官兵，百姓并未理会。据人民报道，东行十里，便是海口望海卫，吴用便下令扎营。因和三阮等扮着向海口采办食盐海菜的商贩，调了三十名精干喽啰，赶着十辆太平车子向望海卫去观看形势。正动身时，第二批人马，由卢俊义亲自率领来到。吴用将话告诉他了，然后从容上路。

这望海卫虽是东海岸一个关口，因为天下升平日久，只有文武两个小官驻守。文官是个知寨，武官是个缉捕使。一些防御设施也无。虽然这几日沂州城失陷的消息也传扬了过来。文武官都想着，这里东面向海，是个绝地，梁山兵马不会向这里来。后又听得孙浩调了大军回救沂州，益发不甚介意。吴用到了城边，见城墙倒了几个缺口，城门上面箭楼没了，却长了一丛矮树。太阳影里，有百十只乌鸦，在墙垛上飞舞聒噪。吴用看了，便向同行的三阮一戴微笑。一行人在街上投了一所大客店，店小二来请写客簿时，见是一群大商家，便笑问道："动问上下，还是在本埠办货？还是北去蓬莱，还是南到海州？"吴用道："我们在本埠先办些货，若有便船到海州去，也想到海州去看看。"店小二笑道："恁地最好，现在隆冬，天天有北风，大海舶子，两天便到了海州。客人在那里采办过货物，等一两个月，交春，东南风起，又是两天便回来了。"吴用听了，心中暗下大喜，拈须笑道："真是与君一席话，胜读十年书。我等颇想看看海景，向哪里去好？小二哥可能引我们一程，我自有些酬谢。"小二向隔壁指道："间壁是一家海船伢行，那里有人专引客商看船，小人店里特忙些个，分不开身来。"吴用向他道谢了，带了银两，与三阮、戴宗，出店向间壁伢行里来。

这里正中店堂里，设着神龛，供了龙王神位。店堂前口，左右放了两只铁锚，算是标志。店堂左右墙壁下摆了两条长板凳，上面坐着七八个人闲谈。阮小二向前，对一个年老些的唱喏道："动问老丈，这里是

73

伢行吗？"老人道："客人要去哪里？这位是北帮船家，这位是南帮船家，这位是敞行里捎客。"老人将在座的人，分别指了几指。那个做捎客的汉子，便先起身来叉手道："客人请账房里坐，拜茶。"吴用在一边偷觑这人，身穿一领绿绸羊裘，头戴貂皮帽，颇见富有。面团团的，蓄着三绺短须，手里却笼着一只锦绸套子的小铜炉。心想："一个捎客恁般穿着？"于是向前问道："上下如何称呼？"捎客道："在下富同，和本卫钱知寨是亲戚。"吴用笑道："原来是富官人，一向听得大名，在下几位伙伴向来在东京做些行商生意，最近承办蔡小相公府里一笔买卖，要由海路运些东西，来到贵地。正须向一位高明人物领教，却喜得遇我兄。"

那富同听说他是东京来的，怎可放过这笔交易？他又相称了一声官人，更十分高兴，便笑道："既承不弃，就请到卫外望海楼去吃碗酒冲冲寒气，也好让小可慢慢地告诉各位此地情形。"阮小二笑道："这般正好，就请屈驾。"于是富同向前，引着这行人出了卫城，早见长街不远，壁立着一座酒楼。近去看时，正挂着一副望海楼的市招。大家上得楼来，挑了一个朝外的阁子坐地。朝外几扇窗户格子上，嵌了大小玻璃片，正可看到外面一片海滩，套在海湾里。湾里帆樯林立，下面几百只大小船只，一字儿排联，向海滩上停泊了。阮小五忍耐不住，首先推开窗子向外张望了一会儿。富同过来，将手指着，那船身涂了红漆，舵楼耸起几丈高的。因道："那便是向海州运食盐的船。放船向南去时，也附载客人。"阮小二也过来张望着，问道偌大的船，怕不要载三两千石货物，每只船上，要多少水手？"富同道："多时七八十人，少也三四十人。"

正说着，酒保过来安排杯箸。吴用在身上取出一锭大银交给他道："你存在柜上，先取一坛酒来开了。有好菜只管将来。吃完，益发算钱给你。"富同转身拱手笑道："到了此地，小可是主，怎好先要客人破费？"阮小七道："我兄弟来此，多少事要请上下帮忙，一酒之敬，算不得甚的。等待货物办齐时，我们还有东京带来的物事奉敬。"说时，两个酒保，共捧了一只酒坛进阁子来。当面开了泥封，舀出一桶酒去烫着，一面摆了八碟下酒。酒热了，阮小七接去酒桶，便向富同面前先筛了一碗酒。富同接着酒碗，便见他大拇指上，戴了一个翡翠扳指，绿油油的，没有一点儿杂色。便喝了一声彩道："这位兄长，戴了这般好一枚玉扳指，是哪里物色得来？"阮小七道："是东京买得。"富同道："可否借取一观？"阮小七毫不留难，便在手上脱下，隔席送将过去。富同接在手上，翻复看了一遍，点头称赞，将扳指交回，因道："望海卫来往海客甚多，小可也曾托人寻觅一个较好的扳指，只是一向未曾觅得。吴用拈须笑道："莫非足下心爱此物？"富同道："小可并不解得弓马，戴着恁地好扳指，却不惭愧？只为敝亲钱知寨，近来练习弓箭，曾嘱咐小人寻觅一枚。只要物事中意，却不惜重价。"吴用笑道："若我这位张家兄弟可以相让时，足下能出多少价钱？"说时，向阮小七丢了一个眼色。

阮小七将扳指放在桌上，尚未戴起，便笑道："弟此物亦是心爱之物，并不出让。若是这富家兄长，帮助我等把交易做成时，小弟情愿相送。"富同啊哟一声拱手道："君子不夺人之所好。"吴用道："这张家兄弟，为人爽直，绝不食言。"富同笑道："若果如此，不但小可事事效劳，便是敝亲钱知寨，也一定要感谢厚惠。"吴用道："恁地说时，在下益发直说了。我这位兄弟有一个侄女流落在外，听说是就在这里海船上。这兄弟待到各只海船上去寻找，又怕造次了。颇想相烦足下，引带到海岸各大船上一行。"富同笑道："这事十分容易，今日天气还早，饭后我们便可以同去。"阮小五道："七哥，富兄恁地说了，这扳指便可送过去。"阮小七眼看各人颜色，心中十分理会得，便将扳指拿着，躬身递了过去。富同立刻下席来接住，连连拱手相谢。

饭后，戴宗、吴用先回客店，三阮随了富同向海岸边走来。那海湾里的船舶，装载了货物的，停泊在水中心，将小船系在船舷边，向上搬了货物。空船却靠了海岸，不多的水手在舱板上晒太阳。三阮要富同先引上岸边的空船看了，后又坐了小船到海湾里面去，登上载着货物的大船。富同假说是知寨家里来的远客，要看看海船。富同是船伢子，船家自认得他，他道是知寨差来的，便殷勤款待，引着在舱里舱外都查看遍了。三阮一连看了七八只船舶，那前后左右形势，便都在心里了。在大船的舱楼上，察看这海湾子形同镰刀，那刀尖便是口子。

三阮在有意无意之间，又问了富同许多话。等待薄暮，方才回到客店来。悄悄地将所看到的情形对吴用说了。吴用沉吟着道："虽然船上并没有什么戒备，但是海湾子里有这些船户，却也要留神一二。"到了晚上，又同着三阮到海滩上来偷觑，但是稀疏的几星灯火，在沉沉黑地上，和星光相映。虽然白天看到那样多的船舶，这时却静悄悄的，一些子人声没有。倒是海潮随着微风哄哄地送了响声来。吴用暗地叫了一声道："计在这里了。"

第九回

明火劫舟英雄渡海
乔装登岸双杰探城

在这晚上，吴用将海口的形势，都看在眼里了。就在灯下，对三阮叮嘱了一遍。次日早起，却同着戴宗赶回大营去。三阮起床，盥洗刚毕，却看到富同在客店院落里踅来踅去。阮小五向兄弟们丢了一个眼色，便迎将出来，拱手道："富兄甚早？请屋里坐地。"富同一掀帘子进来，向阮氏兄弟连唱几个喏。笑道："昨天蒙赐珍品，已转交到敝亲钱知寨，他十分欣喜。只为了他是本卫的长官，不便出衙拜谢，仍命小可出面，相邀几位到望海楼吃几碗酒，以答盛情。还有两位客官何在？"阮小二道："知寨赐酒，当得拜领，愚兄弟也有事奉商。还有两位同伙，因有几辆车子落后，路上迎接去了。"富同道："恁地时，便是三位，午后再来奉邀，请勿外出。"他约定走了。阮小五道："富同这厮说话，眉飞眼动，端的不像好人。莫非还要向我等求取些什么？"阮小二道："只要不向我们借头颅时，都可与了他，迟早我等便要取了回来。"说毕，三人相视哈哈大笑。

在这日午后，富同又换得衣冠齐整，前来邀请，三阮便同他一路向酒店里来。到了酒店里，酒保见是富同做东，便引到楼上小阁子里坐地，卷起三面窗帷，看着近处海湾子里帆樯林立，远处海天一色，空洞着不着边际，眼界十分空阔。酒保将酒菜搬到桌上，富同先筛了一遍酒，笑道："小可在这海边上经商几十年，却不见贤昆仲恁般爽直的人，今日得见，平生之幸，却望三位……"阮小五抢着道："我兄弟遇到有酒吃，总是吃醉了方休，不然便是酒没了。足下今日恁般说了，我兄弟不醉，却也拼上一醉。"说着，拍了两拍胸脯子。富同笑道："吾兄一味爽快，我先陪着吃一碗。"酒保正在阁子里张罗，听说时，便向桌子上筛酒。原来富同虽知道三阮是兄弟辈，却只知道他姓张，在运河里贩运土货。他想：这般海外经营，这三人定是不省得。中原来的人，端的只好排场，却不晓得海道上虚浮。不然怎地三言两语，便送人一个翡翠扳指。既是好排场，益发耗些小费，让他快活了，好弄他大批金银到手。因此，他便叫酒馆里将丰盛的酒肴来款待。

　　酒吃到半酣，富同见阮小二隔了窗户，在席上只是瞧看海湾子里船舶，因问道："张大郎兀自张望着湾子里大海船，好像看得很有兴致？"阮小二笑道："我兄弟吃了一生水上的茶饭，却不曾漂过海。几时能在海上走两趟也好。"富同道："贵同伙那位李学究，曾说到各位要到海州一趟。"阮小二道："他自是斯文人不惯风浪。我等虽怎地计划了，他心里实不愿去。我想趁他不在当面就烦阁下，促成这事。他来了，我等上了船，付过了船钱，他却也不好阻拦。"富同听说，放下杯箸，走到窗槛前，推开窗户。向湾子里一指，因道："你看，那四根桅杆的大船，第二根桅杆上，飘了一面蜈蚣旗。"三阮自是全站起身来，向了他指的所在看去。阮小二道："哦！便是这只大海船，可以搭客？"富同道："像这般大小的海船，钱知寨共有三只，两只出海未回，这只正要装运了山东货南去。现在还只得十停上了两三停货。三位客官，若要去海州时，小可和船上当事人知会一声，随时便可上去。"阮小七道："怎地就十分好了。除了我兄弟三人，还有十多个伙伴，益发搬到船上去住。我们在船上生长的人，总觉得在船上住，比在岸上清静。"富同道："这大海船，可以住下几百客人，不争上下一二十人。只是船上没有酒吃，恐各位不惯。"阮小二道："不开船时，我们买些酒船上去吃。等到开船，我等自也把酒戒了。江上规矩，我们自省得。船钱多少，一听吩咐，我等并不还价。"说着，四人重复入座。富同道："船钱多少，伢行里也自有定价，便是钱知寨的船，也不能多要。三位应当知道，在海上航行的船只，做的是运货生理，搭客原是附载，自不会多讨价。"阮小五道："富兄怎地说了，我等益发放心，回店去，就将银两送到伢行里去，请代付了船价，我们明日上船，可以吗？"

富同听着，手端酒杯且不饮，沉吟了一会儿。阮小七道："富兄还有甚为难处？"富同道："并无别事，只是这事是船上舵工以下几个私人的外水，必得先和私人说定。"阮小二道："我兄弟明白了。小可此刻就回店去拿银子，就烦富兄写个字条，将舵工请来，小可先送些人事与他。这里酒钱，益发由小可付了，转请足下和那舵工。"富同微笑道："却是不当。舵工我也能打发，却不争在会钞。"阮小五轻轻拍了桌沿道："大郎便去取银子来，另送一锭给富兄。"富同听说，推杯起立，深深一揖，笑道："怎又好三位破费。若三位要请那舵工来吃几碗酒，这酒又只好叨扰了。只是赏赐小可的银两，切莫在舵工当面。"阮小二笑道："这事我早理会得。"富同道："这舵工曹二终日在赌局子里厮混，小可当自去邀来。"说着向阮小二道："哪位回客店去？却不须多给曹二那厮，有五两一锭的，便很是丰盛了。"阮小五道："若只须五两时，我等身上现有。"富同见他兄弟一味慷慨，十分欢喜。便下楼去找寻曹二。

不一会儿，引着一个黑汉来阁子里相见。他道："这三位张姓客人，是知寨熟人，要附搭我们大船到海州去。船上花费，都愿照伢行里规矩付了。另外送老兄五两银子茶敬。"曹二听见，伸手搔着耳朵，找不着痒处，笑道："却是承受不起！"说着，向三阮又唱了一个肥喏。阮小二笑道："不成敬意，老兄将去碰碰赌运也好，且请坐下吃酒。"说时，一面在首席上筛酒，一面在怀里取出银子放在桌角上。曹二满脸是笑，坐下来吃酒。酒后，曹二收了银子，因道："小可今日上船，便会通知船伙儿打扫一间舱房安排各位行李。却不知贵伴当有多少人，小人好吩咐船上厨房里预备下饭食。"阮小二道："约莫二十个人。不开船时，我等都上岸来买酒吃。"曹二笑道："我们船家怕吃酒误事，客官自在船上吃酒不妨。"这句话三阮正中下怀。当时大家酒醉饭饱，出了酒楼，富同相随他们到了店家，取得三阮许他的那锭银子，十分欢喜。次日在伢行里，和三阮写下搭船的契约，三阮又付过三成船价，便回到客店里督率喽啰们收拾了行囊齐向海船上去。那富同十分义气，亲自送了一行人物上船。三阮看时，那曹二为他们打扫清洁了一座中舱，舱底下放了不多的货物。三阮便由着富同引导，和船上几个船伙头脑厮会，加倍地周旋着。富同道是走江湖行商，自有恁般做作，未曾介意。

当日黄昏时候，曹二垂头丧气，一溜歪斜回到船上，见着三阮等人来了，却只打个照面，自去睡觉。小五悄悄向小二道："二哥见吗？那厮定是把银子输光了。"小二笑道："恁地便好。"次日早起，阮小二故意在船舷上张望，等曹二出来了，便笑道："老兄昨日财喜好？"曹二叹了气道："不知怎的，这一个月来，赌运总是不济，昨日又输得赤条条的。"阮小二笑道："我兄弟都喜欢赌，今日下午无事时，便与老兄同走一遭，我自借些银子老兄翻本。"曹二听了，眉毛飞舞，脸色绷紧，伸了头笑道："张大郎，你真个帮我翻本？"阮小二笑道："我们这番前去，同船共命，怎的能戏耍我兄？"曹二向前两步，拱手又唱了一个喏，笑道："张大官人，你是东京来的客商，不愧了是中原人，我也听得富二叔说，大官人兄弟十分慷慨，人生在世，交结你这般朋友，不虚一生。"阮小二笑道："船家夸奖。走江湖人自当重义轻财，拿几两银子去耍子，不算甚的，且请船舱里坐地。"阮小五推开旁边舱壁板放二人进去。四人闲谈了一些赌经，曹二十分高兴。

午饭过后，他催促了阮小二几次向赌局子里去。阮小二推说有些小事勾当。侯到申牌时分，曹二实在忍不住了，便站在舱外道："张大官人去也不？不去时，请先借小可五两银子，小可独自去翻本。赢了时，却来请三位官人登岸，吃晚酒去。"阮小二见他已是性急了，便拿了大小几锭银子，和他一路登岸去。阮小五、阮小七却和船上的伙友都厮混得熟了，与了小喽啰几两银子，在街上买来三大瓮好酒，又是几箩筐果子、荤菜下酒，却请了全船伙在甲板上聚会。船伙们听到相请，本自愿意，只恐曹二回来，有言语发作，却勉强道谢。阮小七吩咐小喽啰先抬一瓮酒到甲板上来，开了泥封，果肴作四五处分别陈列了，二人便站在甲板上向周围拱手唱喏道："我兄弟买的这些酒肴，实在也不成敬意。一路同船，都要仰仗各位照应，自当表表寸心。若是各位怕吃多了酒，曹舵工回船来说话，便请吃些果子，胡乱吃一半碗酒。终不成酒沾唇就醉了。"说着就来拉人，有几个人站在下风，闻到开过泥封后的上等酒香，早是口角里流出涎来。经二阮一拉扯，便有几个人走上前来。

甲板上，已是摆好了碗碟，三阮把勺子伸到酒瓮子里去，只一搅，早是酒香芬烈，腾绕半空，然后舀了大勺子酒，向碗里满斟了去，向大家点头道："赏我兄弟一点儿金面，各位吃半碗。"恁地说时，船伙儿倒彼此劝着，不要太拂逆了这二位客人好意，就都分围着杯碗作几处在甲板上团团围坐。二阮笑吟吟地向各处斟酒。各人吃得口滑，兀谁肯吃了半碗便休？阮小五看到这瓮酒将尽完了，便又叫小喽啰把其余两瓮抬出来开。几个船伙儿头子，口里尽道不消，却不曾起身拦阻。酒瓮搬出来，照旧开了泥封。三阮又把下酒采办得丰盛，虽有四五十人围了吃，却兀自整盘堆了。有了下酒，怎能不吃酒？太阳落到海面时，三只酒瓮都敲打了作铜磬响，有几个船伙儿，简直就醉得躺在舱板上。阮小五见有几个不醉的，海风一吹，也都七颠八倒。便笑着叫小喽啰们收拾了碗盏去。向散在甲板上的船伙儿说了一声不恭，也自回到舱里去。

不多时，天色昏黑下来，看到岸上卫城子里灯火像千万盏星光，撒在天脚，约莫已是初更时分。有个人影，悄悄由海滩上走向船头边来，阮小五立刻跳上岸去迎接着，问道："二郎回来了？"黑暗里阮小二问道："船上的人都醉了也未？"阮小五道："都醉了。"阮小二道："我在老客店里，遇到了戴宗。道是今晚三更时分动手，卢员外已亲自带着儿郎们到了卫外十里远近。"说着，手拿了三盏红纸灯笼交给阮小五道："你且将这个拿到船上，点了烛，挂到船前桅杆上。军师有令，我们船上挂三盏成串的红灯为号。船上的事，都交给你和七郎，我还要上街去看看。"阮小五道："船上这几个人我们足够应付，有事你自去。"说毕，阮小五回到船上，和阮小七说了。让喽啰们扎束停当，在舱里静坐了等候。

看看到了三更时分，只见卫城里西南角上一把火起，烈焰升入半空。二阮立刻从箱子里取出兵刃，分别散给了喽啰们。点着三盏红灯笼，由绳索扯上了桅杆挂起。不多时，卫里二丛火起，擂鼓声，呐喊声，突然大作。二阮便和十几个喽啰，手拿兵刃，把守舱口。船伙儿有几个不十分醉的，推开舱门出来张望，喽啰们都把他推进去了。那些人看到各人明晃晃地手里拿了兵刃，哪里还敢多说话。那海滩上一阵鼓噪，百十支火把，在空中照耀着。早有一队喽啰，随在韩滔、彭玘、呼延灼三筹好汉后面，直扑将来。前面是阮小二引路，毫无拦阻，直奔上船来，大家会合一处。

阮小二站到舵楼上高声喊道："四周船户听着，梁山泊好汉在此。现因有事，要借几只海船一用，并不伤害善良商民，你们知事的，只管睡在船舱里。"那周围大小船只，看到明火执仗，许多强盗来到，已是慌了。现在听到是梁山泊好汉，更是害怕，各个藏躲起来不敢动。随了呼延灼来的，三停有二停是水寨喽啰，放下兵刃，各个整理篙橹，拔起铁锚，立刻将船向海湾口上开去。拣了一段港身狭窄处所，将船在水面上横过来。火光中，升起两面大旗，在桅杆上飘荡。一面上写梁山泊水军先锋阮氏三雄，一面上写梁山泊副总头领卢。那些在港湾口里停泊的大小船只，有的看到卫城里火光烛灭，人声鼎沸，也就各个想拔锚逃走。及至看到港口上灯火通明，一只船把路拦住，便觉不好。及至这两面大旗飘出，大家只管在暗地里叫苦。只好把船离开了岸，泊在水中心。

那岸上梁山泊的军马，还未曾理会到海滩上，大队人马冲破了卫城，便分向文武两衙门去捉人。那个武衙门的缉捕使，听到外面喊声大起，弃了眷属，跳墙逃走。他手下虽也有些缉捕官兵，每到晚上，他们都各回家歇息。衙门里虽也留下二三十人，济得甚事？梁山人马赶到，和缉捕使眷属，一齐捉住了。另一股人马杀到知寨衙门时，那钱知寨吓慌了，他向后花园里逃走，大家将他家细软财物搜索到一处堆积起来，计点数目，却有四五百件，仅是箱柜，便也一百来只。卢俊义随后赶到，将擒缚的男女查点一番，只差了知寨。卢俊义把妇孺都放了，查出知寨两个亲信，在衙前斩首，其余衙役割去两耳。

待得天明，出示安民，说明梁山泊人马出海，经过此地，代诛贪官污吏，并不伤害百姓。有巡查衙内外的小喽啰，报告后园枯井里有人藏着，现在钩了起来，缚在庭前柱上，是个斯文人。卢俊义道："也不过衙中一个书吏，放他去休。"吴用正在一处坐地，便起身道："既是斯文人，小弟有话问他，且亲自去看看。"说着两人走到庭前，果然绳子拴了一人，反背二手，虚系在柱上。看他四十上下年纪，肥头胖耳，浑身锦绣。他见人来，便跪在地上，哭号着大王饶命。吴用道："你是钱知寨何人？"那人道："我是钱知寨同乡，路过此地，特来探望。"吴用道："你平常做何生理？"那人道："在下是青州一个秀才。"吴用便向卢俊义道："既是读书人，放他去了也罢。"便吩咐小喽啰解了他的绳索。吴用在一旁看觑，见他左手大拇指上戴了个翡翠扳指，不由哈哈大笑道："钱知寨，你是智者千虑，必有一失。这枚扳指，是富同在我那里讨得来，不想你跳枯井时，兀自带着。"立刻叫小喽啰取下扳指，重新缚了，送到街上斩首示众。望海卫人惊惶了一夜，到了天明，才知道是梁山泊好汉来了。虽然见得安民告示，兀谁敢太岁头上来动土，都把大门关了，藏躲在家里。

梁山泊人马找得了驻扎的所在，杀牛宰羊，休息吃喝了一日。吴用随同卢俊义带了几百名精壮喽啰，到海湾里去看定了十艘海舶，便到伢行里去，找了几个船伢子来，把话告诉了他，要租用十艘海船运载山寨人马到海州去。船上船伙，不许短少一个，到了海州，自有重赏。若有一个人脱逃，除了捉住那人，便以军法从事之外，全船的船伙都有罪。吴用又打听得富同畏罪已跳海了。便又向众船伢子道："你等眼睛是看事的，便知我山寨里军法森严，要不富同却怎的肯舍了性命？"众伢子诺诺连声，哪敢说出甚的。吴用就在海滩上，将四五百名喽啰，分作若干股，由船伢子先引到船上去弹压。这些船上人晓得梁山人马在卫城里，不敢登岸。湾口被梁山军驾一只大海舶横拦了，又出去不得，大家也只有听了船伢子的劝说，起运货物，整理帆橹来装载人马。

勾当了两日，诸事都已就绪，梁山三千多兵马，带足了粮草淡水，连同先前占用的那一只大舶，分着十一只船乘坐。择了一个天气晴和、风势顺利的日子金鼓齐鸣，开出了海港。这十一艘船，一字拖长，扬帆鱼贯南行。卢俊义、阮小二和两位军师，同乘那艘最大的海舶，在前面引导。其余各头领，或一人或两人，各押乘着一艘船。那些船伙，都得着头领的赏银，又惧怯梁山威风，驾驶得十分小心。一路平安无事。

一日来到海州境界，在一个小港口里停泊了船。各头领都到卢俊义坐船上来聚议。大家在中舱里坐了，卢俊义先道："这海州情形，我等颇是生疏，我们是由海上来的，连海州四境都不甚清楚。众兄弟且慢出发，应当先多派探子，上岸打听情形。"吴用微笑道："此却是末节。张叔夜在此传说很有军威，我等却是要先探看他一番兵力虚实。这事恐探报不精，小弟拟亲自到海州城里去走一遭。"卢俊义道："恁地虽十分是好，却须派几位头领保护才是。"吴用道："人多了，转恐彼此照顾不周。小乙哥为人精细，本领亦是了得，相烦同行便好。戴宗兄弟可单独行走相随在后，也好传递消息。在小可未回船之先，船上仍是装扮了海客模样，不必扯出梁山旗号。"卢俊义道："船上有我镇守，军师可以放心前去。"计议已毕，那吴用扮着一个海客模样，燕青扮着一个伙伴，在船上取了一些干枣、糖梨、茧绸、蓍草各种山东货样，一个包袱捆了，上岸而去。

这港口到海州城约莫有七八十里路。这天走了大半天，到海州城约尚有二十里路，天色已近黄昏。赶到一所小镇市，见路旁有爿茶饭店，便同燕青进去。这店堂一带栏杆隔住内外，摆了几副座头。吴用拣一副靠外的座头与燕青对面坐了。过卖走过来，抽下搭在肩头的抹布，擦抹桌面，问道："二位客官，还是打尖，还是歇店？"吴用指着门外打麦场道："你不看太阳已经沉到屋顶下去了，我们歇店。"过卖笑道："客官有所不知，这海州地面，在知州张相公治下，真是夜不闭户，晚间照常行路，我怕客官要赶进城住宿，所以恁地动问。"吴用道："原来恁地，我们肚里饥饿，等着要些酒饭吃，不忙进城。你先和我们打两角酒来，有甚下酒？"过卖道："有猪肉、鸡蛋、咸鱼。"燕青道："咸鱼也好，猪肉罢了，和我们切一大盘牛肉来。"过卖赔笑道："客官休怪，牛肉却无。下街头今天有人宰羊，客官要吃羊肉时，可以去买些来。"吴用道："猪羊肉都有，怎的却无牛肉？"过卖道："此地原先也有牛肉的。自从张相公来到本州，禁止宰杀耕牛，所以独没有牛肉。并非小人不卖与客官。"吴用笑道："我们初到贵地，不省得这些，既无牛肉，猪肉也好。"过卖说是，上厨要酒菜去了。

却见一群少年，都是紧衣露臂，捆着腰带。各人肩上，有的扛着枪刀，有的拿着弓箭，嘻嘻哈哈走了过去。过卖正送了酒菜上来，燕青问道："这村庄上有人练武艺吗？"过卖站在桌子外筛着酒，因道："这也是本州张相公的钧旨。道是现在江南方腊作乱，山东梁山兵马四处劫掠。海州地面，虽甚太平，却也难保将来无事。现在冬季，正是农闲时候，让百姓青年子弟自己请了教师，在村庄里练习。"吴用道："百姓若不练武时，他也奈何不得。"过卖道："知州相公先通谕了各乡里正，按了花户册子，派定百姓学习。州城里又三五天一次不断地派了缉捕官兵，下乡查考，兀谁敢不遵？查出不遵，除了戴枷受棒，还要受罚。冬季无事，练练本领，也是各人自己好处，老百姓乐得遵了官府命令。"燕青向吴用笑道："这知州也忒煞喜欢管些闲事个。"过卖道："虽然知州到任以后，地方上多了许多事，但一来地方上没有盗贼，二来他一清如水，手下没有一个胥吏敢向老百姓讹索钱财，三来他肯和百姓分忧。"吴用道："你且说他第三件事，怎的肯向百姓分忧？"过卖道："譬如装运花石纲的供奉船，经过海州地面时，敬奉使官照例要向地方讹索钱财。张相公却亲自去见了那押解花石纲的官，把供奉免了，怎的不是和老百姓分忧？因此，全州老百姓都敬爱他。"吴用一壁厢吃酒，一壁厢听那酒保说话，心里自计划着。

酒饭后，店家引了他二人到客屋里安歇。店小二才送到灯火进来，便听到街上更锣响了，初更过去，虽是个小村镇却也有个更次报告。正揣度着，却有一个小目兵，带了两个拿长枪的士兵，推门进来。那目兵先唱了个无礼喏。因笑道："小可是海州缉捕巡检治下，四乡镇巡查旅店的兵弁。须动问客官一番，休怪则个。"吴用指着桌上货样包袱道："请看。我伙伴两个，是送货样进城的。"因随便报了一番姓名。那目兵见他说话流利，不怎的再盘问，又唱个无礼喏走了。吴用却暗暗告诉燕青道："这张叔夜治下，果然非同其他郡县，明日进城，更小心些个。"燕青见吴用也恁般说了，自也下着戒心。

到了次晨，二人算清店账，背了包裹，冲了宿雾，踏着残霜进城。走不多时，红日东升，一片霞光，照在一片枯林上，拥出了一角海州城楼。到得城门口，乡间挑柴挑菜的正鱼贯向城里走去。迎着城壕桥头，有两排店铺夹道而立。其间有三五间茶馆，灶上蒸屉里热气腾腾，里厢正自闹哄哄的，坐着吃早茶的人。吴用益发仔细，不敢造次进城，且走进茶馆去，张望了一番。见靠墙一副座头，只有一个长须老人，占了一方，就着屋檐下太阳，两手围了一碗热茶取暖。面前摆了一碟糖馒首，兀自不曾吃动。因向前唱喏道："惊动老丈，小可是走长路人，口渴些个。想并一并座位，吃碗热茶，可以吗？"老人拱手道："老汉只有一人，客官自便。"这正中吴用下怀，便使个眼色，让燕青同坐下来。

第十回

智多星迹露海州市
张叔夜计退梁山兵

初升的冬日，带了些金黄色，路边的枯草，原来涂了浓霜，经太阳一晒，霜化了，倒有些滋润的颜色。这很像在路上赶进城的乡下小贩，颇是吃力，头上也冒出些汗珠。吴用和燕青同在茶座上坐了。向外面路上看去，兀自出神。他捧了茶碗，缓缓啜着茶，不觉赞了一声道："海州却是一个繁盛地面，我们来这一趟，怕不好做几千贯钱生意？"说话时，望了旁坐的燕青，倒不理那老人。燕青道："正是如此。你看太阳一出山，向城里赶早市的人便怎地拥挤。我们到了城里，却须多多打听。"吴用道："看怎般情形，海州城里市面，必十分繁华，我等两个生人，却向哪里冲撞？"说时，故意做个沉吟样子。

那老人也是两手捧了茶碗，待喝不喝地，听他两人说话。见吴用有个沉吟模样，便道："动问上下，来海州做何生理？"吴用道："我等是山东客商，贩卖山东干货。"老人道："这却不难，进这座东门，便是东门大街，里面自有杂货伢行，可向那里落脚。若要自己去找寻主顾，这里商家在知州张相公治下，都不欺人。"吴用道："正是让我等放心的一桩事，一路都听说张相公为官清正，是个文武全才，本地想十分太平？"老人道："太平是太平，将来难说。海州地面现兀自天天操练军马。"吴用道："这却是为何？"老人道："现今山东宋江、江南方腊，都号召了上十万人马，要攻城略地。赵官家把这张相公十分看得重，无论南北有事，少不得要把张相公调用出去。便是不调出去，把人马操练好了，就是南北强盗要来犯境，也可以抵挡一阵。"吴用道："这张相公不愧是四海闻名，却预备着南征北讨。但不知道练就多少军马?"老人道:"就是在本州，操练好了的人马，怕不有两三万。平常在州衙内小校场里操练，每逢三八便在南门外大校场校阅。"说着将手指抡揸着，笑道，"今天正是十三，这时候，恐怕校阅未了呢。"

燕青向吴用道:"二哥。这等大规模的操兵，必是很热闹，我等见识见识也好。"吴用沉吟着道:"若论我们落行，却不争这半日的时间。只是怕校场里操演人马，我们却向前不得。"老人笑道:"这却是把话颠倒来说，这里知州张相公恨不得全海州老老少少，都去学习本领。若去看校场操练军马，知州正道着你是他一个知己，怎的不准去看?"燕青向吴用看着，吴用手摸髭须微笑，点点头道:"恁地说时，我们就拼了荒疏半日工夫，到校场去看看。"那老人道:"二位要去时甚是方便，无须穿城，便在这东门外，绕过半个城角便是。"吴用听说，益发欢喜，又坐了半盏茶时，吃了两个炊饼，会过茶资，向老人道了谢，便出店，绕了城垣，向南门走去。

这里自有一条通南门外的道路。顺了路走，不多远时，便看到一片广场。在日光下，浮起一阵轻薄的尘头，随着也就看到旌旗影子，在空中飘荡。走到近处看，靠西一带参天大柳树，下面一带营垒，挡了去路。朝北正面，是四角飞檐的演武厅。两排盔甲鲜明的武官武弁，八字分排，由台阶上站下来。东南两方是野田，间或有几丛树，树下便歇有卖零食担子，围着许多人向校场上张望。这校场端的宽大，约莫有里来路长，半里路宽。约莫有三五千人马，在演武厅下，排着阵式，鸦雀无声地站着。外缘上一路摆了几个箭垛。正有流星般的骑兵，一个跟随一个，绕了外场飞跑。到了箭垛前，马上早弯着弓的人，就一箭射去。去箭垛不远，列着得胜锣鼓，箭中了，锣鼓便同响起来。此外没有声息，只是那马蹄拨土声，和步兵阵头上的旗帜泼风声，互相唱和。

吴用和燕青先在校场东南角闲看。后来吴用却想看看张叔夜是怎的一表人物，便顺了校场东边，走近演武厅前面来，这样又看了些时，正是步兵在演武厅阶石下，成对地厮杀，操练着刀枪。厅角上两面鼓，擂着轰雷也似助威。有些热衷本领的百姓，益发站到武厅墙角，在阶石上层，由排班武弁的头上看了下去。这里相隔排班所在有丈来远，武弁也

87

不理睬。吴用也挤了过去，燕青跟着。这演武厅屋檐下，有一排木栅栏，隔了内外。在栅外看到厅正中排了一座公案。公案里坐着一人，约莫四十上下年纪，长圆脸上，垂下三绺黑须，一双凤尾眼，精光射人。身穿蓝色软甲，头扎蓝绸幞头，腰挂一柄三尺绿鱼皮鞘长剑。不坐而立，紧靠了虎皮椅子，向演武厅下面看了去。端的又是一种英雄气魄。

吴用由墙角顺了屋角扶着栅栏走过来，那在演武厅里看操的张叔夜，有时也看看两旁的老百姓，却是什么情形。他忽然看到栅栏外两个人向校场上上下下、四周探望，却并不怎的看操，却有些奇怪。约莫有半个时辰，那两人兀自未去。其中年轻些的，看到校场里对比的步兵，有时点头，有时微笑，有时又和同来的一个三绺髭须白净面皮的人轻轻说话，张叔夜益发瞧科了几分。看完了几对人厮杀，他忽然向两旁站的武弁道："给我备马，本州要亲自骑射一趟。"说着，他起身由演武厅侧门出去。旗牌由厅上传令下去，暂时停止操练，站班武弁一阵纷攘。张叔夜走出了演武厅，见随身武弁李保在侧，便低声道："那演武厅正面右边栅栏外，站有穿青穿皂两个生理人，背着包裹，好生可疑。你改了便装悄悄地跟在后面，且听他们说些什么。"李保应喏去了。

张叔夜由家丁取过来弓箭，骑着坐马，在跑道上绕了一匝，射出三支箭去，都中了箭垛。校场内外人，齐齐喝了几回彩。他依然骑马回到演武厅后下了马，却缓缓地向演武厅走去。李保迎着低声报道："回禀相公，这两人端的可疑。一个说的山东口音，一个说的河北口音，都不是此地人。相公射箭中靶时，那个背包裹的人说，端的名不虚传，不可小看了。"张叔夜道："你且紧紧跟了他，我另派人来帮助，一切小心，不要露出痕迹。"李保去了，张叔夜将旗牌叫来，因道："本州刚才骑马闪撞得心口疼发作了，传令停操。"旗牌传令去了，回头看到押司赵峰在侧，便笑道："你来得正好，刚才你到了演武厅上也无？"赵峰禀道："小人适才由衙里来。"张叔夜道："更好。"因附耳对他说了一遍，赵峰躬身道："小人理会得。"

张叔夜只吩咐了这两人，自骑马回衙去。吃过午饭，到了未牌时分，却是李保满脸带了惶急的样子，匆匆走向签押房来回话。因道："上禀相公，此两人行踪越查越可疑。在城里一味冲撞，摸不着路径。

现今在东门客店里落脚。小人一路跟随，幸是未被他们识破。路上遇到赵押司，暗暗把人交给他了，他现时带有几个人在客店对门茶馆里吃茶，自看守了他。看他那般，既不落行，又不找亲友，满城张望，生理人打扮，却不做生理。"张叔夜道："你且暗下通知那店家，多多和他闲话，他说甚言语，都来回报我。"

李保去了，又到薄暮才回衙来。张叔夜见着他，先便问了。因道："怎般时候回来，想必你们又看了他一些情形。"李保道："小人探得店家说，那两人是由海船上来的。昨夜住在胡家集，今早进城。小人寻思，那条路不是到港口去的，可疑一。既要进城，为何却又在路上投宿。赵押司却会同了杂货伢行的一个伢子，由店家引进，向那厮谈生理。小人特意骑了快马到胡家集去，将几家客店的行旅投宿簿都查看了。不错，这两人是在那里投宿的。但他写的姓名籍贯和在城里写的，很有出入。小人各抄了一纸，请相公台察。"说着，弯腰在靴筒子里掏出掖的两张抄单，呈给张叔夜看。果然，这上面显然有许多不同。一张单子上写的是张忠、李德，一张上却又写的张德、李忠。一张上面写的海州人，一张上面却又写的青州人。

正犹豫斟酌着，那押司赵峰便在门外求见。张叔夜唤入签押房来，问道："叫你看守的人，益发是可疑，你为何抛却他们回来了？"赵峰躬身道："小人装着商家，和伢子寻那两人谈生理，谈到行情时，那个后生不作声，那个白净面皮，三绺长须的人，却笑而不言，只说货运到了，再作理会，只是听那伢子的话，随声附和。据小人看来，显然他是外行，却不肯说话，免露了破绽。那个有髭须的，十分狡猾，小人也未敢多言，怕将那厮惊动了。但他看小人和那伢子都盘问得紧，似乎有些省悟。依小人看来，这两人十分之七八是海贼派来城里的眼线。休吃他走了，便将他捕捉来了，拷问个水落石出来，却不是省事？"张叔夜道："这两人越是可疑，却越不能捕他。你把他捕了，余党倒惊散了。你快去通知看守着的人，若这两人要出城时，且自由他，休得拦阻。只要在他走后，来报一信便可。"赵峰遵命去了。张叔夜便向李保道："你随带两名精细兵丁，连夜出城，到胡家集去等候，看这两人经过时，只管让他们过去。定要跟定了他，看他们到哪里去。"李保也遵命去了。

二更以后，张叔夜派人密传兵马都监卫华，到签押房叙谈，把左右都屏退了。卫华见恁般情形，叉手恭立在灯下。张叔夜坐在案前，手摸髭须，微笑道："卫都监，你觉得有异吗？"卫华道："想是相公有甚机要命令？"张叔夜道："说你不相信，梁山贼寇，敢到我海州。现有两名寇首藏在城内。"卫华脸色勃变，不免一惊。因道："请相公下一钧旨，卑职便去捉拿。但不知此两人是兀谁？"张叔夜笑道："休要惊慌。其中一个是智多星吴用，他是梁山军师，武艺平常。其余一个是保护他的，本领必然了得。我自有安排。卫都监可以暗暗地下令，前后五营兵马，立刻戒备，听候命令。"卫华沉吟着道："贼人恁胆大，却敢来到我海州城内！"

张叔夜道："若不是我亲眼得见，人也不敢相信。那梁山为首一百余名人物，朝廷曾画影图形，分发各处关卡捉拿。画的图形，虽不能十分相像，也不能毫不相干。今天我在校场阅操，见两个背包裹汉子只是在演武厅外张望，情形好生可疑。暗下派人跟踪采探，果然行踪诡秘。昨晚住在胡家集，今天住在城里，两次落客店，所报姓名籍贯，并不相符。他道是海客，却又不向城里商家兜揽生意，只是满城张望。我把梁山贼首图形一看，其中一个，端的和吴用相像。据李保来说，这个与吴用相像的汉子，说的是济州口音，益发相符。我接着军报，知道梁山贼人有五七千兵马，袭了沂州，在城多日，忽然弃城而遁，不知去向。我想贼人忽来忽去，不能无因，正自狐疑着。现见这两个可疑的人来到我海州，那必是贼人来窥我海州富足，顺便掳掠军械粮草来了。却是奇怪，此去沂州几百里路程，却不见一点儿贼人行军消息。这五七千军马，莫非绕了海岸而来，便是绕了海岸而去。到了海州境地，我也能知道他们消息。所以我想着必是隐藏在海舶里来的。且休打草惊蛇，只捉得两个人却把他们军马惊动了。我只悄悄地安下个牢笼，把他们引进来，都给捕捉了。"卫华微带了笑容，叉手答道："卑职理会得。"于是告辞出了州府，回到营房，连夜传令五营兵马备战。

那吴用、燕青安睡在客店里，哪里会想到太平无事的海州城里，会突然地安排了军马厮杀。天色刚亮，吴用却把燕青暗地里唤醒。因道："昨天杂货店里那个相帮，却盘问得我们紧，万一这厮今天再来，看出了我们一些破绽，报与了官家，却误了大事。我们休拿包裹，只说吃早茶去，快快混出了城，且上海船去作计较。"说毕，二人草草整理过衣巾，在太阳未起山时，便出了东门。吴用为了走熟路起见，依然由原路回海边来。经过胡家集时，在那茶酒店里稍坐片刻，吃了两盏茶。那预先在这里隐藏的李保，等个正着。等吴用、燕青去了，扮个行路人，背了包裹，遥遥跟随下去。到了小港汊里，见海边停了十几只海舶，甲板上人来来往往，都着了短装，十分忙碌，却不像是海客商船。李保退后里来路，在一座村子里歇了脚，找了一位年老百姓，告诉他自己是州衙里来的，让他且在村子外面多把人向海里张望，看有甚动作。

在这午牌时分，忽然几声连珠炮响，金鼓之声大震。百姓纷纷跑进村子来报道，有了大批海贼上岸，桅杆上悬着旗子，岸上队伍前面竖着大纛，煞是威风。李保且不惊慌，爬上屋脊，向村子外看去。果然半空里旌旗飘荡，十几只大海舶上的人，像蚁群也似，拥上了岸来。太阳照着那队伍战甲鲜明，各人肩上扛着枪刀剑戟，都一闪闪地发着银光。只看那旗帜分着五色，下面人摆着阵式，在海滩上品字列开。却不是寻常海贼家数。那旗影里的鼓声，震天震地敲打着，便含着不少杀气。李保遥遥地看去，还认不出那旗帜上是什么字号。但看到有几个零落百姓，由外面跑进村子里来，口里大喊着，梁山好汉到了，梁山好汉到了。李保也来不及再去分辨旗号，跳下屋来，在村子里夺得无鞍马，就飞奔入城来。到了知州衙门，兀自喘着气。便下马，在堂前定了定神，然后到上房来见知州。

张叔夜见他面红耳赤，额上汗珠兀自向外冒着，便笑道："怎的，你看到贼兵了？"李保躬身将看到情形都说了。因道："上赖相公英明，预先看破了贼人行藏。不然，这城池毫不提防，却不吃贼人暗袭了。依小人之见，先下令来把城闭了。免得临时慌张。"张叔夜笑道："你跟随本州有年，你甚时见我慌张过？我自有计，梁山贼人来了，叫他休想一个人回去。你自去将息，晚上再随我厮杀去。"李保退去了，张叔夜先调兵马都监卫华入衙，吩咐了一遍。又调缉捕使雷震来吩咐了一遍。冬日天短，一轮红日早已沉入西郊枯树林内，散作半边天的霞光。张叔夜带了十几名亲随，在城上巡视了一周。这海州城自张叔夜到任后，不时修缮督察。所以知州上城去巡视，却也没什么人理会。

到了晚上，城里依然万家灯火，照常过活。梁山军马登岸，曾派十几名探子张望城里情形，回去报道，都说是城里并无动作。卢俊义得此消息，益发放胆催动三军，兼程前进，约莫二更天气已到了胡家集，距城二十里。探子回报，城里依然按时关城，并无别样情形。这是月之下弦，四野沉沉，星点满天，黑空风劲，遥闻犬吠。这里一片平原，农人收割过了庄稼，正好安营挖灶。吴用陪了卢俊义，在集子上茶酒店里驻兵。先下令告知山寨兵将，海州张知州城下，都是善良百姓，休得惊扰，违令者斩。一面下令埋锅造饭。这集子里百姓，做梦不曾想到梁山兵马会到了家门，大家藏在家里，闭门不敢出来。燕青出来找了店家，再三用好言安慰，这才预备灯火酒饭，款待各位头领。

在桌上用着酒饭时，吴用拿了一双竹箸，在桌角上烛光下点划着，因道："小可在城看察了一周，张叔夜虽说知兵，却疏忽了一点儿。他的人马，都驻在城东南角大营里，城里很少的一些缉捕士兵。谅是因地方太平日久，不曾提防到外事。小可这番布置，只是把一两千兵去打城东南角，牵制他大营人马。我们就用大军，由西北角攻入城里。任他张叔夜通身是本领，这样打他一个措手不及，他也无法防备。"卢俊义道："军师妙算，自是万全。小弟也要会会这张知州，是甚等人物？"他如此说了，其他各位头领一来凭着攻无不克的经验，二来又是军师亲自到城里察看了来的，当然调动得宜。也静等候五鼓天明杀进海州去。

到了三更以后，卢俊义亲自领大部军马向海州东北角进攻。公孙胜、呼延灼、黄信三位头领带领一千五百名马步军摇旗呐喊，向城南扑去。四更将近，半弯残月，像一把银梳斜挂在东边天脚，昏昏的月亮，照见平原夜色朦胧，只有隐隐约约的一匹黑树影子，在目力所不及的地方，挡住了天脚。这大批人马脚步声、马蹄声造成哗啦啦一片嘈杂的响声，把海州东郊的百姓一齐由睡梦中惊醒，个个村庄里人跳犬吠，就像海潮涌来一般。呼延灼这批人马在先，到了东门外簇拥灯笼火把，如一条火龙绕过城角，直奔城南大营。真个如入无人之境，毫无阻拦。卢俊义这大部军队却熄了灯火，向北门杀去。队伍前面，一队冲锋快马，有三百余人，带了挠钩云梯，向城边猛扑过去。却是到了城边，一齐把灯火亮着，却叫得一声苦，满壕大水，吊桥高高在隔岸吊起，只有驻马观看。不多时，大队人马赶到，也只好隔水布阵。

卢俊义和吴用策马到了壕边，见对面城上，静悄悄地不见一点儿动静。卢俊义在马上向吴用道："莫非城里有戒？"吴用向吊桥边细观看，见棍子粗细索缆吊了，绝非匆忙所为，便知中计，立刻下令，将后队改为前队，向后撤退。这个命令，传令喽啰还不曾传遍，只听城墙上梆子剥剥乱响，突然火光冲天，千百处灯火在城上飞舞，照见旗帜飘飘，刀枪林林，在城堞上露出。箭楼前一丛灯光上，飘出一面张字大旗。那里众兵士大声喊道："知州张相公在此，叫梁山头领答话。"卢俊义见呼唤尚有礼貌，便跃马出了队伍，直到壕边，见城上大旗下，一人全副披挂众兵拥护，料是张知州，便两手横枪，大声答道："梁山副总头领河北玉麒麟卢俊义在此。"张叔夜手扶城堞，大声道："卢俊义你好大胆，张某所守城池，你也敢来窥犯？"卢俊义道："素知治下粮草充足，兵刃精利，特来借些。知州若是豪杰，开城放兵出来，见个高下。"张叔夜笑道："无知匹夫，已入死地，尚敢夸口。谅你不见本州本领，也不死心。你赶快撤退，我城外伏兵，已经杀来了。"随了这话，城上向天空飞出几支火箭，又是几声号炮。城东角喊声大起，黑暗中不辨人多少，向梁山军马反扑了来。这时，梁山军马后队改了前队，已经向东撤退，杀来兵马，并不向前拦截，只在大路，四周将箭对了火光乱射。梁山军马寻不着对方厮杀，只好弃了灯笼，匆匆忙忙奔走。卢俊义带了各位头领，在后镇压阵脚，以免城里军马出来夹攻。城里军马，先也是将乱箭对火光射了一阵，等这里弃了灯火，却也不来追赶。

卢俊义兵马自相践踏，退出了七八里路。喘息方定，月光下又见一支兵马，由斜刺里杀来。各头领正要策马迎杀向前，见来的队伍，阵形散乱，倒荷旗帜，分明是败兵。尚幸吴用机警，叫大家呐喊是梁山人马，那边来人，才止住阵头。正是黄信为首，领了攻打大营的一队兵马来到。呼延灼、公孙胜在队伍后面压阵。听到前面系自己人呐喊，便跃马赶上前来，月下会着卢俊义。呼延灼在马上报道："小弟杀到那营前，见营门大开，散落的四处有几点灯火，疑着营中何以毫无防备，犹豫了一阵，我只在营堡外逼住了阵脚。却不料一声梆子响，四处向我们队伍上放箭，不知多少人马埋伏着。小弟想着孤军深入，原是要引官兵出来交战。官兵既不出面，倒藏在暗地里来射我，我们原来声东击西之计，已是无用，只有转过来和大军会合。"吴用道："张叔夜果然是位名将，是我小觑了他。我们快快逃上海边，莫吃他再断了后路。"说着，便下令再调前队人马驻定，让后队先行，前队不曾被箭阵扰乱，依然殿后。

这时，天色已经大亮，卢俊义在马上查点军马，几乎折损了三停的一停。头领里面，阮小二、黄信、韩滔，各中一箭，幸是都在不重要处，由小喽啰用椅子将三人抬了走。卢俊义见未曾交战，士气大减，也只好撤队回海上去。恐怕官兵追赶，便让士兵嚼着干粮，喝着冷水，路上未曾埋锅造饭。却幸撤退迅速，沿路未见拦阻。当日落西岸时，大队已到了港口。马队先到海滩上，向海岸一看，又叫起苦来！

第十一回

雪夜被围群雄失势
单骑决战名将成功

　　原来梁山人马坐来的十艘大海船，一齐变成了几个焦枯的架子，漂浮在水面，正是遭火烧了。卢俊义、吴用听到前面飞报，二人策马来到海滩上观看。吴用见碧浪接天，前无障碍，近处三四支桅杆，倒在浪里，那烧不尽的船骨焦黑的在水上露出，烧散了的木片布屑，在水上漂荡，直扑到岸边。吴用在马上拍鞍长叹道："张叔夜毕竟不错。吴某自劫生辰纲以来，没有一次失算，这番却着了他的道儿，后有追兵，前无去路，却是怎处？"卢俊义道："军师且休慌，兵法云：'置之死地而后生。'我们还有三四千儿郎，掉转头来，再杀向海州去。"吴用道："也只有恁地。大家辛苦了一夜，又不曾吃喝得好，且休息片时。"众头领听说，都叫喊起来，愿与张叔夜决一死战。卢俊义在马上看看众喽啰，端的都疲乏极了，虽是排立了阵式，站在海滩上，看看儿郎们个个愁眉苦脸，精神不振，因向吴用计议道："现在天色已晚，我等又路径不熟，往哪里去？"吴用道："这海滩上风势特大，大家再露宿一宵，明日如何厮杀？且回到前面，找个大庄子歇马，明日天亮，再厮杀出去。"卢俊义道："张叔夜既来烧了我们的船只，附近必有伏兵，却须提防一二。"吴用道："我等留守船上的儿郎，终不曾都杀伤逃散了。我等回到此地，必有人前来投依，且命人四处搜索。"

　　正说着，阮小七带领两个水军小头目，由海岸边上来。他报道："今日未牌时分，有打着海州官兵旗号的人马，约莫四五百人，直扑到海边来。船上的船伙都骇慌了，动弹不得。那官兵到了海边，却不上船。同时拿着几百张弓，向船上射着火箭。西北风正刮得紧，箭到火起，每只船就有十几处火头。船上人跳到海里的，哪里有命？泅上岸的，都被活捉了。小人在最后的一只船上，泅上岸躲在石礁缝里，逃得活命。等官兵去远了，到就近村庄里借火烘了衣服，在这里等山寨人马回来。此地老百姓怕官兵和山寨人马要在这里做战场，都弃家背着细软跑了。因之，官兵退向哪里去了，却也打听不出。"吴用听着沉吟了一会儿。卢俊义便插嘴道："便是张叔夜布下天罗地网，卢某何惧？儿郎们却是辛苦了，今晚必得有个安顿。"正说时，呜呜两阵风在马上吹过，天上渐渐云彩铺盖起来。吴用将马鞭向西指着，大家看去，隐隐有一丛树林，簇拥了一座村庄。他因道："那里是块平原，藏不住伏兵的，我等就在那里扎营。"大家望去，不过二三里路，就齐齐地昂头向那里望着。

卢俊义益发看出了喽啰们疲乏已甚，也不再犹豫，策马在队伍前面便走。燕青、彭玘，恐怕有失，也跃马在后，紧紧保护。到了那里，见庄门大开，果无一人。卢俊义立马在吊桥头，却还不敢躁进。这后面跟来的大批人马，望了庄门，便一拥而进。呼延灼随了人马进庄，先带几十名精悍喽啰，搜索了一顿，觉得实在是寂无一人，这就由全部人马，在各农家住下。卢俊义以下几位头领，挑选了一所高大庄屋做了中军帐。

卢俊义不敢怠慢，立刻请了众头领在一处会议。吴用道："小可之见，我军今晚驻扎在这个庄子里，实在是个死着。假使海州官兵把这个庄子团团围住，知道这里面有柴水粮食也无，孤军无援，岂不坐困而死？呼延将军，可带领一半人马，隐藏在对面那一个庄子上，作为掎角之势，拨彭玘、阮小五两位头领相助。夜间不用明亮灯火，也不用敲打更鼓。万一明天我们这里被围时，可由官兵后面杀出，前来接应。"卢俊义道："军师这番调度，却正合弟意。张叔夜时时处处设伏，我等不能不为防备。"呼延灼接着军令，点了千余人马，在黑暗中出了庄子后门，向邻近的一个庄子里去。这庄子里人本也十停跑了九停，知道梁山人马，在邻庄扎营，剩下的一停也跑了。呼延灼冲进庄去，把庄门闭了。除了烧火造饭而外，大家哪敢亮灯火，在暗地里休息。

这时，北风停止，满天无半点儿星光，黑洞之中，却是冷气加重，二更将近，地面上已铺上了雪点。卢俊义在那边庄上，只怕海州官兵来夜袭，将前后两座庄门，严密关闭。下令人不卸甲，马不离鞍，随时准备厮杀。在一间民房里，点了两支大烛，和吴用隔案对坐。喽啰们在庄子里搜得来一瓮酒，又是一些腊肴，且与吴用对饮守夜。三更以后，冒了风雪，到庄门的箭楼上向外探望。这里依然是眼前洞黑，四野沉沉。在暗黑中雪花像利箭也似，随了急风，向人身上扑来。这不看到周围一些村庄田园，更也就不看到一点儿活动的人影。卢俊义沉静地站着听了好几回，绝没有一些响动。心里也就想着，官兵便是来打这庄子，不见能飞了进来，这般夜深，尚无动作，料是不能前来劫营，这便回到庄屋里来饮酒。吴用未曾睡觉，只是伏在桌上假寐。桌上的大烛，已三停烧去了二停，寒风由窗户缝隙里钻了进来，烛上的焰头，摇摇不定。卢俊义站在桌边，提起酒壶来，摇撼了几下，将壶里残酒，斟满了桌上放的盏子，然后举起来一饮而尽。酒喝下去，又把腰上佩的宝剑唰的一声，由剑鞘里拔了出来，在烛光下辗转反复玩弄。看了半盏茶时，便长叹了一声。

身后忽然有人低声道："员外且请少歇。"卢俊义回头看时，见燕青左手提了灯笼，右手握住一柄朴刀，在门外站定。卢俊义道："小乙哥，你还未曾安歇？"燕青道："情形危急，小人如何睡得着？"卢俊义将剑插入剑鞘，向燕青道："梁山兵马，威震天下，不想今日败在张叔夜手里。我等自上山以来，出兵多次，迭有胜负。却不像这次，轻轻悄悄，就落个进退不得，明日天亮，我必定单骑出阵，和张叔夜决一死战。"燕青道："员外也过分焦虑，我们还有三四千人马，水路虽断，偌大中原，难道我们杀一条血路回山东，有甚做不得？"卢俊义见壶里无酒，便将盏子伸到瓮里去，舀了一盏酒来，因道："夜深了，小乙哥且吃了这盏冲冲寒气。"燕青放下朴刀，两手接了酒盏吃干。卢俊义道："我兄弟为富贵患难之交，今晚且尽一醉，说不定我兄弟要永诀了。"燕青道："员外何必恁地短气，便凭我燕青这一身本领，单刀匹马，百十支弩箭，也要保员外回到山寨。"卢俊义道："便是恁地，我有何面目见山寨众家兄弟！"说着，把吴用惊醒了。见烛身短了，烛台桌子上，堆了整堆蜡泪，便道："员外兀自不肯少歇，想已夜深。"卢俊义道："已是四更天气了。"吴用道："员外必须少歇，准备明日好厮杀。我与小乙哥在此守夜，兄台尽可放心。"卢俊义将两夜未睡，也自有些疲乏，便就在屋里榻上和衣而卧。

村鸡三唱，卢俊义便在睡梦里惊醒。伺候的喽啰舀了一盆热水来，他洗擦过手脸之后，便觉得人清醒了许多。走出大门向四周张望，见各处民房灯火照耀，喽啰们都在吃早饭。自己心里烦躁，也等不及天色明亮，便又上庄门箭楼上张望。原野上虽然依旧黑洞洞的，但雪风里面，遥遥传来马嘶。吴用带了各位头领，也来到寨墙上。因向卢俊义道："果不出我等所料，张叔夜已来包围这庄子。所幸弟已密令呼延将军听我信号。我们且不等天色大亮，便出庄迎战。"于是下令悄悄开了庄门，将人马渡过壕沟，背庄列阵，原来中原村庄，习俗相传，都是筑下寨堡居住。海州地面经张叔夜的布置，寨壕更是周密。这里人马渡过壕去，吴用带了几名受伤头领，压住阵脚，卢俊义一马当先，横枪立在阵前。阮小七、燕青夹在左右。此时天色微微发亮，已见当面半里路远，旌旗飘荡，海州兵马一字儿排开，拦了去路。梁山阵里，接连放了几声号炮。三军齐齐呐喊，向官兵扑去。官兵见来势凶猛，箭像雨般地射来，抵挡阵势。但那边呼延灼在隔庄子里准备多时，听到号炮连声，便发动全营兵马，向海州官兵侧面直扑了去。官兵左右受敌，无法迎击，便一面放箭，一面后退。

卢俊义挥动人马追赶一阵，约莫有两三里路，与呼延灼军队混合一处。吴用由后队策马赶上前来，向卢俊义道："官兵虽退，阵势未乱，不可追赶，免中了他的伏兵。"卢俊义道："军师之言虽是，但我等不乘士气尚旺，杀开一条血路，如何得脱官兵掌握。"吴用道："兄长一定要走，依小可之见，须把笨重军用物品都弃了，只挑小路轻装疾走。"卢俊义道："这却使得。必须再追官兵一阵，方可免他追我。"正计议着，左右后方，同时金鼓大震，喊杀之声四起。那雪片又飞了下来，四顾白雾茫茫，正不知官兵多少。吴用道："现在绝非顾虑将来之时，实只有退回原来庄子，免得军心散乱。"卢俊义虽然十分气愤，见正面官兵又反扑过来，雪雾里已露出了旗号，只得依照吴用之言，下令变过阵势，将后队改作前队，背转身来，向原庄子里退去。所幸雪下得大，雪花雪片密密层层地降落，在一里路外，已不看到一切。梁山人马抢着回到寨子里时，官兵还不曾围拢来。匆忙中没有索缆扯起吊桥，喽啰们却把吊桥来拆断了。卢俊义看着，觉得士无斗志，心里益发不快。

这场雪足下了两三个时辰，雪晴雾散，卢俊义在寨子上张望得银装世界里，官兵旗帜分明，已团团把庄子围住。庄子大门前，许多旌旗里面，两面大红旗，上绣一个斗大的张字，在阵式上面飘动。旗门下见一位将官，身穿紫色盔甲，下骑一匹枣红马，手横丈来长的花杆朱缨点钢枪，两旁站立几十名校刀手，一律红色战衣，雪地里益发色彩鲜明。卢俊义正观阵时，四围官兵大声喊道："卢俊义已围在绝地，还不投降吗？"卢俊义忍耐不住，全身披挂，吩咐开了庄门，跃马横枪，直奔吊桥头上来。这里众头领，因卢俊义有令，不许一人掩护，大家只有隐在庄门里，遥为声援。他马后有一个旗牌，竖起一面白色黑字长旗，大书河北玉麒麟卢俊义。他大声喊道："卢某在此，请张相公答话。"

张叔夜隔壕阵地里，也就策马向前，大声叫道："卢俊义，你认得我张知州吗？你孤军深入，落我陷阱。我便不攻打庄子，将你三千余贼兵，围在庄子里也活活饿死。吴用略知兵法，现今在你军中，尚有何说？你不如解甲投降，本州申奏朝廷，保你不死。不然，我海州有两三万兵马，便让你出来，你也休想有一个人活了回去。"卢俊义道："我等此来，是自不小心，入了你的圈套。你以多围寡，也不算本领。久闻张相公是一员名将，敢和卢某单人匹马，一决雌雄吗？"张叔夜笑道："此项羽对汉高帝之言，卢俊义何人，也道得出来？虽然，不施点本领你看，你如何肯服。本州斗智斗力，斗兵斗将，无所不可。便依你，与你单骑会战。本州若输与你，愿担血海干系，放开一条路，你们北回山东。你若输了，待怎说？"卢俊义道："卢某堂堂汉子，绝不食言。我若输了，听凭处分，死而无怨。"张叔夜笑道："我想你卢俊义一世英名，绝不欺人。你敢渡过城壕来吗？"卢俊义昂头笑道："卢某何惧，想你一州之主，也绝不会引人暗中计算于我。"说着，便牵马步入壕来，冬日水浅，马倒是可以涉水过去。寨子各位头领，虽是暗中叫苦，却为了他有言在先，和张叔夜单骑决战，若是上前助阵，或加以拦阻，都有损玉麒麟英名，只是眼睁睁地看他身入危地。

　　那卢俊义却毫不为难，跨过了干壕，牵马上岸，马腹上都沾染了雪水，便是卢俊义的战袍，也湿了半截。他掀起袍角，跨上马背，两手挥枪，便直奔官兵阵里来。张叔夜也将兵马挥退了箭程以外，横枪站立路头，等候卢俊义。两骑接近，更不多话，各个舞动枪支拼斗在一处，张叔夜骑的是枣红马，卢俊义骑的是青鬃马，八只马蹄，在白茫茫的雪地里，踢得雪花飞溅。人影雪光，加上两支枪的影子，犹如两只蛟龙，上下飞腾。两边阵地里，只是擂鼓助威，但见一片白光，一团花影，东闪西烁，南冲北撞，哪里分得出人和马？

　　约莫有两个时辰，卢俊义一拨马头，跃出圈外，将枪横隔了门面，大声喝道："且住。"张叔夜勒住缰绳道："莫非要逃走？"卢俊义道："河北玉麒麟，焉有逃走之理？我这匹马，饥寒两日夜，疲劳得紧，换马再战。"张叔夜道："既要一决雌雄，我定杀得你心服口服。你且回庄去休息一晚，明天早上，再在此地相会。我自号令部下，不来攻打你们的庄子。在今日这一战，你当相信张叔夜非欺人之流。"卢俊义道："但得如此，卢某死而无怨。"于是在马上拱手而别。卢俊义进了寨子，各位头领，都夸说张叔夜枪法。卢俊义道及明天还要出庄决战时，吴用便道："两军斗将，各出主帅等诸儿戏。设有不幸，干系全军。张叔夜既深知兵法，非有万分胜算，绝不如此。兄长一之为甚，岂可再乎？"卢俊义道："卢某既早约张叔夜一决雌雄，岂可畏难而退，让天下人耻笑？卢某纵有不幸，既有军师统筹全局，又有呼延将军和各位头领在此，料无妨碍。"众头领见他意志已决，也就无话可说。此日海州官兵撤退了两里路扎营，果然未来攻打。

　　次日天明，卢俊义睡了一宿稳觉，一跃起床，便披挂上马。众头领依然隐在庄门里观看动静。雪后天晴，万里无云，一轮红日，早由海岸升起。积雪上面，被日光射着，银光夺目，寒气凝空，又是一番景象。张叔夜插枪雪地，立马昨日战场，见卢俊义来到，掀髯微笑道："本州等候多时了。"卢俊义道："今日你我不分胜负，绝不休手。"说罢，跃马挺枪便刺。张叔夜早已拔枪在手，拨开枪尖，便厮斗起来。卢俊义急于求胜，一枪紧似一枪，只管向张叔夜逼将来。张叔夜却只是左右上下招架，并未还击。卢俊义以为他今日已杀得疲倦了，益发抖擞精神，枪尖似雨点一般，向张叔夜刺来。张叔夜故意装作招架不周，卢俊义一个倒提枪法，斜刺了那枣红马腹。眼看枪去马腹，不到一尺，那马四蹄一纵，直跳起来。卢俊义枪尖直插入雪地去，张叔夜的马，却抢上前两步，他的马头，与卢俊义的马尾相并。张叔夜左手抱枪，右手早已拔出肩上插的钢鞭，向卢俊义肩上横扫过来。卢俊义一枪虚刺，身子也向前栽去。见鞭打来，益发鞍里藏身，伏在马背将鞭躲去。但人躲过去了，马却躲不过去，马臀部早着了一鞭。马负痛不过，两后蹄一蹶，却把卢俊义掀在雪地里，卢俊义本来势子虚了，这一闪跌，哪里还站立得起来。张叔夜勒马在旁，却未举枪，待他跌滑几次，在积雪里站立定时，官兵队里，十几名步兵，抢步向前，伸出若干把挠钩，不问上下，钩住两腿就把他拖了过去。张叔夜在马上四顾，见梁山人马由庄子里拥出来，打算抢人。但隔了一道雪壕，急切渡不过来。却自插鞭入鞘，引缰缓骑回阵。遥遥只听到梁山人马，隔壕呐喊一阵。

张叔夜回到营里，立刻升座中军帐，左右校刀手，将捆缚的卢俊义扶来帐前，他挺立不动，怒目而视。张叔夜坐在军案前，战袍未解，左手按住剑柄，右手掀髯，向下笑道："玉麒麟，你现今有何话说?"卢俊义道："虽然我败在你手，只是坐骑掀我下来的。大丈夫也无须狡辩，就请一死。"张叔夜道："你岂不闻死有轻于鸿毛，死有重于泰山。你今当一名强盗，被官兵阵前擒来斩首，在我为人民除了一害，杀之无亏。在你是一位河北豪杰，身首异处，死于草莽，空有一身本领，落一个贼名千古，永无洗除之日，岂不冤枉!"

卢俊义低下头去，闭目无语。忽有人在身边叫道："卢员外，你应当还认得我。"卢俊义抬头看时，却是在沂州城里放走的梁志忠。现时是一个偏将穿着，出班说话。便道："都头幸会。我死之后……"梁志忠道："员外何必声声求死。张相公是现今奇男子，有澄清天下之志，正要收罗天下豪杰，同扶王室。员外何不投降了相公，将来也好发展你的抱负!不然，你做强盗做到哪一日?"卢俊义道："都头，你晓得，我一百八人，义同生死。岂能独自投降，卖友求荣!"张叔夜道："你既知道有兄弟，你就应当知道有国家。你不应该为了小仁小义，忘了大

101

忠大孝。也罢，我相信你是个好男子，我现今放你回去，招降你带来的一班弟兄。你可愿去？"卢俊义道："虽蒙得知州厚恩，网开一面，卢俊义却有三不可。适才言过，我一百八人，义同生死，在海州的只是极少几位兄弟。卢某一人投降，卢某一人卖友而已，若劝被围的众弟兄投降，是引一群人卖友，岂不受彼等笑骂，此一不可也。纵令卢某说明相公德意，他们也投降了。梁山一百八人，从此分裂，卢某便不忠于梁山，也就够了，又何必叫梁山泊破自我手，为天下人交友者寒心，而留骂名于千古，此二不可也。舍此不谈，现朝廷权奸当位，日日欲得我等而甘心。相公好意，恐转要受朝廷谴责。再说，我们梁山英雄聚义的目的，在于除暴安良，怎能跟着你们这样的官兵祸害百姓？此三不可也。"

张叔夜笑道："你这三不可，依我来看，却无半点儿不可。你山寨自宋江以下，天天盼望招安，我想招安于你，你正是求仁得仁，何言卖友？第二，我当然不能招降你等为已足。你等现被我大军围住，我要一个个捉来，难道怕你们飞上天去？再三宽容你等，正是要你等劝全山寨也来受招安。我既诚意招安梁山，宋江必来。不然，以前所说望朝廷宽宥，全是假话，他自外失信于天下，内失信于朋友，你并不负宋江。第三，朝廷权奸，不能谓无，但他们也惧怕我几分。我正正堂堂招安你们，他不能奈何我。再者，我为天下惜英才，正是为了不愿你们终身落草，让你们堂堂正正地为国效劳，使英雄有用武之地。请你们回到梁山以后，将我的这番苦心，转告宋江，劝宋江来受招安。他不来时，罪不在你，我不留你等在此，以免伤了你们情义。我是朝廷命官，言而有信，我若失信于你，有如此箭。"说着，在帐篷上悬的箭袋里，取出一支箭来，一折两断，掷在地上。卢俊义不觉拜倒于地道："相公此言可谓仁至义尽，卢某若再违拗，便非人类。"张叔夜大喜，下位来将卢俊义扶起，亲解其缚。正是：世间自有驯狮象，只看狮奴技若何？

第十二回

张叔夜祖饯表深情
宋公明反正宣大义

当那卢俊义被擒，解到中军帐时，自己心里头暗自思忖，记得在忠义堂上所得的那梦，正是恁般捆绑着。梦境不远，就应在眼前，心里不免有些英雄末路之感。这时张叔夜亲来解开绳索，又觉得他虽是一州之首，一般地像宋江那样仁义，又不免推金山倒玉柱，向他拜了下去。张叔夜将他搂住道："员外不必多礼。本州虽是朝廷命官，最爱江湖豪杰。现今政治不修，四塞多事，正须结合有心人努力王室，我等共事之日正长。"卢俊义叉手道："卢某今日才是拨云雾而见天日。相公恁般错爱，必有以报。"张叔夜大喜，便着梁志忠带卢俊义到后帐休息。一言未了，营外战鼓咚咚响起，小校进来禀报，梁山人马在外讨战。请相公出阵答话。卢俊义便向前叉手道："必是众家兄弟，恐卢某不测，前来观看虚实。卢某愿随相公出阵，以释群疑。"张叔夜笑道："员外可先隐在旗门里，我且先见他们，以试探他们义气。"卢俊义未便相强，只好释甲卸剑，徒手随了张叔夜出阵。

营门开了，张叔夜率同三千步兵，在壕外布成阵式。见梁山兵马相离有半里之遥，一字儿排开，偃旗息鼓，并未有攻打之势。那边见这里只用步军出营布阵，也未有攻势，早是在阵式里跑出两骑马来。张叔夜认得，正是吴用、燕青，便拍马横枪迎了上去。吴、燕两骑马早已停止，吴用在马上躬身高声道："梁山头领吴用、燕青，有言奉告。"张叔夜也远远停住了马，问道："要战便战，不战便降，有何话讲？"吴用道："我等兄弟，只因朝廷重用权奸，啸聚山寨，另谋建树。张相公为海内豪杰，非同其他郡守，必可见谅。敝寨副总头领冒犯虎威，业已被擒，望宥其一死，某等愿解散部伍，解甲归农，以盖前愆。"张叔夜笑道："我正要将卢俊义首级，号令辕门。你还敢到阵前妄肆簧鼓？我益发捉了，一同处决。"燕青大叫道："张叔夜，你怎般不识抬举，我等众兄弟和你决一死战！"只这一声，梁山阵里，七八骑将官，直拥出来。

卢俊义怕误了大事，一壁厢拍马出阵，一壁厢在马上大叫道："兄弟们休得莽撞，卢俊义在此。"众人本要围住张叔夜决战，看到卢俊义好端端地跃马出阵，大家都呆了。卢俊义益发抖缰向前，拦着张叔夜马头，免得众兄弟放来暗器伤害了他。因道："卢某被擒之后，蒙知州张相公赦其不死，十分宽待，众兄弟且请回庄，从长商议。"张叔夜道："尔等兄弟，果然义气，本州自不怕你跑了。员外就请过阵去，与各人说知我意。"卢俊义道："众兄弟未曾息兵，卢某怎便过阵去？"张叔夜哈哈笑道："人之相知，贵相知心。我既许员外有言在先，绝不见疑，即请从便。"卢俊义在马上拱手道："张相公宽宏大度，卢某若办事无功，当一死相报。"说着，便骑马过阵去了。

张叔夜回到阵里，便鸣金收兵。到了过午申牌时分，卢俊义带领着梁山头领吴用、公孙胜、呼延灼、阮小二、阮小五、阮小七、燕青、戴宗、黄信、韩滔、彭玘，一行共十二筹好汉，步行到营门求见。张叔夜听报大喜，大开营门，亲自迎到帐外。吴用拜倒在地道："卢员外回到庄上，传知相公盛德。真是仁至义尽，众兄弟都愿投在相公麾下，改邪归正。"自公孙胜以下，都拜了。张叔夜笑着还礼道："待得宋公明来了，本州一力申奏朝廷，为各位洗冤。枢密院那里，但有半个字是非，本州当以去就相争。"卢俊义在一边，又替大家谢了。张叔夜欣喜之余，派员点收梁山军马。休息了一日，收兵回城。把梁山人马，安顿在大营里，各位头领，都让在州衙里寄住。

过了两日，张叔夜在客厅里设宴款待，便在宴上计议，如何招抚梁山。吴用道："深感张相公错爱，我等极愿宋公明以下各位兄弟共同拥戴，以谋进身之阶。只是这等大事，非楮墨所能形容于万一，必须我等兄弟有一人回去一一说知，众兄弟方得相信。但相公恁般宽待，已是天高地厚，若又要抽人回到山寨，似觉未便。"张叔夜坐在主席，目视团团围坐圆案的群雄，左手扶杯，右手抚须，哈哈大笑道："吴学究，你到现今，还未知叔夜也！"卢俊义在座便略一欠身，正色道："相公却休错怪了学究。我等为此，也曾私下计议多次。觉得受相公厚恩，无可再加。人贵知足，若再有干请，自己也觉惭愧。"张叔夜道："各位要抽人回去，正是要报答我，又不是别有所图。恁地说时，就请吴学究一行。"吴用道："小可不能回去。"张叔夜问道："何以学究倒不能回去？"吴用道："非是小可自夸。山寨中以不才与公孙兄为全军耳目，一切计划，都以不才二人是赖。此外还有一位朱武兄弟，虽也略贡军计，但是次一班弟兄，才干少绌。现我等劝山寨投降，料得公明哥哥，深明大义，未有不来。只是其他兄弟，多为一勇之夫，或者不肯一招便服。现卢员外山上副总头领在此，两位军师，又一个不归，众兄弟自不免折减几分锐气，招之较易。小可若回山寨，全军却又添了耳目，倒增他们几分自信。所以不去为妙，小可此言，只是深感相公威德，欲成全了相公这番抬举，并无半点儿虚伪。"说着推杯而起，向张叔夜一揖。张叔夜点头道："请坐请坐，足感诸位以诚相见。但此事必须卢员外一行，其一，本州微意，非其他兄弟所能详叙，其二，由此也略见本州甚少猜嫌。员外幸勿再谦。"说着一举酒杯。卢俊义道："如此，卢某当偕同戴宗兄弟一行。只是还请相公差两位将校同去，从旁做证。"张叔夜道："此事可以从命。"

　　当日大众尽欢而散。连夜张叔夜修下招降书信一封，派梁志忠、梁志孝二人，带同海州十名小校，次晨随了卢俊义、戴宗前往梁山。此时梁志忠升了提辖，志孝也在营里当教头。因他二人和卢俊义相投，便差他二人同行。除了那封书信外，又另有几色礼物，带去犒劳梁山人马。临行之前张叔夜又在大营里提出廿名归顺的喽啰，各个赠送十两纹银，一顿酒肉，着与卢俊义同回山寨。卢俊义出城时，张叔夜和各位头领，一直郊送十里。长亭上事先有海州官吏，备下祖饯酒席。到了那里，张叔夜先赶上一程，在亭子口上下了马，鹄立檐下等候。预先来此的文武官吏，分班站着。遥见各头领由大道杨柳丛中策出马来。长亭边布置了的小校打鼓吹角相迎。卢俊义老远滚鞍下马，抢到长亭边，向张叔夜躬身谢道："相公如此错爱，卢某何以克当？"张叔夜道："且请到亭内畅饮三杯，以壮行色！"卢俊义道："蒙相公德意，卢某恨不插翅飞回山寨，宣扬威德，让众弟兄早日来归。在城内已蒙赐饮，此席转让各位送行将校，免得耽误路程。"张叔夜道："虽然如此，敬意不可不尽。"于是携着卢俊义的手，同步入长亭。各弟兄都已来到，在亭外站着。早有小校们斟上一大斗酒过来，张叔夜接到，双手递给卢俊义道："一来为天下爱惜英才，二来为英才寻谋出身，三来表白本州与各位这番道义结交，但愿员外此去功成早回。"卢俊义两手接过酒斗道："卢某尽忠竭力，必使梁山弟兄不负相公期望。"说着，将酒一饮而尽。随后张叔夜又和戴宗把过盏，再勉励几句。又叫小校们和回寨的喽啰们也各斟了一杯酒。大家欢天喜地，带了满怀的感激上马而去。

在路行了上十日，已到梁山泊边，便在朱富客店前下马安歇。这时大名、济州两路官兵，都已不战而去，梁山泊早已平靖无事。朱富由店里出来，早是大吃一惊。因道："听得探马回报，员外在望海卫夺得大批海船，渡海南下。至今未接音信，公明哥哥正派人四处探听消息，不想员外却先回来。"卢俊义道："在外各位头领都平安，言之甚长，待见了公明哥哥，再详细说明。"说着，引了梁氏兄弟进店和朱富相见了。就吩咐朱富好好款待。朱富见喽啰里面，杂有海州士兵，这又是两位海州武官，却甚是疑惑。当日卢俊义且留二梁在酒店里。自与戴宗渡过水泊子去。山寨里宋江得信，率领一班头领，接出三关来。卢俊义看到，远远下拜道："戴罪之人，尚劳哥哥迎接。"宋江搀起他来，执着手向他脸色看道："员外身体无恙？又听说各位头领都好，员外何言戴罪？"卢俊义道："仰仗哥哥威名，军师妙算，虽兵士少有损害，却未折一将。"宋江听了，心下便安慰甚多。喜道："恁地便好，纵军事未尽如意，容再商议。"说着，携手一同回寨。

卢俊义私心忖度，招安之事，未便对众兄弟一口说出，在忠义堂上，只说军队现留驻海州，回来求援。待得晚间，却来宋江屋里叙谈。宋江已知来意，屏退左右，两人平坐，抵几而谈。卢俊义道："当日不才归顺山寨之时，哥哥曾言，暂避水泊，等候朝廷招安。数月来，屡遭权奸阻碍，兄长意思有变更否？"这时，几榻上，明晃晃点了手膀一支巨烛，插在铜烛台上，有两三尺高，照见卢俊义两目注视，脸上带了几分惶恐。宋江手按几沿，挺胸正色道："据水泊绝非我辈终身事业。虽蔡、高嫉妒我们，我们并不舍却招安这条路子。员外此问，必有所谓。"卢俊义道："兄长此言，可谓我兄弟一百零八人之福。小弟和军师，亦是知得兄长尊意。才敢冒死办得一件大事。"因就把在海州作战，以及自己被擒，各位头领投降的事，从头至尾，备细说了。宋江在烛影摇曳下垂头拈须，静静听着，并不置一词。

卢俊义说罢，站起来，又向宋江拜下去。宋江立刻起身，将他搀起来，因道："员外放心。宋江有言在先，等待朝廷招安，皇天后土，实鉴此心。众兄弟聚义山寨，都是四方豪杰，料宋江何人，敢狡诈欺骗，自误误人。久闻张知州是一位文武全才的英雄人物，有这种人招安我们，也正是我们一条好出路。员外与宋江谊同骨肉，必然详审利害，才肯投降，宋某绝无二意。明日在忠义堂上大会，便当各头领宣布此事。"卢俊义道："吴军师是山寨首义之人，他与卢某之意相同。有书托卢某带来。"于是在袖里取出张叔夜的招降书，并吴用的来书，一并交给宋江。宋江先拆开吴用书信，看时，只管点头，再将张叔夜来信拆看，那信道：

大宋知海州张叔夜致书义士宋江足下：

闻及时雨之名久矣，顾以朝野相隔，无由得达音问，尝以为憾。秋夏之交，东京相传叔夜将以一旅之众与足下相周旋者，求知其所自来。然窃庆幸，果有此事，当左桴鼓，右麾旗，于两阵之间，得见颜色，而一陈忠义之说。幸而足下能知所标榜之忠义，与天地间真正之忠义有异。幡然来归，则大宋天下，不致地有化外，玷污梁山泊一块土，更不以梁山泊一块土玷污天下一百零八名豪杰，宁非人间快事！后其说未见诸事实，又增太息，盖不仅以未见颜色为憾而已。

迩者，卢俊义员外，忽率五千之众，航海来游敝邑。叔夜奉王命守兹土，苟有侵犯，生死以之。故私衷有下榻之心，而正谊又不得不为师旅之阵。阵间得失，未足称道，所幸卢员外倾盖成交，恍然于忠义之说未可曲解为游侠，英俊之才，不容老死于草莽，乃首招吴、阮诸英，释甲来归。并言足下权居水泊，实非得已，正待朝廷招安，努力王室。叔夜闻之，鼓舞而起，加额称庆。盖事君之道，莫重于为国荐贤，爱友之道，莫贵于成人之美。今足下有向善之心，而其道莫由。朝廷有宽厚之泽，而未能普施。使假手于我而两全之，其乐何似？以是不嫌好事，特请卢员外回山向足下详道鄙意。并请梁志忠、志孝两人，携来牛脯百斤，美酒四瓮，锦缎十匹，玉石十方，犒劳众兄弟。微物不足道，然系叔夜官俸所购，亦即国家之恩泽也，与山中平常所得物，大有异同，足下亦笑而会其意乎？

太史之才，悟道只在数言，于此书中，不欲词费，略有陈者，侠以武犯禁，实非无故。游侠之士，周汉以来，泛称豪杰。屈指人物，可得而数。窃以为此中铮铮，在野为墨翟为鲁仲连，在朝为张良为萧何。荆轲、聂政行为未尝不烈，然何益于家国大事，况自郐以下乎？人生固求富贵，然不以其道得之，身家子孙，均未足保。如朱温、石敬瑭亦贵不可言矣，朱不自悔悟，为其子口呼老贼而手刃之，石认夷作父，千古讥为笑谈，二世而全族入于夷廷。足下啸聚山寨，榜其堂曰忠义，忠宁有过于爱国？义宁有出乎爱民？顾名思义，足下日坐此堂，当终有省悟之时也。

若以归顺本为夙愿，释甲又恐遭不测。则叔夜愿指天日为誓，于众兄弟受招安之时，申奏朝廷，一力保全。各兄弟于朝中权贵，或亦有私人恩怨，然在叔夜部伍间，为国尽力，人亦不得以私嫌而碍公事。于卢员外及吴学究诸人前，叔夜曾再三言之，当可取信。叔夜从戎南北，薄有时誉，绝不相欺。且相欺无补于叔夜之为政，徒失天下豪杰之心，人非至愚，当亦不为也。天下方多事，叔夜所期望于群英之来归，其意盖有所在。非仅惺惺相惜已耳。云山在望，临颖神驰，诸维朗察不宣。

宋江将来书看了两遍，拍着桌案道："吾计决矣，明早在忠义堂上昭告全寨兄弟。"卢俊义道："兄长明断，救了我全山兄弟清白身体。若各位兄弟有不明白就里的，兄长只管推在卢某身上，卢某自能对答。"宋江在烛下执着卢俊义的手道："我等兄弟，皆是被逼上山聚义的人，宇宙之内，无法安身。虽说藏在水泊子里，时刻提防到官兵来围剿。以一洼之水，敌天下之兵，虽说不曾失败过，总未能高枕而卧。于今下得山去，且不说甚出身，一身无罪，四海可行，日里吃的太平饭，晚上睡的是太平觉，愚兄多年来的愁苦，一扫而空，尚有甚不乐？"卢俊义道："小弟在海州，也曾和吴学究说起，觉得兄长为人，深明大义，绝无他虞。只是各位兄弟出身不一，合了张知州书信上的话，将忠义之说，曲解为限于游侠。"宋江道："员外也顾虑的是，不才自有主张。"卢俊义见宋江并不牵强，心中十分喜悦。

次日五鼓天明，忠义堂上的司仪头目，接得宋江命令，早已撞钟擂鼓，宣召大小头领来集合议事。自从卢俊义、戴宗回来，山上各头领，也就得了些招安的消息。那二十名跟随回山的喽啰，向着知己兄弟，述说海州张相公的恩德，不到半日，这话已传遍了山寨。这时忠义堂上钟鼓齐鸣，大家便已料到今天有场大会。各个整齐衣冠，就向忠义堂来，堂前那支大旗杆上，迎风飘荡了替天行道的杏黄旗。鼓过三通，头领各个在自己交椅上坐下。当当当，三声点响，大家鸦雀无声。只见一轮旭日临空，金黄色的阳光，照在堂前白石阶上。宋江、卢俊义分别在第一第二把交椅上坐了。

宋江举目四观，见百来把交椅上，高低胖瘦坐着各种人物，心里也就忖度着，这些英俊人物，兀谁不能发奋有为，却都让他们躲到梁山泊来做强盗？因正色道："今天邀集各位兄弟来聚议，是到山寨来第一件大事。小可也曾再三说过，暂时避罪水泊，只待朝廷招安。无奈朝中权奸嫉妒我等，屡次作梗，现幸海州知州张叔夜是天下一等英雄，爱惜我一百零八名兄弟都是英才，不忍让我们做强盗埋没了，让我们弃了山寨同到海州去，他自会申奏朝廷，力保我们无事。吴用军师现在海州来书，也劝我兄弟，趁此机会，回头是岸。卢员外为了此事，特由海州回来，向大家说明此事。各位且听卢员外道些什么？"卢俊义接着，就把自己在望海卫夺得海船说起，直到张叔夜在长亭饯行为止，详细说了一遍。各头领静静听了，莫不点头咨嗟赞叹。

宋江看到，便又道："一来我们趁此千载一时机会了却生平心愿。二来顾全了我兄弟同生同死的誓言，和两位军师几位头领同居一处。三来难得张知州这番义气，我等不可辜负了他。就此落下替天行道的旗子，收拾兵器粮草，大家都向海州去。大小头目和喽啰们愿意到海州去的，自是一路同行。有不愿去的，由山寨支给一份财帛，各人下山自寻职业，不可再去落草。却是为何？当今天下，恐怕找不出第二个梁山泊可以藏身，也不会遇着第二个张叔夜，肯来和埋没的英雄寻出路。"一言未了，李逵听说，早由椅子上跳起来，叫道："这颗黑头，只要卖给识货的，去去，我们都去。"众头领都随声附和情愿前去。

宋江见众兄弟并无异言，心下大喜。便取出张叔夜招降的书信，交给萧让，宣读一遍，又逐句解释了给大家听。各头领听到张叔夜信中，一再以豪杰相许，益发欢喜。于是宋、卢二人，各走下忠义堂来，便将庭前旗杆上那面替天行道旗子首先落下。一面着曹正、宋清在忠义堂后雁台晁天王神位前，设下祭礼。到了正午，宋、卢率领在寨头领参拜恭祭一番，就把木主在台前焚化了。当日便点定寨内专司军用的各位头领收拾一切，将同去和遣散的头目注册安排。一面派卢俊义下山过湖迎接二梁入山。宋江接到三关，拜领犒劳物品，二梁见宋江及各位头领深明大义，毫无留难，心中十分欢喜，便修下八百里加紧急马文书，向张叔夜去禀报。

宋江在寨中一连摆下三日酒宴，庆贺招安成功。造册点名，头领也把分遣头目喽啰姓名数目，计划清楚。老弱者三千余名。不愿从戎者亦三千余名，属于河朔籍贯不愿南行者千余名。共计可分遣万余名。除卢俊义已带领五千军马前往海州而外，山寨中尚有三万强壮人马可以同行。宋江怕分遣喽啰再在外生事，每日只放行千名，由数路下山。除了多给盘缠之外，并用好言安慰一番。各人无不挥泪拜谢而去。料理半月，诸事各已安排清楚。宋江遍出文告、通知附近州县人民，道是梁山泊人马现往海州投诚反正。所有寨山中物件，无非取之民间。除兵仗车马，随军携带外，尚有粮食牲畜，器具船只，不能搬运，四方百姓，可于本文张贴以后三日内，来寨随意携取。附近穷苦乡民，知道梁山泊好汉向来不难为他们，都如期到山寨里来取物。一来感着山寨义气，二来兀谁敢在强盗巢里强横争夺。所以梁山放赈三日，却也彼此相让，平安无事。这有个故事相传，叫作梁山泊三朝大施舍。施舍已毕，宋江、卢俊义二位都头领和在山九十六员头领，共九十八名，统率三万二千余人马，打了海州军马旗号，分作五批，渡过金沙滩，向海州进发。在山各头领家小，在第四队人马之后，在第五队人马之前，随军前进。

这日是大宋宣和三年二月下旬，东风解冻，草木萌芽。新雨之后，一轮白日，照耀得青天如洗，满地无尘，一片红光。宋江在后压阵，出得三关，只见沙滩上一排杨柳树，在青芦绿水之上，排成了一片绿雾。隔水朱富酒店前后，几十株杏花，开得像一丛火云，不啻架起一座彩牌坊来恭送宋江。这时，忽然几阵烈焰，高低不一，由三关以内，冲上半空。接着又是震天震地的几下响。原来是宋江在山寨里藏下火种与地雷火炮，出得三关，将火线引着，到了金沙滩上，一齐就发作了。从此梁山泊只剩下四周湖泊，一片丘陵，做了渔翁农夫的太平世界。

第十三回

衣冠异趣僧道同归
儿女牵情屠沽偕隐

淮海气候，比山东气候暖和，梁山人马由北向南进行，越走便越发和暖，到了淮岸平原上，麦苗长到五六寸长，大地青青，一望无际。平原中间的村庄，杨柳榆树，长满了绿叶，都簇拥了村屋堡寨。有时在路边村角，夹杂了红白的桃李，春光也更比山东来得绚烂。各位头领督率人马走着，无不欢天喜地。因为这次出征非同往常。往常出门，住在那里，前面都摆着一场大厮杀，行色匆匆，不能赏玩风景。这次却是一切相反，从从容容到海州城里去做正式军官，善良百姓。他们缓缓地走，经过各州县。海州张叔夜早已得知消息，一壁厢在郊外布置营房，一壁厢腾让房屋，以便安顿各头领家小。到了这日，梁山人马入了州境，在三十里外安下营寨。宋江亲自护送本人眷属以及各头领眷属共约五百余名口，先行向州城去。卢俊义一马在先引路。

张叔夜闻信，依然带同在城各头领，迎接到十里长亭。宋江一行都是老弱，并无武器。宋江在后，上戴青纱凹面巾，身穿蓝缎春衫。未备鞍马，骑了青色小驴。身无寸铁，只有一支丝条马鞭。张叔夜事先得了报告，也就免除甲胄，青衣小帽，轻车简从，在长亭等候。吴用等一行人陪伴着，远远见大路上黄尘涌起，差阮小七前去迎着，告知张相公在此等候。宋江便加上一鞭，与卢俊义离开眷属队伍，先奔长亭。驴背上望见吴用、公孙胜及各兄弟和几个面生的人站在亭子里外，心下便是一阵愉快。即在一丛杨柳荫下，下了驴子，与卢俊义抢步向长亭奔来。

张叔夜笑嘻嘻地出亭迎到大路边。卢俊义道："此便是张知州相公。"宋江扑地便拜。张叔夜抢向前搀着。宋江起来一揖道："宋江风尘小吏，避罪水泊。四海之内，只有相公曲加矜全，予以提携。宋江应当首趋州府，叩谢大德，却又劳相公远迎。"张叔夜道："足下当今义士，富贵有所不淫，威武有所不屈。今因本州一函之邀，便弃却多年经营，与众豪杰相率来归，知己之情，非言可表。待得将部伍安顿，再来欢宴各头领。因恐民间传扬出去，转多是非，所以未列仪仗迎迓。"宋江打躬，连说惶恐惶恐。于是在亭子里等候的公孙胜、吴用等一齐向前相见。各人冬初告别，今日相逢，已是春深，都是悲喜交集，有一番说不出的情绪。

正叙谈时，后方大队眷属，已经夹杂车驮过来。宋江便向张叔夜请示，哪里安顿。张叔夜道："闻得贵处有许多眷属同来，早已嘱咐城里人民，腾让房屋。只是部伍尚未安顿妥当，先就把眷属搬运进城，仿佛本州要各位眷属做质，未免示人以不广。"宋江道："非是错度相公德意，只因梁山泊三字，人民听到，总不能无动于衷。宋江率领三万余人来此，城里百姓，岂能人人放心。现今把家眷先送到城里，人马远屯在城外，自可让人民相信。便是此事传到东京，相公也多一番申辩处。"张叔夜听他恁地说了，便依了他主张，差人将家眷们先引进城去。然后与各位头领并骑回衙。那海州百姓，听说宋江到了，不但毫无畏惧，而且填街塞巷都出来看他是恁生一般人物。张叔夜料得本州人民可与梁山人马平安相处，自是更外欢喜。当日在衙设筵和宋江洗尘、次日便和他一路出城，点明军马钱粮，星夜赶造了清单，将招安梁山详细情形，申奏朝廷。

这时，童贯带领十万大军，在江南征讨方腊。枢密院三司，对着梁山这股人马正还踌躇着如何应付才好，张叔夜这一道奏折到了，蔡攸、王黼、高俅虽都老大不愿意，无奈当时种师道、姚古、张叔夜几个将才，却是皇帝看得起的人，那奏折自是抑压不得。而且在没有看到赵官家意旨之先，也不敢预先陈奏意见。那临朝的宋徽宗，终日游宴欢乐，或者谈谈神仙，谋个长生不老。谈到军事，就觉得头痛。连日接到童贯奏本，都说连战皆捷，方腊可以荡平，心里十分高兴。美中不足的，便是梁山泊这伙人物，兀自在四处冲撞。现今朝廷不发一兵，张叔夜悄悄地把他们招降了。而且又由东京附近的郓城，把这伙人调到了远处的海边，益发可喜。徽宗竟不征求枢密院有何意见呈奏，亲自朱批了那奏折，赦免宋江百零八人之罪，拨在知海州张叔夜部下，斟酌任用。所有梁山军马，亦着张叔夜点验，分别去留。那蔡攸、高俅见徽宗乾纲独断，知是违拗不得，益发私下修书给张叔夜，道是在圣上前一力保奏，已蒙允准，着宋江等以后努力王室，以答圣恩。

枢密院的文书和朝廷圣旨，先后达到海州，张叔夜和宋江等人都大喜过望。谢罢圣恩，就商量这些军马处置的法子。张叔夜因梁山各头领都不愿分离，便把这三万人马改为海州忠勇军三十营。保奏宋江为统制，卢俊义为副统制，各头领分任各营同统制总监、提辖、先锋、副将、参军。少不得海州城里，还有个统制衙署。候得东京回文到达，已是五月天气。这时天下太平，海州城里家家悬蒲挂艾，过着热闹端午。海州城外小淮河里，一连赛龙舟三日。宋江也就择了五月初九，在统制衙里拜印上任。众家兄弟都衣冠整齐，前来道贺。只有公孙胜、鲁智深二人，却依然是僧衣道袍，方外装束。宋江在衙署后花园里大摆筵席，款待众兄弟。

这花园外面接近城东一片菜圃。菜园外两口大草塘，周围正长着堆翠山似的柳林。水面上漂荡了零落的荷钱，水浪微微颠簸着，风由水木清华之所吹来，却正凉爽。宋江在花园树木丛中，张罗着席宴，下面张列了十余席酒筵，大家开怀畅饮。那花园墙边，一排长了六七棵石榴树，石榴花像一点点的红火分散在绿叶里面。吴用正和三阮坐在一席，便笑道："记得当年到石碣湖里去游说三位时，也正是五月天气。不想我等兄弟做出惊天动地一番大事业，到了今日，总也算落个正果。"三阮听说，甚是高兴，阮小五大步走向墙根去，摘了几朵石榴花来。先向鬓边斜插了两朵。然后分给阮小二、小七两朵，笑道："从今以后，我兄弟是个官，要讲个官体，却是不能随便穿着。像我们当年赤膊穿一领棋子布背心，鬓下随插了几朵石榴花，撑了小渔船满湖去打鱼吃酒，却也有趣。于今有了官，倒是恁地自在不得。"

这一遍话却引动了隔席枯坐的公孙胜，站起来向宋江做个稽首样子道："今逢兄长喜期，小弟不才，有一言奉告。小弟前在梁山兴旺之时，

114

曾告辞回家养母。后因兄长见召，不得不辞别白发高堂，重回山寨。现今众家兄弟都有了归根落脚之地。贫道方外之人，未便拜领朝廷爵禄。相将一年，未得老母信息，也十分悬念。意欲就此同盟兄弟共聚一堂的时候，说明下忱，即日告别回蓟州去。将来兄弟们有需用贫道之处，一函见召，贫道无有不来。"众家兄弟听说，都在沉吟，宋江却也被情理拘住，虽是难于分舍，却驳不得他的言语。因道："公孙先生权且请坐，看来日再作理会。"在下面席上坐的鲁智深，酒吃得满脸红光，额头上的汗珠如豆大一粒，突然站起来道："洒家也要走。"宋江道："师兄只此一身，并无亲眷。我等兄弟相处一处，却不甚好？师兄要走，却向哪里去？"鲁智深道："哥哥，恁地不省得。道人不能做官，我和尚难道能做官？洒家虽没有亲眷，天下的庙，都是我的家。我怕甚鸟？洒家漂泊江湖，却有两处人总放在心上。第一是五台山智真长老，他把洒家当了亲生子女看待。第二是东京相国寺菜园里那群泼皮。倒很敬重洒家，骨肉相似。洒家都想去看觑他们。"宋江道："师兄孑然一身，只是不宜走。万一要参禅拜佛时，这海州地面，也有僧寺，师兄便在此处静修。"鲁智深笑道："公明哥哥，你不省得做和尚道理，众位哥弟于今得了一个归根落脚之所，洒家也应当寻个归根地方去。若在此地庙宇里住下，终日里和众家兄弟厮混，还说得甚静修？洒家去心已决，哥哥休拦阻则个！"

宋江看看他和公孙胜，又看看众家兄弟，黯然不语。卢俊义道："公孙先生既提到要省视太夫人，自未便挽留。师兄又是个性直人，强留无益。但愿将来声气相通，再有个相会便好。"鲁智深道："员外这话倒是。好在众兄弟跟随了张知州相公，这海州是个水陆交通地带，洒家来寻找也自容易。"宋江道："我们聚首多年，今日作别，非比寻常，明日却与二位饯行。"鲁智深道："今日众兄弟在此，一个不缺，借了哥哥这喜酒，就算饯行。明日一早，洒家便走，免得烦琐。"公孙胜也道："今天此会便好，何必再又来聚会？趁着明早五更动身，也图个凉爽。"宋江越说越觉得这两人去心坚决，心里十分难受，只是大碗筛酒让这僧道两人。红日西下，各头领有了军职，各个回营。宋江因公孙胜、鲁智深一早便要登程，就留在指挥使衙里住宿，说了大半夜的话。

五鼓天明，宋江备下了酒饭，请二人吃过登程早饭，又和两人各备下了一骑鞍辔均全的快马，算作两人长途代步。两人虽只带了小小包裹，宋江早已代盛足了盘缠银两。公孙胜道了一番别情，方才下堂去牵马。鲁智深背了包裹，提过禅杖，向宋江唱了个喏道："哥哥保重。"宋江两眼含着泪珠，直送到衙门口。一手执着公孙胜的袖子，一手握着鲁智深的禅杖，因道："从此一别，未知再会何年？"鲁智深道："阿哥且候再见。"公孙胜道："兄长昨日履新，今朝必多事务，就请回衙。"宋江道："公孙先生修道有德之人，无须多说。只是师兄此去，小可实不放心。以后少饮酒，休管闲事，做个出家人打算。如想宋江时，便来看觑我。"说着，落下泪来。鲁智深又唱喏道："洒家一切省得。"早有小校们牵马后随。僧道们各跨上马，未敢回头，策马便走。迎头遇到两骑马，正是卢俊义、吴用。卢俊义在马上拱手道："二位去得恁地快。来迟一步，几乎相送不得。"公孙胜道："正恐惊动各位兄弟，故而天明便行。"吴用道："既是二位已启程了，我等且送到城门口。"于是四匹马缓缓行走，到了城门口，方才告别。

僧道在马上行过西门外一截街道，将近野外，大路边七八株高低柳树，在麦垄中间，簇拥了三座茅屋。在柳树里直挑出一个酒望子来。鲁智深向公孙胜道："早上起来匆忙，包裹不曾捆缚得紧，且下马吃两碗酒，紧紧包裹。"公孙胜道声使得。两人便下了马，方才拣了一副座头，未曾坐定，只听见嘚嘚一片马蹄声由远而近。看时，武松骑着一匹马飞奔而来。那马跑得快，闪电也似过去。不多时，又缓步回转来。在路边，武松一跳下了马，向鲁智深道："师兄直恁性急？说行便行，不叫念煞武二。"又向公孙胜道："先生怎的也和师兄一般性急？"说着，进得店来，唱一个喏道："恕武二送行来迟则个。"鲁智深道："二郎，你又来送行怎的？恋恋不舍，却让我和尚心都动了。"武松道："非是武二儿女情长，委实有几句话，要和师兄一说。朝中蔡太师、高太尉一班人，兀自放我们不下。我们在张知州这里，他奈何不得。听说师兄要到东京去，千万小心。师兄酒尽管吃，却是休再性急。五台山能落脚时，便在五台山住下去也罢，那里是佛地。"鲁智深道："兄弟，多谢你良言，洒家都记下了。"武松道："公孙先生想是还要和师兄同行几天路。"公孙胜道："我和他到徐州分手，说不定我和他多行一程，却到滑州再行北走。"武松道："恁地便好，我却怕师兄一兴发，顺路却先撞上东京去。"于是叫着酒保过来，要了两角酒，天气早，一些下酒也无，三人便对喝了寡酒。酒后出店牵马，武松先向公孙胜拜了两拜，又向鲁智深拜道："就此拜别师兄，不能远送了。"鲁智深挽起他来道："兄弟请起，三两年内，洒家再来看觑你。"于是各个上马，一拱而别。

　　武松在马背上，望着他两骑马走到大路尽头，尘影不见，方才缓缓回城。行在大街上见曹正赶着一辆太平车子，前面有一道健脚骡子拖着。便问道："兄弟恁早耍了车辆则甚?"曹正点头道："兄长来得好，且请到张青家里拜茶。我现住在他那里。"武松于是下鞍牵着马，向张青家来。那里门前帘儿高卷着，院子里堆着行李。菜园子张青叉手站在廊下眼看孙二娘收拾细软。武松大惊道："兄嫂哪里去?"孙二娘笑着相迎道："叔叔来得正好，且请屋里坐。"武松进得正屋看时，他夫妻新安的家室都凌乱了。孙二娘在屋角端过一把椅子，让武松坐地。武松道："端的为何兄嫂要走?"张青道："兄弟有所不知，我是孟州人，你嫂嫂却是洛阳人。我岳父有个哥哥，为了岳父早年剪径，断绝了来往。但他兄弟二人，只有我浑家一条后。岳父去世了，伯岳父曾两次三番来信山寨，劝我夫妻归正养老。我们怕连累老人，不敢回去。昨日公孙先生回去探母，打动了她心事，便想回洛阳去看看。曹正兄弟也是洛阳人，多年漂泊在外，不得家乡消息。家有双亲在堂，是务农的兄弟奉养，他也想回去看看。我们说着一道儿，悄悄地禀了知州张相公。蒙张相公厚恩，说是我们孝思，许了我们半年假期，又给了过关卡的符劄。等我们去禀明公明哥哥，今日下午便要登程。"武松道："兄嫂去了，半年内真个回来?"张青道："我自舍不得离开众兄弟，有甚不来?"武松听说，虽觉他们走得匆促些，只是请假省亲，却与鲁智深、公孙胜离别不同，却也无可说的。于是上街去买了些酒肴，便在张青家里同用早餐。饭后同去见了宋江告知别意。宋江一因他等孝思，二因只有半年假期，三因张叔夜知州都允许了，自没得甚说的，只催早回。当日挽留他们吃了一天酒，张青夫妻和曹正改为次日登程。孙二娘坐着太平车子，张青、曹正各骑了一头长脚骡子，行程甚快。

这一日来到亳州，天色甚早，还是午牌时分。孙二娘在车上向二人道："两天未歇大站，饮食都差些个。今日便歇在亳州，吃些酒肉也好，天气太热，人和牲口都要将息。你看街上这些人来往，怕是有甚集会，也未可知。"张青在马上抬头看看日影，因道："进城再作理会。"说着，走进城关，这街上人更是拥挤。张青下马，向一个路人打听时，是这里药王庙会。庙里有龙虎山天师府里派来法官，铺坛祭神，四乡人便来赶会做生理，因此十分热闹。几个赶脚的骡侠，都说这是难逢难遇的机会，只管怂恿孙二娘在这里住下。张青自己不急于赶路，便笑着在城里投了客店。安顿了行李，沐浴过了，又用罢了酒饭，张青夫妇、曹正三人，也便到药王庙里张望了一阵。

庙外一片空场，在槐柳树荫下，支起了大小不等的席棚，出卖茶酒零食。曹正向张青道："走得口渴些个，我们且到茶棚里吃盏茶去。"张青听说，正徘徊着，张望哪处有好座头。身后忽然有人叫道："兀的不是二姊与姊丈？"张青回头看时，却是孙二娘堂弟孙开义。孙二娘道："多年不见，兄弟一向却好？"孙开义道："小弟依然做药材生理，且请到茶棚里叙话。"一行人到了茶棚里，另找角落里较僻静的一副座头坐了。便引着曹正与孙开义相见。曹正见他青衣皂巾，倒是诚实商人模样，却也不怎的避嫌。天气尚热，大家要了几碗青梅汤喝。孙开义悄悄问道："听得姊丈姊姊已上了梁山。现今又听得朝廷招安了你们，都在海州做官。却怎的来到此处？"张青道："你姊姊悬念伯父，往日是回去不得。于今得了朝廷恩典，五湖四海，任意来去，第一件大事，便是来看伯父。"

孙开义道："原来恁地。姊丈却幸得是遇着我，要不，却枉奔了洛阳去。伯父医道，年来益发高明了，两年前便来到东京行医，十分兴旺。小弟上面，又无老人，便迎奉在药栈后面。姊姊要探望伯父就此改道向北。小弟来此，系与同行订货，早已齐备，只是在这里候过会期。且请等候一日，同上东京如何？"孙二娘笑道："却幸伯父健在，真是天赐其便，在这里遇到兄弟。大郎，我们便上东京去好吗？"张青沉吟道："论理我们受了招安，没甚去不得。究竟东京城里，是富贵人家的地方。他们要奈何我们时，却是抗逆不得。大嫂你要探看伯父，也是正事，我不能违拗。只有我们改了排行姓名。你道是伯父的小女，我也改叫着李彩。不说由海州去的，只说原在亳州开酒饭馆，歇了业，到东京寻生理。恁地说时，行色称呼，都不勉强。"孙二娘道："这一切，我都依你。只是又要和曹家兄弟分手。"曹正道："半年后回海州时，我自到东京来约会兄嫂。"张青道："也只得如此。"当日计议一番，便在亳州住宿。次日曹正依然向西取道往洛阳去。张青夫妇随了孙开义同往东京。

　　这孙二娘伯父孙太公在东京行医，专治跌打损伤，颇有声名，常走往公卿士大夫之家。这孙开义有了名医携带，药栈之外，另开了一爿生药铺，生理也十分发旺。一路都照应得张青夫妇妥当。到了东京，向药栈后堂拜见孙太公。这孙太公科头穿一领皂色葛布袍，白须尺来长飘在胸前，真个道貌岸然。先听到孙开义到后堂禀报，张青夫妇来了，孙太公面皮兀自红着，哼道："今天他们才有脸来见我，且叫他们入来。"及至张青夫妇到了堂上，双双拜倒时，老人却闪动着寿星眉毛。孙二娘拜罢道："孩儿飘荡在外，无日不记挂阿伯。孩儿恰是不得奉养膝下。却喜天相吉人，阿伯恁般健康，望阿伯恕儿以往之罪。"孙太公道："往日阿爹行为，已是玷污了传家清白。今幸你等回头，我又亲眼得见，我偌大年纪，孙家只你一条后，不是你等做得过分时，我怎的忍和你们断了往来？"说着，流下泪来。孙二娘笑道："阿伯休伤心，孩儿和大郎都做了官。"孙太公道："我凭了这点儿外科医道，在公卿人家出入得惯了，我却看不起官。你等在我身边，侍奉我终了天年便好。"孙二娘向张青看看微笑了。从此夫妇两人便在孙开义药栈后堂，奉养老人。因孙太公不愿女儿远离，让他们在街对门开了一座小蓬莱酒馆，遮掩人耳目。人家知道是孙医生女婿开的，多来照顾，生意却十分兴旺。

　　一过三四个月，已是深秋天气。这日张青在账柜上看账。一位客人身穿青罗短袄行装，头戴范阳毡笠，掀帘入来，唱个喏道："大哥却好。"张青看时，正是操刀鬼曹正。便笑道："兄弟真是信人，且去见你嫂嫂。"于是唤过卖看着柜台，引了曹正到对过药栈照来见他浑家。曹正到了内堂，掀下毡笠，取下肩上包裹，隔了向里屏风叫声嫂嫂。孙二娘随声出来。后面却相随了一位长裙垂髫少女，翩然一闪，趑向旁边厢房里去了。孙二娘笑道:"兄弟,你真个来了,我正盼望你。这里栈房甚多,且在我这里住下十天半月,再作理会。"于是张青夫妇,在对门酒馆里,要来酒肴,陪曹正在内堂吃酒闲话。曹正得知张青不能回海州去,便道:"兄嫂在京侍奉太公也好。人生有个衣食丰足,又得叙天伦之乐。何必做官,小弟现在却没有主张。"孙二娘道:"此话怎讲?"曹正道:"小弟回得洛阳去,才知父母都没了。兄嫂虽都待我好,我却不能闲住在家里。当年小弟投奔二龙山时,内人便去世了。妻弟王四,不愿落草,向东京来谋生理,至今无下落。为了亡妻,我也想寻找他一番。有个伴当时,回海州去,也免得孤寂。"孙二娘听说,向张青微笑,张青也笑了。曹正道:"兄嫂为何发笑?"张青笑道:"兄弟在此住两三日,再和你说知。"曹正摸不着奥妙,却也不惬理会。下午孙太公、孙开义回来,曹正见过了,彼此都甚相投。

曹正一连住三日。这日晚间,张青邀了他在酒馆里小阁子内吃酒,并无第三人。张青向碗里筛满了酒,因问道:"贤弟,你说在海州做官快乐?还是愚兄这般卖酒快乐?"曹正道:"就兄长说,骨肉团聚,自由自便,自是恁般快活。"张青道:"贤弟有此言,愚兄有个下怀,便对你说了。我这里生理十分好,若得贤弟指点店里伙家宰杀鸡鸭,烹调菜肴,一定益发好,你嫂嫂甚欲留你在此。也是见贤弟已过中年,尚未续弦,究竟孤单漂泊到几时?后堂那位少女,你曾见过,是你嫂嫂堂妹,人品自不消我说,意欲和贤弟作伐,我等联为姻亲,你意下如何?"曹正捧了酒碗,不由得嘻嘻笑起来。因道:"怪得兄嫂和我发笑。"说着,吃了几口酒又笑了。常言道:英雄难逃美人关,曹正自此便留住东京。这是大宋宣和五年间事,东京却渐渐受了边患的风浪。燕处危梁,且看张青、曹正能照常卖酒也无?

第十四回

识内侍孙二娘入宫
戏御街宋徽宗乞饭

诗人刘屏山，曾作了一首七绝咏汴京遗事。那诗道：

> 空嗟覆鼎误前朝，枯骨人间骂未消。
>
> 夜月池台王傅宅，春风杨柳太师桥。

王傅是指王黼，太师是蔡京父子。在那时人看来，尽管国家多事，这东京城里，却是日夜繁华。一来是这位在位的徽宗皇帝是个风流天子，只管图着恁地取乐，二来在朝的权臣童贯、蔡京，没有一个不是自私自利，贪图快活的人。这就叫上有好者，下必有甚焉者！

那张青开的小蓬莱酒馆，却离东京城里的风月地带金环巷不远，因此寻花太保，走马王孙，都向这里来吃酒，生意十分兴旺。张青自与浑家孙二娘商量，公明哥哥待我等甚是恩义，于今落脚在东京，不能回海州去，却也不可把他忘怀了。因此和曹正共同具名，修了一封长书，差人送到海州，向宋江告罪。又办了几色京货，由送书人带上，贡献宋江。约一月工夫，宋江有了回信交原送书人带回。信上道的张知州待众家兄弟甚好，闻说朝廷将起用张知州统领南路大军，众人均有出头之日。张、曹二贤弟既不愿为官，在东京营商亦好。京中若有甚事，可差急足通知海州。从此，张、曹二人，益发安心在东京料理店事。

转眼是宣和五年，这时，金太宗完颜吴乞买继兄阿骨打登位，改元天会元年。和大宋新添了一位对头。在阿骨打手上，吞灭了辽国。因宋朝曾派童贯、蔡攸巡边应金攻辽，虽然吃了两个败仗，辽国灭后，金人背约不得，就在旧辽占据的境内，归还了燕山六州。这六州是涿州、易州、顺州、景州、檀州、苏州。朝廷白白得回了这一大片土地，好不快活，他们没有想到那是金人的一些钓饵。这里第一是童贯、蔡攸得意，上表称贺。满朝文武兀谁不来凑趣。徽宗立即封了童贯为豫国公，蔡攸为少师。京中官民，特许尽情作乐十日。但是官家作乐是有的，民间却是叫苦不迭。原来徽宗因东京位在中原平地，并无山峦，所以前有花石纲之役。远在苏杭，搬运那千万斤重的太湖石，水陆联运，运到东京禁苑里来起山峰。最高的一峰，高有百丈，叫着艮山，又叫万岁山。山上的花木，都是连根带土，由千百里之外移来，所以山成了，便也树木成林。运河两岸，为着移花石的百姓，召集了几百万。加以官府勒索，胥吏拷打，死亡破家的老百姓，也将近百万。朝廷哪里晓得？后来引起了方腊起事，才把采办花石纲停止。但是采办的花石，也就足够铺陈。在宣和四年年底，这万岁山已经修造十分完善。

现今方腊已平，又收回了燕山六州，虽是山东河北两处还有些强盗招集，都是乌合之众，不及梁山泊那般强劲，东京宋室君臣，全没放在心上。那个与蔡氏父子来往的王黼，新任太傅，他乘徽宗高兴时，却向徽宗奏道："万岁山项项均好，只欠一事，没有瀑布飞泉。"徽宗笑道："苑内平地架石堆山，哪来的飞泉？"王黼道："臣有一策，可得飞泉。便是在山下平地打凿泉井，山上逐层砌着蓄水池，先将地上井泉，用辘轳绳索吊桶，汲到蓄水池。一层层搭了辘轳索，将水汲到各层池内，这般一直达到山巅。将水放了，岂不是飞泉？"徽宗听说，拈须微笑道："人力恐不可以胜天，卿姑试之。"王黼得了这圣旨，便亲自到万岁山前端详了一会儿，觉得山势虽是玲珑奇巧，却不曾预备下大瀑布的地位。若引了泉水，由山峰上乱流，却不成话说。于是下令开封府尹，调集十万民夫，到禁苑里移山凿井。一面再飞令苏、杭二州，重新采办花石纲。恁地时，东京城里，自是扰乱得马仰人翻。

张青小蓬莱酒馆里，也出了两名夫子，按日到御苑里去挑土。一日两名夫子得假回来，都是店里过卖，依旧在楼上下卖酒。这日初更时分，正掌着灯火，却有三个锦衣贵客前来吃酒。过卖王乙殷勤招待入暖阁子里坐地，却匆匆地到了账柜上，见了张青道："回禀东人得知，适才进店来的三位官人，其中一位白胖无须的，是内侍蓝从熙。当今官里，有五位内侍，权过王公驸马，为首的是童太师，东人自省得。以下是杨戬、曹详、何诉、蓝从熙四位。现今御苑内监造山水，便是这位姓蓝的。御苑里人看到他时，都称他太尉。他在赵官家前提上一个好字，终身吃着不尽，若是道得一个歹字，不免倾家荡产。小人在禁苑里自认得他，特来禀知东人，转告厨房，把菜肴烹调得好些，休让他挑了刺儿。"张青道："你既通知了我，我自省得料理，你且上楼去伺候了他们。"王乙应声去了，张青便找来曹正，说明这事，曹正便亲自下厨，加意烹调了几项菜肴，贡献那三位贵客。果然他们吃得快活，却叫过卖把店东找到阁子里回话。

　　张青因曹正在灶上染了一身油腻，便应召到楼上小阁子里来，却见正中座头上，坐了三个客人。正面坐的那位面白无须的人，嗓音尖细，正有几分女娘腔，决定是个内侍，王乙的言不会假了。张青进门，远远站定，唱了三个喏。叉手问道："官人有何吩咐？"旁边一位黑髭须人，向上一拱手道："此是官里蓝太尉，说你店里烹调得好口味，正有话问你。"张青拜道："原来是太尉光降，小人失迎。"那蓝从熙只是微微点着下颏，问道："我有一种好事提携你，不知你可有这福气敢消受？"张青道："愿听太尉指教。"蓝从熙道："现今收了燕山六州，圣上大喜，要在御苑里设立六条御街，里面由宫娥内侍开设三百六十行经纪买卖。身怀绝艺的命妇或是民妇，若有贵人保荐，却也得在御街买卖。我管的酒坊司，他们正要出奇制胜，在里面开两座茶坊酒肆，却缺少烹调得好口味的妇人，我常是便服到你这小蓬莱来吃酒。见有一妇人常常出入厨房，想必是你浑家，我意下想保荐她进宫，在酒肆里掌勺，你可敢让你浑家去？"张青躬身道："那妇人正是小人浑家，虽是烹调得几项菜肴，却不省得礼貌。宫里是甚等地方，万一失仪，小人犯罪事小，却不辜负了太尉恩典？若论进宫伺候圣上，那是几生修到的事情，小人怕不愿意？"

　　蓝从熙听他道得婉转有理，便笑道："你顾虑的也是，但却不妨事。这掌勺人平常只是在厨房里做事。便是圣上来到酒肆，自有宫女，装扮了酒保、茶博士款待。她若入宫时，我也会指派宫女点拨一些礼节。万一见了圣人，省得俯伏三呼便好。且这些都可不必，圣上旨意，这御街要办得到宫外东京街市一般的买卖，便是圣上来时，只可当他是平常主顾，才相像有趣。"张青躬身道："太尉抬爱，容小人去与妻子商量。"蓝从熙笑道："妇人家可以去看看皇宫内院，有甚不愿意，只怕胆怯些个。你说我能替他做主便了。"张青回到柜房，悄悄地对孙二娘说了。孙二娘眉飞色舞道："游荡江湖半生，甚的没见过，便只是皇家富贵猜想不出。这是人生难遇的机会，丈夫休拦阻，我一定去。况且蓝太尉的话，我等平民，须是违拗不得。"

张青想了一想，便引着浑家到阁子里来见蓝从熙。孙二娘拜了两拜，又道个万福，因道："奴是民间女子，不识大礼，太尉携带则个。"蓝从熙哈哈笑道："我是个男子，做了内监，只是斯文起来。这个娘行粗眉大眼，身体怎般结实，却像个壮仆。"孙二娘笑道："奴是贱命，所以只索在厨房里进出伺候贵人。"蓝从熙听他夫妻说话都甚婉顺，心中颇是喜悦，会了酒钞，告诉张青，过两日派小内监前来引孙二娘入宫，着她将刀勺动用器具，先预备好了。然后率两位贵客走去。曹正在柜房里迎着张青，脸上带了不快的颜色。孙二娘笑道："兄弟，你莫不嫌我和那内侍特谦卑些个？奴另有一番深意。这次进宫，若见得赵官家，讨些机缘，给山寨兄弟找些出路却不甚好？你看，赵官家用的左丞右相，兀谁不是些奉承小人？"曹正笑道："嫂嫂原来恁地想。但愿嫂嫂在宫里进出，遇到童贯、蔡京父子，顺便结果了他，却与了万民除害。"孙二娘眉毛一扬，话不曾出口。张青却向柜房外张望了一下，一面乱摇了手，吐着舌头道："你们好大胆，却不怕诛九族。"曹正无言，孙二娘却笑了。

过了两天，果有两名小内监，骑马来到，道是奉了蓝太尉钧旨，调小蓬莱店妇孙氏在宫内御街酒肆里当差。孙二娘早收拾了两筐篮动用盏具，放在太平车内。自骑了小驴，随小内监去了。他们绕过皇城，在后载门外老远地下了驴马，停了车辆，先在皇城脚下酒坊司休息片时，换了宫里的小车，由小内监把家具背运进去。孙二娘随了车子，进得后载门，走着水磨石板御道，早望见万岁山树木葱茏，高耸半空。树木山石里，黄瓦红墙的宫殿楼阁，或隐或显。却不知经过了多少回廊，多少台阶。忽然，在宫墙外面，现出一片广场，迎面一座玉石牌坊，正中刻了四字"止戈为武"，这里正是御校场。穿过牌坊一片广场，那里乌压压的一带市房。孙二娘走向前去，却是一条繁华街道。心下便有些纳罕，怎地没出宫门，却又到街道上了。看这些铺户，各行买卖全有，却少同样的。店铺里虽一般有人坐地，抄着两手，笑嘻嘻的，甚是闲散。街上有几个内监宫女来往，却也不是买物的。

约莫走了半条街道，只见一座楼房前，挑出一幅很长的酒望子来，看那楼前招牌，大书三个字，正是小蓬莱。两旁悬有两条蓝布帘儿，上面组着红字，乃是"入座千杯少，开坛十里香"。外面朱漆窗栏，垂着绿竹帘儿，正是和自己酒店里的式样相像。不免站在店门外怔了一怔。那引路的内监笑道，便是这里，可以进去。孙二娘猛可省悟过来，这正是皇宫里起的御街，便含笑掀帘入去。店堂有三个宫女两个小内监，分掌着店内职务。小内监将孙二娘引见了，众人听说是蓝太尉着将来的，自也另眼相看。孙二娘进了厨房，指点了众人安排锅灶。由众人告知，才晓得从明日起，这御街上要做买卖十日。那时，王公驸马，师保宰辅，都扮着庶民模样，在御街上采买物件，选歌饮酒。圣上也微服出来，不许执行君臣大礼，以做得逼真者受重赏。孙二娘听了，心里自思，天下多少人想做皇帝，于今却是皇帝想做庶民，且看明天御街开市，是怎地情形。当日忙碌半日，自有酒坊采办鸡鸭鱼肉，山珍海馐，交给孙二娘料理。

这日晚间，天将二鼓，孙二娘指点两个宫女，在厨房里宰剥鸡鸭，却听到一阵琵琶、鼓笛声音，袅袅不断。便问道："这是哪里作乐？"一个宫女笑道："隔壁茶坊里。"孙二娘伸头向窗外张望时，天上一轮明月，像面白铜镜子，悬在蓝绸上。墙头一丛御柳，摇动了隔壁楼房灯光。一排十几盏绢制彩灯，做了鸳鸯蝴蝶模样，悬在楼梁上。那里窗槛洞开，正好望个清楚。那里有一座镂金点翠，雕花梁柱戏台。戏台上有个妇人，穿了窄袖绣花红衣，头扎绣花包巾，手里拿了小锣，敲敲打打说说唱唱。孙二娘不由得啊了一声道："这是勾栏里卖唱的粉头，怎地却到皇宫内院来？"一个刘宫女笑道："大嫂，你真是地道老百姓，天下有这等大胆粉头，敢到这里来？这是少师蔡小相公夫人。"孙二娘道："一个宰相夫人，怎地省这婊子勾当？"那刘宫女吓得两眼一瞪，立刻抢到窗前，放了帘儿，吐了舌尖道："大嫂！娘行却怎响喉咙，被她听了去，不是耍子！这蔡小相公，是个风流人物，吹弹歌唱，投壶蹴球，无般不会。平常少师府里，便请了教师，教习歌舞，便是夫人也在一处学习。不然圣上怎地时常行幸到蔡府去？正为那里，不讲君臣体统，可以尽情快活。现在宫里有了御街，三百六十行，要模仿得全，有了茶房酒肆，少不得也有歌台舞榭，所以在相府里选了歌姬来此点缀。若是圣上来时，夫人便亲自上台唱曲，今晚是夫人带了一班歌姬来演艺。"孙二娘呆想了半天，只道得一声："原来怎地！"

再掀起帘儿来看觑隔壁时，那一片金碧辉煌的灯光，隔了那扶疏的御柳，煞是好看。柳枝摇摆开了，闪出那戏台来，成双成对的红衣彩裤女人。在灯烛影里歌舞，便是大马关刀孙二娘也看得出了神。直到三更以后，歌舞方歇。孙二娘踅到店门口来张望时，却见十几盏宫灯，簇拥了刚才唱曲的相公夫人，向内宫而去。虽然那夫人这时已换了命妇的衣服，兀自脂粉浓抹着，将长袖微掩了朱唇，走起来袅袅婷婷，头上顶着将近尺来高的宫髻，横拴了九节凤尾钗，摇摆着那上面的小金铃，周身上下，都活泼泼的。她去后，又是一群妇女，嘻嘻哈哈，向宫墙外去。孙二娘心里思忖道："怪得这蔡小相公受着宠幸，赛过了蔡老相公。"当晚夜深，官漏已经报过子牌时分，也自安息。

次日起来，这里新设的六条御街，便是穿梭一般人来人往。到了下午，皇亲国戚，宠幸大臣，都脱去了全身朱紫，各个换了青皂衣巾，在御街上游逛。孙二娘在厨房里料理饮食，偶然也出来张望一下，看看街上人，若非事先知道，这里并无庶民，却寻不出这里兀谁是王公驸马。但在厨房里烹调菜肴时，却不断看到隔壁楼上戏台上歌舞弹唱。台前整串的看客，也像街上勾栏一般，待那台上粉头唱完了，却有人拿了钱笸箩下来讨钱。其中有个三十多岁的汉子，头戴唐巾，身穿绿罗衫，抓了一大把金钱，向笸箩里掷了去，引得许多人喝彩。看那人白净面皮，三绺黑髭胡须，清瘦的个子，满面笑容，却是不同旁人。那刘宫女来到厨房，见孙二娘望了出神，便扯了他衣襟，低声道："不要怎地呆看，圣上在那里。"孙二娘道:"莫非是那个三绺髭须穿绿罗衫的?"刘宫女依然低声道:"正是他。这御街上,不少锦衣卫、内监,他们若是看到你偷觑圣驾,却是不当稳便。"孙二娘听了,只索罢休。心里自忖着,我自认得赵官家这模样了,下次却来找机会。因此,从这时起,他不时向外张望看来吃酒的人,看有这个三绺髭须白净面皮的人也无。

过了两日,孙二娘在厨房里做完了一拨菜肴,手捧了一盆热汤,要向后门外地沟里去倾泼。正是举了手,不曾倾泼出去,却有人叫道:"娘行打发则个。"孙二娘看时,却是一个叫花儿。他身穿一件青布破衫,科头绾了个牛角抓儿,赤脚踏了一双麻旧鞋,脸上手上腿上,都抹了些煤烟,先是一怔,待将言语打发他。转念一想,天下有这等玉皇上帝敕封的乞丐,敢到皇宫里来讨饭?再看那人,头科而发不乱,腿污而肌不削,面上虽把煤烟到处涂了,耳根后面,却是白净得玉牌也似。这自是一个贵人扮成的。便满脸推下笑来道:"官人要些甚的?便请进来坐地。"那叫花儿在三绺髭须里,露出两排白玉牙齿,哈哈大笑。

孙二娘这番看出来了,正是传位八代、富有四海的大宋天子。本待俯伏见驾,却为了管理御街的太尉再三叮嘱,不许各人露了本相,正没个道理处。那叫花儿却笑道:"你这娘行,怎般恁地行善,却称呼我叫花儿做官人?"孙二娘笑道:"好叫上下得知,奴略懂得相法。见官人骨格清高,虽然暂时落魄,将来一定大富大贵。"那人笑道:"恁地说时,娘行便多多打发我一些个,我将来也有个千金之报。"说着,把他手里破碗送了过来。孙二娘生长恁般大,只忖度着天子是天上神仙一般人物,却不料今日和他亲相授受,心里战兢兢的,手上捧千石般,接过那只破碗。因将灶上的熟鸡熟鸭大块切来在碗里堆了。那叫花儿看了,又哈哈大笑道:"恁般施舍,你却不是将东家物事作践了?"孙二娘道:"但得贵人赏光,店东也沾沾贵气,奴便承担些干系则个。"说着,两手捧着那碗,躬身呈过来。叫花儿左手接了那碗,右手放下竹棍,拿了碗里一只鸡腿,放在嘴里咀嚼,笑道:"娘行恁般打发乞儿,却不像是真的。我也吃过你那小蓬莱酒食,却是烹调得好,原来都是你出手的?今天相见,算你造化,不可辜负了。"说着,在腰里掏出一把金钱,抛在地上。拾起棍子,拿了那碗走了。孙二娘见对面花台后,迎出几个人来，这叫花儿不等他们开口，摇手不迭地道："不像不像，且再走上一家去。"

孙二娘望得他去了，在地面上缓缓地捡起金钱来。那刘宫女来向他贺喜道："适才圣上来过，大嫂可曾晓得？"孙二娘道："如何不省得，奴却为了禁令，不敢接驾。"正说时，却见店堂里两个宫女，远远向这里招手。抢出去看时，隔着帘儿向外张望。见适才那位天子假扮的乞丐，左手挽了一个破篮儿，右手拖了一条竹棍，在街上经过。他昂起头来，却是把街头流行的西江月曲牌儿，随口编了一支曲儿唱着：夜醉神仙洞府，朝醉金碧楼台。了无牵挂到长街，做个花郎何碍？事业尚余瓦钵，关山小试芒鞋。一篮一棍走天涯，人比行云自在。

天子花郎唱过，两旁店铺里人，都喝着彩，刘宫女牵了孙二娘衣襟到一边，低声笑道："你看官家恁般高兴，却是为何？"孙二娘笑道："想是人十分高贵了，就转想尝尝贫贱滋味。"刘宫女道："另有个道理。金国南京留守张觳，向枢密院通着消息，要回事南朝。金国的南京，便是平州，童太师几次向金人索取不得，今白白地又要回来一州土地，所以圣上高兴。"孙二娘道："原来恁地，把州郡索回来了，只是应当派兵守土，派官安民，扮个花郎的御街上乞讨，有甚相干？平常我却喜唱个曲儿。曲词也省得一点儿，走天涯这句话儿，似乎不甚吉利。"那宫女轻声喝道："你这位嫂嫂，一味地嘴快，以后却休恁地说话，让人听了去，却是吃罪不起！"孙二娘被她恁地说了，却也后悔，以后在御街上看到极奇怪事，便也不再道个什么字。但这御街开市，本定十日，到了第七日，却忽然停止。这天，无日不到的大宋天子，却也未来，众人虽不知道有什么事故，有了事故，却是很明白的了。

第十五回

哀故土杨雄说难民
救中原陈东修密柬

原来当年金人约宋室夹攻辽国的时候，本许灭辽之后，把那位向契丹主称过儿皇帝的石敬瑭所割幽燕十六州，一齐归还中原。辽国是契丹改称的，照说宋室此种需索，也与金人无干。无奈徽宗所用的领军大将，却是内监童贯，在宋辽边境让辽兵打败。金人讥笑宋室无人，便不放在心下。后来金人入了燕京，便违背初约仅仅归还六州，这六州里面的涿、易两州，还是前半年，辽将郭药师投降带过来的。徽宗自料不是金人对手，又白白得回了六州，只索罢了。其实这六州之地，也不曾自得，约定每年除了照旧送纳给辽人的岁币四十万之外，又加纳燕租代税钱每年一百万缗。宋室劳民伤财，实在只落了个顺、蓟、景、檀四州。便是这四州，也是个虚名，那时，辽国宰相左企弓，降了金人，说宋室君昏臣庸，不必理睬，他并上了金主一首七绝诗。那诗后十四个字，后人很是称道。其全首曰：

并力攻辽盟共寻，功成力有浅和深。

君王莫听捐燕议，一寸山河一寸金。

金主看了这诗，心中感动，下旨令左企弓为首，将燕山各州连割还宋室的在内，把人民金帛、牲畜器具，一齐驱逐搬运出外，归到女真本土。所以宋室拿回的六州，却是鸡犬不留的荒土。当徽宗在宫里作乐的时候，此信已经传到汴京，心里好生不快。加之那归朝的平州张觳，听

129

说他依然用辽国的保大年号。只为了百姓怕让金主驱逐出塞，暂时归宋，抵制金兵，其意实在要复兴辽国。徽宗懊恼之下，把宫里建造的御街买卖，临时停止。孙二娘一个外来的民妇，哪里晓得这些。见宫监纷纷传说，停止设市，各个回去。也就收拾了器具，由小内监引领出宫。

回到小蓬莱，张青迎着道："听说御街设市，共是十日，大嫂怎的今日便回来了？"孙二娘道："官家忽然不快活起来，有两天不曾出宫，这御街是给官家耍子的，官家不来时，却给兀谁玩耍？"张青道："这必另有缘故。东京城里，弄得翻天覆地，却这般地悄悄罢休？"孙二娘道："管他甚的？官家快活，不干我甚事，官家不快活，也不干我甚事！"张青道："却休恁地说，官家快活时，我们兀是不自在。官家不快活时，我们性命休矣！大嫂不信时，过后自知。"孙二娘倒不曾理会得这言语。

约莫过了半月光景，孙二娘在柜房里坐地，帘儿掀动，有二人钻将入来，同声唱喏。看时，那两人将范阳毡笠除了，一个是病关索杨雄，一个是鼓上蚤时迁。二人全是行装，手拿木棍，腰挂朴刀，肩背包裹。孙二娘哟了一声，迎将向前万福道："二位叔叔别来无恙，今天却恁地来到东京？"杨雄道："一言难尽，特地来东京，探望兄嫂。"孙二娘大喜，引了杨、时二人向对面药栈里来。张青、曹正同在屋里坐地，见了杨雄、时迁，握手言欢，十分快活。孙二娘一壁厢预备下木盆热汤，让二人沐浴换衣，一壁厢吩咐小蓬莱安排酒饭，送过门来，便在小阁子里圆桌上团团坐了。一个酒保由那边酒楼上调来筛酒。孙二娘道："你只管烫了酒送来便好。我等自家兄弟叙话，你休在此口啰唣。"酒保答应去了。

张青先问杨雄道："未知贤弟何时离开海州？"杨雄道："小弟是上两月离开海州的，因听说金国归还了蓟州，却喜父老得以重见天日。特地和时迁兄弟，星夜赶回故乡去，顺便也看看公孙先生，不想到了蓟州时，金人把人民都撤退了，便是剩下几个老弱迁走不动的，却也是一个空身子。在蓟州城里住了两天，没有个买饮食处，亲友也不见得一人。公孙先生也没有踪影，我等在故乡，却像钻入了坟墓里也似，寂寞得紧。因此和时迁兄弟商议，还是回向海州去。"

说到这里，端起酒碗来，吃了一口酒，因道："我等兄弟在山寨时没有让天下人小看了我们。这次回到蓟川，却让人家耻笑了。"孙二娘插嘴道："叔叔且说兀谁敢小觑了我梁山泊里人？"时迁道："蓟州城里百姓，虽是搬迁得走了。却还留下几个金国官吏。偌大一座空城，只是几十个人来往，却易相识。那天见两个金国官弁，将一条绳索拴了几十名剩余的老百姓，却挥了鞭子赶牛羊也似赶了走。杨雄哥哥看了不服，向那官弁理论着道，若要百姓迁徙时，自可好好劝说，把绳索捆了，犹可说是怕百姓跑了，大长鞭子向百姓头上挥去，恁地狠心。那官弁喝说，你是兀谁？不遵照北国皇帝圣旨出境，却在这里多嘴？他说时，看到我等身上带有武器，手上举了鞭子，却不曾挥下来。另一个官弁便说，益发将这两人缚了。百姓里面有人说，缚不得，这是南朝来的海州军官，原来是梁山泊好汉。你道那官弁道些甚的？他说，我们把南朝也看作了脚底下泥，休说这一群毛贼。当时杨雄哥哥，忍耐不得，拔出朴刀，先把那官弁砍了。另一个官弁要跑，小弟也抢上前，拔刀将他搠翻了。老百姓看了，便是一声呐喊。有人便喊着："杨官人，你这是将我等害了。北门城外，现有留守金兵未曾撤尽。知道杀了他官弁，须是不放过我等。"杨雄呷了酒，且听时迁说，这便插嘴道："小可便问，有多少留守金兵？"老百姓说：约莫百十个人。我挺了朴刀，将胸膛连拍数下，因告诉他们，千军万马，我兄弟进出得多了，这几个小番虫，怕他则甚？他们又说，杨官人在这里时，自不怕他，杨官人现在无室无家，若离开此地时，却叫兀谁来帮我们厮杀？我便说，我现在要回南朝，有愿和我们走的，我带你们到中原天子脚下去。这些老百姓都说，本来想去，只怕半路上被金兵截住了，却都是死。现在杀了金国官弁，走是死，留在这里也是死，既有两筹好汉引领，我们都去。得见中原人物，我们死也甘心。那时，小可看在同乡父老义气分上，便带了几十名老百姓，昼藏夜行，离开辽国旧境，到得雄州，已有大宋人马在那里驻守，我们才让那些老百姓各谋生理去，自向东京来。一来看看三位兄嫂。二来听说鲁智深师兄又在大相国寺里出家，要探望探望他。三来，小可还有一桩心事，要赶回来见公明哥哥。"

　　张青道："正有一事，还未曾告诉得二位。我这里常有山寨旧部人来往。在上个月，张叔夜相公已调任邓州知州，兼南道军马都总管。现今朝廷，分了中原人马作东西南北四道。张相公升了这南道都总管，部下可以容纳得千军万马，二位赶回到张相公那里去正好。"杨雄笑道："恁地却好。"因向时迁道："邓州在西，海州在东，若不来东京，直奔海州，却不来回多走千里多路。"曹正道："杨兄说有事要向公明哥哥说，莫非为了河北州郡又有了强人聚伙。我也听说，河北有个高托山，山东有个张仙，都号称有几万人，声势浩大。"杨雄笑道："小可为此要告诉公明哥哥，却不是羡慕他们。仁兄，你见方腊吗？高托山那厮，倒是有几万人，却不能济甚事，只是把北道走来的流亡百姓都收拢了，将村庄乡镇胡乱占据抢夺粮食衣物，全不省得厮杀。因各州县官，个个无用，只把城门来关了，任凭强人在外胡为。他便托大起来。其实将来的祸事，另有个看法。我等自北国来，知道胡人有野心，他们兀自倡言要夺大宋锦绣江山。于今这些强人，先把河北州县先蹂踏得粉碎了，州县官员又个个无用，金人来了，正是火上加油。眼看这中原大祸就在眼前了，东京城里兀自恁般笙歌拂地，酒肉熏天。"孙二娘笑道："杨兄却虑的是邦国大事。"

杨雄端起酒碗来，连吃几口，叹口气道："在河北的三岁小孩，也料得盗匪遍地，金人迟早要南下。那燕山前后各州县，被金人搜掳空了，有的百里无人烟，百姓一传十，十传百，把这话传到了河北，兀谁不晓得，金人一索子将人民缚了，成千成万，赶牛羊也似，赶出塞外。你只问他！"说着，指了时迁道："一路来，只要百姓知道我等是由北国来的，兀谁不打听打听金人掳掠百姓的事。"时迁笑道："在东京城里人急些甚的，却不见得北国兵马来了，一索子将赵官家缚了去。"张青对窗子外面张望了一下，回转头来，低声道："贤弟，你要连累愚兄！我还有个七十岁的伯岳父。"时迁笑道："兄长特胆小些个。我去年在两座相国府里当了大路进出，也不曾碰折了一根毫毛，那时，我却是个梁山泊好汉。皇京缉捕使，我也只看作我们梁山上一个巡更的，怕些什么？"孙二娘笑道："提到这个，我却想起一件事。时迁叔叔去年在东京城里闯祸不小，现在再遇到那些人时，恐是不与贤弟甘休。非是奴不留二位，当今童、蔡、王、高四家的家丁仆役，个个大虫一般在街上横冲直撞，被他觑破了行藏时，却是老大不便。"时迁笑道："怎地说时，却休为我连累了兄嫂。杨雄哥哥未曾到过这天子脚下，让他且观玩些时，小弟只在这药栈里暂藏躲两日。"孙二娘笑道："贤弟却休白日藏躲，晚间去出。"说着，大家都笑了。自此杨雄在外游玩汴京风景，时迁却只是在这药栈里藏躲，便是晚间，也不曾出去一次。

约有半月光景，这日杨雄想起鲁智深有话留下，要到大相国寺菜园里去，找寻那些泼皮。若是他真个到了东京时，向那些泼皮打听，必可找得着他。因此揣了些散碎银子，却向酸枣门外岳庙边找来。到了那边看时，果然四周参天的柳树，中间围了一大片菜园子。这是深秋天气，豆藤瓜蔓，带了半焦黄的叶子，四周地堆在大小支架上，太阳荫里，秋虫儿兀自叽叽喳喳叫着。进了半掩的园门，在瓜架上面遥遥地露出了三五间屋脊。四处高的蔓架，低的菜叶，秋日光里，照着颜色鲜翠，却不见个人影。杨雄顺了菜畦中间的沟路，绕了长架走，无意中走近了一口水塘，塘里零落的百十来片荷叶，颠倒在浅水面上。有一个半白胡子的人，赤膊了上身，腰间围条短裤，水泥淋淋的，站在水边，塘岸堆了一捆长短的藕枝。

杨雄见他头上戴了一顶破头巾，自不是一个看园子的僧人，料着是到这里来园里寻觅菜蔬的破落户。便隔着水面问道："动问上下，这园子邻近，有位过街老鼠张三，家住哪里？"那人将他周身上下打量一番，问道："官人问他则甚？莫不是要向他收买菜蔬？"杨雄道："有一个远方友人，托我带了一封书信来给他。"那人听说，撮了嘴唇，向空中吹一下呼哨，便见瓜棚下钻出个人来，也是半白胡须，身上穿一件皂布衫，头戴破头巾，手上提来一篮扁豆，站在塘边。先那人指着他道："这便是张三。三哥，这位官人，道是替友人传信给你。"张三迎上前道："动问官人尊姓，从何处来？"杨雄道："在下姓杨，由海州来。有一位智深和尚，叫我来探望各位。"那人向杨雄打量一下，因问道："听官人说话，是燕山蓟州口音，莫非是江湖上称病关索的杨……"杨雄点头道："便是小可。"张三拜倒在地道："天教有幸，得见好汉，我等一别十年，想念得智深师傅苦，师傅一向可好？"先前那人，已披上了一件破皂衫，也过来拜见，自道是青草蛇李四。因道："难得遇见天下闻名的好汉，若不嫌弃小人寒酸时，便请到岳庙前小酒肆里吃两碗酒去。"杨雄道："正好，小可也有几句话，要与二位叙谈。"

张、李二人大喜，提了菜筐，引着杨雄到酒肆里来，拣了里向窗户邻近菜园的座头，让杨雄上座，两人打横。叫酒保先打两角酒来，切了一大盘黄牛肉，盛了一盘煮鸡蛋，作为下酒。张三筛酒道："没有甚好下酒，大官人却多吃几碗，只是小人一点儿敬意。却不知智深师傅现时在海州怎生地？"杨雄笑道："实不相瞒，小可此来，也是来访他。是年前他离开海州，还回五台山去。他临行时，曾说你等兄弟义气，要来看望你们。小可最近由蓟州回中原来，也是特地来看他。想到各位未必离开这相国寺菜园，所以先来探问二位。"张三道："原来怎地。智深师傅却不曾来。前年我等听了梁山泊已受招安，也想到林教头和智深师傅或者会到东京来。"李四却低了声插嘴道："却是不来也罢休。那高衙内自智深师傅去后，还派人来寻找了几回，他未必忘怀师傅在野猪林杀了他公人。现时赵官家还很相信高太尉，他要奈何众好汉时，便是梁山泊已受招安，兀谁又道得个不字。"

杨雄点点头。张三又筛了几碗酒，因问道："官人现时打算在京勾当几久？"杨雄道："张知州现已任南道都总管，驻节邓州，众家兄弟都在那里，我即日要前去。客室里还住着一个时迁兄弟不敢出头，我也久逗留不得。"张三欢喜道："啊呀，他也来了，往年他在东京大闹相国府，传说开来，神出鬼没，人家都把当了孙行者千变万化一般看待。让我们见见也好。"杨雄道："他终日都在小蓬莱对面生药堆栈里，随时可见。"张三道："听说他也是蓟州人？我们都同乡。"杨雄道："张兄原来是蓟州人，却说的汴京口音。"张三道："小人已经来东京二三十年，蓟州还有叔伯老娘和两个兄弟。前次知道金人灭了辽国，将蓟州归还了中原，这正是一世之愿。不想这几天又传说金人把燕山十六州百姓都驱逐出关。正不知有这事也无？心里正自放不下。"杨雄道："怎地无有？"因把在蓟州亲眼看的事说了一遍。张三道："怎地说时，我老娘一命休矣！前些时，我曾和陈先生说起，老娘二十一岁居孀，上奉公婆，下抚养这个孩儿长大。陈先生很高兴，要替老娘作篇传志。于今却遭了大难。"杨雄道："哪个陈先生？"张三伸出一个大拇指道："提出来又是个奢遮人物。他叫陈东，是东京太学生的魁首，兀谁不知？"杨雄道："你却怎的认识他？"张三道："休看他是衣冠人物，却只住在这酸枣门外一幢矮屋里。天气好时，他喜欢到这菜园里来散步，以此认识。"杨雄听过，也并未放在心上，和张、李二人吃了二三十碗酒，自也有些醉意，便作谢告辞了。

次日辰牌时分，杨雄还未曾出门，小蓬莱有个酒保前来相请，道是那里有个秀才和两个汉子吃早酒，请杨、时二位官人前去。杨雄倒好生奇怪，怎会认识秀才？正犹豫着，却听到院落里有人叫道："杨大官人不在吗？便请时官人去一遭也好。"杨雄在窗棂里张望时，见是张三，便邀了时迁，一同过门来。上得酒楼小阁子里，见李四在外，有个书生，不上三十年纪，薄薄三绺短须，头戴凹面巾，后垂两根长带，身穿蓝罗夹衫，手拿一柄官扇，颇是儒雅。那人先便拱手道："小可陈东，闻得张、李二位说，两位壮士由燕地回来，是以特来拜访。知道二位是借寓朋友之家，又恐登门求见过于造次，所以借酒楼一席之地，略倾肺腑，请勿嫌孟浪则个。"杨雄唱喏道："小人是个粗汉，先生怎般说法，却是不克当。"彼此分宾主坐了。陈东先道："久仰宋公明部下，均是山东豪杰，于今在张将军那里，正是弃暗投明。颇也有意认识一二位壮士，只是无缘见面。今日得遇杨、时两位壮士，又是新从燕地来，真是千万之幸。"张三在一边筛酒，便道："陈先生常道：愿认识天下有心人做一番事业。这燕北的事，他最是留心不过，所以听了官人在京，特意来奉访。官人见了甚的，只管说出来。"陈东又一拱手道："愿领教。"

杨雄受了一肚子肮脏气，正觉得偌大东京，竟没有理会这事，着实可伤。现在陈东只是虚心领教，有甚不说？当把他在蓟州所见金人掳掠百姓的情形详细述说时，陈东只是静悄悄地坐着听他说。他说着有遗漏时，时迁又补上几句。陈东道："听二位所说，小可已是明白，燕北是一片十室十空的国土了。河北紧邻了燕境，谅是逃来难民不少。"杨雄道："小可走的是南北大道，由白沟过界。在界这边，难民和强人纠合在一处，大股近万，小股也有千百人，到处都是。安分难民，便逃过了界，也自在不得。"陈东听了，咨叹不已，因问二人还有多时住在东京。

杨雄道："约莫有三五天勾当，便要向邓州去。"陈东道："改日却来拜访，小可有书信两封，烦带去给张将军和宋公明义士。"杨雄道："不烦劳步，迟两日我自到先生客馆拜访。"陈东想了一想，因点点头道："到得寒斋，可以畅谈，也好，小可在家中候驾。"杨雄因他虚心下交，自也十分愿意。这日由陈东会钞分手。

过了两日，杨雄一人再来酸枣门外向陈东家求见。那里虽是个窄小的门户，里面却有个四方院落，辟了两畦地种着花草和几十根瘦竹。迎面三间矮屋，檐前挂着帘儿。杨雄走到院子中间时，陈东早是掀帘相迎，拱手道："壮士真信人也。"说着，引杨雄进屋去。看那书斋，虽是图书满架，却不过是竹椅木榻，并无珍贵的陈设。只有个苍头拭几斟茶，竹几上有个小鸭形铜炉，他在桌屉里取出一撮鹧鸪斑檀木末，向炉子里燃着。陈东笑道："来客是当今豪杰，怎地酸秀才一般看待？厨房里我预备的一坛酒和那两样下酒，益发送来。"苍头笑着将酒食陆续搬来，是两双杯箸，一盘烧鸡，一盘燉猪蹄，一盘干牛肉粑子，一盘青菜豆腐。苍头烫了一大壶酒来，陈东打发他出去，和杨雄对案坐下，自来筛酒。

吃过几碗酒之后，陈东便道："此处并无第三人，小可有言，不妨直告。当今圣上为群小所围困，朝政日非。为了花岗石营室之好，引起东南民变，至今未曾苏息过来。至于和金人夹攻辽国，收复失地，本是好事。中原现放着钟师道兄弟、姚古父子，还有张叔夜等，都是名将，一个不用，却叫内侍童贯、纨绔蔡攸，出兵巡边。既为辽人所败，又为金人所笑。这还罢了。河北、山东紧邻强敌，为中原屏藩，守土之责，不可不慎择其人。可是上自留守，下至县镇小官，莫非蔡京、童贯的门生故吏，他们除了搜刮民脂民膏，别无他事。于今壮士又说难民千万成群，相率为盗，这叫作人必自侮，而后人侮之。假使一旦金人南下，如何是好！"杨雄道："陈先生忧虑的是。小可在北地来，晓得金人大言不惭，要兴兵南下。"

陈东又向杨雄筛了两次酒，想了一想，便道："小可深知梁山泊旧人，多是江湖忠义之士，礼失而求诸野。想要复兴王室，当不可放过这班草泽英雄。"杨雄道："我等兄弟虽是以忠义为重，却都是粗人，恐怕当不起这个重担子。"陈东正色道:"小可今日以肺腑相告,绝非戏言。中原将才,我看只有张叔夜是个智勇兼全、肝胆照人的汉子。今又得梁山众位豪杰归顺,那真是如虎添翼。宋公明义士,既以忠义号召天下,国家多事,又事得其主,也正是可为之时。因此小可有两封书信托壮士带去,略有末议贡献。陈东一介书生,手无缚鸡之力,但读圣贤书,所为何事,这一腔热血,却自信不在各位豪杰之下,所以不惜犯大不韪,以生平大愿,寄诸壮士此行。"

杨雄听了这话,便正色道:"杨某看得天下秀才多了,却不曾有像陈先生恁般热心爽快人,所嘱咐的话,杨某以颈血相誓,一定做到。"说着,伸手拍了两拍颈脖子,陈东站起身来,便深深一揖。然后坐下道:"对张将军,我有三条计策献上,也不妨告诉阁下。"说着,将手抚着桌案,长叹了两声。因道:"现朝中群小用事,贤人远避,正本清源之策,要在扫清君侧。内忧既除,金人自不敢窥伺中原。但这是非常之事,若能集合中原豪杰同诛操、卓,策之上者,但恐张将军不肯为。现河北虽有个北道都总管,却非其人,张将军如能请缨北上,剿抚群盗,为中原屏藩,策之中者。如其不然,南阳为军事自古必争之地。进可以恢复中原,退可以保守秦蜀之地。所望张将军率领众位豪杰,早自经营,不要又失机会。然而这已是下策了。"杨雄道:"小可虽不省得治国大事,听陈先生之言,也十分明白。见了公明哥哥,自当有个计较。只是张相公忠心耿耿,怕不肯行那上策。"陈东点点头:"正是如此。小可当留心集合有心人,一死以报君国。今日得与壮士饮酒快谈,也是生平一大快事。"二人说得投机,又一连让苍头烫了两壶酒来吃了。酒后,陈东取出两封书信,交给杨雄。携手送他出大门。杨雄见他十分诚恳,最后也就说出几句心腹话来。

第十六回

怀庐墓两雄动归心
戍边疆三军壮行色

这杨雄虽是一个吏胥出身，却是个久闯江湖的义士，陈东这般相待，怎的不感动？在临别之时，他便问陈东道："小可感先生义气，我有一点儿心腹之事，益发说了。这小蓬莱的两个店东，正是小寨里旧兄弟，一个是菜园子张青，一个是操刀鬼曹正，另外还有一个女兄弟，便是张青浑家母夜叉孙二娘。他们为了眷属在东京做生理，又怕蔡京、高俅记起往日的旧账，不敢露出真实姓名。陈先生若有甚事商量，找他们便好，他们常有书信和公明哥哥来往。"陈东笑道："如此便十分是好。望杨壮士向三位道过，将来得便，小可当专诚拜访。邓州有了甚消息，千万要向东京传来。"杨雄允诺了，告辞回到药栈，和张、曹等人告知。张青道："既是这陈先生有书信给张相公和公明哥哥，二位贤弟便请早去邓州，也免得到时，和书上注明日期隔得太远。"时迁整日住在药栈里不能出去，也甚是焦急，也催促杨雄快离开东京。在得了书信的次日，二人便向邓州走去。

这时，张叔夜的南道兵马，分作了三军，每军有个指挥使。宋江便是第一军指挥使。所有随从招安弟兄，一半在本军，一半分在第二、三军。这第二军指挥是张叔夜长公子张伯奋，第三军指挥使是二公子仲雄，少年英俊，和梁山旧人，都十分相得。这日杨、时二人到得邓州城里，打听得宋江任了现职，便向指挥使衙门里来求见。这指挥使衙门，虽和其他衙署一般堂皇，衙门内外，八九是梁山旧人。见到杨、时二人回来，自不须经过官场仪节，便由了二人进内堂会见。二人在堂外卸去了行装，进得屋内见宋江便拜。宋江一手挽了一人，向他们脸上端详了一会儿，笑道："二位贤弟，来去数千里，却喜身体无恙。我曾听得燕山各州县百姓，都被金人掳掠去了，昼夜以两位贤弟及公孙先生行踪为念。"

一壁厢叙话，一壁厢吩咐厨房里预备酒饭。吴用正留在这指挥使署里当参军，酒饭陈设在内堂，宋江便请来吴用一同坐地。杨雄在席上把在东京遇到陈东之事备细说了，时迁便去解开包裹，呈上两封书信。宋江将陈东寄与自己的书信拆开，就在席上看了。信里所策划的，与杨雄口中所说他献的三条策，并无分别。只是形之于文字，又更婉转透彻些。因点点头道："满朝朱紫，无人理会得天下安危，倒是一个文弱书生，却恁地留心。此事非同小可，等明日见了总管相公，把书信呈上，且听候相公钧裁。"吴用拈髯微笑道："这位陈先生，虽是一片热心，小可料得总管相公，却未必能采用一策。"杨雄拍了膝盖道："恁地时，却辜负了陈先生这一番为国丹心。"吴用道："此事不单陈东有意，便是小可也早已盘算多时了。现在唯有在三策之外另上一策，却请相公保荐我兄弟等渡河北上，招抚那些流亡之徒，为国效用，便多少有可采纳处。"宋江道："这却不妥。一来张相公纵然保奏，朝廷未必依允。二来果得朝廷允许时，我等兄弟又要分离。"吴用道："来日见了张相公时，再作计较。"

正说时，却听到堂外有人笑道："杨雄贤弟来了？大哥恁不差人报信给弟等。"宋江看时，说话的是卢俊义，后面跟着柴进。宋江等立刻起身相迎，添了杯箸，让二人入座。宋江道："两位贤弟也是刚才到署，兀自未曾安排歇脚地方，二公何以得知？"柴进道："小弟适才在郊外练习弓马回城，远远看到两骑马在前走，追上一程，后影儿看出是杨、时两位。小可料着必来兄长署内，便邀了卢兄同来。"吴用笑道："二公必是来打听河北消息？"卢俊义皱了眉道："祖先庐墓，数代亲友，均在大名。自边境多事，河北不安以来，小可便是昼夜焦虑着。"柴进道："尤其是小弟焦虑不过。我柴氏一门，乃是大周皇帝嫡系子孙，沧州世居多代，兀谁不知？那里偏又逼近边境，万一大兵入境，庐墓绝不能保。以是见着杨、时二位来了，特意前来探问。"

杨雄见他二人心急，便将河北情形，草草述说了一遍。卢俊义听时，只是手扶酒碗缓缓地吃着，并不插言。等到杨雄说完了，便轻轻地拍了桌案道："如此说来，天下事不可为矣！"说完了这话，又重重地将桌案拍了一下。柴进向宋江一拱手道："近日以来，小弟实起思乡之念。意欲趁此家乡还可回去之时，向沧州一探，不知兄长肯放行否？"卢俊义道："便是小弟，也想到大名去一看。"宋江听了，目视吴用，因微微笑道："适才我等所说，张相公要保荐人才时，却不患无人了。"柴进问道："兄长此言何意？"宋江将刚才的事分述了一遍。卢俊义手拍胸襟道："果有此事，卢某愿往。虽为了调动，不免要与兄弟们分手，但两利相权，宁可暂时小别。大丈夫生在人世，于可为之时，有当为之事，却不可放了过去。"柴进也道："若天下无事，我等暂时分手，相聚自是不难，不见杨、时两位到蓟州去又回来了？若不幸天下有事，我等也难于始终相聚一处。"宋江道："自是为国尽力事大，为兄弟相聚事小。二公既有此意，不才也乐于赞助，待明日见得张相公时，看相公对这书信上言语，怎的处置？再作理会。"

卢俊义吃干了一碗酒，昂起头来，望着堂前庭树，树枝北指，颇为神移。吴用笑道："卢兄传神北枝，定是想到了故园风景。"卢俊义道："狐狸小兽，尚知归正首丘，而况人乎？"说着，手理项下长髯，却见满握斑白，向须梢摇摇头道："光阴迅速，不觉已是五旬人物，若不早做点儿事业，那怕是时不我与。正是刚才柴兄说，趁着故乡还可以去，何不抽身一行。我等兄弟，多半是十年亡命，家业荡然。籍贯在大河以南的，还则罢了，这籍贯在大河以北的，真是庐墓同在风雨飘摇里了。现在能回去探望一遭，却也于心稍慰。"卢俊义这样侃侃而谈，柴进却尽管低了头吃酒，一语不发。杨雄道："看柴、卢二兄，十分想念故园，虽是多年未曾探望得，比小弟便胜过万分。像小弟的蓟州，休说祖先庐墓，便是活的牲畜，长的草木，也都让金人搜刮了去，连同成千上万的故乡人，一齐赶出关去。他只恨田地山河搬不动，不然，也一齐搬了去。叫人想起来，牙齿咬碎。"卢俊义以手拍桌道："这便是我想念故园想念得苦处。待到大名也成了蓟州一般时，还想念些甚的？"

吴用手夹了一支箸，在桌面上画了圈圈，微笑道："我知卢兄意矣，我知卢兄意矣。时势造英雄,焉知英雄不能造时势?"卢俊义道:"自己兄弟,何须隐瞒?卢某颇有意做点儿事业,只是这次若往河北,却不像我等以往啸聚山林,只须对付一些不济事的官兵。于今却是要在尊王攘夷的狂澜里,立下名垂不朽的勾当。我等这样一个微末前程,却怕不做了撼石柱的蜻蜓?"说到这里时,他忽然又转过脸色呵呵一笑道,"人生得遇这般数百年不生的大风浪,却不枉了。"柴进道:"遇着这大风浪,变成一条蛟龙,飞腾万里,在乎我们。变成一只蝼蚁,随了千千万万的性命转瞬消逝,也在乎我们。我们是不可把这个大风浪随便地过去了。"宋江道:"二位既是都有此意,小可明日见了张相公时,便都顺便向张相公叙说了,且看相公意向如何?"卢俊义回头看到伺候的侍役们,且叫来把桌上各空碗里的酒都筛满了,向杨雄道:"杨兄此来,鼓励了卢某暮气。"又向时迁笑道,"你也应当让卢某敬一碗酒。二位在蓟州城里,两把朴刀,救了一串被缚的老弱百姓,不愧我们这梁山泊字号。天下汹汹,梁山泊里好汉,有个袖手旁观的吗?"说着,端起酒碗来,先把来吃干了。这一番话,说得宋江心里也甚是奋发。当日大家吃得尽醉而散。

次日早上,宋江整理衣冠,带了陈东那封书信,特来都总管衙门求见张叔夜。他正在白虎堂后签押房里批阅公文,便着宋江入来。宋江见礼罢,便先问道:"相公在近日得着东京消息否?"张叔夜道:"闻得蔡太师父子,怂恿圣上在宫中设立百货御街,又重征花纲石在万岁山建立人造瀑布,这般尽情作乐,实在可虑。"宋江道:"相公圣眷尚隆,何不上表力谏?"张叔夜叹了一口气道:"休说这表章未必得达宫内。便是送进宫门,到了内监梁师成手上,也会把它撕碎了。现在东京人叫蔡京作太师公,叫童贯作太师婆,却不知道这内监梁师成,势力还大似蔡、童。他不但可以代圣上看阅表章,他还模仿得圣上笔迹,可以伪造敕书,这一道铁门槛,任是擎天柱石,无法撞闯得过。"宋江近前一步,躬身道:"边疆之事,相公有所闻否?"张叔夜皱了眉道:"我正是日夜焦虑这事。我曾得老种经略相公来书道:'河北河东,盗贼遍地,吏治贪污,金人骄横,目无中原,一旦有事,内忧外患,一齐发作,实是心腹之患。'"说着,以手指敲了案沿,满脸都是愁容。忽然省悟道:"我却想起一事，那公孙胜、杨雄、时迁都到蓟州去了。现燕山各州百姓，被金人掳掠出关，我想此三人并非平常百姓，愿听异族宰割。各逃得性命，必会回来。来时，速报我知晓，我正想从他们口里，得些实在消息。"宋江笑道："相公真是无微不照，卑职正要将此事向相公禀报。"因将杨雄、时迁由蓟州回来的话报告一番。说到陈东托杨雄带书信时，却先笑道："天下也自有一班不识天地高低的书生，未免狂妄到目无法度。只是当今童、蔡之辈，人人切齿引恨，这书生之言，也颇为可原。"于是将陈东和杨雄两番见面的话说了，再呈上那封书信。

张叔夜看了那信时，脸上倒变了几次颜色，看完了，便微微一笑道："这陈东活得有些不耐烦。"宋江道："以卑职看来，他所谓策之中者，未尝不可采纳。"张叔夜望了他道："宋统制，你好忠厚，于今童太师索回了燕山六州，正向圣上夸耀他功盖宇宙，他怎肯让旁人渡河去掀了他的烂脚？而况河北现有个北道都总管，我若请缨北调，大之则引起圣上见疑，小之则引起了河北文武的妒忌，枢密院三司是否作梗？还在其次。虽然……"张叔夜说到这里，手抚髭须，点了几点头道，"这陈东却还不失为有心人。他说的下策，却是我认为的上策。我想吴用参军，必知我意。这邓州密迩南阳，正是光武中兴之地。我等把此处经营好了，东京便有了一个退步。便是我等不望时事有了这日，却也少不得做个有备无患。"宋江躬身道是。张叔夜道："宋指挥回衙时，着杨雄来见我，我好问他北地情形。"宋江又躬身道是，却不告退。张叔夜向他望了道："宋统制尚有甚商议？"宋江道："陈东那封信，虽是书生大言，卑职却另有个想法。相公说，他的下策，便是我们的上策。所以行了这条下策，相公道是东京有个退步。卑职以为退步固然是要，进一步的步法却也要。凡事先存了个退步做法，这原来基础就不保。"张叔夜抚着髭须道："你知道怎的是进步做法？"宋江道："现今河北流亡麇集，无所得食，相率为盗，江却以为这等人可引以为用，免资强邻。江旧部多河朔之士，若让他们转回河北，振臂一呼，可以收纳他们，以听相公驱策。恁地时，既免得害了地方，却多少用了他们，做一点儿中原屏障。"

张叔夜一面听说，一面摇头，笑道："河北那些乌合之众，非梁山泊可比。我只管招纳流亡，谁解得我是何居心。看宋指挥模样，所言未尽，请道其次。"宋江微笑道："这其次却差之千里了。卑职旧部，现在邓州，本都愿听相公驱策，不肯分散，但像卢俊义、柴进这些人，都有祖先庐墓在河北，听了燕朔风云紧急，都想回去一省原籍。相公若保荐他们到河北州县去当一名地方武职，他们定是乐于从命。只是恁地做时，力量孤弱，恐怕难以有所作为。此卢俊义所说，归正首丘，尽心竭力而已。"张叔夜思忖了道："莫非卢俊义、柴进都有此意？"宋江道："请相公卓裁。"张叔夜道："待我思索思索，且再理会。"宋江称是，便告退了。

过了一日，杨雄见了张叔夜，将所见情形，详细禀报过。张叔夜便再召宋江入衙，向他道："我正和你意思一般，不愿旧部分散。但我仔细思索，卢俊义、柴进等有意立功边疆，尽力故土，却也是大丈夫所为，将来有甚成就，也未可知。留得他们在此，虽是朝夕聚首，除了操练人马，却没甚紧要处。先把几位弟兄安插到河北，做一个伏笔，将来我等有渡河厮杀之日，多少有些相应处，也不失为一着好闲棋。你且调查将来，有多少人愿意北去，我且向朝廷上一道表章，试上一试。"宋江见张叔夜允诺了，退回指挥使署，一连数日，征询各位兄弟意见。大凡是河北、河东籍贯的人都愿意去。大刀关胜、双鞭呼延灼、双枪将董平、急先锋索超，这几员旧日上将，各个要借此出路，立些功业。宋江向各人道："这却使不得，得力兄弟都走了时，我这里便觉得将才单薄了。"商议以后，宋江才选定了十个人名单，呈送张叔夜保荐。那十人是：

　　玉麒麟卢俊义、小旋风柴进、双枪将董平、浪子燕青、病关索杨雄、丑郡马宣赞、跳涧虎陈达、井木犴郝思文、金钱豹子汤隆、鼓上蚤时迁。

张叔夜看了这名单，都是河北、河东人氏，却也合用北地，便写好表章，将十人籍贯才能详细注明，申奏朝廷。这表章到了京师，徽宗交枢密院议复。那蔡京、高俅，正想梁山旧部都聚在邓州张叔夜处如虎添翼，他们自愿拆散，那是再好没有了。益发保奏一本，请徽宗即如所议，分发他们到河朔、河东去。于是御批下来，升任卢俊义为大名兵马统制，燕青为副统制。柴进为横海郡沧州兵宁统制，宣赞为副统制。董平为雄州兵马都监，杨雄为黎阳兵马都监，时迁为巡检，郝思文为蒲关团练使，陈达为相州团练使，汤隆为磁州巡检。圣旨回到邓州，张叔夜、宋江率领十人设案接旨，朝北谢恩。因为旨上写得分明，各人径领旨赴任，不必来京陛见。于是大家收束行装，分头作别。宋江以下各位旧日弟兄，分作几股，次第设酒饯行。

这是季秋九月时光，天高日晶，气候凉爽。在十人起程的这日，张叔夜选了三千精壮人马，在邓州城外十里，列队相送。在城九十余位弟兄，随着十人马匹车仗后面，一同出城。张叔夜本人，率领两位公子，已在郊外十里大校场先行等候。卢俊义一行，来到校场前面，老远看到天淡云轻，千百面旌旗，在半空里飘动，真个是五彩缤纷。来到近处，校场打扫得洁净，平平荡荡，一些渣滓也无。三千军马，盔甲鲜明，两排列队中间显出一条人行大道。众人簇拥了十筹好汉，由此经过。那演武厅上，有人拿了红旗发令，等人经过了，那红旗展动，这人马便变了个四方阵式，布在校场中心。旗门影里，金鼓齐鸣，早见张叔夜全身披挂，率领二位公子，由演武厅上步行下阶，前来迎接。见着卢俊义等便拱手道："演武厅上，备有薄酒，敬献一盏，以壮行色。"卢俊义躬身道："相公如此盛情，卑职何以克当？"张叔夜挽了卢俊义手道："非是本帅过重别情。君等十人，在河朔多事之秋，慷慨北行，是好男子所为。所为盛设此会，也让人看了，学学好男子。"

说着，大家都上了演武厅来。这里锦幛绣围，设下了两座宴席。卢俊义见梁山旧日弟兄，个个身着戎服，由厅前到阶下，八字分开两排，按着佩剑肃立，自是不能坐下。十人挨次站在宴席左手。于是长公子张伯奋提壶，二公子张仲雄捧盏，酒斟满了，张叔夜接过来，与十筹好汉把盏。这时，校场里三千军马，静悄悄地排列了阵式，一些响声也无。但见那四方阵式的队伍，戎装鲜明，犹如地面排下了整齐的锦堆。在锦堆上面，云霞灿烂地飘动了旗帜，在风中卜卜作响。张叔夜把盏完毕，铁叫子乐和手里捧了一把筝，走上厅来，向卢俊义道："奉相公钧旨，弹一段古曲，送十位兄弟，这曲词还是相公亲撰。"卢俊义躬身道："愿洗耳恭听。"张伯奋道："家尊作曲时，吩咐愚兄弟配合了一段剑舞，益发舞剑一回，以送十兄。"十人齐声道："愿领教。"于是将筝放在厅边长几上，肃立推弹。伯奋、仲雄，各拔出身上的佩剑，就在台阶下平坦地上，相对而舞。伯奋红甲，仲雄青甲，红青人影颤动，配着两道白光。那筝上十三根弦子弹起来，铮铮有声，弹的舞的，随声高歌。那歌词是："中原莽莽兮，华泰峨峨。黄尘扑地兮，朔风渐多。我有壮士兮，慷慨悲歌。苍茫四顾兮，联袂渡河。联袂渡河兮，跃马挥戈。跃马挥戈兮，还我山河。跃马挥戈还我山河兮！盍兴乎来乎？跃马挥戈！"

他三人唱完了，剑也舞完了，三人肃立。演武厅上红旗展动着。便听到三千士卒应声而起，将这歌子唱了一遍，真是响彻云霄。十筹好汉，不觉眉飞色舞，红光满面。卢俊义躬身向张叔夜道："蒙相公奖掖如此，卢某等此去，誓当竭尽忠贞，上报国恩，下答知遇，肝脑涂地，在所不辞。就此拜别，未敢久劳政躬。"说毕，十人一齐拜倒阶下。张叔夜一一答礼，父子三人，亲送十人走下台阶。那时，十人的征马，已经牵到厅前。张叔夜在马夫手上接过马鞭，牵过第一骑马。以次便是张伯奋、张仲雄、宋江、吴用和其他五位将领，各牵一匹马，恭候行人登鞍。卢俊义、柴进一齐惶恐拜揖道："折煞某等了！"谦逊了一番，十人便在演武厅前，接过缰绳，上了鞍鞯。张叔夜和百余位将领，由台阶上层层排立，站到演武厅屋檐下，拱揖肃立，正色目送。卢俊义、柴进等在马上深打一躬，按辔缓行。只见三千士卒，在旌旗影下，整队列阵，一个个注目相视。阵头上黑烟突起，通通响了几声大炮，益发震发人的精神。十人顺了校场，策马前走，举目北望，秋原莽莽，一望接天，日照平林，云连驿路，正是前路无涯。遥见随从车马，成群在路口相候，而身后"盍兴乎来"的歌声，又在激昂地唱着呢。

145

第十七回

奚知州情急联武员
高太尉弊深纳内侍

邓州到黄河边，有一条大道。十筹好汉，带了随从，浩浩荡荡，过了黄河，各人陆续分手，向西、北、东三路而去。其中以董平任所最远，是原来宋辽国界之地。梁山一行好汉，最后只有柴进、宣赞、董平三人，带了随从同行，一日到了乐寿地面。在三岔路口小镇市上停下了车马，在一座小酒饭店里打尖。三人离开随从，在后堂寻了一副座头坐下。过卖前来张罗了酒食，柴进提了酒壶，向董平碗里筛了一满碗。笑道："仁兄，我等聚首多年，今日这一行，却不知再能像当年大碗喝酒大块吃肉也无？你看，过了黄河，人民便不是那般安定，过了大名，人烟渐渐零落。此去向北，已到旧日边界，想地方情形，必是十分残败。千万为国珍重！"董平道："小可本是河北武人，虽身居下位，曾食国家俸禄多年，于今再回到边疆来，却是我本分。而今我朝收回了燕山六州，这雄州退入了内地，也算不得边疆了。倒是沧州地面，恐怕比不得以前平靖，大官人却要小心。"宣赞道："现在河北山东虽是遍地盗匪，我看这些人，都没有久远打算。凭了大官人久闯江湖，沧州又是自小生长地面，便有甚事，也打发了过去。只是董将军前去雄州，人地生疏，又是今古战场，我等颇担心。"董平笑道："宣兄，你特顾虑些个，朝廷还只是要收回幽燕十六州，在自己国土内，怕些甚的？那幽燕地面还有文武官员，却不是我董平一个。"柴进道："董兄之言甚壮，只是我等渡河以来，都没有带得队伍，你一人走到雄州，就地练兵，却是吃力。"董平沉吟道："那也斟酌情形再来处理。"

三人谈着话，吃过两三角酒。柴进向屋外天色看了一看，因道："天色已不甚早，我等且各起身赶路。"宣赞自会了上下用过的酒饭钱。柴进执了董平的手，同走小镇外三岔路口。因向他道："沧州去雄州不十分远，仁兄如有甚紧急处，只管差人来通知柴进。柴进定当唯力是视前往援救。"董平道："小可也恁地想，去河北各兄弟，只有我等相处得最近。大官人是沧州望族，少不得将来有相求之处。"宣赞道："董兄如来相求，便是沧州无兵可调，小可一人，也当单枪匹马前去尽一臂之力。"说毕，三人互相对拜了两拜，方才分手上马。柴进、宣赞二人，率领随从向东大路走。董平率领七八名随从，沿了关山大路，向北进行。

　　正是意中所料，渐渐北走，渐渐人烟稀少。几次遇到小股盗匪，或经董平杀退，或经董平道出姓名，盗匪一哄便散了。董平为着免了路上纠缠起见，益发叫随从撑出两面旗子，在空中招展。一面旗子写着雄州兵马都监，一面写着双枪将董平。这些河北流亡相聚的盗匪，正是羡慕梁山泊好汉所为，双枪将这名声，他们恁地不省得？因之董平一路行来，却也平靖无事。这日来到雄州地面，在村镇上，看到新任知州奚轲出的告示。董平一路自思，自己新来到边地，颇想向知州问些情形。现在知州也是新到，恐怕领教不到甚的。因此在路上且慢慢地走，沿路考察民情。另差一匹快马，向都监衙里的前任送信。

　　行到雄州南门外约莫五六里地方，只见一批人马，约莫百十名，排成七歪八倒的行列，鹄立在路边。其中有两个都头出来，躬身迎到马前。口里唱着姓名，本衙都头田仲、冉修，迎接将军。董平在马上拱手答礼，便问驿馆在哪里。田仲道："回禀将军，毋须在驿馆下马，可径到衙署去。"董平道："旧任都监呢？"田仲道："旧任已奉童大王钧旨，调往易州。又因旧任先要护眷属回南，已先走了。"董平道："既是恁地，且向衙里去。"于是两位都头转告了队伍，排着行列，在前引道进城。到了城门口时，知州派了三班押司拿了名帖，在道边迎接。董平连道不敢。接过了名帖，向押司们回说，明日却来州衙拜见相公。

　　在马上随了迎接队伍，来到衙署。由两位都头引到后堂歇息。董平看这两位都头却也面带忠厚。因留住他两人共话。问道："新任知州相公，到任多久了？是否晓得些武备？"田仲道："好叫将军得知，这位相公是童大王手下门客。只懂得那吹弹歌唱，至多也不过会制两套曲子，懂得甚军事！"董平道："一路都听到人说童贯封了王，却不想果然是真。"田仲道："这新任知州相公来此，说到童大王受封为广阳郡王，将来还要归藩燕京哩。"董平道："这奚知州既是童大王手下门客，自有些威福，怎的倒甚是向我谦恭？"田仲道："将军有所不知，现在这燕山府知府郭药师，是辽国旧人，不得已，带着涿、易两州来降。现见金人兵强马壮，早晚要索回六州，我朝又不曾派得雄师来援助他，那厮心迹可疑。说不定又去再降金国。那厮虽带了不多的人马，驻守在易州，但有一天易州有变，雄州和那里隔境相望，却不是要处。知州若不敬重了将军，叫他一个吹弹歌唱的人，怎地来守这块土？"董平道："我到这里来，自是效力守土的，何须知州来敬重我？却不知这城里兵马有多少人？"

田仲却回头看看他那同事冉修，未曾对答。董平道："有何隐情只管实说了。今天迎接我的，只有百十来名兵马，这边界重镇，难道只这些个军力？以往事我自不必追究，你等说了这里情形，我也好早有个处置。"冉修道："本州本也有两三千人马，连年缺额，不曾招补得。最近几个月来，又逃亡了不少，只剩下二三百人，都是有家室之累，离开不得的。"董平道："难道连年缺额的粮饷，都给前任指挥吞没了？"田仲笑道："前任知州，却也晓得这事。"董平笑道："怎地说时，我倒理会得。此事且慢慢地来图补救，二位且暂退下。"田仲、冉修退去，董平看看这衙署，却也有多处倒坍，未曾修理。心想，休说是秣马厉兵，便是眼前住屋，前任也不曾去理会，恐怕这饷糈也贫乏得紧。当晚寻思一番，次日便来知州衙门拜谒。

知州奚轲却甚为礼貌，开了大堂中门，直迎将出来。董平见他冠带整齐，只得升堂下拜。奚轲回过礼，将他迎到二堂东阁，便请上座。董平躬身道："平乃治下一员武吏，相公谦让，不敢克当。"那奚轲再三谦逊，在木炕上平坐了。奚轲道："非是本州虚谦，实因将军来此，已救我于枯鱼之肆。素知将军当今豪杰，此番北来实有赴汤蹈火的精神，十分钦佩。现今雄州地瘠民稀，兵饷两缺，却又是边疆重镇。本州奉天子圣旨，童大王钧谕来守此邦，以为在六州回来之后，民心踊跃，必有一番新气象，所以慨然而来。及至到了此地，才知道荒乱过于往昔。就任以来，正十分踌躇，将军来到，让本州心神为之一振，何以教我？"说着，便举起手来，连连拱揖了几下。

董平想着，原来恁地，他是想来享荣华的，却不料来到了废场上。于今没了主意，却要我武官来撑腰。便道："董平是个粗人，只省得厮杀，不懂治国安邦之道。承知州相公下问，小可之意，第一是要招抚流亡。董平一路行来，看到由北境走来的百姓，三五百成群，和土著的强人混合，遍地皆是，他们为了饥寒相迫，并无他意。若把壮健的收募了，便是雄州一地，也不难得三五万兵力。壮健的收募了，老弱的自不难处置，或解往中原，或安顿在各乡村。至于土著强人，可抚则抚，不能招抚时，便当剿除了。必是如此，境内先安定了，才好对外。不然，一旦边外有事，怎的守得住境界。"奚轲连连拱手道："本州来州城将一个月，没个作道理处，只觉满眼漆黑一团。听将军这一番话，甚有见地，一切便望主持。"说着，益发站起身来一揖。董平见他丝毫拿不出主意，好气又好笑。也站起来回上一礼道："知州相公何发此言？董平来到雄州，便是来共守此土的，职责所在，自应尽力。但冲锋陷阵，是卑职的事，发令施政却要钧宪卓裁，譬如刚才卑职说的招抚流亡，应当筹多少饷项，招募多少兵勇，又在哪里安顿老弱，钧宪是一州之主，都要请钧宪指示。董平不敢主持，也主持不得。"

奚轲被他说破了，才赔笑道："是本州急忙中，将话错说了。卑人一向在京，跟随童大王左右，这州郡官的事务，生平不曾经历过。应当怎的处置，望将军来点破我。把本州事务办得好了，本州定当在童大王那里重重地推荐。实不相瞒，若非童大王嘱咐在先，须好好和他打稳藩地脚跟时，本州便宁可挂冠归隐。"说着，他两道半环眉，紧蹙了挤到一处，手不断地去抚摩髭须。董平见了，心想这个肮脏杀才，恁地倒来身任边疆重寄？我不和他出些主意时，本州有了错误，他自有童贯替他担待，我却来指望兀谁？因道："卑职新到任所，人情风俗，以及军马钱粮旧例，都不曾懂得。容卑职招询属下，把情形考查得透了，再来禀报钧宪。"说毕，便要告退。奚轲拦着道："将军远来，本州应当接风。

虽然无甚可敬，舍下在东京用的厨司，却被带了来，烹调尚是可口，且请吃几杯再走。"董平见他相约，实出诚意，便依可了。

自此文武两衙，不断有人来往。董平却也把奚轲瞧科了，只是个无用的人物，走错了求官的路，却向边界来了。事到了头上，便不得不自来做主。因之费了上十天工夫，将地面情形查考得详尽了，便来和奚轲商议。预计招募一万兵马，钱粮兵器，恐怕就地筹办不齐，却请奚轲启奏朝廷，垂恩协济。奚轲却真能一切听董平主持，不但依了董平计议，禀报朝廷，而且暗下修书给童贯，道是边境州县，几乎成了不毛之地，若不训练精壮兵马，却是门户洞开，不足以应付事变之来。

这信到了东京，恰好童贯奉有圣旨，前往太原。那呈文到了枢密院，正要先由太尉高俅批阅，他见呈文里说得雄州十分荒凉。兵马不上三百名，未免大吃一惊。这前任知州高忠，是他堂兄弟，曾在雄州多年，向朝廷禀报，总说有一万五千名兵马。当时且把奚轲公文压下。当日晚间，却派人四处寻访高忠来问话，直到三更以后，差人在勾栏院里将他找到，引来太尉衙里相见。

这时，高俅在后堂高烧红烛，坐在桌子边吃晚酒。旁边有两个年轻姬人，抱着琵琶，打着鼓板唱小曲。衙中侍役禀报，高知州来到，高俅叫歌姬回避了，唤高忠入来，在案前问话。高忠头戴玄缎唐巾，身穿绿罗绣花锦袍。前撒着三绺黑须，肥白的面皮，还带着几分油滑模样。高俅在他周身上下打量过了，便按住桌上酒杯道："看你恁般模样，便不像个亲民之官，怎怪人说你在雄州政绩十分恶劣。你倒快活，却让我作难。"高忠心里正自高兴，连夜寻找将来，必是有肥美优缺要提拔，便特意赶来听取喜讯。今见高俅一见恁般说了，却不知话从何起？躬身笑道："蒙兄长照护，将小弟调回东京，在雄州事情，早已过去，兄长何以又来提起？"高俅道："今日雄州新知州奚轲有呈文来京。道是该处兵马不满三百。你在任时，报的是一万五千名兵马，朝廷按着兵额，支给粮饷。便是我料你从中要吞没些许，却也想不到吞没了许多！"高忠道："这新任知州，他是童大王门下清客，冒充甚君子，却来揭发前任错误。"高俅冷笑道："你不自己揣想些，兀自埋怨后任。你落下偌大弊端，叫我也无法替你遮掩得。雄州是在边界上的州县，朝廷特地要多

150

练些守城军，所以把粮饷器械，都加多支给，你吞剥得比内地任何一个州县的兵力也少些，接过去了叫后任如何把守这城池？"高忠道："小弟在雄州时，边界多年无事，操练许多人马怎的？现时奚轲接了任，自去募足兵额便是。"高俅道："你在任时，若只吞蚀了一些兵勇缺额，后任自是补足一些兵额便是。于今你把马匹、旗仗、兵器，一切都吞蚀了，武库如洗。兵额补足了，只是徒手作战不成？现今奚轲送来呈文，要训练一万守城军，请朝廷协助饷械。我若奏明圣上，问起如何以往一些准备也无，我实说了时，休道你有罪，我也要承担几分干系。我若不奏明圣上，枢密院擅自支给一万人马的粮饷器械，自也过于冒昧。我特地寻找了你来，却问这事，到底雄州情形怎的？"

　　高忠见高俅面色渐渐严正起来，便躬身恳求道："万望兄台遮盖。"高俅道："你却叫我怎的遮盖？"高忠道："奚轲那厮请练一万人马，朝廷如何便依了他。枢密院回他一道批文，只道是仓促间训练这些人马不得，只让他训练一二千人马。支给不多，枢密院自可做主。"高俅道："你将国事看得恁地轻松。边境重地，为了你自身减轻罪过，却把戍兵减少了。你在雄州时，把金银搜刮得多了，于今到京来快活。有了过犯，你却轻轻地撇下。恁地看来，奚轲呈文里举发的弊端，却都件件实在。你罪过大了，我也恕你不得。"说着，放了杯箸，将桌案沿上轻轻一拍。高忠见他真的翻了脸，便近前一步，低声道："兄长休恁地说，我在雄州搜刮金银，不单是自己快活，也曾贡奉兄长来。兄长算算那几次数目，当也不能说少。于今事情发作了，兄长却一些也不肯替我担待。毕竟是自家手足，兄长忍心让我坐囚牢时，那时休错怪了小弟。"高俅对他看觑了一眼，也低声回答道："兄弟，你休怨我不肯搭救你。你想，雄州是甚等城池，你在那里做知州多年，却只留下二三百名守城兵。正为你是我阿弟，朝廷才会责备我保荐非人。你说让我和你遮盖，若是别个知州，我也容易措理些，便依你话，只许他训练一二千人马。无如这位新知州奚轲，是童大王手下人，你不准时，他自向童大王说话。我想着，他向枢密院三司投文时，也必向童大王那里请求。若非童大王已到太原去了，童大王已是向我说话了。现今圣上把幽燕大事，都托付在童大王手里。在雄州练兵，正合他用处，休说是他门客做知州，便是另换个人去，我也不能不照料他。兄弟，你在雄州那几年，实在分了不少的银钱给我。我怎的会忘却了你的人情？只是你来东京，早就该把实情告诉了我，我好早早做些手脚。于今事逼将来，我却一筹莫展。所以十分懊丧。兄弟，你自说有甚良策？"

高忠听到高俅恁地说了，心想也十分近理。便低头想了一想。笑道："小弟有一计在此，只是怕兄长舍不得。"高俅道："你且说来。"高忠道："方今宫里的事，多半是梁师成太尉做主，休说蔡太师父子，便是童大王也要他在里面做些手脚。小弟之意，拼了向梁太尉送几万金珠，请他在圣上遮掩此事，将来童大王向上禀奏时，便可支吾过去了。至于枢密院这里，此事是兄台执掌，自可便宜处理。料一州一县训练人马小事，蔡太师、王太辅，也不会来追究。"高俅左手抚案右手清理了髭须，望了高忠沉吟着道："你却让我来垫付了这笔金珠？"高忠笑道："如何好让兄台一人破费，小弟约可凑一两万数目，再请兄长垫付一半，将来小弟放了外州优缺时，自当加倍奉还兄台。"高俅冷笑道："你犯了事，却叫我来耗财为你料理！"高忠道："兄台不肯料理时，将来却休怪小弟连累了哥哥。"他说毕，虽是垂手站立了，却也正起脸色来。高俅不睬他，闷闷自吃酒。一连几盏下肚，见高忠兀自正色立着，便放下杯子，一拍桌案道："罢罢罢，我且依你。你明日送两万金珠来，我自再凑一半，先送交梁太尉去。"说着，将食指点了高忠脸道："你特贼些个！"高忠奉了一揖道："只须兄长遮盖过去了，小弟将来做外官挣得钱时，必定加倍孝敬。"高俅道："将来事，且看你良心。只是这两万贯金珠，是必于明日一早送到。"高忠见高俅已允，唱个喏告退了。

果然，次日早上，高忠便亲自将值两万贯钱的金珠，送到高俅衙内交纳。高俅将数目点过了，也就自凑了一半，收拾着将六只大礼盒盛了，开了礼物名单，差个舌辩虞候，押了三名夫子，挑送到梁太尉住宅里去。这梁师成虽是个内侍，却好舞文弄墨，自称是苏东坡儿子。不在宫里时，便在私邸里消遣琴棋书画，这日尚未入宫，高俅的礼物，却已送到。梁师成看名单，金珠古玩，约莫值四五万贯。有清客在旁，便笑道："怎的无故送此重礼？"梁师成笑道："不但不能无故？却是大有缘故，且自收了，再作理会。"清客道："这早晚高太尉必来回话。"梁师成笑道："恁般时，却特使高太尉过不去了。你且作个小启，约高太尉今晚二更前来小酌。"清客道："太尉真是解人。"梁师成哈哈笑了。

当晚二更后，高俅轻车简从，只是青衣小帽，到梁邸来赴约。梁师成在后园万石轩里等候。这万石轩是江南敬献花石纲的剩余太湖石布置的，将千万块大小石头，堆成一座石林。石上遍植藤萝，石缝里杂植花竹，一条鹅卵石曲径，在石笋峰里弯绕着前进。那里有座小轩，四周雕花格扇，都把绿纱来裱糊了。青萝翠竹，依了高低的石堆，把这座小轩，恰是掩蔽得棱角不露。两个小侍掌了两盏红纱灯，引导了高俅来到石林里。梁师成身穿紫罗衫，不戴巾帽，拴了个朱色幞头，前面一个垂鬈侍女，高挑一盏长柄琉璃灯，雪亮地亮着主人迎将出来。高俅先拱手笑道："太尉宠召，殊不敢当。"梁师成笑道："敬备菲酌，聊申谢意。并未邀约第二宾客，足可与兄把盏细谈。"说着，挽了高俅袖子，一同进得轩里来。

这里是紫帷低垂，红烛高烧，小阁中间，设了乌木圆案，对案各设了一张虎皮乌木围椅。桌案四角，四架雕金镂漆高到五尺的烛奴，上面红晃晃的烛焰，照着案上一席盛馔。四个青年侍女穿了长袖彩衣，分立在前后左右，所有健壮男仆，都已退了出去。静悄悄的没有一些说话声音，只是那石林里的竹枝竹叶被风吹着，有些窸窸窣窣的声音。高俅进得屋来，先有三分愿意，觉得梁师成是心照了。高俅二更来到梁邸，四更方始回去。在梁师成送他走出石林的时候，却这样道了一句，"童大王与小可有姻娅之亲，总可商量。"他们这四万贯金珠，一席小酌，便换掉了雄州八千人马。

第十八回

闻边警州官弃城走
见露布好汉结队来

在东京北方，一千里外的雄州，一文一武，眼巴巴地等着枢密院的批文。只待公文回来，便要厉兵秣马，大大地整顿一番装备。不想公文去了两月，如石投大海，一些消息也无。董平是个武人，却不能像知州奚轲那般耐烦，便和他商议，先尽了本州的力量，操练五百名马兵，一千五百名步兵，免得一旦边境有事，束手待毙。奚轲到任以来，竟不曾一次好生生地搜括些民间金银。把衙中吏役厮混得熟了，地方情形，也多般知道了，便想在地方上弄些财物出来。也正是弄了几批到手，觉得有些甜头。却不忍将出来做公事使用。

这一日董平为了操练人马情事，特来到知州衙里进谒。奚轲和他已是十分相熟了，这时方在内堂个人小酌，正自无聊，便请董平到内堂叙话。董平掀帘而入，早见侍役已在案边设下了一席客座。奚轲起身相让道："董都监来得甚好，衙内两个差拨，由乡间回来，带得湖泊里新得的野鸭和青鱼，颇是鲜美可口，现在野鸭烹调得来了，青鱼尚在煎熬，坐下来先吃两碗酒。董平叉手站在一边，看着桌上摆了一席盛馔，便笑道："州宪却是快活，卑职却焦虑得紧。"奚轲道："董都监也特多虑些个。现今童大王去到太原，正要向金国索回蔚、应两州，飞孤、灵丘两县。怎地时，这燕山西角。收回来一大片土，易、涿两州，益发缩入内地。易州还不妨事，我这雄州却怕他怎的？这早晚枢密院批文，总该来到，终不成这雄州是姓奚姓董两人的，蔡太师、高太尉却不来理会。"董平道："虽是批文必会下来，但小可看易州的郭药师，居心反复，却

154

不是个好人，雄州城里只四五百军马，还是小可来了才训练得的，万一四境有事，如何抵御？便是这附近州县盗匪如毛，一日若来打城池，也不易对付。"

说话时，两人重新入座，侍役在一旁筛酒。奚轲道："董都监以先也曾说过，可以练两千军马，却怎的还不曾着手？"董平笑道："州宪真是个书生，却把练兵马看得挑水砍柴也似容易。械仗粮秣，哪一项不须财帛采办？州宪一文不曾拨付，却叫卑职如何训练军马？"奚轲道："却不知道需用多少银两？"董平道："若不在民间征收用品，先就要拿出一万两银子来。"奚轲道："怎地要许多银两？"董平道："州宪明鉴，现今训练两千军马，一名兵勇，将五两银子来采办兵器盔甲粮秣，似乎不多。"奚轲道："雄州这个荒县城，哪来这多银两？"董平道："闻得一个月来，州宪在民间却也征收了些财帛。偌大一个州郡，不见得搜罗不出一万两银子来。"奚轲道："便是在本州筹划得一些银子，州衙里却也须使用。"

董平见奚轲不认可，也就只得闷闷地吃着酒。纸窗外面，几阵寒风，吹得呼呼有声。侍役掀着帘子，向外张望了一下，缩着脖子回转身来道："外面好大的雪，飞着鹅毛也似的一片。"奚轲身上，正拥着貂皮袍子，自不十分怯冷，便叫侍役叉起帘子来，向外看雪。只见廊外天空，雪花飞着白茫茫一片，犹如撒下一场白雾，檐前阶石上，早是让积雪堆着几寸厚，不见一些污秽痕迹。董平笑道："州宪看雪甚有兴致，得了诗句也无？"奚轲端起酒盏吃了一口，笑道："董都监，你休来打趣我。你看现届隆冬，冰雪载途，怎样行军？便是金人有意犯境，这般时候，他自行动不得。"董平道："此事恐不尽然，塞外生长大的金国人民，却怕甚冰雪？"奚轲道："虽然怎地说，究竟冬季行军不易。"董平见他眼望了天空的雪阵，手扶了酒杯出神，心上老大不高兴，却又没甚可说的，也只是望了雪吃酒。

这样约莫筛过两三遍酒，却有一个押司匆匆跑了进来，见了奚轲，躬身禀道："启禀相公，有东京八百里加紧文书投到。"奚轲听说，大吃一惊，见押司手上捧了公文，赶快起身来接。袖子一拂，却把一杯酒打翻。他来不及理会，便站着拆开公文来看。侍役来擦抹桌面，董平却坐在对面向他偷觑。却见奚轲两手捧了公文，纸张兀自抖颤，他脸上青一阵红一阵，神色大变，料着这里面必有重大事故。这就眼望了他，看他怎的发话？奚轲将那公文反复看了几遍，却把手来拍了桌案道："唉！非我族类，其心必异！"董平道："公文中的事可告知卑职否？"奚轲道："这里面的事，正应当与董都监商量，再作处置。"说着，便将文书递过来。

董平接着看时，函上的头衔是平阳郡王府发来的，正是童贯的言语。那上面大略说童奉旨到太原，和金邦粘没喝商量交割两州两县之事，粘没喝自云州出兵南下，直叩雁门关，反遣使到太原，索河北、河东之地，约定两国以黄河为界。童以事大，星夜赶回东京，面奏圣上。朝廷以事出莫测，亦无良策。现金人旦夕进逼太原，前途可虑。燕北金兵，料亦早有准备，期与朔代之师呼应。雄州旧日边界，闻防守甚为单薄，亟应早为之计。易州郭药师形迹暧昧，如有所蠢动，星夜飞报。董平将这文书上文字看过，却不免冷笑一声，把文书依旧交还了奚轲。却坐下端起酒来吃了两口。

奚轲知道他是忠义之士，自来雄州，屡有策划，都不曾施行。这一声冷笑的意味，如何不省得？便道："金人贪得无厌，却是让人预料不得。董都监有何良策？"董平瞪了眼道："适才小可向钧宪商议筹饷练兵，知州相公兀自宽慰了自己，道是冰雪载途，金人行军不得。"奚轲面皮红了，低头默然了一会儿，随着又赔笑道："小官是个无用书生，军旅之事，未之尝闻。务望将军以国事为重，不吝指教则个。"说着，倒站在席前，奉了一个揖，然后复坐。董平道："小可若不是以国事为重，怎的会丢了安乐的中原，却到这边境雄州来？知州相公却也休忧，有道兵来将挡，水来土壅，万一有事，董平当死守这座城池。好在燕山一带，还没有动静，料想操练两三千军马，还来得及。沧州、大名两处的守城将领，有小可的义友，小可自当修书两方，以通缓急。至于本州操练军马的饷银，还得州宪筹划。"奚轲道："一万两银子虽或不易措手，几天之内，小可一定筹出半数来。"董平道："州宪能筹出多少饷银来，董平便练多少军马。现在只能上复州宪，操练一千军马。"奚轲低头想了一想，因道："董都监尽管极力招募人马，便是本州筹划不得

156

许多银两，正像董都监所说，附近州县，总可略通有无。"董平道："卑职立刻回署去着手策划，静等州宪将银两拨得，以便打造兵器，囤聚粮草。"奚轲连连称是，只管拱揖。董平料着知州也做不了甚的好主张，自告辞回署去。

他到了署中，冒着风雪把田仲、冉修两位都头召来询话，先把东京投来文书告诉了他们，再说到知州，答应了都监手下操练两千军马。田仲道："回禀都监，现在流亡满境，休说招募两千名兵勇，便是募集两万兵勇，也没甚难处。至于马匹，能作战的虽是没有，驮载粮秣的牲口，在村庄人家去搜集千百头，却也并不费手脚。只是旗仗兵刃弓箭等物，武库里一些也无。休说财物不凑手，便是有了银两，召集匠人，挑选工料，正也不是急促办理得来的事。"董平道："事已至此，却也顾虑不得许多。田都头可以去征募壮丁马匹，冉都头去征集匠人工料，且不问效果，权且作一步是一步。大丈夫为国效命，要有所作为，就在这个时候了。两位都头必定努力则个。"冉、田二人见董平如此郑重将事，也只得诺诺连声退去。这河朔天气，遇到了风雪，一连多日，也未曾晴朗。冉、田二人虽是奉了董平的命，加紧准备军事，但是道路凝滑，风雪漫空，人民都闭户烤火，一切不凑手。董平等得不耐烦。终日无事，只在屋檐下叉了手向天上看雪。又过了两天，大名北道都总管衙里，却来了急马文书。道是河东告急，燕山金兵潜伏，蠢蠢欲动，应加紧整理城垣，操练人马，以备万一。董平看完了公文，倒不由得自言自语地笑了，因道："事到于今，才想起了整理城垣，操练人马？"且将公文放到一边，依然是终日在廊檐下向天看雪，只待天晴。

在这日晚上，奚知州却又派人来请董平过衙晚酌。董平接了请柬在手，踌躇了道："现在风声鹤唳的时候，人兀自起坐不宁，这知州却怎的只管请我吃酒？"便叫差役回复了下柬人，说是董都监今天冒了些风寒，不能出门，向知州相公道谢。董平打发下柬人去了，心里益发地烦闷，将墙上悬的宝剑取下，撩起袍襟，将腰带勒住了，跳到雪地里舞了一回双剑。舞得额头上汗水组了一串珍珠也似，这才收回了剑。回到屋子里来。叫侍役搬来一瓮酒，拨开泥封，伸着饭碗下去，舀了酒起来站着接连地吃了两碗。本来院墙两角，露出了一片黄云，若有若无地现出一些夕阳影子，照着院地里积雪，银光夺目，觉得心里要疏阔些。不料屋檐下刮了两阵雪风，碎雪扑了满屋，立刻雪雾溟蒙，数丈之外，不见一切。董平愁闷过分，也正无可消遣，又有侍役拿了奚知州请柬进来，说是下柬人启禀董都监务必过衙一叙，并非把酒赏雪，自有要事奉商。董平心想，或者这奚知州真有要事相商，只得骑了马到知州衙里来。

奚轲听到禀报，自迎出二堂来，在阶下拱手笑道："贵恙痊愈了？"董平笑道："实不相瞒，边患日紧，而守备毫无头绪，日夜焦虑，坐立不安，不是病却比病更要令人难堪。"奚轲道："下官也正是为此事不安，特地请都监来此商议。"说着，二人一同走到内堂，已是火盆里燃着炭火，案上列着火锅，案桌烛台上，已经点着两支红烛，照着屋子里明晃晃的。董平心里暗下思忖，究竟做文官的人，却比武官来得自在，自己这样昼夜不安的时分，他竟在家里预备得这般齐备。奚轲将董平让到客位上坐了，因拱了两拱手道："这屋里尚属暖和，我可与都监详细商谈一阵了。"董平笑道："尽管商谈，却也不见得将金兵商谈了去。"奚轲见他颜色颇不自然，便笑道："董都监要的银两，小可也都已准备齐全，明日天气放晴，便将这银两搬过衙去。"董平听说，倒笑了："若不天晴时，这银两还搬运不得？"奚轲见他故意将言语来顶撞，心里倒十分着恼，不免坐在主席上呆了一呆，回头看侍役站在一边，便道："酒烫了也未？怎的只管站着，且来筛酒。"侍役应声筛过了两遍酒，奚轲便道："大名北道都总管衙里今天有文书行到，想是董都监也曾收到？"董平道："正为文书里言语发愁。"奚轲端着酒杯偏头想了一想，因道："你看，总管衙里恁地不晓事，这雄州已是一座荒城，却叫我等整理守备，边地情形，朝廷想是十分隔阂，我须亲自到东京去走一遭，面见童大王，禀报一切。董都监意……"

董平听了这话，将手上端的酒杯突然向桌上一放，扑的一声响，正色道："相公是一州守土之官，现在边患日急，百事赖州宪主持，如何轻离职守向东京去？州宪去了时，这座城池，交给我董平吗？"奚轲皱了眉道："上东京枢密院公文至今未曾批回，董都监，练兵要饷，你又催索得紧，没奈何，我只有出此一策。你便留了下官在这里，下官也不会撒豆成兵。倒不如早早到了东京，还可以面奏圣上，快快发兵来救。"

董平道："难道不会将公文向东京枢密院告急？"奚轲道："你看，我们公文早投寄去了，东京可有一些些回音来？只管用文字呼救，那实是无益。"董平道："恁地说时，城池有了危急情形，守土官都向东京去面圣，这城池只有拱手让人了？知州相公要临难苟免，怎上对君上，下对百姓？这等话，知州相公，再也休提。"说着，推杯而起，且不问奚轲体面怎的，拂袖出门，竟自乘马回衙。他心里想着，奚轲受了这番奚落，必然见罪。

次日天色未晴，终天阴云暗暗的，只是刮着西北风。午间无事，董平也只是在内堂吃着闷酒。外面几个衙役报进来，道是知州衙里，派了两个押司，押送饷银来了。董平听说，心中颇是称奇，便着两个押司入来。那位赵押司，是个舌辩的人，便向董平叉手禀道："敝上敬启都监，昨晚细思将军之言，十分有理。已把库内银两扫数搜罗，共得三千五百两，特着小人等送过衙来，请将军点数收用。"董平问道："奚知州尚说甚的也无？"赵押司道："敝上说，请将军尽管操练人马，他自必竭力筹划饷银。"董平心想，必是自己言语激动了那厮，也就奋发起来了。当时，随同两衙吏胥，把送来银两点清收库。有了饷银，胆子壮了，便催促两位都头赶造兵刃，征募壮丁。

这样忙碌了两日，一日上午，田仲匆匆来到后堂，不用通报，竟自在阶前高声叫道："有紧急事禀告都监。"董平迎出来问时，田仲在帘外禀道："奚知州率领在衙眷属，在昨晚三更时分，弃职逃出城池去了。"董平脸色一变道："有这等事？"田仲道："小人方才在街上听得人说，也是不敢相信，特地到知州衙里探听，不想那里各班各房头脑，都已不见，只剩下些闲杂差役乱哄哄地进出。"董平道："这……这奚轲特不济事，那州印交给了兀谁？"田仲道："并无下文，想是带走了。"董平猛然省悟道："哦！他搬来三千五百两银子，先安了我心，然后乘我不提防，猛可地逃走。这是他有心如此，只索由他。但他求去如此之决，莫非他另得了什么消息，这里早晚有变？若是如此，必定易州郭药师有了甚举动。"正说时，冉修带了一个细作，气喘不息也来到后堂。董平问道："莫非邻州有变？休慌，有我在此，天倒塌下来我自顶着。"冉修指了细作道："他自易州回来，前三天便知道郭药师有变，

159

涿州、易州城里，都遍布了军马。昨日上午，易州关了城门，张贴告示，郭药师自称他率带两州，投降金国了。"董平跌脚道："大事去矣！"又瞪了眼向细作道："你耽误军情不报，该当何罪？"细作跪在阶石上道："将军容禀，非是小人不报。那知州相公，事先想是得知了一些消息，在四城门派下亲信，看守住细作。有人回来，便带到州官衙内问话。问毕，便将人关在牢里，他有意隐藏消息，不让别人知道。小人是前天回来，也关在牢里。牢里节级是小人亲戚，他因知州今天逃走了，私下问明了情形，特地求冉都头带小人来见将军。"

董平听了此话，一腔怒火，直透顶门，颈脖子都红晕涨了。瞪了两眼向站在一旁的侍役喝道："快快与我备马。"说着，走进屋去，换了一件战袍，挂着宝剑，手提双枪走出内堂来。田仲躬身道："斗胆动问都监，今将何往？"董平道："我活捉了奚轲那厮回来，当着全州城父老，把他在十字街头杀了。"田仲道："非是小人敢拦阻将军，这事还得三思。"董平道："你道我杀他不得？"田仲又躬身挡住了去路，因道："奚知州弃城逃走，自有国法责他，将军如何能杀守土的州官，上峰不知底细，却不道是我等反了。加之城中州官已走，满城生民，都负托在将军身上。"董平靠墙放下了双枪，反手背后，望了两位都头，冷笑一声道："你以为我也要逃走？"冉修也躬身道："将军是天下闻名的豪杰，小人等如何会疑心。只是将军怒马跑出城去，百姓如何理会得这番意思？况奚知州既是冒夜逃走，当然怕人追赶，必非顺大路直奔东京，将军出城，却向哪里追赶？"董平低头想了一想，因叹口气道："恁地却便宜了他！"

冉、田二人又再三相劝。董平忽然一笑道："我也特煞孩子气。这城池已是危如累卵，我还和这小人争什么闲气。"便向田仲道："你且把州衙牢里那十几名细作放出来，让他们再去打听。我自重重赏他。"又向冉修道："你且派人向四处鸣锣警众。我董平决与这雄州城池共存亡。城中百姓有那怕死的，我不留他，叫他们都远走高飞。那不怕死的，可留在城里，都与我拿起刀矛来，守着这城池。"冉修道："这时分想全城百姓都已知道知州逃走了。都监恁地做时，正合了百姓意思。若能多多张贴告示出去，民心益发可以安定些。"董平道："岂但多贴告示，我自身当到街上去巡逻巡逻，让父老看到我，却不是奚知州那一般人物。"田仲忘了仪节，喜得鼓了掌道："怎地却十分是好。据小人看来，全城父老，已有些人心惶惶了。"董平道："我自会安排，你两人且照我言语去行事。"田、冉两人告退了，董平浑身披挂。却传令将本使署现有的三百余名兵丁齐集衙旁小校场听点。董平走到校场，将兵丁仔细挑选了一番，在三百人中，挑选了精神饱满、体格魁梧的五十名，背着刀矛，排成行列，在前步行。自己戴上一顶狮头盔，披上绿色鱼鳞甲，腰挂宝剑，骑着一头青鬃马，在五十名壮丁后面，缓缓而行。他右手执着缰绳，左手捧着双枪。枪尖竖出盔头数尺，红缨飘荡。在马后面迎风展开一面红色大旗，上绣了个斗大董字。

这时，街上积雪未消，人民听说知州走了，正是不断在门户里向外张望，观看情势。看到这一小队兵勇，步伍整齐踏了积雪，窸窣作响。那寒风刮了屋檐上碎雪，向人脸上扑着。那些兵勇，依然挺着胸脯向前，一点儿也不畏缩。董平骑坐在后面，更是一种英雄气概。虽是人数不多，大家看到还有个都监在城里，心里便安定些。董平在四城绕行了三匝，依然整队回衙。那时，冉修也已调动了全城里正，依了董平言语，鸣锣警众。人民听得这种言语，便料定了这城池早晚有一场厮杀。既是都监也听凭人民迁移，老弱和胆小的，便纷纷收拾细软，四路出城。到了次日，四门益发张贴大幅告示，董平在那里面说着，百姓愿走的，可以快走。不愿走的，当由里正造上花名册，由都监斟酌能耐，分配职务，共守这座城池。他奉皇命来守此城，死也死在城里，绝不丢了老百姓走开，百姓尽可放心。本人除了早已将边地情形奏明圣上之外，并已向大名、沧州搬取救兵。边情虽急，此城也并非已临绝地。老百姓也不可以过分胆怯，抛却了祖先庐墓云云。这每张告示贴在墙上，下面总是整群的人在观望着。董平依然带了五十名精壮的兵丁，巡游全城三匝。老百姓看到便不是昨日那般在门户里偷着张望，队伍经过，相互站在街边，恭立唱喏。董平却笑嘻嘻地坐在马上点头回答。

这日下午，一群百姓围在东门城口看露布。见董平过去以后，却有十几个壮汉，手拿木棍，腰挂朴刀，成串入城来。首先一人，见着百姓看告示，便问都监衙门在哪里？这里有个曹里正便向前告诉了。因问：

161

"到都监衙去，有何公干？"那人道："我叫刘屏，是汉朝后代，流籍易州。往年幼小，没奈何做了辽国顺民。现喜我那里归回了中原，重做汉家子孙。不想燕山知府郭药师，前天反投降了金国。我等十几个少年，不愿做顺民，弃了家属，要到中原去。路过城外，见着这里都监告示，我等佩服他是个汉子，打算要去投奔他。"曹里正道："这董都监是梁山泊里五虎上将之一，好一表人物。阁下早来一步，便看见了，他正带了队子巡街过去。"刘屏道："既是有这等英雄人物来守城池，怎的许多年壮百姓，还背了包裹出城？不是我易州人说大话，假如我易州有这样一位武官时，我等便让金兵砍了八段却也甘心不走。别人数千里跑来，为大宋保守城池，老百姓却弃了祖先庐墓走。"曹里正面孔红了，举起一只手臂来，叫道："大家听到吗？易州的人都来投奔董将军，我们真个丢了田园庐墓逃走？有那胆子壮的，我们追上董都监。亲自投效去。"只这一声喊叫，百十条手臂举了起来，人潮里发出怒吼，大叫："去去！"曹里正向刘屏道："易州朋友，来来来，你随我们一路去见董都监。不等他回衙，在半路里就可以截住他。"说着，他引了百十人，向前奔了去。街上人看着时，这里便有人喊着："我们向董都监投效。一同保护这城池。有胆子的，你们都来！"这般喊着，一路都有百姓加进了队伍。立刻就有三五百人拥在都监衙前大街上等候。那欢笑的声音，震动了半边城池！

第十九回

合围三面田仲斩首
拒战四门董平殉国

　　当时董平带了一二百名队子，正在街上巡查，听到衙署前有海潮也似响声，便勒转马头，向衙署前迎将来。远远看见一群百姓，围立在衙前空场上，便着一个兵目去询问情形。曹里正却已带了二三十名老百姓，拥到马前声喏。董平在马上欠身道："各位要见我怎的？"曹里正指了刘屏一行人道："这位刘大郎，是易州百姓。因郭药师出示归顺了金国，他不愿当北国顺民，约了一班壮汉回中原去过活。因在路上看到钧使告示，特地来投效。小人是东门里正曹良，因易州百姓这番忠义，激动了良心，沿街叫唤了这些百姓，同来投效。"董平闻言大喜，向刘屏道："你这壮汉，有此见识，端的可嘉，你懂得弓马武艺也无？"刘屏由人丛中挤了向前，躬身答道："小人略懂得些武艺，便是同来这班友人，都会使动枪棒。"董平道："那益发是好。"因回转脸来，向曹良道："本城百姓，我已有令在先，不离开城池的壮丁，应当填写花名册，由我来点名编用。既是他们先来投效，却也休埋没了他们这番忠义，着明日天晓时，来我衙里小校场里。听候点验，考试武功，有能耐的，我自不亏负他。曹良，似你恁般从公便好，我也会对你另眼相看。你且将刘屏这行人在下处安排了食宿，晚间益发到衙里来见我。"董平在马背上吩咐了一番，大家都十分愿意。

　　到了晚间，曹良果引了刘屏来衙里求见。董平面问了一些武艺，又着二人在上房院落中就雪地里，映着月亮，舞了一顿棍棒。董平道："刘屏武艺。却还可以。曹良虽差些，现今用人之际，我也不当闲散了你。于今我便着刘屏做马兵副都头，曹良做步兵副都头，每人先拨你三十名新兵，在四周城垣上添置飞石修理缺口。"曹刘二人去了。田、冉两位都头来禀见，道是已在民间征募了好马五十头，杂粮一百石。还有二百名流亡壮丁，可以听用。董平听了，益发欢喜。与二人谈论完毕，又点齐三十名兵勇，出衙巡视了街道一番。这晚已不像前昨，百姓家家亮了灯火，收拾细软逃走，现在却是闭户熄灯，安然睡觉。董平巡查了一个更次方才回衙安歇。次日鸡鸣五鼓，便到小校场点验投效兵丁。辰牌时分完毕，遂到街上去巡逻。

这般昼夜勤劳，约莫有七八日工夫，虽是知州走了，却也人心安定，有些未曾走远的百姓，又纷纷回到城里来。董平一面将本州情形飞报枢密院，一面写信到沧州求救于柴进，一面又写信到大名请卢俊义在北道都总管赵野那里好歹请拨调些兵来，信上并说，易、涿两州又归了金国，雄州便是边疆第一座城池，若是毫无防守，让人笑我朝无人。董平料得此信去后，半个月外，纵然东京不来理会，沧州大名两处，必有救兵到来。好在昼夜操练，城里已得了五百骑马兵，一千五百名步兵，合了原来的计划。依着董平意思，本还想多招募些流亡壮丁入城，一来城里存粮无多，怕不够吃。二来只靠田仲、冉修二人帮助，新兵新校，却也操练不及。因之抱了精兵之策，只挑选那健壮的百姓编成队伍。体力弱些的只派他们打造兵杖，修理城垣，挖掘壕沟。这样一连忙了十日上下，稍有眉目。董平终日在风雪里进出，却不曾片刻得闲。

这日天气放晴，朔风停止，董平正在衙中披挂停当，要统率新兵到大校场里去操练。却有守城兵校来报，易州有人前来投书。董平心下暗忖，与郭药师那厮，向无来往，于今又是两国。既未曾领兵犯境，下书绝非挑战，必是劝降。于是暗暗传令下去，将五百步兵，在大堂上八字排开，列班向大门外站去。一面着守城兵将下书人引到衙外等候。三通鼓响，两班排立的兵士，各个挺枪露刃，肃静站立。董平穿了盔甲，身挂佩剑，升了大堂，然后着两个下书人进来。下书人见两旁兵士，穿着簇新战衣，手执雪亮兵器，却也暗吃了一惊，到了滴水檐前，先行跪下。董平先喝道："郭药师那反复小人，现又背叛朝廷，降了金人，两下便是两国。他着你下书，意欲何为？"下书人道："现有书信带来，书中言语，小人不知。"说着，将书交给站班的兵目，由他呈到公案上。董平见那信函上、右公文一角，写着飞送宋国雄州兵马都监董开拆，大金国燕山知府郭封。董平拍案大喝一声道："无耻逆贼，将这等文字称呼来辱没我。"说毕，也不开拆那公文，三把两把便将来撕了，因向下书人喝道："听你言语，也是中原人士，你却毫无心肝为他国做走狗。本当砍去你这两个狗头，以为不忠于祖国者戒。但是要留这贼嘴回去报信，且饶你命。你回去对郭药师那贼说，他好好地看守住那狗头，我早晚要去夺回易州来。你看看我面前站的兵士，兀谁不铁汉也似？郭药师若不量力，想来犯我，我便活捉来送上东京问罪。"说着，向站在身边的曹良道："把这两个贼耳朵割了。"曹良拔出佩刀，就在滴水檐前，把两人四耳割下，由兵士将他两人叉出去。

董平退堂在上房静静思忖了一会儿，便传田、冉两位入去，向他们道："郭贼劝降不得，早晚必来攻打城池。这是我等为国报恩的时候到了，且去传谕新兵，准备厮杀。"又传曹良进衙，着派人鸣锣晓谕人民，老弱妇孺，着明日午牌以前退出城去，以便节省城中粮食。又着刘屏进衙，令扮着难民模样，向易州一路去打探情形。忙了一日夜，大致妥帖。董平清理全城人口，连新兵在内，共有四千余人，估计城里粮食，总还可以守得住一月上下，便下令扯起吊桥，关上城门。自己益将被褥食具一齐搬到北门城垣箭楼上居住，眼睁睁地昼夜望着易州有甚动静。到了第三日，刘屏已回来叫城，城上放下箩筐绳索，将他吊上来。刘屏报说："金兵主帅斡离不带了骑兵五万，步兵两万，已经进入易州境界正面。军营扎在旧国界白沟北面，郭药师部下，约莫有四五千兵马，做了金兵先锋。不是明朝，便是今晚，一定要兵临城下。"董平道："慌甚的？金人若犯河北，不调动三五万人马，如何敢来？我预备厮杀时便料得金兵来势不善。郭药师那贼来了，且叫他知我厉害。"当时，吩咐刘屏且去将息了，将那田仲、冉修叫来箭楼里吩咐了一遍，又把曹良叫来，也告诉他一些军机。这是午牌时分，城外探子纷纷回城报道：易州兵马，打了郭字旗号，已有三千多兵马到了境边，现离城约莫三十余里。

董平看看天色，黄霭满天，西北风却刮得紧，吹过城外平原荒林，呼呼有声。那轮太阳，埋藏在黄霭里面，大地不见阳光。料着这日晚间，必无月色。隐约之间，已见西北角平地下，拥起一片尘头，风势一卷，正向城头扑来。董平料着是金兵大部逼近，腰悬宝剑，骑了一匹马，绕城巡视了一周。这时，全城兵马，都依照了他的安排，城墙上空荡荡地不插一面旗帜，不露一个人影。冬日天短，董平回到北门时，太阳业已偏西。只见西北边尘雾高卷，如平面拥出了一排山影也似。在尘头里，旌旗招展，随风送来，鼓声咚咚，震天震地地响。董平手扶垛口，只是靠墙站定，向下观望。只见那边阵势里，一连十几骑马，飞奔将来。离城不远，徘徊两个圈子，又陆续回去。那正是对阵的流星探马，来观看情形。董平也不理会他，只是静静地看觑了对阵。这时天色已近黄昏，对面的尘头，渐渐下去，正是金兵安了营寨，未曾前进，料得他们看着这里一丝动静也无，却揣不出虚实来。只是远远地下了寨，等候后面大军。董平将田仲、冉修叫来，微笑道："果不出我所料，你二人按计行事，先折了贼兵锐气。这城便益发可守了。"

田、冉退去，督率兵士们饱餐战饭。初更以后，田仲领了二百五十骑马队，出了东门，冉修领了二百五十骑马队，出了南门。各各大宽转地走出三十里路外去，然后同向西北角急进，绕到金兵阵后。那金兵阵营里，灯火遍地，刁斗相闻。这两路马队闻声看火，正好捉摸他们在哪里。三更将近，田仲、冉修两队人马，在金兵阵后五里路附近，高坡上会合着。那时，董平骑着马，手执双枪，悄悄开了北门，放下吊桥，渡过壕去。马后只有三百精壮步兵，紧紧跟随。西北风还在刮着，纵然有些响动，金兵在上风却听不到。看看将近金营一二里路，董平将部队一字儿排开。吩咐随从，一连向天空放射了十几支火箭。

高坡上田仲、冉修看到信号，亮起火把，将灯笼去了布罩，黑暗中大放光明。十几声号炮，将红烟放入天空。两位都头，八只马蹄当先，引了五百骑兵马，向金营直扑了去。这五百匹马里，倒携有三四十架军鼓。兵士们一面狂敲军鼓，一面呐喊。马借风势，风壮火威，一条飞火阵就地狂卷起来，向金兵营寨里扑去。这金兵素知雄州城里兵力单薄，又是黄昏时候，方才安营，只是支起了帐篷，在外面堆些鹿角木棒，不曾筑垒挖沟。这里宋军杀到，兵士们睡梦里惊醒，仓皇应战，人不及甲，马不及鞍，早是紊乱着一团。宋军奔到营寨前，只将火把向帐篷粮草堆上掷去，西北风一卷帐篷尽着。金兵在火焰里抢了兵器，只是向下风头奔避。董平这三百名步兵，暗地里严阵以待，来一个便搠一个。金兵只觉四下里都是大宋兵马，只拣无人处奔命。

那壁厢主将，郭药师率同二三十名骑兵，拥护了一员番将，向西南角逃走。地沟里突然拥出一丛火把，照耀着风前飘出的两面大旗，白字蓝底，大书河北双枪将，雄州扫贼军。再有一面大纛旗，大书一个董字。一员猛将，高骑骏马，手挥双枪，抖动枪缨，迎面将来，大喊："郭贼哪里走？"郭药师身着红袍，特地显明，掉马便向斜刺里奔去。那员番将，也弃了众人，紧随郭药师后面。那时，早有几十支箭，由阵里向逃将射去。那番将肩上中了一箭，翻身滚下鞍来，却又抓了缰绳，爬了上去。这时，雄州都头田仲，正追赶残兵，奔到这里，待要擒那郭药师得个头功，现见番将中箭，哪里再肯让他跑去，两腿一夹马腹，奔上前一程，赶到近边，得看亲切，举起大刀，横空一挥，将他连肩带臂砍落马下。跳了马去割了首级，回向大纛旗边来。董平在马上笑道："都头斩得贼酋，也叫贼人胆落。贼多我少，久战便露了形迹。贼兵四散，我兵力单薄，也分头追杀不得。"便传令下去收兵。本阵里锵锵锵几阵锣响，五百名骑兵，回到阵前，竟是不折一人一马。回看金营，百十丛火光，兀自烘烘地燃烧着。这时，曹良督率五百名接应兵，已经来到。董平令五百名骑兵先回，就令曹良督率接应兵，收拾金兵抛弃的兵刃马匹。自己带了三百步兵，弹压阵地。不等天明，平平安安唱了凯歌回城。

金兵将雄州兵力藐视太甚，吃了一回大败仗。郭药师逃回易州境地，神魂始定，不敢进城，便在大路上一个小村镇上住了，等候残败兵将回来，陆续收集，已折损了三停的二停。金兵监军吴落秃未曾回营，想是阵亡了。郭药师在路上烦闷了半日，进退两难。易州金兵行辕里，却一连派了几个差官前来查问根底。郭药师无可奈何，硬着头皮，单人独骑回易州行辕来请罪。那金兵元帅斡离不掳掠了几十名良家妇女，在行辕里吃酒解闷。听得郭药师在辕门前请罪，便喝左右押将入来。郭药师战战兢兢来到后堂，却见斡离不一人，独据一桌酒席在吃，席前站了两个妇人筛酒。他身穿红色胡服，头巾也未曾戴，露了纽髻的乱发和嘴巴蓬卷的短须，真个活鬼也似。他右手拿了酒碗，左手搂住了一个十五六岁的良家女子，却不回避人。见郭药师在檐前拜倒，便大声喝道："你未曾攻打城池，却吃了这个败仗，岂不坏了我金国威风？折损四五千兵马那还罢了，怎的却伤了我一员监军？"郭药师诺诺连声，不敢置辩。斡离不道："这雄州弹丸之地，不过两三千兵马，怎的敢抵我大军？此城若攻打费事，我们还能进兵中原吗？你让本帅打这城池你看。我本当斩你问罪，却怕塞了投降之路。你给我滚回涿州待罪。"郭药师拾得了性命，叩谢了出去。斡离不便下令在易、涿边界八万大军，一齐向雄州进发。

那董平自知斩了金国大将，斡离不必定前来报仇，深沟高垒，昼夜提防。过了两日，探马报道，金兵分东西北三路，向城池合围将来。董平登城眺望，见金兵离城五七里不等，安下了营帐，只看那帐外旗帜，像树林也似，由近而远，直接天脚。四下里鼓声惊天动地，在尘霭之中，看那兵马像蚁群一般活动。城中兵士虽然打过一次胜仗，哪里看见过这般声势，各个面色颓丧，作声不得。董平看在眼里，便悄悄地将田仲唤来，低声道："田都头你见吗？军士们看到金兵过多，有些着慌。我必须出城一战，以振军心。"田仲道："钧使卓见，金兵有我四十倍之众，如何可以野战？"董平道："你不知道东晋以两三万兵，破苻坚百万之众吗？兵不怕少，却看怎的去用，今晚我亲自去劫营一次，你好好守城。"田仲躬身站立，不敢答话。董平道："你要省得，唯其是敌众我寡，死守不得。我也看过来，金营东北角上，帐稀篷少，我便带几百马军向那里冲去。如若他们全营不动，我冲撞一回便走。若是他们全营惊扰，我乐得多厮杀一番。"田仲道："金人正以骑兵见长，钧使须是斟酌些。"董平道："我怕不省得此事？只是不怎地振作一番，城里守军，已为金人声势所夺，待他明日来进攻时，恐怕是我军抵御不得。我意已决，今晚约初更左右，我必须出城一行。那时，你可在城里小心防守。"田仲听他如此说了，自不敢阻拦，告退去了。

到了黄昏时间，董平挑选了三百名精练骑兵，在校场排列定了，然后站在阵式前叫道："我看各位，都是个顶天立地的汉子，必定要为国为民做出一回轰轰烈烈的大事业。今天金兵压境，便是我们大干一场的机会。古来勇将要单人独骑在万马营中取上将首级。我等有这三百名铁打金刚，岂抵不了一员猛将？我现在带各位出城，趁金人夜间放哨将行未行的时候，冲杀一阵。这一阵胜利，我们城里兵士，便知道金兵无用，可以放胆守城，等候救兵。那金兵看我这小小一座城池也攻不下，便不敢进窥中原。是我今天三百零一人担当了大宋江山的锁钥，却不可小看了自己。今晚月色必好，我换了白甲，骑了白马，在前面厮杀，望你们紧紧随了我来。各位已经饱餐战饭了，且在马上，敬各位三大碗酒，先祝贺各位马到成功。"说毕，便有二三十位亲随，抬了几瓮酒来。便在马前开了泥封，向各人敬上三大碗。骑兵们滚鞍下来，都将酒吃了，再重复上马。于是董平手提双枪，跳上了身边一骑白马。大叫道："是好汉，这酒不白吃了。我们走！"喊毕，他一马当先，引了三百骑兵，开了城门，放下吊桥，悄悄地向金营扑去。

这时，大半轮新月正与大地残雪上下相映。人马都被银光笼罩了，董平挥动双枪，放开缰绳，向东北角直奔。后面一千二百只马蹄，泼风也似紧紧跟随，犹如一条长龙，飞腾了向金营舞来。直到营寨前，才放了几声号炮，敲着战鼓，大声呐喊，径直冲入。董平看到靠东角营帐外鹿角稀少，便由那里冲去。顷刻之间，便让这条地上孽龙，踏翻了三五十座帐篷，营中兵士，四处跑散。但绕过北面时，却是鹿角树枝堆得有丈来高，列成一大行。董平恐怕绊了马脚，没有深入，勒转马头，依然由原路冲杀回来。那冲散了的金兵，自是拦阻不得。这一个角上，金营大为纷乱。但金兵七八万人，营寨扎遍了小半个雄州北郊，这一角骚动，更远就更平定些，自受不到纷乱。董平在马上将四散金兵追杀了一阵，见他们向大寨里逃奔，大寨里却成飞蝗似的射出箭来，阻止乱兵冲动。董平料着有备，不敢恋战，依然带了三百骑兵回城，又不曾损伤一人，自是十分高兴。下了马，自上北门箭楼来安歇。不想就在这时，西北风刮着人喊马嘶声，如潮涌一般，向城池逼来。扶了垛口看时。月光下只见一片黑影，长江大河般奔着水浪，向城围拢。冉修匆匆跑来，又手问道："金兵已来攻城……"董平拦着道："我自省得。金兵被我骚扰了一阵，不能忍受，连夜来攻，只是小家子相，不必理他，你自守着东门便是。"冉修见金兵快近城壕，不敢多言，又匆匆退去。

这时，城外号炮连声，金兵亮起千万个火炬，照耀得城外红光遍地，烈焰冲天。城里却早有准备，熄了灯火。但见金营步兵环了城壕摆阵，马队都在步兵后，一队接着一队，向东西两面城包抄合围。董平自骑了马，在城墙上团团跑着指挥。金兵不向前时，自不睬他，等他近时，却把飞石打了去。虽是冬日天干，壕中无水，但壕底积雪数尺，金兵下去了，都滑得爬不上来。相持到了天亮，金兵并无寸进。董平看那金兵时，将城墙围了几匝，一点儿空隙没有。董平不敢懈怠，只是不住地在城上巡逻。身上穿着盔甲，手上拿了兵器，未敢放松。这样到了巳牌时分，远远看到金兵外圈步兵，向东行动。董平料着他要攻打东门，便在东城等候。果然，城外一片鼓声，金兵将秫秸捆子，纷纷向壕里掷去，不多时，便有几处深壕，被秫秸填平，那马队踏了秫秸，就冲过壕来。宋军将石子乱向城下抛掷，马队也只是来去乱跑，一壁厢城垛下埋伏百十张弓，向那秫秸堆上射火箭，秫秸着火，绝了渡壕金兵退路，金兵不敢攻城，都南北分窜，宋军在城上，将石子追了打。马队相撞，金兵自损失了千百人。董平以下各人，见了均觉胆壮。

不多时，田仲派人来告急，金人已渡过南门城壕。董平听说，急奔南门。到了那里看时，金兵还是老法，用秫秸填了城壕，有一两千马步兵渡过壕来，马兵来回奔走，向城上放箭。步兵百十一群，支起四五架云梯，向城上靠来。田仲已是先用火箭把秫秸堆烧了，无如金兵过了壕的，却是不退。壕那边金兵营里，鼓声震天震地地响，那金兵恃着人多，前面的被箭石打了，后面的又像蝼蚁结阵般拥上，只管向壕里掷着秫秸。已有两架云梯，靠在了城垛。几十名金兵，便爬上来。董平大吼一声，跳上城垛，将双枪像雨点似搠着，一连搠翻了几十个金兵。城上宋军，见主将如此奋勇，围住另一架云梯劫杀，也都退了。

大家方缓过一口气，忽然有兵士报道："西门已有金兵登城了。"董平跳上身旁的马，便向西门跑去。只见曹良、刘屏督率二三百名宋军，与登城金兵杀成一团。董平喊道："各位休慌，董平来也。"举起双枪，杀入人群里。金兵撞着枪尖，像奔堤也似倒去。但是各城垛上，金兵像烂粪上蛆虫般钻动，四处不断地爬上城口。只凭两千多名宋军，如何杀得尽？董平抬头一看，北门城楼，一股烈焰冲天，已是火起。更跃马奔向北门，见箭楼已烧去了半边，金兵在云梯上鱼贯爬过城墙来，如两条毒蛇，接成阵势，向城坡上奔入城内，待要跃马下城，去作巷战，旁边嗖的飞来一箭，中了额角，董平在马上向南大喊一声道："宋江大哥，小弟智穷力竭，不能保守此城，只有一死以报国家了！"说毕，跃马奔到火边，跳下马来，向火里一扑，双枪将从此千古了！

第二十回

小旋风拍案骂庸官
丑郡马放火烧流寇

　　雄州城里原只有一千多名新兵，将官除了董平自己，其余都是勉强录用的几个人，如何能经金兵七万之众车轮式的围攻？当董平在北门跳火殉难的时候，东西南三门，也都被金兵攻入，守城的人民和军士，一面后退，一面作战。金兵入得城来，却只管向四处放火，人民分头奔窜，自相践踏。战剩下的几百名宋军，只好挑了火焰稀少所在，突围向南门奔走。这一支人马的首领，正是都头田仲，靠着地形熟悉，出了城门就选择小路逃走。那几百名残兵，见出了城，各自逃生，田仲只带七骑亲信马队，向东南角奔走。一阵狂奔，约莫有十余里路，在马背上回头看那雄州城时，但见烈焰腾腾，犹如百十条青紫色的毒龙，在天空里飞舞。西北风兀自在后面直奔将来，可想城里火势，停止不得。便在马背上叹了一口气道："三十年生长的故乡故城，这番却是完也！"

　　正说着，后面一骑马，飞奔将来，马上一人大声叫道："田都头慢走。"田仲等马行近来看时，正是那易州壮士刘屏。便等着他近来问道："刘兄单骑，怎的杀出城来？见着董都监吗？"刘屏垂泪道："好一个壮烈英雄，已是殉难了！当金兵杀上西门时，小弟和曹都头，都已杀得筋疲力尽。都监来了，一连搠翻百十名金兵，我等也精神振作起来。无奈，都监又奔上了北门厮杀，曹良、冉修便死在乱军里。我身边只剩得百十来名兵士，我想城池是保守不了的，且去维护主将。立刻冲回北门，约莫是二三十步来远，便见都监跳进了火里，那风势正刮得紧，烈焰扑人，无法施救得。且金兵兀自泉水般涌上了城墙，我料着苦战也是

172

无益，便在城墙僻近处向城里滚将下来。随了逃难百姓，由南门冲出。我藏在吊桥下面，等待一骑金兵经过，猛可地冲出，一刀将他砍下，便夺了那人的枪和马。虽然那金兵前后还有金兵，都稍有间隔，我冒死在人丛里冲将出来。你看我这左腿上，却被金兵搠了一枪。"

田仲看时，见他左腿肚已是血渍模糊，将裹腿浸透了。便跳下马来，揽扶刘屏下马，就在人行道枯草地上坐着，把伤口给包扎上了。因问道："都头现欲何往？"刘屏道："小可原是想回到中原去，只因钦慕董将军是位英雄，便留在雄州，不想是恁地下场！现落得一枪一马，身上且没半文盘缠，正不知怎的了结？田都头意欲到哪里去？"田仲道："小可大小是雄州一个守土职官，于今失了城池，主将殉难，想朝廷必不知道详细情形，打算奔个附近州郡，把这事申奏朝廷。"刘屏道："听说城池被围时，都监曾向大名、沧州两处修下告急文书，不想救兵未到，城池便失陷了。沧州是附近最大的州郡，那里都统制便是旧日梁山柴进，与董都监是结义兄弟，投奔那里最好。"田仲道："我也正是此意。刘兄何不同向沧州一行？"刘屏道："小可现今四海无家，却有甚地方去不得？"说话时，望见雄州城里火焰，阵阵向上飞卷，火势益发大了。田仲道："不想雄州恁地了结。董指挥却是用尽了他平生之力。只是历任文武州官，留下恁般一座脆弱的城池交给他，却叫他是八臂哪吒，也没法打退这潮涌一般的金兵。"刘屏道："我看董督监来到雄州时，便有了个与守城共存亡的心事了，你想，偌大中原，哪里去不得，却向这边疆上来？男子汉大丈夫便要恁般做，才不枉天地父母生了我们这副身手。你看这烈焰腾腾里火烟上下卷着，像董都监在天之灵，也在半空里发着怒，我们且向这火焰拜上两拜。"田仲道："刘兄说的是。"于是二人便在大路上，同向着火焰拜了四拜。然后分别上马，取道向沧州来。

这日来到沧州境界，远远望到人行大路上，凌空卷起一片尘头。向前奔走，渐渐和那尘头接近。田仲在马上用马鞭指道："想是救雄州的兵马发动了，且迎上去一程。"说时，已有几骑流星探马飞奔将来。田仲在马上喊道："前面可是沧州柴统制的兵马吗？我等是雄州来的人，有话禀报。"探马听说，便停住马详细问了，因看来的只有九骑，料无

173

甚紧要，便道："宣副统制在前面，你自去回话。"说着，打马在前引路。田仲远远看到那边有一群人马行来，飞尘里面，招展着旗帜，有的旗子上面，飘扬了很大的一个宣字。田仲便知道这是丑郡马宣赞带领的人马。因老远地止住了同行之人，自己跳下马来，显示着没敌意让探马先上前去禀报。随后那队伍伍得着将令在路头暂时休息了，队里出来一个小校，将田仲引到宣赞马前参谒。宣赞先问道："莫非雄州十分危急了？"田仲便将经过情形叙述一番。宣赞拍着马鞭叹息道："我也料到这雄州一个小城，挡不住金人七八万大兵，却不料董都监一人来做了这中原的锁钥？这除了一死报国，却还有甚的可说！他自死得好，只是残缺了我一百八人的手足了。"说着，不住叹息。田仲躬身道："启禀将军，雄州既已失陷，金兵来势很猛，卑职看这里只千余军马，前去也无法挽救大势。"宣赞道："我这次出兵，原是尽人事，既是恁地说了，我们一同进城，见了知州与柴统制再做处置。"宣赞说着，便在马上传令，军队暂时安营，然后带了田仲、刘屏进城。

这里去沧州还只三十里，加上两鞭，一个时辰便到。宣赞将田、刘二人直引到统制衙前下马，着人向里通报。柴进听说宣赞去而复还，大吃一惊，立刻迎到二堂上来。老远地看到宣赞，便先问道："兄弟，你怎的回来了，莫非有变？"宣赞叹道："不想雄州失守，董平兄弟殉难了。现有雄州来人，兄长自问他。"田仲、刘屏行到阶上，远远地就向柴进拜礼。柴进慌忙着回礼，因道："且请到里面叙话。于是引了三人到暖阁里来，田、刘二人谦逊着不肯就坐。柴进道："离开公堂，四海之内，皆兄弟也，柴进虽是做了官，却还没有忘却本性。二位远道来，且请坐了从容叙谈。"田、刘见他恁地慷慨，便同坐了。

柴进听他二人将易州、雄州的事叙述过了，只是跌脚长叹。因道："我日前接得董都监告急文书，便和这里王知州商议，要调几千军马去救援。这知州是王黼本家兄弟，在沧州多年，挣了不少金银。自北国有变，昼夜只愁着金人要来进犯。所幸这里偏东，并非军事要道，一旦有事，他逃走却自容易，听说我要调本郡人马去救雄州，他却是执意不肯。他道横海郡只有五七千人马，自顾不暇。若是把军力调走了，金人乘虚而入，这过失兀谁来担待？我想他虽胆小，这事却也顾虑的是。但我和董都监又是生死兄弟，怎能坐视不救，只好和宣副统制商量了，抽拨一千五百军马前去，聊助一臂，便是如此，也和王知州磋商多日，才于今日拔队前去，不想雄州竟是失陷了。事已如此，懊丧也是无益，二位且请在驿馆里暂住，容我向王知州商量了，再作处置。"正说时，差弁进来禀报，王知州请统制过衙去，有重要军情会议。柴进向宣赞道："贤弟且去将人马调回城外大营，我想必是知州得了雄州失陷消息，来叫我去商量防守事宜，我且去看他说些甚的。回城以后，贤弟便来我这里叙谈。"宣赞称是，领着田、刘二人去了。

柴进换了品服，骑马向知州衙里来。那王知州迎出二堂，将柴进引到内堂签押房小阁子里叙话。放下门帘，他且不坐下，便向柴进拱拱手道："贵统制晓得沧州危在旦夕吗？"柴进道："适才有人由雄州来，知道那里雄州失陷，却不省得沧州有甚变动？"说时，见王知州戴了一顶旧青纱方巾，前面所组的一块玉牌半坠了，拉着线缝，身穿一领蓝绸袍，领襟歪斜了，胁下纽带，兀自松着未系。项下一部连腮须，蓬松了一团，面色苍白，神情十分狼狈。口里虽如此说，却也疑心真个有甚情事，望了他未曾坐下。王知州拱揖道："将军请坐。沧州并无变动，只是此地去雄州不远，听说金人步马数十万人，要席卷河北，我们这里只五七千军马，如何抵敌得住？况是胡骑日行数百里，他既得了雄州，正是朝发夕至，叫本州怎的不焦急？"柴进听他如此说，倒是笑了，因道："俗言说，兵来将挡，金兵果来犯境，不才自当领了军马前去厮杀，明公坐镇城内便是，急些甚的？"王知州坐下，手搔了蓬松的胡楂子，皱了眉苦笑道："柴统制，你好大话儿。金兵来了，你带了五七千人，去抵他十余倍之众，这胜败之数，岂难前知。本州一个文官，手无缚鸡之力，你却叫我来坐镇城池！"

柴进听了便有七八分不自在，坐在椅上，两手按了膝盖，向他注视了道："依明公要怎的才是？"王知州道："下官来此多年，眷属生聚日繁，兵临城下，环绕着这些老弱却特嫌累赘，因此，本州却差了两三干吏，明天便送敝眷回江南原籍去。只是道经齐鲁，却是盗匪出没的地方，贵统制手下必多武艺精通的人，望相借一位弁目，再挑一二十名干卒，代为保送南下。此路绿林豪杰，多仰兄等威名，一支令箭，便可当雄兵一旅，敝眷等十分属望。至于来去盘缠，敝处从重酬赏。"柴进未加思索。便笑道："州宪唤柴进来，便是传谕此事吗？"王知州笑着拱手道："此其一端，必须眷属离开，本州光身一人，方好毫无挂虑抽身应战。"柴进笑道："进是一武人，只省得上马杀贼，州宪读破古今书籍，胸中自有韬略。敢问明公，在此边患日紧之际，有何卓见？"王知州拱手道："柴统制休得过谦，军事全仗台端。"柴进作色道："前数日，进曾屡次向明公建策，发兵救援雄州，迎敌境外。本州虽只能抽调四五千军马，但董都监也曾告知，曾向大名求救，那里统制卢俊义是我等生死兄弟，必定调兵往救。大名是一座河北重镇，调动五七千军马，绝非难事，合并两州救兵，便有万余人马，再加上雄州守城之兵，岂不可以一战？州宪必待兵临城下，才是焦急，已是晚了。"王知州道："你再却休来埋怨本州，我也是计出万全，怕金人乘虚而入。便依了贵统制计划，并不曾听说大名发动了人马。"

两人正争议着，宣赞却差了紧急探子来报军情。王知州一闻有紧急探报，身上便有些抖颤，即着虞候传探子入来。探子在帘前跪着报道："小人李吉，在中营前哨当差，随身带有号牌，请相公将军调验。昨日晚间，出境五十里，亲见金人马队约三千名，由北向东骚扰，沿村烧杀掳掠。深夜由小路前去打探，遇到逃难百姓，不断向沧州逃来，闻得金兵占了雄州，正分兵三路，分夺河北州县。约四更时分，小人回转本境，所报是实。"王知州着虞候将他所佩号牌调验，并无错误。便着他到前面去科房领赏。探子拜谢去了。

王知州望了柴进，良久作声不得。柴进道："州宪却休惊慌。柴进自有定见。若是金兵倾巢来犯，凭沧州这些人马，自不敢说能将金人打退。若是他分途骚扰流窜各州县，那正是合了我们的算法，恰好把那些零碎小股贼人剿灭了。倒怕他只三五千人马，不敢进窥我沧州。"王知州自听了这回探报，益发神色不定，抖颤得衣纹乱动。他却故自矜持坐着，摇摆了两腿，做个沉思出神的模样，遮盖了他身体的颤动。柴进道："既是金兵已向本州流窜，明公应下令戒严，关了城门。"王知州道："如此岂不惊慌了百姓？"柴进道："这却如何能免？明公也曾说了，胡骑日行数百里，若不先闭了城门，他突然冲了来时，如何抵御？"

王知州偏头想了一想，因微笑拱手道："本州有个下情。敝眷收拾行囊，今晚才得完事，明日才可以启程。若是关了城门，扯了吊桥，一行男女数十人开城出去，未免惊动军民耳目。今晚可以关城稍早，只迟这半日工夫未见金兵便来了。"柴进将桌案一拍，突然站起来喝道："姓王的，你说此话，不但愧为一州长官，你却枉顶了一颗人头。贼兵犯境，国家土地，人民性命，你全不在念中，第一件事便是要送家眷和你搜刮的财宝南去。你知道雄州奚轲临难苟免，弃职潜逃，你却想学他一个样！军家安危成败在毫发之间，下令戒严，是甚等事，你却要迟个一日夜，好让你家眷出城？你这王黼家奴，是一个奴才的奴才，本做不得这州之主，我看天子情面，国家法令分上，权且寄下你这颗奸头。你若移动了一草一木出城，我便先斩了你这贪官，与本州百万人民雪恨。你不戒严，我执掌横海一群兵马指挥之权，难道下不得令关城御寇？"说毕，拂袖便行。

他出得知州衙来，骑马回统制署，立刻击鼓升堂，传齐全衙执事人等听令，下一支令箭，即刻关了四门。下一支令箭，所有全城守营兵马，人着甲，马备鞍，各个归营听候调用。下一支令箭，副统制宣赞，即率出城人马，驻守五里坡，以为掎角之势。下一支令箭科房缮写告示，张贴四城，即刻戒严，日落以后，日出以前，人民禁止街上行走。并传地保、里正鸣锣警众。传令已毕，柴进便全身披挂，骑着马，率领百名精卒，出衙巡城。因柴进握有兵权，沧州又从容防守在先，军令一下，却不似雄州那般慌乱。虽是流星探马陆续来报，已有金兵三五千人入境，幸是这里城门已关，已无意外。

申牌时分，宣赞在半路上已接得柴进将令。同时，也得了流星探马报道，有金兵马队分作西北两股，向沧州进扑。西路一股，相距不过一二十里。他自忖思着，步兵如何能赛过马兵快，便是到了五里坡，立足未定，也吃骑兵践踏。立刻派了精细马兵四五十人，着向村庄秫秸堆上，枯草堆上，只管多处放火，向城中报警。自己却率同兵马，向路南斜刺里退去。约莫退有五六里，遇到一座树林子，便令全军一千余人都埋伏了，免得拨起了旷野上的尘头。人马刚进得树林子里去，便听到西北角上，胡笳号角狂鸣，夹杂了千万马蹄，扑打了地面，哗哗作响如暴雨落地，如秋风扫树，如大海飞涛。藏在树林里偷觑，果是平地卷起一片尘烟，由西向东，冲上了半天。这般声势宣赞虽非初次见得，但自幼学习兵书，晓得胡骑的长处，也只是如此而已。

到了沧州城外，城门已闭，吊桥已升，他自不能飞将入城去。自己勒马横刀，站在林子口上，守住士卒们不许妄动。那胡骑过去，笳角之声，渐渐微弱，天色也将近黄昏。便令兵士饱餐干粮。就在夜色朦胧中，随在胡骑后面慢慢前行。三百余名马兵，却交给了一名马兵都头，依旧埋伏在林外路边，依计行事。自己却骑马提刀，在一千步兵队里，领队前行。约有二更附近，残月未上，繁星满空，夜色昏暗，旷野天低。此千余人静悄地走着，只有步履声卜卜触地，此外毫无惊人之处。宣赞在马上，寒霜扑面，昂头东望，北郊放的火，此时都变成了无数处的红光，错落相望。远处城池，正借了这一片红光，可以看到一栅隐隐的城墙影子，城上却并无动作。路正东人马喧嚣声不绝，约在十里之外，灯光百十处，闪烁不定，散在城脚下，想是金兵偷袭沧州未曾得手，便驻兵在城外民家了。心中暗暗喜欢，益发沉着前行。

恰好路上逃难百姓，已由荒地里在大路上出头，兵士们拦住了几个，引到马前回话。宣赞说明了身份，便从容问城下情形。百姓报说："自城门关闭以后，城外商民百姓，原有些惊慌，却不想金兵随后就到，都是匆忙间四处逃命，不省得金兵有多少，走不及的百姓，都被金兵砍杀了。小人们也是逃走不及的，却藏在暗沟里，逃得性命。那金兵到了城外，见城门紧闭，只对城上叫骂了一会儿，并没有攻城。似乎后面还有大军，他待了援军到来，再攻打城池。小人是等金兵都在民房里住下了，方才逃出来的。"宣赞赏给了百姓一些银两，便在黑暗中传下命令，派左右两营步兵埋伏在路边低洼处，自带了中营，向西门前进。并分派多股兵士，在民间搜罗引火之物。三更附近，已寻得大批草捆油纸，宣赞令中营三百余名兵士各拿草一束，然后慢慢地向城外西街进逼。

眼看前面只有零落的灯火，隐藏在民屋里，人马都已寂然。那更鼓声发出来，也在街的两头，想到金兵必是疏忽无备。大家依然悄悄前进，本城兵士，当然地形熟悉，便分股趄入冷巷里，在上风头里点着了草捆，先将草屋或人家木板屋檐点着。顷刻之间，有一二十处火头着起。正好有几阵大风刮起，顺了街口，向里燃烧了去。放火的兵士，见火已着，便又回到上风头空地里，列成阵式。宣赞驻马阵头，等待机会，那城中守城兵士，看到城外几十个火头，卷入长空，便知是宣赞施计，立刻金鼓齐鸣，大声呐喊，却不亮灯火。

金兵睡梦中惊醒，正不知宋兵有多少，也不知宋兵在哪里挑战？街上火势逼人，烟焰迷眼立脚不住，各个仓促上马奔逃。城上看到这火焰中人马摇动，便把火箭射将来，火势越发大了。金兵以为是城中兵士出战，便顺了原路奔将回去。宣赞所率兵士，便挑胡骑零落的地方，大声喊杀，横截了去，宣赞一马当先，搠翻了几十骑。金兵惊惶失措，来不及列阵，只是向前狂奔。那埋伏在路两边的步兵，等马队前来，暗地里打几声呼哨，一喊而起，全拿了枪搠马腹，刀砍马腿，金兵又损折了一阵。狂奔了十余里路，看看后面火光渐远，人声渐小，以为追兵不来了，方才缓过一口气。那树林子里，三声号炮响起，宋兵三百名马队，列成了长蛇阵式，马头马尾相接一支箭也似横穿大路，将胡骑将将结合的队伍冲散。冲散之后，再反将蛇尾变了蛇头，二次向大路横截回来。金兵以为宋军处处设伏，更不敢应战，崩溃了回去。这回宋兵以少数的马兵，攻击金人以驰骋见长的多数马兵，他们真是做梦未曾想到呢。

第二十一回

妾妇行两番敬美酒
英雄义千里访危城

大宋宣和七年十一月，金兵分道檀州、代州两路入寇，东路斡离不部下，席卷燕山，陷易、雄等州。然后将骑兵分散若干支，遍扰河北州县。横海郡沧州兵马都统制小旋风柴进，副统制丑郡马宣赞，伏兵纵火，将犯境胡骑三千余人，一鼓击溃。这是童贯巡边而后仅有的一次大胜仗。

那王知州自柴进下令戒严，闭了四门，逃命不得，只是在州衙里上房中来回打旋转。到了晚间，听说金兵已经入境，益发焦急万分，各房屋里收拾好了的细软，成捆地堆着，却是移动不得。黄昏以后，城外喊杀连天，胡笳悲鸣。王知州生平做的是太平官，哪里经历过这事，坐在后堂暖椅上，一味发抖。两位年轻美妾，隔着屋子，只是呜呜咽咽地哭。他浑家乔氏，更是放了声音哭骂。王知州皱着眉头道："你们这样鸟乱，益发叫我没个安排处。"那乔氏听说，由内室哭将出来，指了王知州骂道："早日叫你送我南下，你却顾虑这样，牵挂那样，直延到今日。你身为一州之主，却做不得主意，让柴进那厮下令关了城，把我们都关在城里等死。"王知州道："夫人，你休来埋怨下官，这离乱年间文官总要让武官一着。那柴进又是个强盗出身，叫我怎敢和他计较？这只怪我那堂兄王太辅，不该让我来做这边疆上的官吏。让我把官做下去，又不该调了两个梁山强盗来这里掌握兵权。现时兵临城下，我们真个是命在须臾。但愿那宣赞得佛菩萨保佑，打了一个胜仗也罢。只要明日兵退了，下官担着血海干系，定开了城门，让夫人离境。"乔氏道：

"便是你也可以走。你不听说雄州奚知州也先走了？我们还有些钱财，改名换姓，隐藏在江南，下半辈也吃着不尽，赵家官兀自在汴京作乐，却叫我等来尽忠保国。"王知州道："明日且作理会。"

说话时城外几十个火头，向半天里飞舞，那红光照着州衙里如同白昼，王知州站在堂檐下，昂头望了天空，口里只是念佛。待到三更以后，又听到喊杀之声大起，料着是金兵又来攻打城池，越发是抖颤得厉害。一迭连三的，只管派人去打听消息，所幸探子回报，并非金兵攻城，只是我们的伏兵，在金兵后面放火。王知州口里益发不住地念佛，但愿把金兵烧跑了也罢。及至四更以后，听得喊杀之声渐远，得知金兵果然打跑，立刻这颗乱撞的心房向下一落。两手加额，对天先躬身拜了两拜。那乔氏听了这消息，也念着佛走将来，扯了王知州衣襟道："现在金人已由西北角退去，这城东南角必是十分平安，待到天亮，我们必是由南门开城走去。"王知州道："夫人，你说好稀松话儿，现今四门都是柴进人马把守，那南门五里坡，宣赞也要在那里扎营，和城里作掎角之势。他却如何能叫我走？"乔氏乱扯了王知州衣服，叫道："你恁地无用！这沧州城是你治下，你连开道城门放家眷走，也做不得主，却不辱没煞人！柴进留着你，还说你是一州之主，要你守了这颗印。我是妇道，留我怎的？你不放我走时，我便在这衙里拼了你。"说着，将头发打散了，坐在地上放声大哭。

王知州坐在椅上，闭了眼只是摇头。那两个年轻姬人，听说金兵被打退了，正好逃生，也走过来，双双跪在王知州面前，只求相公救命则个。王知州叹道："你怕我不是一条性命，却愿在这围城里厮混？无奈柴进那厮，满口忠义，这些求命逃生的话，半字和他提起不得。只有明天我把他请来了，你等跪在他面前苦苦哀告，或者可以放你们出去。只是我呢，却休作此想。你等有这些金银，回江南去，好好度日，休来想我。"说着，不住长吁短叹。他浑家和两个姬人，见已有了一线生机。天色一亮，便要王知州着人去请柴进。王知州被她们哭扰了一夜，十分没奈何，便着人向统制衙去通报，只说有要事请统制过衙去。

柴进心中暗忖，昨日骂了那厮一阵，此请必非无故。我自处理我的军事，谅他也奈何我不得。但他究竟是一州主官，打了胜仗，也当说与他知晓。想定，便骑马过衙来。这时他戎装未卸，软甲外悬了一把宝剑，在二堂下马时，王知州便在马前恭候，深深一揖，笑道："仰仗将军盛威，一仗便将金人打退，备有薄酒，与将军贺功。"柴进见他十分谦逊，便也放出了笑容，拱揖道："昨日言语冒犯明公，过后思量，甚是不当。"王知州笑道："统制却还介意昨日之事，小可早已忘怀了。将军忠义之士，一时激于义愤，小可当得拜领嘉言。"柴进暗想，却又作怪，他倒一味地恭顺了。我自做我的，看他怎的。王知州将柴进引到内堂，却见桌案在堂中摆得端正，宾主席上，分排了两把椅子，正是等候佳宾模样。王知州躬身一揖，请柴进上座。柴进想着，他恁地做作，必有所求，若不依他，他兀自不安。且自受了，看他怎的？

方才坐下，屏风后却有两个妙龄姬人，一个托了茶盘，一个托了果盘，双双出来。她们从从容容把茶点放下了，站在一边向柴进双双地微侧身躯，道着万福。柴进看她们绾着宫髻，插了一支凤头钗，凤口里衔了一串珠坠，摇摆不定。一个着绿罗袄子，下系白练裙。一个着紫绫袄子，着白练裙。五彩丝绦，衣襟旁边垂出来很长。鬓边各插了两朵扎绒花，清淡淡中，带着几分艳丽，料着不是寻常奴婢，便站起来回礼。王知州拱揖道："我兄并非外人，现在患难相共之时，分不得内外，特着两个小妾出堂拜见。"柴进啊呀了一声，这两位姬人便花枝招展地拜了下去。柴进退出席来，后站两步，躬身回礼道："折煞柴进！"

两个姬人拜罢起来，王知州又让柴进入座。因道："将军略施小计，便把胡骑烧得狼狈而逃，小可十分佩服。"柴进道："金人知我中原文弱，年久不修兵甲，十分轻视我们，所以把这些骑兵，分成了三四千人一股，向河北各州县分窜。料得我中原人怕事，一定闻风而逃。他大则占领城池，小则掳掠财帛，见机行事。虽是在雄州略吃了个小亏，看着河北州县兵力，究不把他怎的。所以沧州偌大州城，他们也只有三五千人马来进犯。宣副统制只是那表人物差些个，胸中却有兵法，他便觑定了金人骄横，所以乘其不备，在他们后路放了一把火。小可得知金兵兵临城下，便在城上巡视，不敢片刻离开。看到城外西北角起火，便知是宣赞用了计。因为金兵纵火时，他自不能烧他后路，也不能把火放在上风头，所以便暗暗传令，准备威吓金兵。小可又怕金兵有诈，总不敢冒昧出城。后来在城上看到金兵溃乱，拼命奔窜，我等是步兵，开了城门出去，也追赶不及，只索罢了。"王知州道："宣将军入城时，小可自当再为庆贺。据将军看法，金兵既是让我们打跑了，他会再来犯境也不？"柴进道："小可适才说了，金人大则占领城池，小则掳掠财物。他若是只想在沧州掳掠，自不会再来。若是要占城池，吃了这回败仗，如何肯罢休？明公正应当拜表朝廷，请早为之备。这七八万骑兵，若是渡过了黄河，那就中原根本动摇了。"

王知州望了柴进，半晌不能语言，因问道："将军却道得金兵恁地厉害，若再来犯沧州时，如何抵御他？"柴进道："此事正要与明公商议，现今兵已犯境，做远大计划不得。好在沧州城池坚固，金兵攻打不得。只要城里多备粮草，多备箭石，能多支持些时候，那些流窜成性的金兵，自不能持久。我一面向山东州县求取救兵，却也有个指望。为甚不向河北州县求救？金兵现今分窜河北各处，各处守军，没个不单薄的，兀自自顾不暇，怎能来救我偏东这个州郡？"王知州道："恁地说时，山东求取不到救兵时，却是完也！"柴进道："现今金兵分两路入寇中原，朝廷绝无不派大兵渡河抵御之理。我们只要把城池守得长久些，金兵必聚合他的精锐，争夺河东、大名两处。不是柴进夸口，那时乘他兵力西移，还要兴起一支奇兵，夹攻金人的后路。"

王知州手把茶碗，默默沉思，良久才问道："由将军看来，这却不是周年半载的厮杀？"柴进笑道："明公却不说远些，是个十年八载的厮杀？"王知州听说，倒抽了口凉气，又作声不得。柴进笑道："明公发愁恁地？人生必有一死，守得住这沧州城，自是国家之幸。守不住这城池，你我一死报国，落个青史名标，这生也不枉来了。明公读圣贤书，此理自不须柴进来说。"王知州手搔髭须，连连称是，却没有答复。少时，家人撤去了茶碗果子，摆上一席盛馔。柴进起身谢道："明公却又如此盛情款待，寇兵方退，正须上城巡查巡查。此酒留待晚间拜领如何？"王知州道："我军追杀了一夜，贼兵已是远去，目前料无甚事。将军终宵劳碌，自当安息片时。小可也不敢强留，既是肯晚间再来赴约，十分是好，益发可请了宣将军同来吃几杯庆功酒。只是现在菜肴既已摆出，也不能空撤去，且请先吃几杯。"

说时，那两位姬人，重新出来，一个捧杯，一个执壶，便向前敬酒。柴进只得退后一步，连称不敢。这两个姬人，将酒斟过，放在席上，齐齐跪了下去。柴进惊惶着一团，目视王知州道："明公，端的有甚见教？如此相待，实不敢当！"王知州站起来也是一揖，因道："小可有个下情，未能相瞒。昨日已和将军说过了，敝眷几个人，生长太平世界，见着这兵荒马乱却是坐立不安，只是想回江南去逃生。我等食了国家俸禄，自当与城共存亡。留着她们在这里，能做些甚的？反是扰乱了小可心绪。"柴进接着道："明公之意，小可已是明白了。莫非叫柴进开了城，送宝眷出城去？"王知州又是一揖道："但求将军网开一面。"柴进向跪着的两位姬人连连拱手道："二位夫人请起，自有个商量。"王知州大喜，便道："柴将军既是依允了，可多拜两拜。"两个姬人，果然就地拜了四拜，方才起来。

柴进心中暗忖，我何曾依允了，敌兵走去未远，胡乱开着城门，怎的向百姓说话？正自犹豫着，那王知州浑家乔氏，却又从屏风后趱将出来。柴进见她穿了命妇的品服，料着是知州夫人，便离席恭立。王知州道："幸得将军垂怜，放她们出城，拙荆也前来拜谢。"柴进口里道着不敢时，那妇人已是拜下去了。柴进回礼已毕，便道："夫人和两位少夫人，且请回内室，柴进和知州相公自有个处决。"三个妇人这才道着万福称谢去了。柴进向王知州道："非是柴进故意刁难，这事实在特重大些个。明公如此见托，又推托不得，现有两个走法，请明公自择。其一是规定个时分，鸣锣警众，放些百姓出城，宝眷可以夹杂在百姓群里走去。恁地时，百姓便明知是明公眷属，也没的话说。其二，是天明以前，或者黄昏以后，悄悄地开了南城，让宝眷出去。"王知州道："便是小可也曾想到，此城若打算久守，便当放些老弱百姓出去，也好节省些城中食粮。但是敝眷不免携带些行李包裹，若夹杂了老百姓走，却老大不便，还是今日黄昏时候，让她们走吧。"柴进道："还有一言，不能不禀告明公。金兵虽是由西北角来，却是四处流窜，难保沧州南路，没有金兵窜到。万一宝眷在路上遇到寇兵，却施救不及。"

王知州沉吟了一会儿，因道："将军自顾虑的是。但昨晚一战，金兵明明向西北角退去，敝眷向东南角走，自相差得远。"柴进见他恁地说了，明知劝解不得，便端起酒碗，将方才两位姬人筛的酒一口气吃了。然后向王知州道："黄昏时候，柴进当亲自在南门城上等候，见了三位夫人当面，便可开城，只是恐引起士卒不平，恕不能派人远送。"说毕，唱了一个无礼喏，便起身告辞。王知州虽然还有些不愿意，可也省得这已过分地侥幸，执了柴进的手，诚诚恳恳送到二堂口上，叮嘱了晚间必来小酌。

柴进回到统制衙署，连接几次探报，确实知道了金兵已经远去，安心着实睡了一天。到了黄昏时候，等到王知州家眷携带了十余辆车子出城，登城看着他们亮了一丛灯笼火把，平安地走远了，方始下城。这晚王知州听得金兵走远了，眷属又已出城，心里更安闲些，又约了柴进过衙，吃了两个更次的酒。柴进却是不肯大意，道金兵是骑队，来去飘忽，须是昼夜提防了。因此昼夜必在城上巡查两次，宣赞的兵马，依然扎在城外。这日正午，忽有两名巡城兵士来报，南门壕外有十几骑兵士来到，隔了壕叫城，有副统制派人引道将来。柴进听了，颇是惊讶，便亲自到城墙上来观望。只见吊桥口上，有七八个人下了马站着等候，另有几个人骑在马上。

正张望时，却见那里有两个人向城墙上指指点点，其中有个人走出来两步，直到壕边站定，昂了头向城上大叫道："大官人别来无恙，小弟戴宗在此。"柴进听得旧时兄弟称呼，又识得戴宗声容，远远看那模样正不会错，大喜道："戴兄怎的来到沧州？"戴宗答道："好叫兄长得知，石秀、朱武两位兄弟，与小可同来。"说时，只见石秀、朱武两人，由人丛里走上前两步，同声叫着柴大官人。柴进看了，正是天降之喜，立刻下令，放了吊桥，开了城门，放着一行人进来。自己下了城坡，接到城门洞口。各个拱手言欢，骑了马同到衙署来。

柴进让各人换除了行装，洗了手脚，引到内堂坐地，这正到了午餐时候便摆上了酒菜，大家把盏叙谈。柴进道："自来沧州，无日不苦念各位兄弟，不想这戎马仓皇之时，有三位兄弟来到。三位自是由邓州来，张相公及众家兄弟想是都好？"戴宗道："张相公与各位兄弟都好。公明哥哥也是苦念各位渡河来的兄弟，和小可商量了，特禀知了张相公，着小可与朱、石两位，还有史进一路北上，探望各位。我等到了大名，才知道金兵已经南犯。卢俊义哥哥正也商议着要操练人马，却得了董平兄弟求救的书文。俊义哥哥道是大名军事重镇，不能多抽调兵马，便行文相州、磁州两处，共调三千人马，大名再调四千军马，合共七千人马，在大名集合。史进留在大名，要同这七千军马，前往冀州。俊义哥哥特着小弟来此，望大官人也在这里抽调三千人马，直向雄州进兵，便在那里会师。我等直到前日，路上遇着逃难百姓，才知雄州失陷，适才遇到宣赞兄弟，又知董平兄弟已经死难。现在挽救不及，正急于要个商议，怎的应付金兵？"柴进道："三位既是先见了宣赞兄弟，沧州事情，谅已得知。目下金兵分途南下，要和河东之师会合，似乎无力侵犯山东。既不犯山东，沧州便非必争之地。于今看起来，却是冀州要紧，金兵必经那里直犯大名。卢都统制已发兵北上，在那里正好遇个正着。"朱武道："小可也恁地想，这里既无事了，我三人想在此盘桓一夜，明日依然由原路赶回。大名兵马，顶头迎住了金兵，自有一番大厮杀，必是需用人力。我等为公为私，必要回去，为俊义哥哥聊助一臂。今天且尽情吃一日酒。"

柴进听了，沉思了一会儿，笑道："恁地也好，且与各位先吃三碗酒。"在旁的侍役，拿了酒壶，在各人面前，筛过了三碗酒。石秀捧了酒碗，接连吃了两碗，却不住向柴进打量。端起第三碗酒来时，便放下不曾吃，向柴进笑道："兄弟看大官人义形于色，三碗酒之后，必有甚言语见告。我便将酒先干了，且听大官人说些甚的？"柴进坐在主席，目视众人，然后笑道："端的石家兄弟精细，便知我心事。柴进现任职沧州，有兵犯境，我自在境内和他厮杀。兵不犯境，在邻近州郡内厮扰，我也要剿了他。因为我既是大宋臣民，便当和大宋分忧。只要我有力量来管，却问他甚的境内境外？此次金兵合两路几十万军马，进逼中原，便是燕山一路，要席卷河北的，怕不有七八万人。倘是他侥幸成功，大名不保，这沧州深入北地，又怎可守得住？我且静待三五日，把金兵行踪打听得实了，他还要来侵犯，我自在这里厮守。若他丢这里不顾，以为夺了大名，这里可传檄而定，我便看定这个空隙，留着宣赞在这里守城，我便亲带三四千人马，暗袭金兵的后路。但得在冀州前后夹攻，便不将金兵打散了，也牵制了他不能立即南下，也牵制了他不能和河东那路军队合流。但得朝廷派一员大将督率大军渡河御寇，把大战场限在河北，那我等兄弟这万余人马的小小力量，却报效国家甚大。朱武兄弟是个熟读兵书的人，却看我小旋风这番筹划，使得也不？"说毕，挺起胸脯手摸髭须，微微笑着。

在席几筹好汉，都手扶了酒碗，微偏了头静静地听柴进言语。他说完了，朱武鼓了掌，点头道："柴兄之言，甚是得当。若不如此，大名不守，河北瓦解，便留得三五千军马在沧州，又能做些甚的？"柴进向石秀端了酒碗，笑道："石三郎，你是条汉子，赶过黄河来，凑了这场厮杀。我贺你这一碗。"石秀笑着，和柴进对吃了两碗酒，笑道："小可没有柴兄腹内这般韬略，只省得从小便在北地漂流，哪个州县，不当了自己家门看待。所以隔了些时间，自想来看看。于今渡了河，遇到这般大厮杀场面，正好赶回热闹，我便死也死在这黄河北岸。"柴进笑道："石兄自是这般直截了当。"石秀笑道："当得和各位再吃三碗。只是休太醉了，我等应当去拜访拜访这里知州。"柴进听他说，却嘻嘻地笑了。石秀望望他，又再望望朱武、戴宗，强笑道："二兄便知。当我等离开邓州时，公明哥哥也曾言道，兄弟们大小总是一个官了，到了外面，必须讲些仪节，却非石秀要奉承这里州官。"柴进笑道："石兄错猜了小可意思了。这个王知州，只是王黼脚下一个肮脏奴才。承平时作威作福，不把我们武员放在眼里，背地里却说我们是强盗出身。到了境中有事，他又爹娘般奉承，让人哭笑不得。"因把王知州如何恳情，如何让姬人出拜，如何开城，叙述了一番。朱武道："听说那雄州奚知州也是弃城逃走的。怎的朝廷偏用了恁般不成器人物来做边疆官吏？"柴进道："休提这些奴才，却碍了我们的酒兴，我们先吃三碗，来解了这晦气！"说着，哈哈大笑。正说时，差役进来报道：知州相公请过衙叙话。柴进向大家望了望道："你看，却不是来也。"大家也就一笑。

第二十二回

卢统制阵前一通书
朱参军马上三条计

那沧州王知州为人，是让柴进识透了的。所以这时知州衙里有人来请过衙去叙话，料着又不是好事，便叫差役们将来人回复了，道是此处到有远客，稍待便会过衙来，将话回复去了。州衙里却又连来两次差人，说是统制有远客不能离开时，知州相公要亲自来拜访，却使得吗？柴进听了这话，倒有些惊讶，王知州又听到了什么军事，怎地急着要人过衙？于是让着新来兄弟且自吃酒，自己便又骑着马到知州衙里来。

那王知州迎着，陪送到内堂暖阁子里，先唱了一个肥喏，然后躬身一揖道："某与金贼誓不两立，如有用我力之处，肝脑涂地，在所不辞。"柴进想不到他会出这种言语，便道："明公突发此言，必有所谓。"王知州将柴进让在木榻上相对坐下，侍役拜过了茶，他挥手让侍役们退出，立刻在脸上挂下两行泪痕。柴进慌了，瞪了眼问道："明公怎的？"王知州将手轻轻一拍木榻矮几道："悔不听统制的话，吃了这回大亏。便是他们走出沧州境界，西北角上，来了一队流窜的胡骑，将敝眷男女上下人等二十余口，还有车马箱柜一齐掳去。财物丧失了，小可都不在意。只是小可年将五十之人，才生两个小儿，于今都被贼人掳去，毕生精力尽矣。"说着，又在矮几上轻轻一拍，那泪珠越是泉涌般流将出来。

柴进听了，却也为他难受，因道："果然有这等事，明公何以知道？"王知州道："随去的差拨，有两个逃得回来，说了此事。还是宣副统制拿了公文，派人保护他到城边，城上将绳索把他吊进来的。"柴进道："可曾打听得是金人哪路兵马？"王知州跌脚道："正因为这两个蠢材当时只顾逃命，滚入地沟里，藏得没有踪影，待得贼兵去了很远，方始抬起头来。他们哪里知道得金人是哪路兵马？小可也正为这事发愁，柴统制可能为弟想一挽救之策？"柴进沉吟道："若是知道此事是哪路贼兵所为，我们还可以调一支劲旅沿了那贼去路去追索回来。于今却不省得是哪路贼兵，又不知道向哪方逃去，这要去寻找宝眷，却不是大海捞针？"王知州道："便是恁般，叫人十分灰心。"说着，不住长吁短叹。柴进道："明公将柴某唤来，是否还有其他嘱咐？"王知州道："并无他事，只是想请求将军策划一二。虽不能把敝眷全数救回，救出一个便活了一个，现在将军说，这是大海捞针，只索罢了。"他说话时，手理着满部蓬乱髭须，低了头，叹着无声的气。那泪珠由脸上滚下，直由须梢上落到怀里。

柴进把恼恨他贪污昏庸的成见，都一应抛弃了，因道："寻觅宝眷，虽是一件难事，但金人现在八方会合，正在打算侵犯大名。跟踪向金人后面去追寻，却也不见得毫无着落。"王知州道："若是果如将军所言，却必须发动人马跟在后面厮杀。沧州五七千人马，兀自保守城池不得，却如何能在数万金兵之后去追击他？"柴进道："兵贵精而不贵多，若是指挥得宜，自不难打了胜仗。明公当知柴进兄弟们只一百单八个人，当年却横行河朔，没人敢奈何我们。"王知州道："将军们自是十分英勇，却怕今日沧州，只有将军与宣将军二位，也觉孤掌难鸣。"柴进脸上带了笑容，因道："好叫明公得知，方才着人回复，道是有远客到此，并非别人，便是由中原来的三位兄弟戴宗、石秀、朱武。他们由大名来，曾与那里都统制卢俊义商议好了，檄约相州、磁州两处兵马在大名会合，北上冀州，来阻遏金兵。他们这三处，怕不有万余兵马，那时，小可自提一支孤旅，邀了这北来三位兄弟协助，便在河北平原夹攻金兵一阵，也叫他休小觑了我们这几个州县。"王知州道："将军所说自是实情，但大名知府赵野，现兼任着北道都总管，小可在王太辅那里，夙昔与他有些来往，知道他是个怕事人。他怎肯让卢统制调动整万军马与金兵对阵？"

柴进听他恁般说，却是不解，因睁了眼向他望了出神。因道："相

189

公此言，却道得是必等金兵直迫城下了，是赵总管才肯出兵，却不是怕事人格外有事？"王知州被他问着，在哭丧了的脸色上，透出一重红晕，手搔了髭须，不免踌躇着，口里却支吾着道："小可自不怼地说，但那赵知府实是个怕事的人。这件事休提他了，将军既有好友来了，这却是跳火坑救人的胸襟，小可十分佩服。明日当聊备水酒请过衙来一叙，便请将军先容。将来敝眷若有生还之望，还少不得多多求助于各位义士。"柴进见他把话提到此处，泪珠又在眼眶里转了圈子只待落下，便安慰了他一番，相约将来必活捉几个番将，来与金人交换他的家眷。王知州虽觉得此话未必当真做到，却也添了一线指望，便十分地向他道谢。

柴进回到自己衙署里，戴宗等还在吃酒等候，柴进又陪着吃了一会儿，兄弟们尽情欢叙。道及王知州家眷被掳时，虽说那是孽由自作，也都十分惋惜。到了次日，王知州真个设下了酒宴，为来的三筹好汉洗尘。因有军事在席间商量，探实得金兵却不在境内，也邀了宣赞入城，一同欢叙。席间议定了，将宣赞所部人马调进城来，以防金兵有意外的偷袭，柴进却随同朱武、戴宗、石秀共带本州三千兵马，向冀州反扑，暗袭金兵的后路。那王知州是个军事外行，对了这几筹好汉，自没个主张。又想到柴进真能捉得几员番将来，便也不难向金人换了家眷。虽是他们走了，州城里嫌空虚些个，金兵已越过了本州境界，料得向回杀来也有柴进人马在半路里挡住，自也附和了他们。在当日晚间，便有卢俊义派来的快马细作带来蜡丸文书，柴进劈开蜡丸外衣，取出里面文书看时，那信道：

卢俊义谨顿首，致书沧州柴统制阁下：

日前戴、朱、石三兄犯险北行，以其义勇，又素机警，谅得安抵治下，此间兵事部署，诸由陈述，谅蒙鉴及。贼兵东压幽燕，西绕朔代，两路步骑兵，约共十五六万，同时呼应南下，其志绝不在小。若使其得志，会师河岸，则中原局势，宁可闻问？贼纵不渡河，而大河以北非吾有矣。

义已飞书呈报邓州张都总管，望其向阙请缨率部北上，庶几吾弟兄百八人，勠力同心，得以同死国事。而吉凶相共，亦不负初盟。即有不能亦望飞奏朝廷，严令太原文武，固守重镇。而义与北上诸兄弟率万余健儿，与贼周旋河朔平原，使贼合流之狡计无从，而朝廷乃能从容计划，有所固围退贼。太原之守，责在他人，自非吾侪所能指使。而在河朔堵贼之路，煞贼之势，缓贼之兵者，则不才与各兄弟，应有舍我其谁之仔肩。

大名赵知府身兼北道都总管，本应当此大任。然义与之相处稍有时日，知其善谋所以事蔡太师、王太辅而外，实无他能，商之适有以泄军机，使其听吾提兵调将，不为阻挠，愿已足矣。虽然，以吾兄弟以往蒙国家之恩泽，受亲师之训练，则今日之事，实为其抱负与学艺，所欣逢之一日。是名公巨卿不来，吾侪慨当以慷，正好为屈在下位藏在草莽者同吐一口气也。

书发之日，磁、相两处之兵，共得四千，已来大名会合。义亦尽量抽出本府兵马六千，凑成万数。统兵将领除义外，有史进、燕青、陈达、汤隆。而尤令人兴起者，杨雄、时迁两弟，驰书相告，亦已抽黎阳兵马千人，星夜驰来，誓以同赴国难。其力愈为绵薄，而其忠义乃愈觉火炽。不图吾侪渡河而后，有此盛会。所望兄得此书后，即整顿部属，紧蹑贼后，会师滹沱、漳阳两河之间。沿路多设疑兵，少与交接，使金兵不明虚实。步步徘徊。然后义屯兵冀野，广驻村寨。深沟高垒，故不与战。如是金人欲一一攻我，必缓其南下之期。置我不顾，是留我万余之师于阵后，又为军家大忌。进退狼狈，必其苦恼。使朝廷知金寇之不容深入，知河朔之必须固守，早派大军渡河作殊死战，则金兵劳师袭远，未敢久留。当自溃于冀州地域。即或不然，以吾万余死士，志不生还，亦不难减金兵锐气也。师发在即，先此布达，引领北望，敬候佳音。

大宋宣和七年十一月日

柴进把书信看了，便传给弟兄们观看。大家传观完毕，朱武左手执书，右手抚着髭须，又坐着仔细阅读了一遍。柴进道："朱家兄弟看卢兄安排好吗？"朱武道："金兵用骑兵四处骚扰，我们用坚壁清野的法子去应付，自是正理。但所怕的金兵已是夺了河北许多城池，并不是没有落脚处。此计虽好，只是晚些。"柴进道："除此之外，也再无良策。沧州兵马是早已布置好了的，既是俊义兄长已经发兵北上，我们这里便不宜迟，明日就出兵。"石秀坐在旁边，望了柴进，便微微发笑，却又摇摆了头。柴进道："石兄何故发笑？"石秀起身拱手道："非是小可事外之人，却来挑拨兄长与王知州同僚义气，委实我看那厮举动不是个端人。现在河北州县官吏，非逃即降，王知州他会有这份义勇来与国家守这座城池？"柴进道："此人本不可信，但一来我留宣赞在此，料他作不得甚怪。二来他眷属财物为金兵掳去，他正恨得金人牙痒痒的，却不见得去投降了金人。"石秀笑道："小可不过提醒一声，凡事不必有，却不妨恁地想。"

柴进心中暗忖，石秀自是特精细些，那王知州兀自发誓与金贼不两立，肯去暗暗投降金人，难道是金兵掳了他的金银细软，妻妾儿女，却把他掳得心服口服了？世界上有这般贱骨头！他恁地想了，便不把石秀言语放在心里。晚间把宣赞传进衙来，在灯下仔细叮嘱了一番。宣赞叉手道："哥哥放心，你既丢下了三千人马给我，足以保守这座城池。况且金兵大部已经南下，要攻打这个偏东的沧州时，他早就来攻打了。看他们路径，分明是进攻大名。预备渡河，并无意攻打山东，沧州非为其必争之地，料无干系。便是金兵来打，小弟决定死守，待兄长回师来救。"柴进道："恁地更好，王知州虽是个庸懦之人，究是一州主官，兄弟凡有大事动作，也须与他做个商量。"宣赞称是。柴进却把人情做到，又连夜同宣赞去见了王知州。王知州自知拦阻柴进不得，只是皱了眉头向他苦笑。柴进却着实安慰了他一番，道是沧州无事。

这晚五鼓，柴进用了横海郡兵马统制官衔，命令石秀为前站先锋，带领一千兵马先走。命朱武为随营参军，自带二千五百多兵马，分了五营作为中军。戴宗带五百兵马随后策应。天明日出，三声号炮放出，开了西门，石秀先领千余人马向冀州出发。柴进便后一两个时辰，统率大兵出城，宣赞随在马后，亲自送到壕岸，那王知州骑了一匹马也送到城口。柴进戎装坐在马背，向宣赞拱手作别，再叮嘱一声凡事慎重，然后策马前行。这时已是隆冬时候，河朔寒重，积雪遍野。寒风掠过枯林，呜咽悲号。大队人马在银装玉琢的世界里前行，只是脚步马蹄踏了雪路噗咤作响，却没有尘头飞起。柴进披甲挂剑，骑马在大队人马后面督率前进，但见白雪平原上，将人马旌旗映照得分外鲜明。人马排成行列屈曲行走，好像一条五彩长龙，张牙舞爪，在海洋里活动。

　　柴进想起卢俊义来书，说的多设疑兵一句话，便向同行的参军朱武问道："朱兄，你看大地无半点儿尘埃。若在高处张望，可见前后数十里的军马行动。未免引起我一件心事。"朱武笑道："兄长想必是想起卢兄信中多设疑兵的那句话。"柴进笑道："朱兄果一猜便着。"朱武道："在城中曾请兄准备东道都总管和青州兵马旗帜，可曾齐备？"柴进道："仓促中预备不多，正是未曾问兄何时可用？"朱武在马上将马鞭指了前方人马行列。因道："我们这三千余军马，在平原上散布开来，那有多大气势，便是多张旗帜，只说是沧州来的，金兵却也会认为寻常。因为沧州地面，本来没有什么军马，我们打了沧州旗号，金兵料着便是我们直追了他们厮杀，也没有多大力量。现今天下四道，南道在邓州，一时北上不及。西北两道，却不走我们这条道路。我们打了东道应天府旗帜，像是大宽转绕道过来。青州虽无多少兵马，与河北偏东各县邻近，若救援河北也不难由此西行，所以青州旗帜却也使得。于此还有一层好处，金兵也知道沧州有五七千兵马，如今不打沧州旗号，他却道守城兵马未动，自不敢随便窥伺城池。"柴进听了鼓掌称妙。因道："兄弟有此妙策，何不在城里便告诉我？"朱武道："沧州城里，怕有金兵细作，若明白打了他处州县旗号，益发让人疑心我们胆怯。军事自以机密为先，何必让那无干的人都晓得？"柴进听了大喜，便把军中粮草车里藏的青州旗帜，着人赶上一程，送与石秀前军换上。自己中军，也撑起东道都总管胡字旗号。

　　这时，已经出了沧州境界，渡过滹阳河，转向西南。柴进做了蜡丸书信，派人一路迎向大名来军去报信。军行三日，前面先锋队着人报来，在大路上发现了无数人马脚印。附近村庄人烟均绝，只是些空寨子。朱武在柴进马后随行，便在鞍上向他献计道："柴兄听着吗？这必是金兵由前面掳掠了过去。我们现今第一要知道金兵有多少由此南下？第二要知道他向哪路进行？他既是掳掠了过去的，必有粮草车仗在后随行。我们以少击多，只有去烧劫他的粮草却是事半功倍。"柴进在马上沉思了一会儿，因点点头道："兄弟此言，颇是有理。但我们既故意张挂了应天、青州两处旗帜，有意让金兵知道，又怎的好去偷袭他的粮草？"朱武笑道："虽是恁地说，金兵却也不能为有我们这支兵，却把粮草藏起了。"柴进道："既是这般安排，我等可缓行半日路程，探听了金兵行踪，再作计划。"朱武道："正是要向兄台如此说。"柴进又传了将令，着前站不必前进，中军人马在路边寻得大所庄院。便直穿庄门，前去驻屯。

原来这两日行来，虽是人民稀少，却还羁留着半数。加之风雪载途，天寒地冻，路上不见行人，也不甚介意。这时进得人家庄门，却是人民逃得声影俱无。满庄里积雪，路途井口都埋没了，有些人家开了门户，有些人家窗户门板都倒在深雪里。早有军士将情形报道上来，柴进在庄门口下了马，与朱武步行入庄。但见细软什物、柴草杂粮，或多或少，都狼藉在雪里。有两所整齐些的房屋，被火烧了，焦煳的梁柱，和杂乱的砖瓦，与积雪参合了，地上高低不一。有几堵未倒的墙，秃立在寒空，白雪相映，烧痕崭新，颇是凄凉。这所庄院，约莫有二三百户人家，外面围了个土筑大寨墙，南北有两座碉楼。寨子里面树木参差，桠桠权权地向上长着镀银的枝干，牛栏猪圈，连串放在人家后面，颇似殷实之象。但是偌大一座庄院，却是无人。有几只饿狗，已无喊叫的能耐，看到人来，拖了尾巴就跑。随着走进村屋里面，陆续地在积雪里发现了人腿衣角，兵士们随处掘开积雪，倒有不少的被杀死尸。其后在人家屋里、井里、粮仓里，也都找出了死人。

柴进着人清理了一所房屋，在里面设了中军帐。便约了朱武在屋里坐地，找了些破烂木料，堆在墙角烧火。小校们又在庄子里搜得两瓮酒，搬将入来。柴进搬两把椅子，和朱武向火，着小校们把酒瓮开了泥封用碗舀了酒来吃，看了雪与朱武谈话。因道："金兵所过之处，恁般烧杀，想是掳掠得财物不少。载了许多财物，必不是胡骑平常那般来去飘忽。"朱武将手捧了碗吃酒,眼看了木柴上冒出的火焰,只是出神。看罢了火,又向外看看院落里的枯树,见那树枝上积雪,被北风吹着,向南方飞舞。便向柴进点点头道:"兄长且看小弟略使小计,必让金兵大大惊慌。计策且休说破,兄长与小可上马出庄,再巡查一周如何?"朱武说时,便已放下酒碗,站起身来。柴进见他情形颇是机警,便也起身同路出门。朱武手执马鞭,踏着雪站在打麦场上,向四周天空观望。这时,鸡子黄色的太阳偏在西边天脚,照着积雪发出光来。天空里寒鸦千百成群,背了阳光,由西北向东南飞去。一路聒噪着呱呱乱叫。天空几片冻云,似动不动,也成了金黄色。

正出神时,小校们已牵了两匹坐骑来,他跳上马去,却与柴进拱了两拱手道:"我兄且来一观。"柴进也就跳上马,紧随了他马后出庄。朱武随了庄外大道西走,行到十字路边,却勒住了马,柴进看时,这里是个小村镇,约莫有十余户人家都已烧光,只有些秃墙与砖瓦堆对峙在雪地里。街中有几棵大槐树,这时落光了树叶,枯枝却由雪花完全遮盖,倒像是几树梨花。柴进见朱武不住向这几株槐树出神,自己虽也看着,却不解所谓。朱武看罢,勒转马头,向北走去,一路只张望地上。柴进也看这地上时,有那笨重的车辙,乱轧着雪地,中间夹杂了人脚与马蹄印。

朱武跳下马来,低头在路上仔细观望了一阵,然后哈哈笑道:"果不出我所料。"他说着,又跳上马来。柴进问道:"我兄有何心得?"朱武道:"小弟沿路看来,料着金人所掳得的财物,却已先行解运北上,此理本来易明,绝无带了财物打仗之理。知道此处迫近十字路口,所以来看一遍。于今看到人的脚印,马的蹄印,朝北去的是新迹,分明将车辆搬运货物,由此北去未久。"说着,将马鞭向北一指道:"此处二十余里,有一停云寨,是个小城池,可屯军马,料着那里,必是个金兵军站。石秀兄弟带兵由此经过,未曾理会,颇是失察。"柴进道:"我立刻派人通知他便是。"朱武摇手道:"休要,小弟有一条小计,可贡献给哥哥发个利市。"于是二人并马回寨,朱武在马背上一路将计策告知了他。柴进听他解说得详尽,甚是欢喜,于是决定依计而行,这就紧接了一番大厮杀了。

第二十三回

施小计雪夜袭金兵

泄众愤公堂咬水贼

大河南北村庄，都是围着城垣也似的寨墙，若有乡镇，那墙寨益发围得结实。这时朱武在马上指的那个停云寨，便是附近百十里路中一个大寨子。他一路上向土著兵士询问这里形势，已是很熟了。他和柴进回到驻兵的村庄，已是天将黄昏时候。接了后队前站探马报道，戴宗带的接应兵马，已在十里外一个村子里驻马。柴进与朱武商议了，写下一封密柬，着两个精细小校，飞马向后队去递送。一面秘密下令，着三十名精勇小校，留在村子里，全营士兵一齐退出村庄，村屋里只管多张灯火，把柴草引火之物，全都放在屋外上风头。约莫初更时分，柴朱二人，悄悄带了全部人马，退出了庄子的南门。绕过了东角一个土丘，和原来驻兵庄子约莫半里路，便留下一部分人马埋伏了。柴进自带了二千人马避开大路，在雪地里向西北挺进。

这虽是月的下弦，那积雪在地面上反映出光来，却也让人看到大地茫茫，上有些疏密高低的影子分辨出了村庄树木。柴进与朱武各骑一马，在队伍前面走，但听到人脚马蹄踏了冻雪劈卜作响。那拂面的朔风，夹着地面一些碎雪，只觉其冷如割。在马背上徘徊四顾，看到天上的阴云和地下的积雪，混茫着一片。那平原像片死海，一些动静也无。只有那半空中的风声，嘘嘘在马头上叫过。回头看看自己的战士们，各个拿了刀矛弓箭，挺直地站立在风雪里，静悄悄的。柴进向朱武道："你看，恁地天色寒冷，金兵未必便如我兄所料，他肯来偷袭我等营寨。"朱武笑道："且等些时看，若金兵不来时，我们便按照原来计划去攻停云寨，也不白忙碌了。"他悻地说时，自不住向西北角张望。约莫一顿饭时，他牵着马缰走近了柴进，在鞍上侧了身子过来，低声道："却不是来也！"柴进也是惊省了，远远地有一阵沙沙踏雪声，顺风吹了过来。便是骑着的马，也微昂了头，耸着两耳去听，那沙沙之声，越来越近，正通向驻扎的那个庄子。突然地胡笳在寒冷空里三四处吹起，那呜都都声调，特别刺耳。柴进却是大喜，在马上向朱武道："果不出兄之所料。"说时，一马当先，向庄子北面跃了过去。后面两千士兵，见前面马上，突然亮起一盏红灯，正是朱武约好了的进兵信号。只看那红灯在前面寒空里奔跑，大家悄声不响，各个挺了兵刃，追了红灯奔将去。

那前面的金兵，却是金鼓大震，喊杀连天直逼了那庄子。朱武随了柴进绕到庄子北面约三里路远，便在大路上停住了马，随从骑士，得了暗号，接连向天上放出十几支火箭。远远看到金兵亮了灯火，在喊杀声中由庄子北门，绕了寨墙，直攻打到南门去。原来这庄子，只有南北二门，北门这时堵塞上了，熄了灯火，南门却有无数灯火照耀。金兵料着宋军是由南门逃去，留下一半人攻打北门，一半人却绕到南门去攻打。领队的金将，见吊桥放下，庄门大开，雪地里不断地遗落着旌旗车仗，更是宋军慌张逃走模样，且先杀进庄去。大家齐声地呐喊，冲进了庄门。却见人家里面各个亮了灯火，不见一个宋兵，只是在人家屋檐下，四处堆了柴草。金将见北风正阵阵刮得紧，猛可省悟，便要抢占上风，去冲开庄子北门。这庄子留下的几十个兵士，已是在西北角到处放火，几十丛烟焰，立刻飞起，把庄屋都迷罩住了。

金兵料着是中计，便慌乱地由南门退去。在半里路外土丘下藏的人，远处望了火光，把金兵看个清楚，蓬蓬梆子声响起，箭和石子暗地里只管飞打将来。在北门外攻打的金兵，不曾经着一刀一枪抵挡，早有几百人架了云梯，爬过寨子墙来，开了庄门。便是这时，只见四处火起，自家军队，隔了火头，向南门涌出，正不知是何缘故；北门虽在上风头，庄子虽火头太多，站脚不住，也只好由北门退出。恰好由南门绕墙北退的金兵仓皇达到，碰个正着。两下里，你带我退，我带你退，全向北胡乱地奔走。雪地里本来路滑，北风又兀自迎面吹来，金兵不断地跌倒在雪里。后面十几处号炮，分着东西南三角同响，随了战号炮，宋军营里，震天震地，敲着进兵鼓，正不知有多少伏兵，应声而起。

金兵越是慌乱，只管向后退走。退到相距两三里路的北面，柴进带了本部人马，正扎稳了铁桶也似阵脚。等着金兵到了面前，分左右两股，向中间抄杀。金兵正不曾把队伍收拾清楚，又遇着宋军这阵拦杀，更显着慌乱。一面迎战，一面夺路北窜。宋军以少敌多，倒不堵塞了他去路。却也是一面截击，一面追赶。金兵步骑各不相顾，骑兵冲开了出路，自跑了过去，却把步兵丢在后面，纷纷滑跌倒地厮杀。沧州儿郎得了便宜，只在雪地里选择了那滑倒着的金兵砍搠。金兵失了骑兵，益发不肯交手，只得向北逃跑。宋军虽只在原来阵地上零碎拦截，不曾赶追。但那阵里的战鼓，却是分着前后左右好几处擂着。金兵正不知是多少宋军在后追杀，冲出了重围，怕让宋兵追上，却是更跑得紧。这时，在后接应的戴宗人马，照了柴进计划，又已赶到半路上埋伏。一路行来，看到平原雪地里火光冲天，火箭分了几次向天空射去，不是金兵中计怎的？戴宗更是把心里安定了，静静在一带松树林里等了。金人骑兵兔脱得快，未曾拦杀得及，那零碎步兵逃得来时，便三三两两，尽量地刀砍枪搠。不到一个更次，柴进兵马也在后面追来，两股兵马会合到一处，紧随了金兵之后，向停云寨进攻。前面的金兵，不成队伍七零八落向寨里逃生，向南开的那扇寨门，恰是关闭不得。宋军既不曾亮着灯火，到了寨子附近，却又不曾响得金鼓，在寨子里的金兵，正分不出你我。到了寨城门口，宋兵见吊桥未撤，寨门大开，一声喊杀便冲入城去。先退回寨里的金骑兵，原分不出宋军多少，料着必来攻打寨子，回寨之后，各个捆扎了掳掠的财物，将车马载了北去。后来的步兵，见本军没有了守意，也各自捡着细软逃命。

这寨城里本还有千百名百姓，不曾逃出，除了被金人杀伤过半，还有二三百人都猪狗般听金人使唤。这时见金兵群龙无首，各自逃生，料着是宋军追杀前来，大家都高兴得心要从腔子里跳出，人要从平地飞起，全眼睁睁地望了金兵匆忙逃走。后来见寨外人声大作，宋兵杀进寨来。各家百姓见机会已到，有的拿了锄头，有的拿了斧子，有的益发拿了厨房里的菜刀，找着零星金兵便杀。柴进率着三百余人，第一拨冲进了寨子，早见两股火焰，在街北头向天空冲去。同时，听到有人呐喊，便打着马向火焰边冲去。却见四五十个老弱百姓，各拿着家用铁器家具，站在火焰光里的街道上，大声喊杀。那火焰正笼罩了一幢高大楼房，屋架杂物，烧得噼啪作响。那老百姓尽有须眉均白的，掀了衣袖，手里拿了铁器抖擞着，火杂杂地跳跃了呐喊。但这火光里，却不见一个金兵。

柴进冲到附近时，老百姓们以为是金兵败退了回来，都转身迎将上去，却见迎头一骑白马，上坐位将官，白净面皮，三溜髭须，身穿锁子紫棠甲，头戴紫金盔，手使一杆红缨枪。身后两面大旗，白底黑字，一面是横海郡兵马都统制柴，一面是铜锣大的一个宋字。后面先是十几骑兵，簇拥了这位将官。再后面便是步兵，火光里照见战衣整齐，各人肩上扛着刀矛，光灿灿地照人。众百姓见是王师到了，轰雷也似一声狂呼起来。柴进勒住了马，正待说话时，却有人在人丛中大声叫道："兀的不是沧州柴大官人？"柴进看时，一位须发苍白，面有皱纹的老者，卷了衣袖，手拿一柄锹锄，迎到马头上来。柴进道："我正是沧州小旋风，老丈却认得小可？"老者放下锹锄，叉手唱了个喏，因道："老汉原是沧州城里卖炊饼的万老，当年曾多得大官人周济，大官人做了官，不认识老汉了。"柴进笑道："做官人却肯向这金兵窝里来厮杀？现今却来不及闲话，端的寨子里金兵还有多少？"万老道："好叫大官人得知，这寨里金兵，全都由北门跑了，老百姓也只捉得几个半伤的砍杀，出口鸟气。"柴进将枪尖指了火焰道："这里面有金兵吗？"万老道："原来这里住的是金国一个将官，我们来时，他也跑了。大家找不着那厮，便放火来烧这房屋。"柴进听了，哈哈大笑。

这时，宋军陆续入寨，四下搜寻金兵，都已绝迹，却是满街满巷，都遗了细软什物。柴进在马上传令，鸣金收兵，就在街上扎了队伍，自己便在这知寨衙里暂时歇马。那寨中百姓被半夜里厮杀惊醒了，现见王师来到，十分欢喜，家家邀了沧州兵士回去，供给酒饭，烧柴烤火。百姓们知道柴进在知寨衙里歇马，大家便轮流地到衙门口来张望。有的俘房了金兵，或者拾得刀矛马匹，都将来衙里呈献。

柴进和朱武、戴宗在这知寨衙里内堂里坐地，未敢卸甲，着小卒生了一盆炭火，煨了大瓮酒，坐了呇着吃。差了大小将校，分批出去打探军情。纷乱了一夜，等到天明，着实打探得金兵去远了，派人轮流看守寨门，传令兵士卸甲休歇。柴进在知寨衙里也睡了三个时辰。午牌过后醒来，朱武、戴宗却已盥洗完毕，向了火，烤着搜寻得的干粮吃。柴进道："昨夜只是杀得痛快，精神振奋起来，兀自安眠不得。二兄却比我还早起。"戴宗笑道："据老百姓说，这寨里有六七千金兵，却让我们两千人追杀跑了。正是不曾问得我兄，何以知道金兵会去偷袭我们，却张着网等他？"柴进向朱武拱拱手道："此事全仗朱兄。"

戴宗便回问朱武，何以知道金兵会夜袭。朱武将火盆边熬的一瓦壶热茶，提起来斟上一杯，左手掀须，右手端杯，仰头喝了一口。笑道："此事易知，只是平常不曾理会得。我到那庄子里住下时，我便瞧科了金兵去之未久。何以故？我曾在民家拨动灶灰，看到里面兀自有火星。随后看那雪地里脚迹，都不曾让新雪盖上，金人又不曾和我们交手，且是大胜之余，他怎的肯望风而逃，必是做了陷阱来害我等。我又怕他们是向南去，且和柴兄到十字路口张望。见那大槐树干，雪层上，兀自留着马绳索印子，益发断定了他们去了不远。后来看到天空上乌鸦阵阵地飞过来，必是风上头有人惊动了它，大雪地里人不在屋里，却在外面动作。难道说黄昏时候，金兵饱载了财物向北逃走不成？若说他们不是好端端逃跑，他不来偷袭我们端的则甚？越是恁地揣度了，越是想到金人大队在停云寨，小队在那庄子里，预先知道我们来了，且撤出那些巡逻队子，让我中了圈套。"戴宗道："恁地说时，石秀兄弟过去，他们却怎不来截杀？"朱武道："这正是金人狡计，故意放了我先锋队过去。"戴宗听了，点头称是。

柴进也盥洗毕了，方待坐下来，却听到外堂一阵喧哗，柴进恐有不测，立刻把墙上宝剑取在手上，迎出堂屋来。早有两个小校入来禀报，道是停云寨百姓，抬了两瓮酒，宰得一口猪，两腔羊，前来犒劳。老百姓只说要拜见杀败金兵的将军，喧嚷了入来，兀自拦阻不得。柴进挂上了剑，且走到外面大堂上来，却见百十名百姓，扛抬了酒肉担子放在檐下，都垂手昂了头张望。自己出得上堂屏壁，这些人便已哄然地欢笑着。柴进再近前两步，百姓个个叉手唱喏。柴进点头道："父老们好意，生受了。只是这停云寨受金人骚扰，地面已凋敝得紧，怎好又叫大家破费？"这百姓里面两个为首的，都是老者。一个苍白胡髭的，向前躬身道："自从金兵到这里来了，先是见人家便杀，以后便是奸淫妇女，大凡强壮些的，忍受不得，都和金兵厮拼着死了。老弱些的，眼看了自己妻女让金兵搂抱了戏耍避开不得，却还要预备好了酒肉，供他受用，金兵不称心时，拔起身上刀，随处便来砍杀，他又不痛快地将人杀死，缚了手脚，零碎割人皮肉，听人惨叫，他倒好耍子。恁地天寒地冻，他却把掳去的妇女脱得赤条条的，用绳索穿了乳头，成串地牵到雪地里，要她们在雪里滚着游戏，一个妇人滚动，把其余妇人乳头牵动，都痛死在雪里。金兵又恼恨儿童们啼哭，把枪尖戳了他胸膛，血淋淋地高举着。这般蹂躏多日，把寨子里的人三停害死了二停。他们又要小民做他牛马，抬水烧火造饭，扛抬杂物，以是不曾全害死。在这里百姓，兀谁不是家破人亡的，料着在这地狱里，迟早是死。却不想昨晚喜从天降，将军做了我们救星，把金兵杀跑了。休说从此时起，我们得重见天日。便是像昨晚亲见金兵那般逃走，做梦也痛快煞人。自从这寨子失陷了，小民只听说金兵把河北州县都占领遍了，料着中原也兀自不安。心想，休说再过太平日子，便是再看见一次大宋旗号，死也甘心。今日真个王师来了，小民粉身碎骨，也想不出一个答谢将军功德处。这寨子里又让金兵搜刮得空了，寻不出甚的贡献，只是在金兵将官那里寻得些酒肉孝敬将军。"

朱武、戴宗也行出公堂来了，听了百姓这番言语，也各个眉飞色舞。却听得衙门外又是一片喊叫。随了这声音，十来个人，拥将入来。在这群人里面，有两个男子一个妇人被绳索捆缚了。其中一个男人穿了胡服，是开衩长襟羊裘，头戴了卷边红色毡帽，两耳都挂着拳大的银环。在金国里面，这环儿上可分出品级，这分明是个二等将官。他虽被缚了，却不安帖，挺了胸脯子，睁着大眼望人。柴进知道是百姓们俘得的金将，便着小校们下堂去，阻止他们喧哗，先传一个百姓来说话。遥见百姓丛中昨晚遇到的那个万老走将入来，在檐前唱喏，柴进问他时，他回首指了那金将道："这人叫秃飞缘，是金国一员副将，他往年常来河北当细作，说得一口好中原话。这次金兵到了停云寨，是他来说降这里水知寨，说是不降时，把这寨子踏平了，除了活人全杀光之外，还要挖掘各家祖坟。这水知寨便是此地人氏，他祖坟在寨北约十里路。金兵派人说降时，同时便派人将他祖坟挖掘了，并把他祖先尸骨，丢在旷野里，道是先让南国百姓看看大金人马下马威。这水知寨见挖了他祖坟，吓得一佛出世，便开了寨门投降，又不许百姓逃走，说是献给金兵一座空寨子，人家如何肯依，他却替人想了个周到。金兵进了寨子，便是这秃贼做驻守将官，就住在这衙里，占了那水知寨的浑家。姓水的这厮益发无耻，却在秃贼手下，依旧做了知寨，家财和浑家，都让给了这秃贼，自己倒搬出衙门，住在民家。金兵满寨子奸淫掳杀，他却未曾心里一动。昨晚王师来了，秃贼正酒醉了，是这水知寨夫妻，陪了秃贼逃命，让乡下百姓捉拿了，解入寨来。那对男女，便是水知寨夫妻。请将军当众把这无耻国贼砍了，也将给全寨子人伸冤出气。"柴进道："有这等事，抓来我拷问他们一番。父老们且请退下去，我自有安排。"百姓们见柴进脸色变动，料着他要发作，大家就都退下堂口。

柴进着小校们击鼓升堂，将亲随队伍，全副披挂，执了光灿灿的兵刃，分班在大堂阶上站了。堂上列了三副座位，柴、朱、戴三人坐了。小校们喊过了护堂威，堂上下站着两百人，没一点儿声息。柴进坐在正中公案上，戴、朱两人陪坐左右。柴进高喊着把姓水的汉贼带了上来。那水知寨却还是大宋衣冠，穿了蓝罗袍子，头巾已打落了，散着头发，倒是白净的柿子面孔，三绺长须。他被小卒们带到公堂上，老远便战兢兢跪在地上。柴进喝道："你既是一个知寨，大小是朝廷守土之官，你不能守这城也罢了，怎的不许百姓逃走？活留他们在寨子里受鱼肉？"

水知寨只是抖，却答不出话来。柴进道："你叫甚名字？怎的金人挖了你的祖坟，你倒把寨子送他来答谢？"那个被缚的妇人，却抢步上了台阶，跪下来道："将军容禀，他叫水兆金。他特忠厚些，回答不出话来，将军原谅则个。我们投降，便是从权降了北国，也是想搭救全寨百姓，并非恶意。"柴进见这妇人着了绿罗袄子，紫罗裙子，虽是头发蓬松了，还有不少珠翠。柴进瞪了眼道："兀谁问你话来？你道你会说话，抢着答复了。照你说时，要救中原百姓，便把大宋天下都奉送了金人也好？"那妇人叩头："小人在金人一处，混了些时，颇知他们底细。

将军若饶了奴夫妻两人性命时，愿禀告将军许多机密大事。"柴进听说，望了旁座朱武时，朱武手抚髭须点点头。柴进着水兆金夫妻跪在一边，着小校推那金将秃飞缘入来。

这时，便听到众百姓喧哗起来，纷纷地跑到公堂台阶上下跪着。柴进道："你等有甚事请求？尽管说，毋须纷扰。"于是众百姓纷纷地说，这水兆金夫妻两个是害民的恶贼，万万饶不得。说话时，有几个百姓，和水兆金跪得相近。其中有一个叫道："这水贼谄媚他主子，害了我全城百姓，我们恨不得活吃了你这贼！"他说着，就拖了水兆金一只手臂去咬，一人动了手，全堂百姓一拥而上，将他夫妻按在地上，有的拖手，有的拖脚，胡乱地乱咬。水兆金在地上滚着，像猪被缚时那般惨叫。柴进虽是觉得众百姓不守王法，却见得像水兆金这般人物是民心所不容，只有吩咐小卒们，将百姓一个个拉扯开去。便是恁地，水兆金夫妇，也已遍身是牙痕血印了！

第二十四回

贼妇人献身诱番将
金元帅贪色收逃吏

俗话道：生平不做皱眉事，世上应无切齿人。水兆金这样满身的齿痕，那就是生平做的事，特让别人皱眉些个。柴进着小校们把百姓分扯开了，着人将他夫妇带到公案前，瞪了眼道："水兆金，你看百姓把你恨到怎的？不是你往日做官亏负了人民国家时，何至于此？你在金人那里，很厮混了些时，你且把他们的情形，述说出来。若是你能将功补过时，我自恕了你夫妻两个死罪。"水兆金俯伏在地上，还是抖颤了发不出声来。他浑家王氏，却跪着近前两步，禀告道："将军若饶了我们死罪时，我们愿出些力量报效国家来赎罪。只是这里耳目众多，却不便禀报得。"柴进听了，看看朱武时，朱武却将手理了髭须点点头。柴进道："那也好，只要有利国家，也不妨留了你两条狗命。"便着人将他夫妇押入后堂。再把那秃飞缘带上堂来。

这秃贼见柴进饶了水兆金夫妇，却不是个喜欢杀人的，上堂以后，学了汉人的礼节，跪在地上，两手扶了地，只是叩头，口称请将军饶命。柴进道："我大宋百姓，个个人都恨不得吃你的肉，睡你的皮，你却想我饶了你。"秃贼流了泪道："小人虽是冒犯了大国，却是各为其主。"柴进道："虽说是各为其主，兀谁让你引了金兵来奸淫掳掠？便是你这贼，学了我们汉话，随了我们汉俗，你倒来祸害我汉人。虽说这水兆金孽由自作，你叫他替你做鹰犬，也占了他妻室财产。不曾像水兆金替你做鹰犬的，你更自糟蹋了不少。我若饶了你，天也不容！"说着，喝叫左右将这贼缚了，那秃飞缘听说没了指望，立刻面无人色，动弹不得。小校们兀谁不恨他，早是七手八脚，将他缚作一团，掷在台阶上。柴进向众百姓道："那水兆金夫妇，我还有用他们处，你等且休过问，这秃贼便交给你们摆布，剐砍都使得。"只这一声。阶下老百姓欢声雷动，就在地上抢了秃贼，横拖倒拽地拖了出去。

柴进了却这场公案，且退回内堂。另着人将水兆金夫妇由拘守的房屋里带出来问话，原来他二人两只手，都是被绳索捆缚着的。因为身上全被百姓咬伤，绳索纠缠到一处，他兀自哀求着看守的军校，暂松一松缚。并道："这知寨衙里，前后有军士重重把守，自不会飞了出去。"军校见绳索纠缠住了，本也要整理，暂时将绳放松。随后柴进着人来引水兆金问话，他便带了浑家随在军校后面走，为了装作伤势很重，他兀自嘴呻吟着，拖了脚步在地面响。看守军校，因是将他松缚了，除了前面有两个人引导，后面又有两个人押解，自不怕他飞上天去。那水兆金哼着，口里兀自低言埋怨道："这停云寨百姓，恁地凶恶，却把我周身咬得一块好肉也无。我求活则甚，却不如找个自尽罢休。"这般说了，行进到院落里一口枯井旁。他快走了一步，两脚齐齐踏着井圈，身上向下一溜，些些声音也无人便不见了。他浑家在旁哭叫道："你寻了短见，我又活了则甚？"随了此话，她也抢近了井边，跃身下去。这前后四个军校，都不曾提防着他们有意外，等他们落下井去了，却是施救不及，只有站了在井圈外发呆。探头向井眼里看时，黑洞洞的，并也不听到甚的。

将此事向柴进禀报了，柴进有许多事料理，没有工夫把这两个汉贼打捞起来，便着人搬取了许多大小石头抛入井内。料着水兆金虽不淹死，却也被石块打死。却不想水兆金这厮，特地狡猾，在金兵未来之时，他想到有一天城池失陷了，如何逃命？便着人将衙中院落里这眼枯井旁挖掘，打通了道子里大阴沟。后来和秃飞缘勾结上了投降了金兵，这条私路，不曾用得。于今柴进将他在知寨衙里拘押了，到处是他熟路，正好逃生。暗地与浑家约定，有机会一同跳井，于今解了绳索，又打从井边经过，却不是天赐其便。便因之向王氏丢个眼色，王氏点头会意，到了井边，竟是轻易地逃了去。这井底预先堆了麦秸棉絮，人落在上面，正不会损伤丝毫。柴进眼看这是枯井，如何会省得是条私路？那水兆金夫妇落井之后，便俯伏了向地道里蛇行过去，大石落将下来时，

205

他已去得远了。他们也深知走出暗道，依然还是为老百姓捉得，益发死心塌地藏伏了两日夜。逃难时，身上本还藏有些许干粮，以备万一，这时饿了便拿出来吃。口渴了，却悄悄地到阴沟口上，捧了积雪来咀嚼。

到了第三日，不听到地面有人马喧叫声，想是宋军已经撤退了，在深夜里，就出了洞口。一看寨子里没有半星灯火，寒星向下照着，寨子里房屋，兀自阴沉沉的。摸索到寨子门口时，两扇寨门洞开，正不见有人把守。水兆金虽是暗里叫侥幸，却也正不解何以敞了寨门不守。出得寨子来，心里便落下了一半，挽了王氏道："娘子，我等命不该绝，神圣庇佑，逃得性命，现时却向哪里去安身？"王氏道："你不看停云寨百姓，口口声声叫我们汉贼，恨不活吞了。我们道出真名时，你到何处，百姓也不容我们。"水兆金道："我们身上还带有些金珠，且逃回江南，远远离开战场去快活几年。王氏道："呸！你好没出息。身上这点儿金珠，坐吃山空，你在江南能过活得几年？现今斡离不元帅已进兵冀州，眼看便要取得赵官家天下。有个升官发财阶梯，你倒不省得！一不做，二不休，我们便投奔那里。"水兆金道："贤妻原道的是，小可也曾想到。一来我等未立寸功，怎样进身？而况失陷了停云寨，送了秃将军一条性命，怕金国元帅见罪我们。二来此去冀州，虽不过几百里路程，却是有宋兵从中阻隔，怕前去不得。"

王氏道："你听我说，你顾虑的都没得挂在心上。第一件，我那日听到人说，上面坐的是位柴将军，我听他那厮说话是沧州口音，我便认识他了，兀的不是小旋风柴进？早年我流落在沧州时，曾得过他救济，我看了他嘴脸，我便省悟了。那左边坐的那个汉子，说了江州口音，那又不是神行太保戴宗？右边那个汉子，虽不知是兀谁，却也无非是梁山泊人物。这哪里是应天府兵马，分明是柴进带来的沧州兵。我们把这消息告诉了金国元帅，趁着兵马在外，袭了他那城池，这沧州知州怕不是你的。秃将军死了，是他金兵自不小心，失陷了城寨，这笔账，怎的会挂在我们身上？第二件，你道向冀州的道路不好走，却也是真。但是这条路上，逃难百姓，必定千千万万，我们只杂在逃难百姓里走，兀谁知道你是水知寨？这等百姓，宋军自会放过去。若是金兵将我等掳了，那便好，正可以借了他引见。"水兆金道："贤妻之见，胜我十倍，我便依了贤妻的话，向冀州去。"两人说着话，在星光下摸索了走路。因怕停云寨附近村民会认得自己，不敢停脚，只是继续地前进。

天将亮时，到达一个乡镇，便在人家屋檐下休息。等了天亮，有人开门出来，见他夫妇形状狼狈，便问道："客人莫非是由停云寨来的？"水兆金听说，慌着一团，却答应不出来。那村人笑道："我等都是大宋人民，客官怕些甚的？昨日停云寨百姓，陆陆续续由这里经过，道是官兵把金人打跑了，却又转头去攻打冀州，停云寨百姓深怕金人前来报仇，大家都背了包裹，扶老携幼，由这里向南去。那寨子里都走空了。"水兆金听了这话，心里才始放宽。因道："原来恁地，我等不住在停云寨，却也怕金兵再来，先向他处去找安身立命所在。不知此处向南走，有战事也无？"村人道："我们这里人，也大半向南逃回中原去，想是前方道路平靖。"水兆金听了这消息，益发放了胆子向冀州去。一路打听得前面有兵马时，便绕了小路走，虽有两三次遇到自家兵马时，因为是装扮了逃难百姓，都便便宜宜过去。

这日到了冀州地界，却看到大小村庄，都在庄门上用大幅红纸，写了大金顺民字样张贴了。有那过半数庄门上不曾贴得顺民招贴的，必是空落落的一座火烧了的庄院。水兆金在路上私向王氏道："我们一路行来，不曾见得恁般光景。此处必是金兵元帅行辕所在，所以将老百姓也特地看得严密些，要他家家贴了顺民招贴。"王氏道："恁地便好，是大金顺民，便不会将我夫妇杀害了。"两人在路上商量着，必须在乡人口里，把当地情形访问得熟悉了，方好去向金营投效。见路旁有所庄院，庄门大开，十几个庄丁正捆扎挑担，地上放了酒瓮粮袋，两头活牛，七八只活羊。一个老军人手扶了杖在旁边观看，只是摇头叹气。水兆金向前唱了个喏。因道："逃难百姓经过贵处，讨口茶饭吃。"那老人点头道："都是大宋人民，客官有意逃回中原，是个义士，当得聊尽地主之谊。只是老汉满腹心事，恕不能奉陪。"便着庄丁引了水兆金夫妇到庄内去用酒饭。吃毕，水兆金问明了此是丁家庄，那老者便是庄主封翁丁太公，正筹备好了酒肉粮食，向金营去贡献摊派了的孝敬礼物。

水兆金听了，正中下怀，托了庄丁引到内堂，向丁太公道谢。丁太公道："客官，你虽是个难民，我却十分羡慕你。你逃回了中原，自由自在，做个太平百姓，不强似我们这里受人熬煎，还要天天拿出家产来孝敬别人。"水兆金道："这也不过大军过境，暂时供应，太公也休为这个着恼。"丁太公道："着恼却不为此，叵奈那金营将官不识我中原人民以廉耻贞节为重，却要民间逐日去送妇人，供他们取乐。你想谁家妻女，肯去做这事？不去时，无奈我等做了顺民，不遵守顺民规章，便是死罪。若是死一两个人，便也罢休，无如金营里规章，却是很毒辣些，假如一人有罪，全庄子人都要受砍杀。没奈何，每逢十日，本村子要向金营贡献孝敬时，每将全村子妇女，五十岁以下，十四岁以上。都要拈阄，拈得的，便由庄子里送去金营当献纳，父母丈夫，无得推诿。今日应该本庄献纳两名妇人，拈阄出来，其中一名，便是我女儿。她颇知礼义，不肯受这耻辱，但不去时，却又怕连累了合村老小。因之藏了一包毒药在身上，预备到了金营，暗暗吞下。恁地时，自己不受玷辱，却也不连累他人。客官，老汉偌大年纪，便是一儿一女，儿子已打发渡黄河到中原去了，好歹让他寻个出路，正不知飘流到何处去，将来有个团圆日子也无？如今眼巴巴望了这个女儿去死。单剩下老夫妻两人，却也觉得活了乏味。"说着，两眼流下泪来。

水兆金笑道："太公若是为了这事，小可倒有个解救之法，有一个人可以代替了令爱前去。"说着。指了站在身后的王氏。丁太公听说，为之愕然，将袖子揩了眼泪道："客官休得取笑。"水兆金正色道："太公正在为难的时候，我夫妇叨扰了酒饭，便不感谢，也不应当取笑。实不相瞒，内人有一个兄弟，现在金营大元帅左右，充当通事。我夫妇前来投奔，正愁了军事重地，不易得见。于今借了贵庄向元帅大营献纳这个路径，内人当了被献纳的妇人，小可当了呈献礼品的百姓，都可进去。遇着了妻弟时，好歹和他说知，将贵庄献纳免了，岂不是好？"丁太公对他脸上望望，因道："客官，此话是真？金营那是虎口，不当耍子！"说时也向王氏脸上看看，见她颇有几分姿色，举止自然，听了这般言语，正不曾有一些畏惧模样。王氏向前道了个万福，因道："太公休得多心。奴夫妻不是两条性命？奴曾在边地多年，懂得金辽两国番语，见了金营将官，我和他将番语讲说，讲一句，便胜似你们讲千万句。纵然寻不到我兄弟，他们也不会难为了我。"丁太公见她恁地说了，谅是真意，心中十分欢喜。将女儿出来了，拜谢水兆金夫妇一番。因为呈献礼物的人，立刻就要上道，丁太公来不及重新款待，自己亲自送到庄外，向水兆金夫妇拜了几拜。

那水兆金正和送礼的百姓两样，别人皱眉泪眼，把金人当了刑场。他却眉开眼笑，以为要临仙地也似，随了礼品担子，高高兴兴地走去。王氏和一个被献的中年妇人同坐了一辆骡车。她丈夫抱了一个孩子，牵了一个孩子，送到庄外，那妇人眼看了离开两个孩儿，却要去供金兵蹂躏，不知也有命再相会也无，只是哭泣。那两个孩子扯了车杠，要和妈妈同去，又哭又叫。她丈夫将两个孩子拖开，也流着泪号哭，引得行人和送行全部落泪，那妇人益发哭得晕死在车上。王氏倒淡淡地道："乡下人没见识，特胆小些个，便是到金营里去厮混些时，也不少掉身上一块肉。你哄得北国人好时，还可以领些赏赐回来，怕些甚的？"那妇人伤心已极，也没有和她理论，心里却想着，世上竟有这等女人，却把探大虫洞子当游戏，且看她到了金营怎地？

路上行走半日，到了冀州城里，见满街门户全都贴了顺民招贴。街上行人绝迹，只有些挂刀带棒的金兵，在大街上撞跌。到了元帅行辕，便是知州衙门改的，门前临时竖立了两棵大旗杆，上面悬了丈来长的杏黄旗子，拦门支起武器架子，林立着枪刀剑戟。这里也有他处的百姓，纷纷来纳礼品，成群结队，全在辕门空地里歇定。有几个金兵小校，穿了黄色战袍，戴了貂尾帽，手上拿了大马鞭，吆喝送礼百姓。其中随着中原人，小校装束，代译了汉话，叫老百姓小心站定，先呈上礼单来。

水兆金看到了，知是机会来了，便在人丛里昂头，高喊着番话，道是丁家庄百姓，现有全副礼品和两位妇人送到。还另有好心，须得面禀元帅。那金兵见水兆金能懂金话，立刻挽了手上鞭子走将拢来。王氏由车上跳下来，向那人睃了一眼，笑嘻嘻地说了金话道："这位将爷好生面熟，却在哪里见过？"那金兵听她恁地说了，骨头都酥了，笑道："你这娘子，不怕我北国人？却来和我搭话。"王氏笑道："北国人不是两只眼睛一个鼻子？我怕他恁地？我家丈夫便是你这般嘴脸，我见了你又是喜又是恨。"那金兵软瘫瘫向她跪了下来，叫道："我的阿妈，恁地说，你不是要了孩儿命？"几个金国小校全都哈哈笑了。辕门外送礼百姓看得呆了，正不知这是何事。水兆金在人中出来将他扶起，说了番语道："这妇人是我妹子，军爷若把我们先带进辕门，得见了元帅，我两人都有孝心奉上。"番校笑道："我叫乌叱博，是元帅护卫军里一个头目，你有甚孝心奉上？老实些，却不如你们成了亲戚，好在你那妹子说，他那嘴脸便像她丈夫。"那些金兵闻言又哈哈笑了。水兆金倒不把这话当游戏看了，因道："果然，这位军爷有这意思，小人乐得巴结，因为将妇女到行辕来献纳了，便听候北国军爷使用。这位军爷使用也好，别位将军使用也好，我等都是一般尽了人情，却怕是把舍妹送到行辕里去了，分派不到这位军爷名分下来，那却要怪舍妹无缘。"水兆金这番话用很流利的金语道着，乌叱博却是每个字都听入了心坎里去，笑嘻嘻地道："你这汉子却怎地晓事，说得我心痒难搔。便不成就得亲事，你这话也说得我快活。"水兆金道："这位军爷，我自有机密大事禀告，只是小人如何见得了元帅？"乌叱博走向前来，抓了水兆金的手道："你这蛮子，真肯结识我？也罢，我就去为你通禀，碰碰你的运气。"那些金国兵校，也乐得凑趣，就蜂拥着引了丁家庄这批送礼人，进了行辕，且把他们安顿着在大堂外廊檐下。乌叱博向水兆金道："若为了我私事把你引见元帅却是不当，必须说些正经事情才说得过去。你像个斯文人，可以想出些好言语呈禀元帅，好在你会说我北国话，只这点儿事，就可以保你得到我元帅三分喜欢。"水兆金笑着拍了肚皮道："大宋赵官家半个天下，都在我这里，请你见了元帅说，我有机密大事呈报便是。"他们怎地商量时，王氏坐在一边，却不住向乌叱博偷觑，等乌叱博回看她时，她有时低了头微笑，有时将嘴唇咬了衫儿袖，有时益发向他点点头。他心里暗忖着："这妇人真是撩得人不死不活，元帅便杀了我一刀，我也要把这妇人弄到手。"乌叱博听了点点头便进内堂托人钻营去了。好半天他笑嘻嘻地出来了，向水兆金道："你这汉子真是运气。元帅左右，正差着两个通事，听说你二人都会说北国话，着你们立即入去。只是你等见了元帅，却休忘了你妹子已许配给我，休让元帅将她留下来。"水兆金听说大喜，哪还与他多辩，向王氏丢了一个眼色，整整衣服，便随了这小校和几个番兵，战兢兢地向内堂来。

经过几重门户，都看到两壁是刀叉林立了。来往番校，手上都握了光灿灿夺人目光的兵刃，尽管杀气扑人，但他们来来往往，却都连着蚊子哼声也无。水兆金放轻了脚步，随着番校走到内堂，却见伺候差役像穿梭一般来往。堂上锦绣帘幕，重重叠叠，看得人眼花缭乱。便在廊外，已嗅得沉檀水麝燃烧的香气，氲氲扑鼻。引进的番校，就不敢向前走了。在内堂帘子外面，便有四个披了盔甲的偏将，各执大刀长斧站定，其中一人，向水兆金夫妻招了两招手。水兆金看得帘子里面，乃是金国大元帅斡离不住着。听说此人手下，带有数十万兵马，口里一句话，可以屠一个城池，却是冒犯不得。恁地揣想了，脚下便软了，移动不得。王氏瞧科他胆怯了，却倒向前搀住他一把，推了他走。水兆金心里，虽是七上八下地跳着，挣到了这一份成就，却也不可轻易放过了。手心里紧紧捏了一把汗，挨了王氏走。

走到门帘外，那穿甲守门将，将帘子掀了，他二人便鞠躬而入。这里面除了红毡铺地而外，门窗之上，无不是悬了红绿绸幕。天色还未曾昏黑，地面四个铜制烛台，都是五六尺高，上面插了手臂粗也似红烛，梁柱四角，又垂了纱灯。照见满屋子里都是锦绣披搭的椅案。正是古玩太多了，案桌上一项项挨接了陈设着，没有个章法。屋角两尊狮头铜炉，里面烧着红炭，向半空里喷腾着香烟。水兆金也看不清这屋子里有些甚人物，料着斡离不便在当面，双膝落地，老远地跪了下去。其实这正堂中虽有几个男女排列了，恰不曾有个金国元帅。只是上面在红毡上陈列了一把罗汉椅子，上面铺缎子绣花锦墩，空设了元帅的内堂座位。水兆金跪在地上，把金国言语也忘了，自己战兢兢地报名道："停云寨知寨水兆金叩见元帅。"王氏虽也和他跪在地上，却不曾叩头。见伺候的男女只是抿嘴微笑，却连连扯了他几下衣襟。水兆金抬头看时，才知道元帅并不在上面，心里喊得一声惭愧。

就在这时，几个番男女一声吆喝。锦绣屏风里一阵哈哈笑声，四个少女，满身锦绣，拥着一个壮矮汉子出来。那人茶黝色面皮，八字髭须，头戴红毡圆帽，顶上拖了两个貂尾。左右两耳，挂着两个大金环。身穿红缎狐裘，纽扣一个未扣，翻了衣襟，拦腰束了一条鸾带。脚下两只大黑牛皮靴子，跟跄着走出来。他且不坐下，左手按了少女的肩膀，右脚踏在罗汉椅上，顺手捞起侍卫番兵身上佩的刀，指了水兆金道：

"你有甚机密大事要告诉我？"水兆金早已匍匐在地，未敢抬头。斡离不说的金话，字字听得清楚，心里慌了，却答应不出来。斡离不喝道："这小子好大胆，敢用话来骗我，我说的话不懂，他却说懂得北国话，拿去砍了。"王氏看看事情僵了，便用膝盖跪着走了几步，先叩了两个头，然后用金国话答道："回禀元帅。奴丈夫是个忠厚人。看见元帅虎威，说不出话来，非是敢欺骗元帅。"斡离不听她能说金国言语，便有三分欢喜，加之她是个女人，便有五分欢喜，于是丢了手上的刀，近了两步，将手托了王氏的下巴颏，让她抬起头来，看她的脸。见她虽近中年，皮肤白皙，很有几分姿色，便有七分欢喜了，便点点头道："你既是能说北国话，想这男子会说北国话也是真……哦，闻说是兄妹二人前来禀报机密，怎地你又道他是你丈夫？"王氏见斡离不脸上没有了杀气，便装了含羞答答的样子，斜瞅了他一眼，笑道："奴是由丁家庄那里贡献北国军爷取乐来的，若说是有丈夫随在身边，便是减了人家兴趣。见了大元帅，奴不敢不说实话。大元帅也看不上奴这等妇人，奴只说有丈夫不妨。"她说时，抬起一只袖子半卷了脸，却又在衣袖上面不住将眼睛偷觑过去。斡离不自到中原地方以来，虽是收掳了不少妇女，但都是勉强着人家服从，要像王氏解得风情却又会说这番话的，却是难得。这便有九分欢喜了。因哈哈一笑，由地上扯起王氏来，笑道："你怎地就省得我看不上你？"王氏被他扯着向他挨近了站定，低了头，嘻嘻笑着，又低了声道："当了许多人面，中原人是害羞的。"斡离不听了这话便十分欢喜了。他忘了这内堂还站有许多男女仆役，也忘了水兆金夫妻是来报机密的，携了王氏的手，便向锦屏后面走去。水兆金跪在地方，见他浑家和斡离不在说笑，心里便十分安定，料得无性命之忧。现今见浑家王氏被斡离不携到屏风后去了，他跪在地方暗忖道："我贤妻道我要做沧州知州，怎地看来便是大名府留守，却也不难。"虽是跪在地方移动不得，心里却十二分欢喜。好大一会儿，斡离不手扶着王氏肩膀走出屏风来，向水兆金指了道："这妇人甚是中我的意，我便留下了。你的来意，我已知道，便派你在内堂当一名通事。不日我夺了大名，再赏赐你，你起去吧。"水兆金朝着斡离不叩了三个头，口称谢大金元帅厚恩，然后退到帘子边，倒钻出帘去。

第二十五回

喝里色阻军冀南道
宣统制尽节沧州衙

　　自这日起，水兆金的浑家王氏，就在斡离不的中军帐内，当了个亲信人物。柴进用了东道都总管的旗号，袭了停云寨一事，自是和盘托出。这却给金兵消了一重隐忧。原来这前两日，斡离不得了后路飞马探报，有几支宋兵，由东北角抄到冀州后面，心中便老大疑惑，宋兵却运用得怎的神机莫测，休是着了前后夹攻的道儿，且按兵不动，先稳住了冀州。

　　对面卢俊义领着大名、黎阳、磁州、相州四处合并的人马，共有一万二三千人，一字儿排开，拦着南行大路，在平原上扎了三座大营寨。卢俊义、燕青带了大名兵马，自挡中路。陈达、汤隆带了相、磁两州兵马，挡了东路。杨雄、时迁带了黎阳兵马挡住西路。卢俊义因黎阳兵力单薄，又在大名兵马里面，拨了一千人去协助。因此前后相隔四五里路。三座大营寨，刁斗相闻。只因黄河以北天气寒冷，积雪下面土地都已冻结，挖不得壕，筑不得垒。卢俊义兵马来到，只是占用着百姓跑空了的庄子。现成的局面，却不能尽按着心里如意的计划。正中这个安营的村庄，和东边庄子相距得近些，和西边村子相距得远些。卢俊义便是怕这空当阔些，有了差错，砍伐了许多树木，枝杈向北，树干向南，堆了三四层鹿角，将两个庄子连接了。东边这空当，恰是个洼地，卢俊义到的第二日，便发动了全军，挑着积雪，在洼地高处筑了半环高到两丈的雪堤。这空当不过里许路，越是雪结得牢实，又着军士们在庄子里挑着井水，在雪上泼了。水沾雪便冻，其滑如油。斡离不占得冀州时，卢

213

俊义都已布置好了。金兵的前站，有六七千骑兵，顺了大道向南开路。出得冀州三十余里，却见天地白茫茫的中间，有三簇旌旗，像白纸上点了红绿，树立在空中，分外刺眼。倒是自下雄州以来第一次遇着了挡手。

那前站先行官喝里色，便下令按住了阵脚，着一二十匹游骑，分三路去打听情形。他们先后回来报道，来军打的是大名旗号。西边空当宽大，庄寨也大。东边空当小，庄寨也小。喝里色在马上四周回顾了一阵。后面的村庄，都相隔在七八里左右，在道里急切找不到一个立脚处，怎的和宋军对阵？待要绕过这村庄去，正是让人家把前后军马阵势腰折了，和后面大军却断了线索，这前站先锋能做些甚的！他踌躇了一阵，见宋军营里只静悄悄地在寨墙上飘荡了旗帜，正不知有多少兵马。他想着，中原兵马，都是不经事的，怕他怎的。那东边的庄子小，又没有鹿角遮挡，且一鼓把他抢下来。占了那庄子，便和宋兵对垒厮守了，益发请来后方大军，把其余两个庄子也踏平了。他恁地想了，令军中吹起了呼哨，催动六七千骑兵，向东角营寨直扑了去。在远处看庄子外这雪堤，正没甚打紧。雪中见雪，不辨高下，到了雪堤下，方看到有两丈高。马奔了上去又斜又陡，都在水泼的雪面上滚将下来，堤上站着稀落几个宋兵，拍手嬉笑。金兵待绕开这雪堤去打庄子南面，又隔了深壕。有少数骑兵逼近庄子些，寨墙上便在梆子声里飞出了几千百支箭来。金兵碰着，不是人落鞍，便是马倒地。那宋兵藏在庄子里面，并不曾有人露面。

喝里色亲率了兵马，逼到壕堑前，离开箭的射程，按住了阵脚，仔细向那寨墙上看去。见那大小旗帜，沿了墙垛子插着，西北风刮着，旗角飘动，旗面招展。其中有两面长纛，蓝底白字，一个上面是相州都监陈，一个上面是磁州巡检汤。他马前带有中原通事，把义译着给他听了。又告诉他道："这两个人一个叫陈达，一个叫汤隆，都是旧日梁山泊人物。休看他职位低小，中原提到梁山泊人物，没个不敬仰的。那中营统带，又是一个奢遮汉子，听探马打听是河北玉麒麟。此人叫卢俊义，是大名人氏，当年不上梁山，便是一位河北英雄。上了梁山，却坐的是第二把交椅。现今做了大名都统制，人缘好，地情熟，休得看觑小

214

了他。"金人对中原人物，比中原人自己还详细些，喝里色怎的不省得？看天色昏黑，遍野积雪，不能安设营帐度夜，只好暗中下令，后队改了前队，倒退八里，在后面村庄上去设营。看看这中东相连的宋军营寨，还只是些旗帜飘荡，不曾有些举动。也大了胆子后退。六七千兵马在平原积雪上移动，风势播扬，自也飞腾起了一阵雪雾。他们约莫退了一两里路时，全军转了方向，自是急切稳定不得。

正中宋军大庄里，突然轰唝唝几阵号炮声起，各个放下吊桥，庄门大开，三路大军，齐向金兵后面，猛烈扑杀。这宋军前面是骑兵，紧紧地向前追着。后面步兵，却摆好了阵势，前后错落地列了队伍，分布在大雪平原上。那金兵听到后面人喊马嘶，鼓声震天，回头看时，宋军骑兵犹如三条彩龙，在雪地上滚将来，正对了金兵中军，却有些着慌。那喝里色在后殿军，当宋军冲出庄子时，再把后军调为前军，转过马头来抵御。但是不到片时，两次前后军对调，有的照令调动，有的将第二道军令当了再传第一道军令，向前退走的骑兵，兀自向前退走，回转来迎战的骑兵，又来迎战。两下里分扯，阵式便紊乱了。但宋军骑兵，却不过是二千余人，飞奔下来，只向金兵放了一阵箭，三条游龙，恰是不曾停留得，依然滚入原阵。

那喝里色虽看到这战法是诱敌，却看得宋兵无多军队，并不放在心上。便指挥了调转头来的骑兵，向宋军追杀。无如这雪地里，不能像平常在平原上那般自在地驰骋。宋军步兵只在洼地雪堆后面排了，并不向前，等待金军骑兵近前了，他们才分别用着钩镰枪扎挪马腿。马腿本已陷入雪内两尺深，再经宋兵砍挪，纷纷翻倒在雪里。宋军是步兵，自不怕倾跌，见着金兵倒在雪里，近的用枪刺，远的将箭射，倒并不乱了他的阵式。金兵四处阵头上迎战，乱哄哄地此出彼击。益发互相践踏起来。喝里色看着讨不得便宜，只好响锣收兵。那六七千骑兵，前后错乱，伤亡散落，更不成了队伍。喝里色见本军如此散乱，颇为惶急，好在宋军步兵阵法原形不动，料着不会在雪地里追赶骑兵，益发亲率一百骑在退军后面殿后。

正宽着心呢，忽然宋军阵里，有两骑奔将出来。前面一骑，坐了一位绿甲将军，后面一骑，撑着方旗一面，红底黑字，大书浪子燕青。喝里色正待回马迎战，那将官两手举起弩弓，一支小羽箭，嗖的一声飞将了来。他身子伏在鞍镫里，将箭躲过，那支箭不知飞向何处，第二支又来，正好射中马头，那马四蹄乱跳，将他颠下马来。所幸那员宋将，并不追来，自勒转马头，远远回阵。喝里色觉得这大名来的宋军，究非等闲，忙乱中从雪地里跃起，推下一名骑兵，自骑了马，杂在乱军里向北退走。退下了八里，寻得一所大庄院，将兵马都调向庄子里休息。清点一番，竟折损一千六七百名军马，小小一仗，也吃了这等大亏。便把详细情形，差人向元帅斡离不禀报。斡离不虽十分怒恼，觉得宋军这番调度，必有能人在内。又听得统军将领是梁山旧日副头领卢俊义，便不敢冒昧进兵。正沉吟着怎的来对付这支宋军，恰好后面连环探马报来，有应天府东道都总管和青州的宋军，由后抄杀了来。他听说了，益发不敢轻率南下，在手下调一员能将巴色玛，带着万余骑去协助喝里色，监视了当面宋军。一面下令后路人马稳守了驻营的庄寨，一面多调细作，去探听东北路军情。自己且坐镇了冀州城，策应前后。

　　这样相持到五六个日子，便是水兆金夫妇前来投顺的时候了。斡离不听王氏说在后路跟来的是沧州兵马，料得力量薄弱，便将水兆金叫唤到内堂中军帐内问话。斡离不端端地坐在屋正中虎皮椅子上，王氏擦脂抹粉的站在他身边，着了一身艳装，水兆金进来见着元帅，两手叉地磕头已毕，跪着仰面问道："未知元帅还有甚差遣？"斡离不道："叵耐卢俊义那厮拦阻我的去路，待发大兵去扑灭他，却又听到后面有宋兵追来。却让我好个为难，你夫妻既亲眼看得见那是沧州柴进，我却有一计在此，要你去施行。你若是成功了，我将来便派一个河北州郡官你做。"水兆金道："只要是力量所能办到的，小人无不唯命是从。"斡离不笑道："那沧州知州王开人的家眷，被我部下俘虏来了，两个小妾，却还有几分姿色，他那浑家虽长得丑陋，心里倒也有些计算，却曾对我说，我若是把她放了，金银还了她，可以将那两个小妾送我，她回去就劝王开人投降。我想这妇人倒给她自己计划得不错，未曾理会得。于今想起来，柴进不在沧州，她丈夫若肯投降，正没有人拦阻得。我就派你到沧州去一趟，说王知州来降我，你可愿去？这里到沧州，一路我自将人送你。只要把沧州说降了，柴进那支人马进退不得，我自有法来收拾他。"

水兆金道："小人愿去。但小人一人去，恐怕那王知州不相信。必是派他浑家和小人一路去，留他两妾做押。说是他投降了，益发将他眷属财帛，一齐送回，料那厮必然相信。"斡离不手抚八字须笑道："我这里不争这两个妇人，便都依了你。你尚有甚请求？"水兆金将头一扭淡笑道："现今河北州郡，十有八九是蔡京、王黼门生故吏，他们一要钱，二怕死。若有钱用，又不见有甚事要了他性命时，忠孝仁义，一般地说得嘴响。若是只说放回他儿女妻妾财帛，他心纵然活动了，却还怕柴进回去不饶他。必是元帅这里派一支兵去攻打沧州，在城外喊杀，小人在城里又用言语吓了他，他就要不顾一切先来投降了。"斡离不哈哈笑道："你虽是个南朝人士，对我大金国，倒是一片忠心，这便都依了你。"说着，玩弄爱狗也似，抬起右脚靴尖，轻轻踢了他身体。水兆金叩头退下。他浑家虽站在斡离不身边，只是以目相送，却未曾说得一句话。水兆金退去，斡离不在妇女俘虏房营里，把王知州浑家乔氏寻出，用好言安慰了一番。着她在元帅行辕通事房里，和水兆金见过面，又通知了水兆金，便派部下银环大将斑狼带三千骑兵随后进袭沧州。水兆金当晚到军营里拜见斑狼，约好了计划。次日扮着难民模样，带两个金营小将，扮作夫子挑了行李，他与乔氏却充作夫妻，各骑一头骡子，顺了小路，投奔沧州。

在冀州境里，自有金兵护送，没甚留难。到得沧州城郊附近，却被宣赞的巡哨兵截住。乔氏见士兵穿着南朝战衣，打着沧州旗号，立刻有了威风，一抖缰绳，催马向前，瞪了眼喝道："我是知州夫人，现今逃难回来。你是本州兵丁，见了我不施礼，却还大剌剌地站在马前。"那哨兵虽不认识乔氏，却知道知州夫人是被金兵掳去了的。见她恁般模样，便不敢得罪，将一行人引到城里，投副统制衙里来见宣赞。宣赞却见过乔氏两次，认她是真的逃难回来了，不曾停留，立刻将乔氏和水兆金同两个挑夫，都送到知州衙里去。那王知州见夫人回来了，不曾见得两个爱妾和两个孩儿，也没甚喜欢处。待得乔氏和他说了底细，却又喜、又怕、又恼。当日晚间，在内堂小阁子里设下了小席，请水兆金悄悄地在那里吃酒叙话。正是酒逢知己千杯少，话到投机万句长，两人直把酒吃到三更才分散。次日正午，宣赞全身披挂，腰悬宝剑一柄，亲到知州衙里来回话。往日这王知州见宣赞到来，立请立见，这时却无回信。宣赞未敢冲入堂内，只在大堂边客厅里等候传见。忽听得大堂外，敲了几声点，接着，咚咚咚三通鼓响，便是知州升堂号令。心中暗忖，必是他也得了金兵又来犯境消息，升堂有甚处理，益发等他升了堂，且在大堂上禀见。不多时，来了两个差拨，将宣赞引到大堂上来。宣赞走到滴水檐前，见文武两班押司差役全身公服站着。堂下护卫兵手拿枪刀白光灿灿，排立着风雨不透。由堂上直站到庭院里来。宣赞心里暗忖，却是作怪，今天有甚要典，如此排场。既是大堂相见，官差一级，自见高低，为了朝廷王法，只得站立在阶檐下，向上躬身参谒。

　　大堂公案里，王知州穿了品服坐着，等他参谒已毕，便道："宣副统制，金兵又来攻打城池，你知道吗？"宣赞叉手道："小将听得探马报来，正是要禀告钧宪。"王知州手摸了他三绺鼠须，两只金鱼眼，来往梭动，微笑道："柴进和你旧日梁山弟兄，投降了大金斡离不元帅，你可知晓？"宣赞听了这话，心里突然一跳，看看两边站班衙吏，也是神色一变，分明说此话以前，都不曾晓得。便道："小将未曾听得此话，想柴将军和旧日梁山弟兄，都是斩头沥血汉子，忠义所在，视死如归，焉能做此等事？"王知州笑道："你道他们不会背叛朝廷？我却问你，当年他们怎的啸聚梁山，攻夺城池！难道那不算造反？往日反得，于今如何叛不得？"宣赞道："我弟兄往日聚义梁山，也只是想扑灭贪官污吏，并不曾背叛朝廷，不然，我等何以都受了招安？"王知州道："今天非是来和你辩论是非，我只告诉你这些真实消息。"说着，向全堂文武看了一下，因道："沧州城里还有数万生灵，便是各衙役人等兀谁不有着家眷财产。现今河北几十州县，都已归了大金，沧州偏在东边，所以得保全多日，而且有柴统制带了五七千人马，还勉强可以背城一战。现今柴进带去四五千人马先投了降，我们只有两千来残军，如何保得了城池？昨日金营派了使节来到城里，劝我们做个识时务的俊杰，把这城池献了，各人官加一级，百姓丝毫不扰。不然，金兵杀进城来，鸡犬不留。大家都是性命，你等却怎的想？"

　　他说着，只看众人，众人默然，左右对望，面面相觑。宣赞叉手道："柴统制投降之言，必不可信，金营派来使员，免不得大言唬吓，甘言引诱，钧座如何听了他话？应当把他轰了出城去。"王知州道："金兵又来攻打城池，你也特来禀告，这却不假。"宣赞道："金兵虽然来了，沧州城池坚固，末将手下还有两千死士，足可守城。我一面派人向前站柴统制那里求救，叫他反兵来扑，然后城里出兵内外夹击，不怕金兵不退。"王知州昂头笑道："你一片梦话。柴进早降了金营，你倒叫他来救沧州？本州为沧州数万生灵请命，决定归顺金国。"宣赞听到这里，将身挺立，右手按了悬挂的剑柄，左手捏了拳头，两眼圆睁，双眉直竖，大喝一声道："王开人，你如何说这种不忠不信、无廉无耻的话？你要投降，把话颠倒来说，道是柴统制先降了。天下自有公道，堂上下各位大宋衙吏百姓明鉴，柴进可是投降求生的人物？我宣赞生是大宋人，死是大宋鬼，一千个不降，一万个不降。王开人，你那妻妾儿女财帛，都被金兵掳去，便是私仇，你也不当投降。堂上下各位听着，再有人道得一个降字，我宣赞一腔热血，便先溅了那贼。"他说时，睁了眼由堂上望到堂下。

王知州将警木一拍，说声拿下。宣赞身后猛可地两根棍棒举起，跳出两个人来，将宣赞打翻，那正是水兆金带来的两员金将，假扮了挑夫，先做了他们镖师，这又做了王知州刽子手。宣赞不曾提防，中了这一着，待要挣扎起来，王知州拍了警木，一迭连声拿下，左右站了衙役，拥出多人，七手八脚，将宣赞用绳索绑了。他身上挂的那柄剑，早由他人摘下。他两手被紧紧地反缚在身后，被众人推着，依然站在大堂中间。睁了两眼向王知州道："你这贼，存心叛逆，倒来言语要侮辱英雄。现今我已被绑，你要杀便杀，我一副忠义肝胆，不愿与你这贼骨站在一处。"

王知州待要发作时，水兆金藏在屏风后观看多时，忍耐不住，却由人丛里挤了出来，走到宣赞面前，深深一揖道："宣将军，我看你一身武艺，怎地被王知州杀了，却不屈煞人，不如一同投降大金，保你可升公侯之位。"宣赞见他青衣小帽，问道："你是兀谁？"水兆金道："我便是斡离不元帅派来的使员。我自有力量，将你引见。你想，你一身本领，只为相貌生得差些，便把你屈在下位，南朝原来就亏待你，你为他尽忠怎的？"宣赞且不言语，等他走近，抬起一脚，将他踢了四五尺远，喝道："好逆贼，你敢把这肮脏话，污了你将军两耳。我顶天立地汉子，也不能死在你这辈小人刀下。"说毕，身子一纵，对准了大堂上的大木柱子，一头撞将去，正是他用力太猛，横跌在石础上，立刻血花四溅。

这大堂上站的百十个衙役哄然一声。他们本是五中感动，失声惊呼起来。那王开人和水兆金两人，以为大众不服，也顾不得体统，仓皇逃入内堂去了。这在堂上的衙役们，敬重宣赞这番忠烈，推着两位年老的人，在棺材店里扛抬了一具棺材来，将他收殓了，抬出知州衙去埋葬。前面一簇人送殡打着白纸灵旗，上书大宋沧州副统制宣公讳赞之英灵。这事早已惊动了全城百姓。纷纷议论，道是北国派来细作，已住在州衙，宣副统制殉了节，城里虽还有两千军马，蛇无头而不行，兀谁来统带着？现今四门大开，静等金兵来到，城里百姓除坐待金兵奸淫掳杀，便只有跑走。这言语一传，百姓扶老携幼便都抢着出城。统制手下二千名军马，也各个叹了口气，穿了百姓衣服，陆续散开。这其中恼怒了两筹好汉大是不平，却生出一番小小风浪，做了件快意的事情出来。

风雪遮天舍生献计
战袍染血复命成仁

  这两筹好汉是兀谁？一位是易州好汉刘屏，一位是雄州好汉田仲。他二人自投沧州以来，便留在统制衙里当差。柴进去后，宣赞手下，缺少将才，看他两人是见义勇为的血性汉子，便升了刘屏做步兵教头，田仲做马兵教头。田、刘两人感激宣赞的知遇。也十分气味投合。这日宣赞一早向知州衙内禀报军情，二人也在衙内检点部队。忽听得宣赞在州衙大堂上撞柱而死，十分惊吓。奔向州衙来探听，才知道王知州要降金国。刘屏听说，将面皮涨红了，待要发作，田仲却向他使了个眼色，两人匆匆地回了统制衙署。只在衙门口，刘屏便止住脚道："田教头，你要我回来怎的？我要闯进衙去，把那王贼先杀了。"田仲道："我怎的不省得？那王贼手下，也有百十个心腹，我两人独自入去，却不是故意走进那贼圈套。我们手下，还有两三千兵马，便先来发动了，去把守四门，免得金兵乘虚而入。城池在我们手里，自不怕那贼人会飞上天去。"刘屏道："田教头说的是，保守城池要紧。"两人说话，踏进衙内看时，见兵棚里弟兄，十停走了七八停，剩下几十人，正也各自收拾包裹，行将出走。田仲喊了两名兵士来询问："你们要怎的？"他们道："王知州要把这座城池送给金人了，我们学不到宣统制为国捐躯，我们却也不能跟了奴才去当奴才，来杀害中原自己人，不散了怎的？"

  刘屏听了这话，虽是大势已去，却也人心未死。便站在庭院里一块大石头上，高声大喊道："各位兄弟听了，这里知州王开人出卖祖宗，投降了金邦。我们宣统制守忠不辱，在知州衙里被逼自尽了。我们为公为私，都不能饶了姓王的这贼。是有心肝的，不要散了，都随我去杀了贼官。"刘屏喊叫了几遍，有血性的兄弟，便有几十人夺了枪刀，奔向刘屏身边来。那些未曾打算动手的，看了这般情形，也是热血奔腾，都随着取了武器前来。竟不曾再有一个要走，田仲也十分快活，便取了一支点钢枪在手，站在人前，将枪尖向空中一指，大声叫道："要为国杀贼的，都随我来。"他说毕，所有的弟兄们，齐齐地呐了一声喊，便拥出衙来，要直奔知州衙门。

但是到了街上，却见满街百姓，大哭小号，不分东南西北乱窜，但听人说，城门大开，金兵已经杀到城外了。同时，西北角十几丛烈焰，腾了高空，将半个城圈都罩在烟雾里。分明是金兵故技，未入城先放火。田仲和刘屏本是走在队伍的前面，看到怎般情形，不免站住了脚，踌躇一番。田仲道："大郎，你看，四门大开，金兵已到城下，哪容许得我们去杀那贼官？料着东南城还有出路，不如带了这几百弟兄，逃出城去，投奔柴统制那里，再图恢复。"刘屏眼望了天空的火焰，向田仲答道："金兵若要进城，王开人那贼，必出来迎降，讨好他的新主子，我们趁着混乱时间，正好把那贼活捉了，送到东京，剐他万刀示众。"田仲道："大郎，你不听这人声……"

说时，像海潮也似的喧嚷人声，由西北角拥将来。西北角街头的难民，撞跌了向东南角奔跑，只喊金兵已经杀进城了，金兵已经杀进城了。不到片时，难民已和统制部下的兵马混合了一处，老百姓惊慌着跑。军士也惊慌着跑。田、刘两人待要阻止时，那西北角有几十骑马，在难民身上直冲过来。看那马背上，驮着番装的金兵，手拿了标枪，向马前乱掷将来，百姓纷纷倒地。随着胡笳狂吹，马蹄声像瀑布也似在后面响着。田仲叹了口气道："大郎，你不走待怎的？预备当俘虏吗？"说毕，拖着刘屏，趱入冷静巷子向东角奔走。奔到东门时，难民已如潮涌般将城门堵住，哪里挤得向前？两人便抢入了附近民家，找了几根绳索，再奔上城去，将绳结了，缚在城垛眼里，然后顺手垂下了绳子，缒出城去。怎地时，只有孤身两人，却带不了一名兵卒。所幸金兵正抢着入城掳掠，城外并无伏兵，两人绕城向南，顺路直奔冀州。

到得柴进营里，在中军帐里拜见了柴进，备细说道沧州失陷情形。

柴进听了，魂飞天外，便召集朱武、戴宗、石秀到帐内会议。依了柴进意思，便要回兵去救沧州，朱武道："这如何使得？王开人降了金人，冀州城内斡离不那里必是事先已经知晓，我等回兵去救沧州，他正好在后面夹击我们。小弟有一小计，可以杀劫金兵一场，便是不夺回沧州，也让我南北两军会合到一处。于今是被金兵横隔在中间，兵力单薄，做不得甚事。但此事必须面见卢统制约好一切。"说着，因把自己的计策，向柴进叙述了一遍。柴进道："此计甚好。只是周围百里，全有金兵巡逻，我兄一人，如何得过去？"朱武道："此是细作勾当，如何多去得人？"石秀挺身起立道："小弟护送朱兄去走一遭，军事紧急，怎的顾虑得了许多？"柴进想一想，这话也是，便派了田仲、刘屏去带了前军，暂充了正副先锋。朱武和石秀两人，扮作了难民模样，当日便冒夜穿过金兵阵地。

冬日夜长，虽是绕行了几十里路程，到得大名军营，也才是五鼓天明。那积雪平原，本来天地一片白色。忽然刮起西北狂风，天空里像长河决口一般，发出呼呼轰轰的怪响。积雪浮面的一层，未曾冻得结实，让这西北风掀起，像那沙漠里的飞沙，又像山头上的飞云，横山遍野，向南奔腾。这飞雪里面，又有那不能忍受的尖厉冷气，扑到人身上，其快如割。朱、石两人挣扎到了营门，经过通报，到了中军帐内，谒见卢俊义，见他两人身穿翻面长毛羊裘，头罩兜脸紫皮风帽，羊毛被碎雪冻结成了毡子，大吃一惊，因道："二位贤弟，冒恁般大风雪前来，必有紧急军事。且先暖和了再说话。"中军帐内，生有火炉，且让二人稍远坐着，脱下了外罩羊裘兜帽，又着兵士烫了两壶酒来吃，先冲冲寒气。朱、石二人坐了小半个时辰，才复了元气。

朱武见卢俊义身着狐皮软甲，腰悬长剑。因先问道："卢兄却也不时戒备？"卢俊义道："恁般大风雪，正怕金兵乘我不备来袭。二兄且说来此为何？"朱武因把沧州王开人投降了金人事说了。便道："小弟之意，沧州这支兵现今是前当大敌，后无救援，便不打仗，这粮草也断了接济。看这早晚沧州金兵，必会同后来兵马，将我等围困了。不能不早为之计，莫如装个回救沧州模样，略退一二十里，却在两翼藏了伏兵。那时，卢兄这里，用全力去攻打冀州。他若以为我南路是牵制之兵，不甚理会，我那边便让开他追兵，冲到冀州南郊，来和大军会合。若他两面出兵，城里空虚，益发是好，我北路伏兵，便乘机袭了城池。不知卢兄对此计策，看使得出否？"卢俊义拊掌笑道："此计甚好，这般大风雪，金兵想我南朝人马，耐不得严寒，必不会出兵厮杀，正好引诱他出来。你们撤兵，他认为是乘了风雪逃遁，益发像真。这般大风雪，至少还可以刮上一日夜，于今约定，你们那边，便是今夜调兵。你们看到金兵出城追赶了，大大放上几把野火，约莫使二三十里外，都可以看见。我这里天明调动军队，多派骑兵探听消息，看到火焰，便出兵攻打城池。此事愈速愈妙，久了便怕斡离不调动后路军队，夹攻你那里。便是沧州城里金兵，也难保他不回兵来厮杀。"石秀道："卢兄之言甚是。昨夜黑暗里，和朱兄摸索了一夜，又大宽转地多绕行了几十里路。今日白天回营，愿在卢兄这里讨两骑好马，我们便走捷径，近走二三十里，直穿了冀州东南郊过去。料得恁般大风雪，他未必有兵出城巡逻。便是有几十骑巡逻兵，我两人都可把他打发了。益发活捉了两个过来，也好审审他口供，打听些消息。"他说时，挺起了胸脯，两手按了膝盖，睁了大眼望着，精神十分奋发。

卢俊义道："如此便好，我这里益发派一小队骑兵，护送二兄弟过去。且将息片时，待我约了左右两翼各位兄弟来，共吃几碗酒。"朱武道："我们吃了两碗酒，又烤了一阵火，已将息过来了。这大风正不知能起多时。若待风息了，这东南郊便不好穿过。卢兄既已采用了小弟之计，机不可失，小弟就在此告辞。待两军会合了，再和兄弟吃酒不迟。"说着，便站起身来。卢俊义道："虽是二兄立刻要走，也待我下令调齐一支骑兵来。"朱武道："只小弟和石兄有两骑快马走去便好。有了护送骑兵，招摇甚大，反是打草惊蛇。万一被金人抢去一两名弟兄，走漏了消息，却坏了大事。"石秀也站起来道："遮莫金人有天罗地网布在东南郊，小弟也要闯过去。仁兄不记得当年大名劫法场时，小弟一个人一把刀也敢在千百人马中来去。于今胯下有马，手上有枪，又是两人，怕些甚的？"卢俊义笑道："三郎之言甚壮。恁地时，便依了二位，请再吃两碗酒，以壮行色。"石秀道："酒便吃两碗，请兄立刻和我们调两匹马来。"卢俊义甚喜，着小校牵了两匹鞍辔齐全的马到帐外，又挑选了两支点钢枪，插在深雪里。于是亲斟两碗酒，分送到二人面前。两人接过碗，站着把酒吃了。拱手唱个喏，取了羊裘披上，出得帐去，拔枪在手，一跃上马，便飞奔出营。

这时，西北风益发刮得紧，雪花遮天盖地，迎面直扑将来。二人两匹马，在雪海里钻了二十里路上下，并未遇到一骑金兵。这已过了一半路程，却也放下了心，催马狂奔。面前一带松林，在雪地矗立了，雪压了成个雪山。但下层苍暗色在皓白里，映照了十分显明。马前这条人行小道，为车辙所陷，虽盖了雪，也和野地低下去几尺，在马上观看，正是向松林直穿过去。朱武在前勒住了马，回头向石秀道："三郎，这松林邻接了城廓，怕有金兵埋伏，须是提防一二。"石秀猛可省悟，抬头看去，那松林子里正好有一缕浓重的黑烟向空升腾。不正是有人煮饭起的炊烟？怎般人马重重围绕之下，哪有寻常百姓安居造饭？朱武道："且不问这林子里有无伏兵，我等绕过这林子为妙。便是多绕十里八里路程，天色尚早，却也不会回营过晚。"石秀道："哥哥说的是。"两人勒转马头，跳出了车辙道，便向田野上踏了浮雪奔跑。果然，那林子里一阵胡笳声吹起，便有几十骑金兵，卷起了雪焰，随着风势，三方兜围上来。石秀看到人少，便在马上笑道："若只是这几个伏兵，怎能唬骇老爷，朱兄，且活捉两个带回营去见柴进哥哥，也好探些军情。我们且引诱他一阵吧。"于是逼转马头，向回头路走。朱武会意，也随马跟来。

金兵哪里肯舍，有两匹马跑得快的，已逼近了马尾。石秀大叫一声，扭转身躯，两手将枪尖横扫过来。直刺马头，马眼生花，前腿直立起，那枪尖便搠进了马腹。马一跌两跌，将那金兵颠下来。石秀再一枪尖，便把他搠死。回头看朱武对逼近的金兵，马头相对，一枪把已把那人打下马背。石秀看又有几骑金兵从风吹的雪雾拥出，不能让朱武给他缠住了。更举一枪，把那人刺死。于是两马并排，双枪并举，舞得泼风也似，对了那逼近前来的金兵挑扎刺搠，全都杀死在雪地里，但是这松林里却是埋伏金兵不少，这批上前的被杀尽了。胡笳声起，第二批又拥将上来。地上的雪，风吹的雪，被马蹄搅得迷糊一团。石秀挺枪跃马，正待迎上前去，朱武叫道："三郎，这些虫豸般贼兵，哪值得我们久在这里厮杀？我们赶回大营去要紧。"石秀道："正是如此，我等若绕了林子走去，他只在后纠缠，却也老大讨厌，待我再打发回去几个，叫他不敢追赶。"

说时，金兵几十骑已扑到面前。石秀大吼一声，挥枪直闯进雪雾丛里去。朱武不肯让他落了孤单，也拍马跟踪杀去。两支枪如两条蛟龙，金兵又颠翻了十余人。他们且杀且退，看看将逼近林子，都勒转马头逃回了林子去。石秀见有两骑落后，正好活捉一个过来，便跃马跳上两步，右手提枪，腾出左手，便要去抓那人下马。不想那林子里金兵，竟不顾伤了他自己人马，几百条箭向朱、石两人飞射将来。石秀将枪拨了箭，伏在鞍上，赶快两腿夹马回退，膀上腿上，已各中了一箭。虽是十分刺痛，未中要害，人还在马鞍上坐得牢实。马快路滑，已是离开箭的射程。定了一定神，将膀上箭拔去，回头看朱武时，见他丢了枪，两手抓了缰绳，伏在马鞍上。马身上中了两箭，它无人控制，落荒而走。石秀大惊，拍马追了上去，只见朱武身上那件羊裘，已沾染了四五块血迹，有五支箭插在他背上手上腿上。这也顾不得拔去自己身上的箭了，弃了枪，把自己的马拦住了那马，然后隔鞍将朱武抱了过来，放在鞍上，不敢停留，放马自走。正好狂风又起，刮得雪阵遮盖了天地，金兵未曾赶来。

他一口气约莫跑了两里路，回头看看，松林已远，心中粗定，便停了马。但喘过这口气来时，手臂按朱武不住，两人一同滚落在雪地里。原来这马屁股上也中了一箭，它跳跃着走开了，石秀由雪里挣扎起来，见朱武身上流出来的血，已把羊裘前后襟冻结成了一片，掀开他的兜帽，他面色苍白，双目闭住，剩了些微气息。石秀坐在雪里，将他拥抱在怀里，先拔去背上一支箭，他大喊了一声。石秀抱住他道："哥哥怎的？"朱武头枕在石秀手上，人缓缓倒下去，强睁了眼向石秀道："好兄弟，休来管我，我自为大宋尽了力了。人生必有一死，这般死便好，你务必赶回大营，告诉柴进兄长，照计行事。我军计划成功，我死而无憾。"说着，声音慢慢地低微下去，眼珠在眼皮缓缓合拢的时候还动着左右看去。石秀咬了牙，忍住自己的创痛，握了朱武的一只手道："哥哥放心，我虽走路，也必把你背回宋营，也不误公事。"朱武略略点头，便捐躯了！石秀将他尸身放在雪地里，先把手臂创口再裹上一道。拔去腿上那支箭，痛得向后一倒。沉着一回，紧紧咬了牙根，重新坐起，撕下朱武身上一片衣襟，把创口裹了。然后在雪地里对尸身拜了两拜道："望哥哥英灵在暗中默佑。待小弟夺得刀马，一来送你回宋营，二来也好禀告柴进哥哥，成了这回大功。"

祝告已毕，一跃站了起来。前后瞻顾，见原来交锋地方，满满都是黑点，料着是金兵尸首。便闪跌着走向那里，果然人尸马尸，纵横倒卧了。在雪里拾了一支枪，又拾了一把刀。朴刀挂在腰上，手将长枪做拐杖，支了雪地里站住，自己沉吟了一会儿，心里思忖，腿受了重伤，积雪两三尺深，如何能走回大营。正在为难，却见深树林外有两骑金兵，向这里走来。便暗念道：天可怜见，送马的来也，正是朱武哥哥英灵，暗中默佑。于是手握长枪，倒在雪地上不动。果然，那两骑兵是来查看战地的，缓缓来到尸首旁边。石秀等他们到了近处，大吼一声，跳了起来，两手举枪向上一挑，便把当前一骑金兵，挑落马下。自己也忘却腿痛，奔向马边，一扶马鞍，便纵上了马背。那骑金兵见死尸由雪里跳起，早已吓慌，不敢交手，拍马便跑。石秀抖缰追了上去，由那人后心一枪扎去，毫不费力，又已落马。于是俯身拾过那马缰绳，牵到朱武尸身边来。自己跳下马，把他尸身放在空马鞍上，将那羊裘撕成几根长带，和鞍子一处缚了。然后自骑一匹马，手牵一匹马，绕了松林，觑定方向，对沧州兵马大营直奔了来。

那西北风紧一阵松一阵，不断吹着，这时又狂烈起来。那雪沙由地面被风卷起，斜刺着扑打了马鞍上的人，只是要把人掀下来。石秀受伤的手倒拖了长枪，并牵了身后那马。用好手抖了缰绳，身子伏在马背上，两脚紧登踏镫，只管催马走。周身用劲，那扎创口处都崩裂了。几次痛入肺腑，人在马上晕沉过去。石秀却兀自记得朱武言语，必须禀告柴进，照计行事。清醒了过来，却又用枪把拍马飞奔。一气奔了二十余里，远远看到大雪地里，拥出一座堡寨圈子，上面大宋旗号飘动。昂头叫了一声天，继续飞奔。在堡城上巡逻将校，早看到雪地里有两骑马飞奔了来，便定神守望。那两骑马奔到营门外时，看得清楚，前面马上的人，伏在鞍上，后面的人，却是缚着的。大声呼喝着口令，两人并不答应，那马知道这是营寨，急于避风雪，也徘徊了不去。

这时，戴宗正在巡营。听了小校呼喝，登城看望，见马上披着翻毛羊裘，大惊道："这是石秀贤弟，怎的恁般狼狈？"立刻亲自下寨，开门迎接。两马见吊桥放下，寨门开了，便直冲了进去。小校们将马拦住，戴宗向前看时，见朱武身上，已堆了几寸厚的雪沙，横缚在马背，知已死去。那石秀冻僵在马鞍上，兀自左手挽枪，右手牵了缰绳。看看还未曾死，便着小校们抬入内帐。柴进得了禀报，撞跌将来。这时，小校将石秀安顺在军帐内床上，扑去身上雪花，见左臂紫色血膏，冻结了一块。左腿上也有一片更大的，正是箭创口。衣服血液凝结了，揭不开来，且自由他，只把雪团来搓他手心脚心。另在屋角，生起小小炉火。暖和这屋子。调理了好半晌，石秀苏醒过来，睁眼见柴进、戴宗站在面前，缓缓地道："莫非梦中？"柴进垂泪道："石兄，你已被马驮回营来，如何恁等模样？"石秀微闭了眼想了一想，笑道："天幸得回宋营，不误大事。我可见朱兄于九泉了。"戴宗也垂泪道："朱兄尸身也由马驮回来了，却是怎的了？"石秀呻吟着，断断续续，把过去事说了。却是喘息了一团，不能再说。柴进向戴宗看了一看，默然对立床下。石秀二次睁开了眼，问柴进道："小可说的那番话，哥哥可都记住了？河北大局，在此一战，却是错误不得。请把那话重叙一番。试看兄台听清楚也无？"柴进由了他，果然把他的话回述了一番。石秀连眨了两下眼皮，下颌有些颤动，带着微笑道："柴兄定能照计行事，小弟放心去了。请转告各位兄弟，努力杀贼，上为国家，下为弟等报仇。拼命三郎，今番真个拼了命也……"说毕，两眼闭上。梁山又一位好汉为国而死！

第二十七回

挥大旗柴进夺城门
放弩箭燕青擒寇将

梁山泊上人物，都是斩头沥血汉子，只要是义气所在，自把生死看得轻松。这回朱武、石秀在死关上跑回营来，免得误了军事，柴进和戴宗都十分感动，相向流泪站在石秀灵床前，半晌没有言语得出来。戴宗拭着泪道："石家兄弟，忍死奔回营来，就为了卢俊义兄长，要我们照计行事。现在时候不早，请兄长去传令调度军事。这里朱、石两位兄弟遗骸，小弟自会率领小校们殡葬了。"柴进向石秀尸身唱了一个喏。因道："恕小可不能料理兄台身后了！"说毕，含泪回了中军帐，下令将人马照朱武生前所定计划调度。

在申牌时分，田仲、刘屏接到军令，把前哨人马一千五百名，撤退了所驻的村寨。故意把一小部分旗帜不曾卷得紧密，雪风一吹都透了开来。队伍让他们零落散开，占了好大地面，在那雪雾丛中，透出了隐隐约约的人影子，西北风追着马吹，马也引颈长嘶。这支人马，退到中军所在地，改入路南去。这里正是一片洼地，冬日水涸了，十余里路宽的干芦苇丛被雪半压着，却也正遮掩了眼界，人马便都深入一二里路，悄悄地埋伏了。路北向东三四里路，有两个小村寨相连，村外都有树林，将村子半露半掩，所有的高低枯树枝，都让雪加了一层厚涂裹，正是成了密密层层的梨花林子。地上是雪，人家屋瓦上也是雪，一片白色。在风雾中自难分个浅深。柴进自带了三千人马，藏在这里。剩下千余人马，却由戴宗领了，缓缓向东行去。

斡离不在冀州城里，早得了探马报道："王开人大开四门，将沧州

229

献降了。宣赞撞柱而死，守城兵马，一二千人全都散了。"斡离不见便便宜宜占了偌大一座州郡，心中十分欢喜。料这东路兵马后路有了变化，一定会闹饥荒，便不住派人监视沧州军行动。到了这日黄昏时候，四路探子回报，宋军向沧州路上撤退，斡离不自觉所料不虚，便点了一万兵马，派一员大将领带，大开东北回门，跟踪追杀。那时，西北风虽已稍稍煞了，但偶然吹过，那半空里呜呜呀呀的惨叫声，兀自时起时断。初更以后，风势全停，天上疏落着的星点，配合了半钩新月。清光落在积雪上，大地如水洗了，冷气尖刀也似，透穿盔甲。金兵出得城来，在雪野里向东追赶。赶行了十余里路，逼近宋军原来的前哨营寨，依然是一片寒光天地无尘。远远朦胧着云雾，不辨树木村庄。兵丁肩上扛的刀枪，前后接连，也映了寒光，在空中闪动。

那柴进带了三千人马，伏在路北村庄里，一点儿声息无有。他自己全身披挂，走上村中碉楼顶上观望。在月光雪地相映之间，地面上有一片黑影子浮动，正是金兵人马来了。远远的嗤嗤咤咤声、嚓嚓啪啪声，正可以听到那是人马蹄脚踏雪响，那是兵器旗帜撞击摩空响。这寒光压地，万籁无声的当儿，自把这情形闻见得很切实。柴进立刻步下碉楼，骑上村屋前配好了鞍镫的马匹。自己两手握了长枪，一马当先，守住了村屋门口。在马背上向东张望，只见几丛火焰，约莫在三五里外，前后腾空而起。清光里面，火都成了赤色的烟雾，空中风势一卷，发展得很大。那正是戴宗人马在那里放的信号火。金兵看到前面火光，虽不知道是什么用意，却省得必是沧州兵马退到那里。便算有甚用意，这万余兵马，已是比宋军多。统兵将官，却是不介意，恁多人马，如何肯不见来军一卒一骑便罢休了？他恁地想时，益发催动骑兵，先向那火焰赶上一程。不到半个更次，柴进下令放火，把两所村庄烧了。金人步兵，方是过去大半里路，猛可地看到后面两丛烈焰升起，便按住了阵脚，在大雪地里等着伏兵出来厮杀。柴进这支人马，恰是不来与金兵作战。斜刺里由东北角直扑州城。

偌大平原，冬天里没有一点儿庄稼，虽是大雪把地面盖了，也没一条沟渠，行军不怕人马陷跌，柴进益发不择路径，只远远地避开金兵来去路径，大宽转地奔走。一路上向空中放着火箭，知会了第一路芦苇里伏兵，田仲、刘屏看到信号，带领千余人跑出了上风头。便放火烧那苇丛。这焦枯干叶干了一冬，虽洒上些干雪，却是不曾湿透，放火的人，都把硫黄石硝引着了一片，晚风略微舒卷，便燃烧得纵横几十丈。这角落里宽阔的火，知会了东退的戴宗，知会了西来的柴进，又知会了南路候消息的卢俊义。其中三路是戴宗这路盼这火信更切。见金兵退去之后，派了二三十骑快马，火向东放，大队人马，却由金兵右翼迎将上来，反往西走。恁地时，虽是绕避了正面，但万一顶头遇到金兵，却也只好拼命厮杀。现在看到这丛火知道自己伏兵，不曾为金兵发觉，又容易省别方向，于是催动队伍，向田仲、刘屏的前锋会合。那金兵走到这半路上，前后左右，放了许多火头，料着是宋军伏兵四起，各分头向火光处厮杀，既分了兵力，又怕中计。踌躇了不敢动弹。那东进的骑兵，曾扑到两处火焰边，只是些秋秸堆燃烧了，不曾见得一人一骑。接着后面大火陆续腾起，也只得跑回来与步兵会合。但会合之后，依旧是四处火光，不见宋军出来厮杀。虽明知是疑兵，正不知道疑兵埋伏哪里，只有顺了原来的路步步向冀州城里撤退。

戴宗、田仲会合的二千余人马，隔了火光，把金兵看得清楚，也不声响，也不截杀，只在后面紧紧跟着，那北路暗袭冀州的柴进，更是一串流星探马报信，知道金兵向城内撤回，便抢着直奔东门。一口气奔到东门外，先在附近民家，把三千余人马，分头藏好，只在暗下候机会。等着金兵退到附近，约有三停的一停，过了吊桥，柴进立刻着人连放了几声号炮，这三千余人听到炮响，各在民房里烧着火，三五十人一队，手使短兵器，各由街口巷口，四处抢杀出来。这里街巷窄狭，金兵前后拖了长阵回城，正不曾想到在城门口会遇到厮杀。阵头已进入城，阵尾尚在郊外。踏进街道的队伍，便是中间一截，四下里被火烧着，首尾都不能照应，只有前后乱窜。在金兵后面暗蹑的戴宗队伍，见城角下飞起了几丛火焰，喊杀之声大起，知是柴进得手，便向金兵猛扑将来。这时，新月已经落地，满天星斗，拥出的宋军在金兵后面是由黑暗中向光亮处厮杀，十分清楚。金兵见前面街巷堵塞，中路队伍回跑，后面更有军队攻来，两面受攻，阵脚大乱。那金人的骑兵，散在平原上自好来去冲锋陷阵，如今前面街道是宽不过丈许，如要冲杀，却是后骑冲了前骑。回头来向后面迎战戴宗队伍时，无如街巷里退出来的金兵一味冲撞阵脚，压制不住。统兵金将，也只有率了亲信部卒，混杀一阵。冀州城墙，全被城外火焰遮挡住了，里面情形如何，恰是探求不得。他心想便冲过了这街道，也不知道能入城也无。自吹了撤兵胡笳，向东北角退去。戴宗这二千余人倒乘了空当，杀进街道来。

这时，柴进见金兵截成两段，奔向城里的一支金兵，十分混乱。火光中见冀州东门大开，吊桥绳索已断，未能扯起。那金兵蜂拥入城，在吊桥上便如滚球也似，纷纷跌入桥下。沧州兵士，杀不过桥，只站在壕边，对奔逃的金兵乱搠。柴进自己左右二十余骑精兵，正是梁山老弟兄，便回看了他们道："大丈夫见义勇为，不入虎穴，焉得虎子。冀州城摆在眼前，城门四扇大开，如何可以放过了？你们随我来，先把这东门夺了，也好放大兵进城。"说着，手挥金枪，拍了马便向金军溃兵丛里直冲了去。那站在壕边的沧州兵，见主将向前，也呐喊着跟在后面向东门冲。那城外金兵，虽是纷纷向城里逃跑，守城金兵，如何不提防宋军混夹入去，早已伏了两三千人，藏在城墙垛口下火焰里，以备万一。他们看到二十余骑宋军冲上吊桥。为首一将，头戴狮头盔，身穿赤色金缕甲，跨下一骑黄骠马，手挥红樱金枪，气概轩昂，虽看不清面貌，便不是平凡模样。他那骑马后，展开一面红地金边大旗，上书一个柴字。早有人告诉了守城主将，这必是后周柴世宗嫡派子孙，现任横海郡沧州兵马统制小旋风柴进。那主将早闻其名，如何肯放他过去，且不问城外金兵是否退尽，立刻下令放箭。梆子声里几千条利箭，像下着斜暴雨也似对了吊桥上射将来。

柴进却也料到此着，眼前城门大开，马也跃到了吊桥上，怎肯功亏一篑。将金枪插在马鞍插鞘里，顺手夺过这身后那骑兵手上的大旗，把身子伏在马鞍上，两手举了旗杆，伸出马头去，身子一扭，两臂转动，旗面便已展开。只听到呼呼啦啦有声，那面红旗，像一朵飞云，或上或下，或左或右，盖了这人和马，向前滚去。那箭是嗖嗖地飞来，全被旗子卷落。但那桥左右的金兵，和护送柴进前来的从骑，都纷纷地被射着落地。柴进一马当先冲到了城门洞子里，城墙上箭射不着，石头也砸不着便立定了，他看城门里面，是个月城的城圈，并不见有一个人，凭着自己这股勇气，本可以再冲进月城去。但身后一骑随从没有若是杀进城以后，金兵反是将城门关了，却不是入了陷阱？必定引着人马过来，先夺得了这城门，不容金兵来关闭，才是来去自如。怎地想了，回头看看自家人马，还是临壕站住，不敢冲近这箭雨。柴进心里焦急，只管将大旗伸出城门洞去，上下挥动，要招引军队过来。但是月城里笳鼓之声大作，一批手拿盾牌滚刀的步兵，就地滚将来。柴进怕让他们砍了马腿，只好手挥大旗，跃出城门洞。那些步兵，并不来追赶，却抢着把城门掩闭上了。同时，城墙上百十条火箭，如几百道流星，对了吊桥射去。桥板上，几丛火焰升起，便已燃着。柴进料是抢不了这城门，只好纵马奔了回去。虽是两手挥旗，遮盖得水泼不入，那城墙上金兵把碗大的石块，向头上盖来。石块沉重，旗子卷甩不开，柴进肩上臂上，各中了一石，马身上更是中石七八块。马虽负痛，所幸这是柴进喂养多年的坐骑，却不肯颠动丝毫，只是飞展四蹄，也像一支箭出弦，将那烈焰笼罩的吊桥，冲了过去。

戴宗率领后路人马，已杀到了阵头，听说柴进带了二三十骑随从，已冲过壕去夺城门，不免大吃一惊。便率领百余骑精兵，由自己阵里，向壕边追来。这时，城外放的那几十丛野火，被风一卷，那火焰越发大了。火头上起的浓烟被下面火光照着，都变成了紫黄色，所以这冀州半边城都罩在红光里。戴宗到了壕边，看得清楚，见一员宋将，舞了大旗，抢过吊桥来。城上箭石追着这一人一骑打，也就顾不得危殆。大喊一声，舞刀拍马前去迎接，正好柴进跳过那吊桥，旗子被火箭燃烧，随手丢了，马腿被箭射穿，人与马一同滚在地上。小校们将柴进在地上扛抬了便跑。这里的骑兵，又已被箭射倒了一小半。沧州兵被火光映着，形影毕现，上前不得，只是隔了壕擂着鼓，摇旗呐喊。柴进被抬到阵后，戴宗将两床马褥子，放在街道上人家屋檐下石阶上，便让柴进睡在上面休息。柴进虽是身受几处重伤，神志还十分清楚，耳听到四处咚咚金鼓之声，杂了潮涌一般地喊杀。屋檐上面，火光烘托了紫黄色的烟雾，上升天空，那烟雾里无数的火星，像放花爆也似，随了烟雾飞舞。这些火光，照见沧州人马，在街头上来往不息。戴宗叉手在石阶台前，并不言语。柴进猛可省悟，挣扎了坐起来，问道："这呐喊声起在东南角，必是南郊我们大营人马，前来攻城。看城里金兵恁般情形，今夜他不省得我们力量如何，不会出来接仗。到了天亮，我们攻打经夜，把士气攻打得疲倦了，他们却开了城来接杀。"戴宗道："小可也是如此想，只因抢救兄长出险，便耽误了。"柴进道："这如何耽误得？"便下令全部人马，分三次移动，未曾移动的人马，还只管呐喊攻城，戴宗留在后队压阵，着四个小校，用木板将柴进抬了，随了队伍，绕到南门外。

果见大名大队人马，隔了城壕，将冀州城墙围住。火光里在人家屋檐外，飘荡了无数的旗帜，那骑兵三五十骑作一队，绕了壕岸奔跑，过去一批，再接一批。马蹄声不断。柴进看到自家人马如此雄壮，精神为之一振，便在木板上坐了起来。街口上两员宋将，引了几十骑随从迎将上来。马前十几个长柄灯笼，有圆有方，上面写了官衔姓氏，烛光照得明白，正是汤隆、陈达二人。小校马上喊着柴统制到了。陈达身披黑甲，背上插了双鞭，跃马向前走来，便拱手道："哥哥怎的？"柴进道："方才抢夺东门时，被城上乱石打伤了。俊义哥哥现在……"汤隆也迎马向前道："卢统制正在前面街上，立马等候兄长。"说着，一同向前。街头大屋下簇拥了一丛灯笼火把，火光下，卢俊义身着紫云甲，跨下紫骝马，腰悬长剑，未拿武器，双手拢了缰绳，正在鞍上四顾，燕青背了弩弓，手拿长枪，拱手立在卢俊义身后，备见精神威武。卢俊义见陈达、汤隆，拥护了柴进前来，也立刻迎上前来观看。见他盔甲未卸，半昂了身躯，向这里看觑了。便拱手道："大官人辛苦了。"柴进益发将身子挺坐起来，正了脸色道："为国辛苦，死而无怨。只是刚才小可冲进了东门，后面人马跟踪不上，抢不到冀州，却十分可恨。"卢俊义道："虽是如此，我们兄弟能在这里会师一处，却也不虚这一战。大官人且回大营将息，事不宜迟，只在五鼓以前，小可便当把大军调回，且让斡离不那贼看不透我虚实。"说着，便差燕青先护送柴进回营，一面传令前锋人马只管做攻城模样，且休渡过壕去，一面令后营兵马，卷旗息鼓，分路向大营退去。

原来这南郊外几个村寨，是金将喝里色万余人马分驻了，卢俊义却调着杨雄、时迁所部二千余人马埋伏大路两边监视了，大队人马都在夜月朦胧里绕行过来了。后来城外大火，喊杀声起，喝里色知道冀州被袭，远看南方宋军大营，依然灯火闪烁，虽是在上风头，却也听到那更鼓之声，敲打不绝。仿佛攻打城池的，不是南路宋军，如若抽兵前去救城，却又怕卢俊义的大名兵马随后追来。他只得下令全军戒备，等候探报。后来他看到冀州东北角火光接天，一丛丛直烧到城脚，益发像是沧州兵马攻城，料得城中大军足以应付，便决定了不出兵。待得有几骑探马回报卢俊义兵马也曾绕道攻城，已到三更天次，便十分晚了。他恐幹离不见罪，勉强调齐人马，开了北寨门向冀州去救援。这里人喊马嘶，埋伏在大路两边的杨雄、时迁队伍，早已准备妥当。等到喝里色人马过去一半，两下便抄杀出来。金兵匆忙迎战，便是一阵杂乱。

这时，燕青率领二百余骑精兵，正好护送柴进回营。远远看到一丛火光，在大雪平原上照耀起来。胡笳狂吹，战马悲号，便知道是杨雄、时迁把金兵截杀了。便大声叫道："弟兄们，今夜未杀进城去，便宜了那些贼兵。于今喝里色人马送上前来，我等必须杀他一个痛快。"回转头来，向躺卧在马褥上的柴进道："大官人且绕路西，小可转回左边杨雄兄长营里去。"柴进听说，一翻身由马褥上跳下地来。因道："将息了这些时，我的伤势已经退了。虽不能厮杀，还可以骑马，我自随在小乙哥身后，冲了过去。"他说着，便叫面前一骑兵让马匹。见他手上拿了丈来长的红缨枪，益发取了过来。坐在鞍上，两手端了枪把，将枪头抖了两抖笑道："却是不甚吃力。小乙哥由我一路吧。便是厮杀不得，也有你保护了我。若另走小路，遇到金兵，须是被活掳了去。"燕青见柴进不肯离开，只好由他。自己手挥长枪，在前引导，对了来的那丛火光迎上去。后面二百骑马兵，熄了灯火，在雪地里紧紧相随。不到半个更次，路旁闪出一座松林，一片黑森森的影子，在雪地里涌起来。燕青看看那火光已越是走近，相距不过二三里路，却引了一行人，都藏在松林里面。

金兵燃起千百条火把，骑兵摆成十余人一排的行列，在林外跑过。马蹄踏了积雪，雪泥四溅，道路成了雪浆。那骑兵在马上高挥了火把，近看是一丛烟雾，远看是一串火光，加之那骑兵蜂拥而来，上万马蹄，践踏得声音很大。藏在松林二三百骑宋军，众寡悬殊，未免相顾失色。燕青虽不曾看到众人颜色，听到各人马鞍上，衣甲一摩擦瑟瑟有声，料是大家精神不安。心想：要截杀金兵，须能压抑他们声势。正在这时，骑兵已过，步兵随后走来。在步骑兵中间空当里，又来了一丛灯笼火把。有百十骑马，簇拥了一员金将向北走来。那人身着绛色开衩窄袖战袍，头戴貂帽，两耳垂着碗口大两支金环，左手揽缰，右手抱了个花杆长矛。燕青认得那厮，正是斡离不部下先锋大将喝里色，立刻把枪插在雪地里，取下肩上弩弓，在左肋下骑袋里取出一枚弩箭，扣在弦上。两脚踏了鞍镫，身子微微站起。两手举起弓来比与头齐，眼睛在扣弓背的食指环里，看准了喝里色拉紧弓弦，猛可放去。这里嗖的一声响过，便见喝里色侧身倒下马去。那随从骑兵，正不知何故主将突然落马，大家一阵紊乱。燕青背好了弩弓，拔起雪地里长枪，大叫一声："大家随我来。"拍马当先，冲出了松林，直奔那丛灯火。这里二百骑宋军，亲眼看到燕青一箭将喝里色射下马来，大家一阵欢喜，便也随了他马后冲杀过去。

金兵见主将落马，又看到松林子里有人杀出，以为又中了伏兵，丢了落地的喝里色，四散奔跑。灯笼火把，满雪地里抛弃。后面随来的步兵，被杨雄、时迁截杀一阵，且战且走。冲到这里，喘息方定，这时宋军杀出，阵头大乱，金兵以为又是一场苦战，便对了自家溃散军队猛冲过去。燕青早已抢到喝里色落马所在，地面火把，照耀着一员金环大将，肩上中了一箭，正由雪地挣扎起来，要寻战马。燕青哪肯放过，两手横过枪来，只一枪把，将喝里色打倒在地。慌乱中又被乱马踏了几脚，他早是动弹不得。燕青大声喝随从骑兵把他缚了，两骑兵就地将他抢起，便把来捆缚在马鞍上。燕青见擒此大将，胜似斩首千人，不肯与金兵纠缠，依然挥了枪，指挥众骑避入松林里去。

那金军步兵冲了上前，满地的灯火，为积雪所浸湿，也大半熄灭，却不见那里有军队迎着厮杀，只有继续向前冲撞。那前面跑过去了的马兵，看到后面阵脚慌乱，拨转头来救应。偏是失了主帅，无人指挥，自己的步兵与马兵，倒互相冲杀了一番。接着卢俊义撤退了第一拨人马三千余名，由陈达率领，正好经过。他们并不曾亮着灯火，只在暗地里擂鼓，大声喊杀，估量金兵所在，将乱箭飞射，并不向前接杀，以免损伤。金兵几次被宋军暗中摸杀，以为到处是伏兵，加之无人指挥，越杀越乱。这时，在远远的擂鼓呐喊声里，见有大队宋军赶到，慌乱着四下奔跑，于是金兵为乱箭所射，马蹄所踏，自己人刀枪所伤，满地里都是死尸。燕青、陈达各在暗地里勒马观看，倒获了一次大胜仗。正是朱武虽死，这一场功绩却也立得不小呢！

第二十八回

遣细民赴死勉时迁
夸宗室弃城伤赵野

这一场厮杀，金兵却坠入雾里，他们每次遇到回营的来军，每次都以为是中了伏兵，人心慌乱，越战越没有了阵势。待到五鼓天明，卢俊义、柴进两路兵马大获全胜，都回到了大营。卢俊义驻扎的这所村寨，空屋很多，便让柴进本部人马，也都在这村寨里驻屯了。柴进自己随着燕青押解了生擒的喝里色回到大营。一路行来还骑在马上，到了营门而后，滚鞍下马，却便支持不住，倒在地上，燕青着人将柴进抬入屋内床上安歇。把喝里色关在囚车里，等候卢俊义发落。卢俊义回来时，知道虽擒得一员金国大将，可是又折损两名兄弟，心中甚是惨伤。把关喝里色囚车，且押到后营。在中军帐内备酒犒劳出战弟兄，除了柴进卧伤未起，所有各弟兄，都团团地围了圆桌子吃酒。

席上杨雄、时迁、陈达都郁郁不乐。杨雄坐在席间，手扶了酒碗，待吃不吃地，叹口气道："自在蓟州和石秀兄弟相识以来，十分意气相投，几次遭险，都得无恙，却不想是今天分手了。"陈达道："我等聚义兄弟，虽是情谊一般，却相识有个先后。小弟和朱武兄长在少华山结义之后，未曾分手过。多年弟兄，忽然永别，心里总觉着有一件事横搁了，分解不开。"卢俊义坐在首席上，正端了酒碗起来要吃，这便放下碗来，手按桌沿，昂头叹口气道："折伤了朱、石两位兄弟，不但是我等兄弟损伤，便是国家也折损两名好将材。"杨雄豁地立起来，拍了桌案道："必须把喝里色那厮首级号令辕门，才泄得胸中这口怨气。"卢俊义手抚髭须因向杨雄点点头道："杨兄且休性急，留着此人，自有用处。现在金兵，深入我大宋国境，他哪日不杀伤我成千成万百姓！杀他一人，报得甚仇？我且宽待了他，那厮在三五日后，不曾受刑，必存着生望，在他口内，好歹讨些军情出来，强似要他流那几点膻血。"时迁道："怎地时，却使用得着小弟。当年小弟落魄在蓟州时，也曾经营牛羊皮生理。奔走长城内外，颇学得几句鞑子话。小弟便用鞑子话和那厮攀谈，他不怕第三人听了，或会吐些实言。"卢俊义点头道："怎地便十分是好，明日便由时迁兄弟探问那厮口气。"当时计议定了，便开了囚车，将喝里色让在一间民房内酒肉款待，和他包扎箭伤。

到了上午，时迁拎着一腔烤羊，配了酱醋葱蒜作料。几十个饽饽，一大壶酒，亲自领人送到拘禁喝里色的屋子里来。见他坐在一条大木凳上，两手盘了镣铐上的铁链耍子，盘弄得呛啷作响。他猛然见时迁是一位将官打扮，便豁地站了起来。时迁向他说了鞑子话道："喝里将军，你休害怕。我们这里卢统制，道你是筹好汉，特派我押送酒食来，让你将息几天，息得好了，且有事和你叙谈。"那喝里色惊奇不已，倒不在他这几句言语，却想不到宋营将官有会说鞑子话的，便瞪了眼问道："你是兀谁？却解得大金国话？"时迁笑道："我叫张三，是蓟州人，原先曾常到贵国贩买牛羊皮，怎的不懂大金国言语？"喝里色问道："你在卢俊义这里任甚官职？却被派来了款待我。"时迁笑道："久后自知，你却休问。"于是着兵士们将酒肉都放在一张土案子上，和喝里色开了镣锁，让他自吃，时迁且坐在一边，和他说些闲话。他饭后，看着人给他上了镣锁，押人收拾了杯箸去。

午后，时迁又来了，先是着人送进一捆木柴草屑来，把屋子里土炕下火眼里，先烧上了火来暖炕。在土炕上铺上两床被褥，一床羊皮毯。随后又有人抬来一张桌子，两张木椅，一担食盒。揭开食盒来，里面一大盘炙牛肉，一只熏鸡，一个红烧羊头，都用大木盘盛了放在桌上。另是个小筐笼，盛了几十块烤的胡饼，又是一大瓮酒。桌面上相对放了杯箸，时迁叫兵士给他开了镣锁，陪了他坐着吃酒。喝里色笑道："张将军，你是受了卢俊义指使，来劝降我，所以怎般款待。我自知我异族人做你南朝官民不得，你休来欺弄我。"时迁笑道："擒得敌将，非杀即招降，有甚理解不得？你只将息几日，后来自会明白。"喝里色虽不省得卢俊义竟是何意，且也乐得快活，自不追问。到了晚间，时迁又着人送了酒肉来吃。饭后，且用大壶熬了浓茶来喝，桌上点了臂粗的蜡烛，红光闪闪的，时迁便陪了他闲话。

到了第三日，时迁又送了酒肉来相陪，喝里色向时迁道："我又不是一只猪，你待把我喂得肥胖了来杀，若说是要招降我，你怎的却不提起一字？你须是引了我去见卢俊义，待我当面问他。不然，却叫我闷得慌，便有酒肉，我也吃不下去。"时迁笑道："你真要问时，我便告知了你。你想，贵国和我大宋还能永远厮杀了下去吗？我们得了大名来书，道是朝廷已经在向金国提起和议，这早晚便定妥了。因此，要你降我们却也无益。把你杀了时，更是伤了和气，于大局无甚补益，待得和议成了，自把将军送回金营，岂不落下一点儿交情？"喝里色笑问道："甚时候，大名来书如此报道？"时迁道："便是最近两日。"喝里色手扶酒碗，昂了头哈哈大笑道："你们这卢俊义统制却相信赵野都总管来哄骗。便是你等攻打冀州那日，我们就知道你们南朝西道都总管王襄，弃城逃走。那赵野兀的不也是个文官，怎管得北道军事，早在一月左右，他们的家眷，已送过了黄河，怕不是预备做第二个王襄？我那斡离不元帅，已调有奇兵，接应西路粘没喝元帅大军，占领黄河北岸，这早晚大名想是休矣！你这区区两三万人马，济得甚事？将来没了归路，都被我大军活捉了。我念你们不杀之恩，告诉你实话。莫如放出我来，引你们投降北国，却不失封侯之位。"时迁听他絮絮叨叨说了，不像捏造，心里大吃一惊。但面上兀自镇静着，道是喝里色信口谎话。慢慢地陪着他吃完了酒肉，便奔回中军帐来，向卢俊义报告此事。

此时柴进伤势少痊，与戴宗、燕青同在帐内坐地。柴进便道："听说西路金兵，确是由太原进向潞州，难道怎地快，便抄到了黄河北岸？"卢俊义道："然是作怪，这两日金兵不来攻打报仇，大名也不见文书到来，像是暗中有变。必须着人向大名探视一番方好。此事，却须……"手理髭须，望了时迁沉吟着。时迁挺身相应道："若是兄长须差遣小弟前去，小弟万死不辞。小弟虽然曾出身卑贱是个不安分的细民。但相随在公明哥哥和兄长手下多年，也略懂得忠义，前后奉过许多差遣，都未曾误事。"卢俊义道："贤弟，你怎知我要把这事差遣了你去？因为喝里色那厮言语，多少有些可信。若是大名有了金兵，平常一个百姓，却怕不能自由来去。贤弟懂得鞑子话，便方便了许多。"时迁道："小弟自能临机应变。"卢俊义执了时迁手道："贤弟，若道临机应变，你自有这能耐。只是南北两国干戈相见，是子孙兴灭的勾当，却非往日我们山寨聚义小局面的厮杀，你此去万一有点儿差错，金人要了你性命，大丈夫为国家流这点儿血，那是身死得其所。却怕他们挫折或引诱你，要你为虎作伥，那我聚义弟兄受累事小，国家受累事大。"

时迁听了这话，只觉脊梁上冒出一阵冷气，周身汗如雨下，立刻向卢俊义拜了下去。卢俊义将他扶了起来，因道："贤弟有话且说。"时迁又对在座各位兄弟，躬身唱了个喏，因道："小弟方才言过，虽是出身细民，因跟随各位英雄豪杰多年，却也懂得些忠义。再蒙张相公提拔，朝廷恩典，那般出身的人，也做了个巡检，好歹是位官吏。哥哥说了，这番厮杀，是子孙兴灭的勾当。小弟一要报答国家，二要报答张相公，三要顾到聚义兄弟英名。如有甚差错，小弟一定一死为先，绝不辱没了这个身体。董平、宣赞、石秀、朱武四位仁兄那样慷慨就义，小弟难道是个木偶人，却不省感动？"说着便流下泪来。杨雄也起身向卢俊义道："哥哥放心，时迁兄弟却不是在蓟州流浪时那般人物，他常对我说，小弟一个鸡鸣狗盗般人物，却来做了官。小弟却也劝他，休过分惭愧。正是鸡鸣狗盗可以来做官，做了官的却休去再做鸡鸣狗盗便好。他平日有这般心胸，可想他要做好人。"卢俊义向时迁唱个喏道："原来如此，贤弟休怪则个。记得我兄弟离开邓州时，张相公却排了队伍送我们。我们不轰轰烈烈做一番事业，怎的对得住张相公那一番荣宠？"时迁道："哥哥放心！小弟在东京相府里进出过，省得他们做事，自有不如我们处，我等自是休把自己看轻了。公侯将相的事，鸡鸣狗盗一般做得！我们斩头沥血的事，却是他们仿效不得。"卢俊义道："贤弟有这番胸襟，那便十分是好。事不宜迟，就请贤弟挑选快马一匹，即刻动身。"

时迁也知道大名有变，大军没了后路，不但是退无可退，人马粮草就要断了接济。于是退出帐来，装成了个商贩模样，身穿大布皮袄，头戴风帽，腰上挂了柄朴刀，手拿枣木棍棒，背了个小小包裹在肩。另挑得一匹快马，换了一副朴素些的鞍鞯，拴在帐外等候。自己进得帐去，放下棍棒，又叉手向卢俊义唱个喏。问道："兄长还有甚指示？"卢俊义见他恁地虚心，也十分欢喜。因道："这虽是冒险勾当，却望贤弟早早回来，告知大名情形。大名无事时，贤弟尽管前去见赵总管，道是我等在此打胜仗，他尽管从容坐镇。大名有事时，却也须把金兵情形，打听个实在。我等三军进退，都凭贤弟做耳目了。"卢俊义说时，由主帅席上站了起来，拱手相送。时迁拜了两拜，退出帐去，解了拴马索，却待登鞍。杨雄却由中军帐边，转了出来。时迁便迎上前问道："兄长有何指教？"杨雄弯下腰，在靴筒子里抽出尺来长雪亮的一柄匕首来。两手托了，送到时迁面前，因正色道："大名若有变动，你如何带得棍棒朴刀？送这柄小刀给弟兄，也好提防一二。"时迁道："小弟省得。"接过匕首来，也揿在靴筒里。然后唱个喏，拱手上马。出得营来，不敢停留。加上一鞭，直奔大名。

这日午牌，相距北城尚有二十里上下，却见百姓扶老携幼，纷纷向东奔窜。向百姓打听时，有人道是赵知州降了金人，有人道是金兵由西来袭了大名，前三日已占了城池。今天金兵出了城却抢杀到乡村里来。有的道，前面不远便在厮杀着，客官休想前去。时迁听说大名果然有失，却也不敢冒昧前进。只是沿路请问百姓，又走了五六里，逃难的百姓，却见稀少，正是早一半天都跑空了。有人看到他还骑马向南走，都劝他休去，道是金兵便在前面骚扰。时迁又走了两里，路上却已看不到行人，立马在积雪平原上，正是四野静悄悄的，看不到树林或村庄里有一半缕炊烟。抬头看看天上，一轮阴霭遮漫了的红日，像大鸡子黄也似，挂在西南枯林上。野地里堆了残雪，寒空凛凛，时迁看了此情此景，却也不无戒心。

又走了半里许，忽然喊杀之声大起，却不杂着鼓角。看到附近有两三间残败瓦屋，打马奔向那里，却是一所古庙，大门闭塞了，旁边的土墙，倒有两三个缺口。时迁打着马，跳进墙去。见正殿椽子断了好几根，落下满地的瓦，神龛里不知供着什么神，佛神龛和前面香案都斜倒了出来，被木柱子挡住了，那后面正好闪出一条暗夹道。时迁便把马牵着藏在神龛后面，自己走出佛殿来。那喊杀之声更近，立刻缘了柱子，盘上屋梁，益发由椽子断出窟窿的所在，钻出了屋顶，伏在瓦屋脊上张望。看时，见有四五十骑金兵，在田野里乱跑，后面约莫也有四五十骑宋军，只管追了砍杀。其中一位将官，身穿赤色盔甲，骑着一匹紫骝马，手挥长柄大刀，跑在追兵前面。追着了金兵，不问大小将校，只是挥刀便杀。时迁见有自己军马，胆子便大了，只管在屋脊上看。那四五十骑宋军追杀一阵，约莫又伤了二三十骑金兵，剩下少数金兵逃去，并不再赶，却带转向这里走来。那位红甲将军，便在后压阵。

时迁料无意外，由屋檐上跳下来，迎上前去，口里喊道："前面杀贼的将军，请留步，冀州大营来人，有话说。"那些人见旷野里有人呼叫着前来，便勒住了马等候。那红甲将军策马上前来时，时迁大惊喊道："兀的不是思文兄长？"郝思文啊哟了一声，立刻跳下马来，将刀插在地上，拱手道："时兄何以来此？"时迁道："我且先问郝兄，大名城现今怎的？"郝思文跳脚道："咳！失陷了！"时迁道："未曾听说金兵前来攻打，怎的就失陷了？"郝思文道："如何没有金兵来攻打？赵野这蠢材，只图逃命，怕卢俊义哥哥回兵救援，要留他守土，按下军情，不通知给你们，时兄莫非是回来探听消息的？"时迁道："奉了卢兄之命，回来打探。既是如此，且请兄长到庙里叙谈。"郝思文吩咐随从骑兵，且在庙门外驻扎了，便同时迁一路进庙来。郝思文道："太阳要落山了，烧一丛火烤如何？"时迁道："却还不冷，今日走了一天不曾喝口热水，只是捧了两捧残雪吃了。这香案下面，倒有一只铁磬，且烧些雪水喝。"于是郝思文捡起了一些断椽木板，堆在殿里。时迁在身上取出火石铁片，敲着燃了纸卷，先把木材燃了。然后在香案下翻出那个铁磬来，放在火边，先在院落里捧了几捧雪熬化，将铁磬胡乱洗刷洗刷，二次再来熬水喝。时迁且熬煎着雪，且坐在地上，和郝思文对面向火。

因道："既是大名失陷了，兄长何以还在郊外，又怎的来到大名？"郝思文道："那西路金兵，不像东路金兵有我兄弟之兵阻挡，下了太原，便直扑河东。西道都总管王襄，也和太原郡那些州县官一般，望风而逃，金兵却是不曾遇到一根草来绊了他。小可在蒲关，只有千余人马，如何抵敌得了金兵数十万人。那知寨张载，却是个能吏，他见大势已去，却和我商量，与其将土地人民，都拱手让给金人，倒不如坚壁清野，叫他来无所获。本来蒲关人民，也就纷纷渡河。那张知寨益发昼夜鸣锣惊动百姓，搬家渡河，规定在半月之内，境内都要走光。过了半月，官府自来烧城关乡下房屋，留住也无地容身。百姓听了自是纷纷迁走，无奈黄河冰薄，过河的人又多，张知寨怕在河里要有坍陷情形，更派我带了五百名军马护守河岸，在冰上洒下麦草沙土，免了行人牧畜滑跌。我只是在河岸上来往逡巡，一来监视了渡河百姓，不许拥挤，二来也防护了歹人来抢劫百姓行李。不想到了十二天上，金兵便已迫近了蒲关，我顾不得河岸，带五百名兵马回到城关来。远远望到一片烟焰，城里已成了火海。路上迎着城里逃出来的二三百残军，道是张知寨知道金兵已经逼近，把城里残留的几百名军民，一齐放出城来，在寨衙里放了一把火，自穿了朝服，跳到火里去。城里事先已放好了火种，军民退出来时，放了几十把火，城里也烧光了。小可听了此言，想是进得城去，也无地可守。本待一死，却又太不值得，便带了六七百军马，直奔大名，知道卢兄带了万余人马，已出师北上，想见了那北道都总管赵野，再讨些职务，也来帮助卢兄。到了大名时，却见人心惊慌特甚，白昼扯了吊桥，紧闭了城门，城墙上遍插了旗帜。城外人家，都也关门闭户，像是昼夜准备了大厮杀。我把带来的军马留在城外，向城里射进去一通书信，道是要求见赵野。过了一日，城里缒下一个衙役来，道是赵总管相公，只许我一人进城。怎地，他自不开城门，用绳索箩筐，将我扯吊上城去。我到城里看时，益发街巷萧条，路上行人缺少，见了赵野时，我自道是失地之官，甚是惭愧，若是相公有差遣之处，愿一死以报国恩，藉盖前愆。"

时迁坐在火势对面听话。一壁厢用木棍把火势撩拨得大了。铁磬里雪水已煮沸了，在马鞍子行囊里，取来一只小葫芦瓢，便舀了水吃。因笑道："郝兄这般言语，赵野却怎地听得进？"说着，舀了一瓢水隔火送给郝思文。他笑道："贤弟把酒瓢都带来了，行囊却是齐全。"时迁道："小弟此来，正预备了非常之变，干粮带得颇足，我兄要吃些也不？"郝思文道："正好！我和几十名弟兄，今日只熬得一顿玉米粥吃。"时迁又取出一小袋干麦粉，两大块牛肉靶子，放在火边木板，由靴筒子里抽出小刀来，把牛肉耙子切碎了，将刀尖插了一块，送给郝思文。他接过了，右手将葫芦瓢舀铁罄里热水喝。左手捏了小刀，将刀尖上牛肉耙子送到口里咀嚼。因道："见到赵野的那日，他正留了我在州衙里共饭，只是一盘腌羊肉、一只鸡、一筐炊饼、一瓮酒。他道城里已买不得新鲜菜肴。这倒不是百姓慌乱了，他预备死守这座城池，把老弱百姓都放走，好减轻了将来城内粮荒。"他又道："大名还有三五千军马，两三万壮丁，足够半年吃的粮食，这城足可守数月。以便朝廷派大兵来救，早几日他自己免除了新鲜菜肴，这是待远客，所以宰了一只鸡。大宋官家姓赵，他也姓赵，他是个皇帝宗室，他尽忠要比平常人近一等。"时迁笑道："郝兄，你听他这般昧了良心言语。"郝思文伸过小刀来，又叉了块牛肉耙子送到嘴里咀嚼。摇了头道："我哪里会看得出他是甚等人物，那日我见他时，见他穿了绿罗窄袖战袍，腰系鸾带，挂了一柄绿鱼皮三尺长剑。扎了绿绸幞头。结束得紧扎，像个随时出战的模样。他请我吃饭的时候，那厮壁上挂了大小两张弓，又好几壶箭。我经过二堂的时候，我又曾见那廊柱上正拴了一匹鞍镫齐全的马，不是这都总管的坐骑是甚的？"时迁笑道："你信他？他是个文官，却不解朝廷怎的把北道都总管重要职守给他了？不过，我知道蔡京、王黼这两个奸臣都和他交好。"

郝思文将刀背敲了火柴棒，叹道："这便是了。那日我见那厮恁般做作，以为他是个血性汉子，却和他说了实话，我道河北、河东州郡的官吏，听到金兵来了，望风而逃，不但辜负朝廷，却也丢尽中原人颜面。难得蒲关张知寨守城而死，争了一口气，小可未得和他一同殉城，实有余憾。现在来到大名，但和金人一战给国家出些血汗，死也瞑目。于今赵相公决计守城待援，正是郝思文效死有地，十分快活。那厮倒像真的喜添了个臂膀，亲自斟了大碗酒敬我。道是已飞檄给卢俊义兄长，即日撤兵回守大名。在此三五日内，料得金兵未必便到，但也不可不防，却让我带了原来人马驻城外七里庄，与城内作掎角之势。免得紧闭，外边没一些布置，金兵来了，便可合围，城里不能在事先做丝毫准备。我听他话，自是相信。他倒在饭后握了我手，亲自送出二堂。道是虽弃了蒲关，不足介意，只要我在大名效忠，自当申奏朝廷为我洗刷。

他自知道宋江、卢俊义结义弟兄，绝无怕死之辈。又约我好好在城外七里庄将息，日内便在城内分拨些粮秣给我。当日依然将我由城墙上缒出来。谁知我出城之后一连三日他未睬我，叫城时，城上回复，外面风声紧，不便开城，令我自在城外征募粮秣。没奈何，我且在民间搜罗些粮草，住在七里庄上。前日上午，金兵忽然蜂拥而至，城池立刻陷了。城里州衙里差役逃出城来，我获着了一个。问起来，才知赵野见我的第二日，知道金兵已到境外百里，便弃城逃走了。这三日来，只是关闭了一座空城，金兵是不敢早来，早来这里便早失守了。我不想赵官家宗室，恁地不中用，偌大一座名城，如此轻易弃了。我本来即日可以到冀州去投卢兄大营，却是不肯输这口气，把步兵都遣散了，剩下二三百骑，我便带了埋伏在东北郊各村寨里，遇到金兵多时，我躲避了他们，少时，我便出来截杀他。杀了两日夜，走马灯似捉着迷藏，杀了金兵千百人，算略出得这口鸟气。只是我也只剩这四五十骑人马了。我也正想明天投冀州去，不想今日在此得遇时兄，正不知那面情形如何？"

时迁跳起来道："我今晚混进大名去。"郝思文不觉看觑了他道："这却为何？"时迁因把卢俊义派遣自己来的意思说了。因道："天赐其便，在此得遇兄长。就请取了小弟行囊马匹，向卢兄先报此地情形。小弟入城，大则扰乱金人一番，小则也多采些消息回报卢兄，我辈好寻条退路。"说着，在郝思文手上取过那匕首，在火光上一举道："此是杨雄哥哥所送，小弟进得城也罢，进不得城也罢。如若不得已时，便借这个做我的归宿了！"

第二十九回

探出路卢俊义擒俘
做先锋郝思文摆阵

那鼓上蚤时迁在梁山泊上虽也建立了许多功劳，但是因他出身低微，大家料着他做不出甚轰轰烈烈大事。自从他也列在北上十筹好汉里之后，众弟兄也就另眼相看。这时郝思文听了他那番言语，也十分兴奋，拱了手道："时兄有这番胸襟，强似那北道都总管赵野十倍有余。却不知我兄怎混进城去？"时迁笑道："这庙外野地里你搠倒恁多金兵，怕我在他们身上寻找不得两件衣服？我自装扮了金兵模样，沿了进城大路，步步向前挨了去。若在路上遇到巡逻金兵，益发是好，我便装了个受伤士卒，让他扶了我进城去，我自能说一口鞑子话，却不怕他不相信。"郝思文道："若是如此，时兄便应今晚改装，明早向前厮混了去。趁此大名城内还是兵马仓皇时，他自不能仔细盘查你的来路。"时迁笑道："这等装假勾当，兄台自休得为我担心，我十分应手。"郝思文谈着话，将两块干牛肉耙子都撕着吃了，又喝了两葫芦瓢水。因站起来拍着肚皮道："现在已是十分饱暖了，我那些弟兄们，还在庙外风雪里，须是引了他们到一个村庄里去投宿。"时迁道："郝兄带了兄弟们走开便是。这荒野孤庙，毫无遮掩，却是不大稳便。小弟不到天亮，便也离开这里。"说着，将马牵了出来，将行囊刀棒，都交付过了。郝思文执了时迁手道："时兄这是入龙潭闯虎穴的勾当，凡事都慎重了。"说毕，两人对拜了两拜。

郝思文牵马走出庙来，天色已十分昏黑，缺月繁星，照见平原残雪，却也模糊着可辨方向。郝思文带了三四十骑，寒夜里摸索得一座无人村庄，胡乱住了一宿。为了怕大队金兵追来，不免要吃他捉住，天色不亮，就带了原来随从，直奔冀州。大名虽是失陷了，金兵是由西路抄袭了来，北路金兵，被卢俊义军马拦住，正不曾窜犯这条大路，郝思文一路无阻，两个日脚，便快马加鞭赶到了卢俊义大营。早有巡哨兵士向卢俊义禀报。他听说在蒲关的郝思文来到了这里，不由得跌了脚道："河东休矣！"心里思忖着，或者不是郝思文亲自来到这里，便未曾下令开寨门，且登了寨墙向外张望。见郝思文带了三四十骑随从，各个满身尘土，行列不整，杂乱地站在寨外空地里。卢俊义在寨墙上叫道："贤弟何以来到这里。"郝思文马上躬身道："兄长别来无恙？小弟由大名转道前来，有紧急军情奉告。"卢俊义也不再犹豫了，立刻下令开庄门，自己下了寨子，亲自迎到庄门边来。郝思文看到卢俊义前来，便滚鞍下马，拜倒在地。卢俊义将他搀扶起来，因道："一路饱受风霜，却幸贤弟身体健康。"郝思文道："失土之人，死有余辜！愿在兄长帐下出些血汗，一雪此耻。"卢俊义道："昨今两日，已经得了探马报信，大名四门紧闭，消息隔绝，金兵由西道而来，正络绎不断。今贤弟又说到失土，必是金兵已到了蒲东，转趋大名。黄河以北，非吾有矣！"说着，不住地顿脚。郝思文道："且请兄长到帐内叙话。"

卢俊义回到帐内，一壁厢下令安顿郝思文随从，一壁厢召请各将领来帐内叙话。不一时各兄弟到齐，郝思文把此来经过都叙述了。卢俊义听到，自是十分悲恸，便着小校们在中军帐内设下了酒肉，围案共餐，以便大家叙话。因是胸中烦恼，便将大斗盛了酒放在前面。郝思文坐在席上，又把河东大名情形叙述了一遍。他见卢俊义、柴进都端了酒碗，慢慢呷着，静听谈话。其他弟兄，韬略不如他二人，自没得言语，便拱了拱手道："小弟一路行来，见附近州郡，都是四面受敌之地。金兵在我北方，我们还可以多守村寨，牵制他南下。现在大名失陷了，我们驻在这平原上，却是前后受敌。小弟之意，以为要趁金兵在大名立脚不稳，赶快想个自全之策。所以昼夜不敢停蹄，奔来拜见各位兄弟。"卢俊义道："我心里自是思忖多时了，果然这里久驻不得。但是如此退了，却让我不甘心。二来归路断了，又叫我等去向哪里？"说着，手扶酒杯，昂头长叹。

柴进道："兄长何必烦恼，我们人马合计还有一万六七千人，而且都是忠义之士，只要兄长发下将令，三军还可死战一场，杀出一条血路。虽然我们驻守这里，不免腹背受敌。但是此处向沧州一条道路，金兵不多，我们乘其不备袭回了沧州，且在那里驻足也好。"卢俊义道："大官人，你听我说，沧州孤悬东北角，何尝不是四战之地，虽然可得青州接济，一来路远，二来还是隔了条黄河。那里既无山河之险可守，又无邻郡应援，却是去不得。"杨雄道："小弟有一愚计，不知使得吗？此去山东郓城，路还不多，我们杀回当年水泊子里去，且谋安身。谅金兵不会进迫山东，便是到那里，他那骑兵也杀不进水泊子里去。"卢俊义笑道："贤弟，你怎出此言？既然我们做了朝廷职官，就不能再回当年啸聚之处。便是不愿自身毁誉。于今大批兄弟跟随张叔夜相公，朝里蔡京、高俅这班赃官，金兵暗里看见了我们到了那时，他并不说我避开金人，留下这万余兵马的力量，却说我们性情反复，又去落草，那岂不连累张相公和大批兄弟？这未尝不是一条去路，却千万使不得。"

杨雄听他反驳了，并无言语，只是低了头端起酒碗来吃，燕青坐在下方，手扶桌沿，突然站起来道："北上不得，东去不能，也没个在这里困死的道理。依了小乙意见，便带了这万余兵马，杀回大名去，便死也死在故乡。"卢俊义手抚髭须，点了两点头，微笑道："此狐正首丘之意。小乙哥，你且坐下。"说着，回转脸来望了柴进、郝思文道："两兄胸中素有韬略，看这条路子如何？"柴进道："事已至此，小弟愿和金人决一死战。"郝思文道："小弟从大名来，略知金人虚实，西来之兵虽不甚多，总也不下万人。城池失陷以后，无人抵抗，金兵必是源源而来，便是毫无牵挂，我们去袭大名，也要费些手脚。于今斡离不十万大军，正和我们对垒，我们南撤，他必紧蹑我后。他不用步兵和我接仗，便是用几千轻骑在我大队后面骚扰，我也走不得个痛快。这并非逞意气的事，卢兄看小弟顾虑得是吗？"卢俊义连番地点头道："郝兄所言甚是，我自当筹个良策。"陈达吃了酒道："小弟是个粗人，不省得定计。既是东南北三方都去不得时，我们跨过了邯郸大路，在大行山脚下，占了两个小县城也好。料得金人是骑兵为主，爬山越岭不得。"汤隆也接嘴道："小弟在那一带却是熟识地形。"戴宗道："若是恁地，倒

249

不如去沧州了。"

在席上的几筹好汉，各个议论，都不曾拿出个好主意。卢俊义便道："听各兄弟言语，自是都不愿与金兵甘休，小可也想了，我各兄弟由邓州北上，都望在河北建些功业，不想朝廷忽略了边务，只靠我们几个草莽之臣出来撑持，如何挽回得了大势？这正是项羽说的，此天亡我，非战之罪也！但虽是恁般说了，我们大小都是守土之官。现在土地既失，有何面目见得中原人士。我现在有三个策略，说与大家议定，我们能在河北占领两三个州县，收集流亡，徐图恢复，这是上策。带领现有人马东走山东，等候机会，再北来杀贼，这是中策。将这万人去抢大名，与金人决一死战，杀到一骑一卒方才罢休，这是下策。"柴进道："下策是把这两万人马，自趋死地，自是使不得。上策虽好，但河北各州县早经盗匪骚扰，又受了金兵一次洗劫，已是十室十空。便能招集流亡，如何能驱饥民作战？现避往山东，倒是进可以战，退可以守。虽是朝廷不免见罪，为了替国家留些兵力，却也说得过去。"卢俊义手捻髭须，久久思量，忽然拍了桌沿道："柴大官人说的是，少康一旅，可以中兴。难道我这一两万儿郎，却做不得一番事业？与其把这两万人和金人厮拼掉了，却不如留以有待。恁般说了，不能迟延，只是明日晚间，便可撤营东走。"郝思文道："斡离不那厮却十分阴险，他既知道得了大名，也必料定我军必向东走。小弟愿领一支兵马，向金营搦战，探个虚实。"卢俊义道："郝兄转战千里，来到这里，且将息一日。要做一番打算，我须亲自出马。"

议论既定，大家也用饱了酒饭。卢俊义带了燕青、戴宗二人，携了弓箭兵刃，各骑一匹快马，悄悄开了城门，偷近金营来观察动静。这已正是黄昏时候，十丈路远近，已不见人影，卢俊义下得马来，将马项颈上的铃子，都摘落了。回头向燕青、戴宗道："我们担些危险，再近前去看看。"戴宗和燕青都也摘落马铃。但戴宗抖了一抖缰绳，将马赶得和卢俊义并排了。因道："此处去金营不远，万一让他们知道，只派二三百骑来拦了我们归路，我等就无法回营。兄长为三军之主，不可大意。"卢俊义道："我万余人马，想找条活路出去，不把敌情看得透彻，路径看得烂熟，如何行得去？"戴宗道："便是恁地，小弟可和小乙哥前去。"卢俊义道:"我正是要亲自看看金兵动作,却是他人代劳不得。卢某要为三军决定大计,却顾不得生死,凭这身武艺,我也不怕金兵出来拦劫。"戴宗见他坚持要去,只好和燕青在马前后紧紧跟随。

那平原上起着不大的西北风,时时卷了残雪碎土,向人扑面打来。旷野寂寥,远远地刁斗声里,杂着胡马呜呜地叫。远处的繁星由天幕上垂下来,正和地面相接。在星光下,看到几十点大小火星,在地面上移动闪烁。估量那火光前后位置,总有一二里路长,正是由西向东,只去不回。卢俊义低声道:"二位贤弟见吗?那两行零落灯火,必是金兵在移动。若说他是运粮草,何必向东道去?依兄看来,这里面必有些蹊跷,我们且再向前去看看好吗?"燕青道:"金营附近,都掘了陷阱,夜黑风紧,马蹄高下不齐,休得着了人家道儿。"卢俊义道:"便是落下陷阱去,凭我这身武艺也纵跳得起来,怕些甚的?"二人料是劝阻不得,没甚言语,只是在后跟随,远远听到金营的更鼓声,由黑暗的上风头吹来,咚咚转过二更三点。向那声音所在看去,也有些灯火横空移动。燕青道:"金人营寨一般的在人家大庄子里。便是张着灯火,也有寨墙抵挡。于今那里有三五十点灯光闪动,必是金兵在寨外行动。"卢俊义道:"小乙,你也省得了。我们如何能活捉两个金兵过来盘问盘问才好。"燕青道:"统制不可再冒昧,小乙和戴兄便可……"卢俊义在马背上笑道:"你道我只能长枪大戟厮杀,做不得这般精细勾当?"燕青道:"只是主将应当珍重。"卢俊义道:"我已来到这里,便是不和你们向前,单骑先回营去,又何尝不是险着?你不省得古人说了,不入虎穴,焉得虎子?"

说话时,三骑马继续在黑暗里前进。马头改了向东,背对了金营灯火,却追向那条东移的灯火线去。黑夜分不出路径,只是看定了那一条零落闪动的灯火,横跨了荒野,只管向前逼进,他们只是三骑人马,又在收割过了的庄稼荒地里跑,却很少声音发出。追得那丛火光近了,便看到有灯笼火把,在火光摇晃里,看到大批金兵,一串地沿了大路东去。卢俊义勒住缰绳,不敢前进,在马背上看那移动的金兵,行列扯得很长,约莫相隔百十骑,才有一盏灯火照耀,鼓角不响,旗子也卷着扛了走,他们正是要隐藏了怕宋军发现。燕青低声道:"恁般情形,不用揣测，正是他要先抢了我东向去路。"卢俊义挺坐在马背上，对那火光注目望了，忽然将枪尖向亮光的空当里指道："你看，这地方前后队伍不连接，定是两个将领统率，这空当约莫有大半里路，天赐其便，让我们在这里下手。我们且走近些埋伏了，只突然冲出去，把最两个人捉过来就是。说着，他一马当先，反转手来，向戴、燕二人招了两招。三骑马横截了大路，奔向前去。

正好这里有一带枣子林，虽是冬天里叶儿都枯萎，但枝丫低密，在这黑夜里，也可以藏些形迹。三骑马都闪在树下，却也半避了风。向那一箭远的人行大路上看去，正如卢俊义所料，前后队伍断了连接。后队隐约着在远处摇撼了火光，还不看见人影，这前面队伍，正是在这里透出了阵尾，三四个火把，照见一个顶盔穿甲的金将，周围簇拥了十几骑马兵，在马鞍上颠动了身子向前。这虽不是有了倦意，他们正是不曾提防得这里有甚厮杀。暗处张望明亮处，十分清楚。燕青取下背上弩弓，搭上弩箭，对火把丛中看得清切，便向那金将面上射去一箭。这里听得弓弦响，那边火丛里却看到有人落马。卢俊义和戴宗这两骑马，正是八蹄待起，四耳高耸，准备了随时奔跑。那里金将落马，这两骑马正像两支箭，飞奔向金兵阵尾。

那些殿后的将校，看到主将落马，正不知天祸从何处飞来，大家下马搀扶，慌乱着一团。便是黑暗中奔来两骑马，他们也没想到是宋军来到，卢俊义在马鞍上，正如燕子掠水也似，奔到人丛中，挑了一位身材矮小些的金兵，先把枪柄一拦，把他身体横拦到，然后等马跑得逼近，伸手一扯他衣襟，便牵过马来。那人身离马鞍，兵刃也落了地，卢俊义轻轻便便将他夹在胁下，掉转马头便走。戴宗随后一步杀进人丛，趁大家忙乱里搠翻了几个，恰是不曾捉得活的。他见卢俊义已是得手回去，不敢恋战，也随后跑回枣林。卢俊义将擒来的人掷在地上，燕青便解下鸾带将他草草捆缚了，扣在自己马上。回看大路上，火光照耀得发红，后军赶到，前军也有人回头探视，益发嘈杂。卢俊义道："小乙哥，这番真可以走了，休让金人看出了我们。"于是三骑马加上一鞭，飞奔回营。到了营帐外，将捆缚的那金兵解下鞍来，已是颠顿得半个死活。卢俊义叫小校们扛抬了到后帐去，且让他将息半夜。

到了次日黎明，卢俊义便将这人叫到帐内，先和他说了些安慰言语，着懂得鞑子话的小校，翻译给他听了。随着让他席地在草席上坐了，又赐给他酒肉。那金兵也省得卢俊义将他活捉了来，无非是要讨些口供，便把他所晓得的尽情告诉了。道是斡离不元帅说过，这里统兵大将，都是往日梁山好汉，本就恨着南朝豢养了些贪官污吏，若是把这些话着他听了，定是乐得降了金邦，去攻打汴梁。又道："你们这大营南北都有大兵，只是东西两路空着，在昨天晚上，便派了五万人围困你们这里。又知道你们多半是会向东走，所以这东壁厢派的人马更多。卢元帅，你们早打点主意才好，金兵若是把你们围困得住了，你厮杀也罢，不厮杀也罢，只是断缺了你粮食柴水，久了，你不投降怎的？"当通事的小校，把那人言语翻译转告了。卢俊义笑道："斡离不虽然阴险，却小看了梁山志士。我们虽是恨着贪官污吏，却也不如恨着金人那般厉害。两害相权取其轻，我们也只有投降了贪官污吏来打金人，休劳他恁般妄想，我等却会做了金人鹰犬来咬自己人。"通事把言语告诉了那金人，他拜倒连连称是。卢俊义赏了那金人一些酒肉，留在后帐。便吩咐鸣鼓升帐。

　　三座营寨将领，听了鼓声，都到中军帐内来听候将令。卢俊义升帐，便向在帐前的各将领道："现在金人看了我们这支劲旅，是他在河北的心腹之患，想把我们毁除了。我们要为国留下这支劲旅，恰不让斡离不那贼逞了毒计。所望大家兄弟勠力同心，冲出重围，永久让金人在河北有后顾之忧，牵制他南下。我已探得明白，金人又在我东西路设伏，想和南北大军应合，把我们困死。趁他布置未周，我们便冲出去。现派郝思文、戴宗带领三千军马向东厮杀。所有金兵占领村镇城池，都不必攻打，一直冲杀金兵后面。然后扎了阵脚。我这里大军东去时，你们再回兵夹击。这部兵马，全用我大名骑兵，我已安排好了，你们点齐，午刻动身便是。第二拨派陈达、汤隆带领本部人马，在今日午刻，向西路攻打。不必深进，听我这里吹着角号，便佯败回来。第三拨派杨雄带领本部人马，多打旗帜，向南撤退。在十里之外，也向东进兵，接应郝思文、戴宗，帮助冲过金兵阵地。第四拨派柴进带本部人马向金营挑战。那贼既是志在困我，必不应战。我军也只佯攻便可。金兵若出营应战，我这里自会鸣金收兵。"安排已定，卢俊义却自和燕青带了中军大兵，见机东撤，以便居中联合四路。巳牌以后，兀自静悄悄的，三营各无动作。到了午牌时分，中军三声号炮响起，金鼓齐鸣，营门大开，四路人马，同时杀出。柴进这支兵马，约有五千人左右，对了冀州南郊金兵先锋营寨，便冲杀过去。

那斡离不自喝里色被擒后，已经另换了先锋，和卢俊义对垒。他早安下袭取大名的毒计，却叫先锋不必轻易出战。这日午牌，正是天净无云，红日临空，平原雪冻，尘土不扬，在营寨墙上可以看到甚远地方。这金兵先锋乜的迈，听了宋营大军杀出，便登了碉楼观看。见宋营黄尘滚滚里，五彩缤纷，旌旗横空，人影遍野，分四路冲杀，来势汹涌，正不知是何用意，益发闭了寨门，不来应战。柴进人马冲到金营附近，那里将石子飞箭射出，柴进也就装了不敢向前，只是命阵里擂鼓呐喊。在东路的郝思文、戴宗，带了三千马兵，在战鼓擂得震天也响声中，便向东飞奔。一口气走了二十里路上下，并未遇到金兵，前临分叉路口，正是南向济州北向沧州分路之处。另有一条小路，却是斜趋大名。戴宗在马上叫住郝思文道："郝兄见吗？此地正是东南向的咽喉路径，金兵如何肯放松了？前面一带青隐隐的树林的影子，金兵若是要围困我们，必在那里设有埋伏。"郝思文在马背上抬头看去，前面的青蓝天脚下盖着平原，正是密密的树影子，有如一堵寨墙。那树影上百十个黑点子飞动，正是下面有人惊动了树上鸦鹊。便道："不错！那树林定有几个村庄，金兵必是在那里驻守了。我们一路鼓噪了来，他怎的不防备了？我们要为全军杀开一条血路，正顾虑不得许多。且让弟兄们喘息片刻，再来进攻。"说着，在身边行囊里抽出一面白旗，临风招展一番。全军便都勒住缰绳，停马不前。

这里在平原上，恰好是个微洼所在，三面土地隆起，挡住了风沙，也掩藏了形迹。郝思文与戴宗在高地逡巡并马商谈。约莫有顿饭时，郝思文抽出红旗招动，三千马兵，变了一字长蛇阵。郝思文领了阵头，戴宗压了阵脚，向前便放箭一般地冲了去。这冬野收割了庄稼，褐色地面，一望无际，忽然滚起一股黄尘，涌着几丈高，像一条巨龙，向对阵舞跃了来。果然，到了树林子里，发现两座村庄，寨墙遍插了金兵旗帜。这里骑兵到了，大路在两村之间穿过，十分危险。郝思文手举大刀，在马鞍上飞舞，一人引队向前。早听到梆子声发动，两面村庄，向路中夹击着射出箭来，像暴雨也似，宋军各个鞍里藏身，依然向前直冲，冲出了这个咽喉路径，虽折损了一二百骑，却也无碍大事，郝思文益发不敢停蹄，只管奔跑。

回头看看两个村寨远了，树林也稀疏了，或断或续。在马上正喘过一口气，却见对面一带树林里，旗帜摇动，在胡笳声里，有几千金军步兵拥出，日光里照耀着兵刃上的白光。正要等马兵向前去截杀。郝思文看那金兵阵式，林子外列着两排人都使了长枪大刀，林子里人影摇闪，尘土飞腾，必还有弓箭手，校刀手，马入树林，必是死局。便舍弃了大路，斜刺里向树林子东北角奔去。他将大刀插在马鞍旁，两手挥了两面红旗。戴宗引了阵尾，屈曲了向前，却变成了个蝎子形。郝思文把自己的前锋，交给了副将带领，与戴宗转来前方的阵头，做了两个钳子，齐头并进，原来阵的中段，变成了蝎尾，他策马回去殿后。这些家数，都是梁山当年训练得来，卢俊义本部兵马，自也是这般操练。所以郝思文指挥阵式，十分得心应手，这个蝎子阵，可以免了金兵拦腰截杀，便冲绕过了树林。不想金兵处心积虑要把这支精兵困死，哪里肯让他们突围。但听到胡笳声起，北方有骑兵约两三千人，对了这蝎尾，直扑将来。他们排的是乱鸦阵，平原上三五十骑一丛，乱哄哄的，铺展开了，围绕拢来。猛然看去，倒觉遍地都是金兵。郝思文如何不省得，他在马上下令，叫身边的旗牌鼓手，发了个后队变为前队的鼓角声，全军便都掉过马头来，由东向西。他这时又成为前锋，在马上挥动两面黑旗，阵式又第三变，变成了大鹏展翅。蝎尾变了大鹏头，两钳变了两个翅儿，向外伸张，正对了那乱哄哄三五十一群的散骑兵扫荡着。不消片刻，两下里便厮杀到了一处。

金兵虽是一队队地扑击过来，郝思文自在队伍前面横冲直撞，紧紧带住了阵脚，不让他混乱。宋军这三千马兵，拼凑在一处，正像一只大鹰，在大地上盘旋，几万只马蹄，踏践的尘土，飞腾了几里路横阔的地面，半空里如起了一重浓雾，真个日色无光。马蹄声，喊杀声，海潮般涌起。两下骑兵，都使用着枪矛，尘雾里几千支飞舞，本就让人眼花缭乱。这宋军马兵，阵式是一团的，三千支枪矛，都在马头上像倒了的排竹，联系了朝外，更叫人看着是一条活的鹿角，气势夺人。金兵用错了散兵扑杀，一时又集合不得，零落地扑来宋军阵脚，都叫这一万多马蹄、三千支长矛，冲杀散了。金兵扑杀到三次，已让宋军冲散了三停的一停。那阵后土丘上，有一杆大旗招展，呜呜吹着海角，金兵竟自撤退回去了。

第三十回

驰驱星野一旅突围
践踏全军双雄劫帅

这一场厮杀，虽没有千军万马的宋兵，只是郝思文几次阵式变化，却也让金兵眼花缭乱，不知道这边虚实。在这乱鸦阵式的金骑兵撤退后，那边阵里，有一员金甲大将，带了百十名壮马骑兵，飞奔前来，在斜角里高土岗上停住。其中有会说汉话的，隔了百步路遥远大声叫道："领兵宋将通下姓名来。"郝思文跃马出阵，两手横刀，直逼土岗子，大声道："胡狗，叫你认得我，我是蒲关兵马都监郝思文，现任大名北援军东路先锋。"那番将并不答话，带领随从，回向大纛旗脚下去了。郝思文回到阵里，戴宗迎上前道："郝兄见吗？金马看到我阵脚整齐，变化迅速，打听我们领兵将官姓名正是要多多准备，不让我们便宜过去。"郝思文道："我自省得。谁耐烦在这里和他摆阵耍子？我等冲出这块战地要紧。"说着，在身上拔出红旗摇动，依然变了长蛇阵。郝思文领头，戴宗压阵，再向东路奔走。

便在这时，金兵阵里四处号炮响，角声呜呜相应。郝思文在马上看时，四处树林里，洼地里，堡寨里，都有旌旗飘荡。迎面约半里路，有个庄子，墙头屋角，半掩藏在枯树林里，虽是大路去向那里倒没有旌旗影子。后面尘头飞起十来丈高，却有海潮般马蹄声涌起，分明金兵调了大批援军追来厮杀。郝思文见西南角树林子密接，金兵旗帜由树林里伸出来乱摇。却不奔那无人的庄子，拨转马头，手挥了红旗，倒向那树林里扑了去。及扑到林子里面时，果然只有些稀散的步兵，不曾接仗，丢下许多旗帜，径自跑了。郝思文回头看时，却见那挡住大路的村庄，尘头涌起，千百面旗子，由灰尘影子里撑了出来，正是金人埋伏了大兵。那原在后面追来的金兵，见宋军不向东而转向西南，倒扑进了这个树林子，自也有些捉摸不定，便也改了方向，对树林子缓缓逼来。

郝思文到了树林子里以后，只觉自己身上的汗水，由脊梁上阵阵涌出，衣甲却已湿透，盔下的汗珠子，分披了两脸，把髭须都浸湿了。他在马鞍喘息着，心里兀自在思量怎的冲锋出去？看看林子外那片平原上，东西两边的黄尘，在半空里转动，全向树林这里围绕，几乎要合流到一处。正自沉吟着，戴宗策马由阵后赶来。他也喘息了个不住，隔马伸过手来，抓了郝思文衣甲道："金兵处处设伏，车轮般来战我，我们如何冲得出去？"郝思文道："金人倚恃了他的人多，正是恁地来纠缠我，小弟避到树林子里来，正是不愿遭那毒手。现在已到酉牌时分，杨雄在南路的接应兵马，必快来到。那时，且看金人如何应付，觅了个机会，再做打算。于今且顺了这林子，缓向西南退。金兵若逼近时，便在林子里用箭射他。"戴宗由松树缝子里望出去，见西边天红云匝地，太阳已经去地只丈来高，金兵践踏起来的地浮尘，将金黄色太阳映着落在浓烟一般灰焰里，带着几分苍茫。金兵却不逼近这林子，半空里浮荡了连串的旗帜像大小虫豸翻腾。人马半露在平原上，倒是排钉也似钉在地面。这些情景都好像有一场大厮杀。

正在等着，忽然西角上号炮连声，顺风吹来。风里面隐隐传着鼓角之声，正是中原节奏。郝思文回头向戴宗笑道："这正是我们接应兵马到了，我们益发向西迎接上去，叫金兵摸不着虚实。"说着，挥动红旗，冲出了林子，向奔大名的小路上冲过去。不到四五里路，便见金兵散布在平原上，由北向南，正和打着杨字旗号的宋军纠缠在一处。这里是金兵一支小队伍，人数也不过与杨雄兵马相等。郝思文这部人马杀到，他们不肯受两下里夹攻。后阵敲着铜锣响，前锋就撤退向北去了。杨雄在那边阵上，看到自己人马旗号，便首先一个打马迎上前来。马上先遇到郝思文，因便叫道："厮杀了这半日，贤弟为何却倒杀转来？"郝思文等他人马走近来，才低声道："东路村庄树林，不问大小，都是金兵埋伏了。若要明闯过去，受他层层截击，必是老大损折。现在太阳已要落山，权且找个落脚处，让弟兄先歇息一会儿。他们都渴得慌，只是捧了树枝上残雪吃。"杨雄将枪尖向南指道："那边两里路左右,有个荒落的庄子,且先到那里去一会儿也好。"郝思文便依了他,指挥人马,向南边村庄上开去。

到了那里,天气已十分昏黑。虽是这里人民都已逃难去了,寨墙却还整齐。郝思文进得庄来,先下令开了庄门。与杨雄、戴宗找了一所民房,亮起灯火来,一面下令让弟兄们借了民家炉灶,烧些热水,以便咀嚼干粮。一面计议怎地冲破金兵重围。商议了许久,杨雄两手一拍,忽然站了起来,因作色道:"说不得了,小可舍了这腔血,让二位冲出去。再等个更次,小可装个偷营模样,去扑这正北金兵占的两个大庄子。趁他和我厮杀,二位向东突围出去。"郝思文道:"却不是难为了兄长?"杨雄道:"不怎地时,我们第一拨人马便冲不出去,大军东行的计划,全盘施展不得。"郝思文低头想了一想,点点头道:"也只有怎地。"到了二更时分,西北角上喊杀声大起,却是卢俊义大军,也冒夜向东袭来。杨雄正在民间搜得一瓮酒出来,拨开了泥封,拿碗舀了,站在灯火下吃。便把碗掷在地上,向郝思文拱手道:"只这便是时候。弟兄们喝了热水,咀嚼了干粮,精神也恢复起来。各自分手厮杀吧。二位杀出了重围,必是放两把火通知我。"说毕,提起靠在墙上的金枪,便出门去。他本部人马,已是装束妥了,开了庄候令。

杨雄仗了三分酒意,出了民房,跨上站在门外院落里的战马,揽了缰绳,自在队伍前面走。紧跟随他的两位旗牌,将枪杆挑起两盏红纸灯笼。这便是号令,他手下千余儿郎,都跟了灯走。郝思文等他去了半个更次,也点齐了二千余马队,出庄向东北角飞奔。这是月的下弦了,残月兀自未曾出来,寒风呼呼吹过原野,将满天铜钉也似的星点,刮得有些抖颤着光芒。看天脚下,由西到东,沿北面拖了一条线,全有灯火之光,断续在地面上露出。每个灯火里,都有更鼓声,那金兵占据的村庄,和安设的营帐,总有二三十里路长。郝思文不敢亮起灯火,只是自己在队伍前领路,让后面骑兵紧紧地跟了走。约莫走到十里路,后面又发生了一阵喊声,同时,有几丛火光,在地面上映出,正是杨雄兵马,已和金兵交手。料得金兵正注视那里。益发领了队伍飞奔。前面正是先前穿过的树林,明知那里无伏兵,且绕了这树林子边上走去,也好掩蔽了些行径，免得被金营察觉了。谁知这里马队走近了，那林子里传出梆声，突发一阵乱箭，由侧面射来。郝思文骑在马上，便觉得有四五支箭射在身上。虽是有了厚甲蔽了身躯，还有一箭透过了厚甲，射在肩上。当时便有一阵奇痛，直穿肺腑。但是跨下这匹马，还是照常奔走，似乎不曾中箭。他想自己是个领队的大将，蛇无头而不行。在这箭雨底下，小有停顿，折损的人马更多，只是兜了马缰，拼命狂奔。沿北一带金营，都惊动了，胡笳狂鸣，各处报警的火箭，千百条流星也似，向东南角飞射。那正是指示了宋军的方向。

郝思文紧咬牙关狂奔。暗中听得后面骑兵行动，时有参差停顿，料着中箭翻倒的不少。更怕挫折士气，头也不回看一下。一口气便跑了二十余里，这时迎面小半轮月亮，像只银梭在地面上升了出来，混茫的寒光，照着旷野无人，分明是去金兵已远。便勒住了马，将队伍停住。回头向身旁随骑道："快去请了戴将军来。"戴宗听得呼喊声，策了马向前来，喘息着道："幸是已出了重围。"郝思文道："戴兄，我已中毒箭，奇痛不能忍耐。幸是不负将令。望兄长带了弟兄们就在附近驻扎，好和后面大军呼应。并望转告张总管相公、宋公明哥哥，请转奏朝廷，郝思文虽是失土之人，今日却为国家出了这最后一分力了。"说着，右手便回到胁下去拔佩的长剑，待要自刎。戴宗看到，隔鞍便两手来扯住。郝思文身子歪斜，大叫一声，撞下马来，便为国尽忠了。戴宗也来不及伤感，着小校们把他尸体抬在马上。负了向东走。一面着人在枯树林下，干草堆上，分别在容易燃烧地方，放起火来，正是向后方报信，说先锋已冲出重围了。

那边牵制金兵的杨雄队伍，只有千余人马，力量十分单薄，未敢逼近金兵阵地，在一丛小树林子里藏了。那金兵见有几碗红灯，引了一簇人脚马蹄声过来，便擂鼓吹笳，调了队伍准备迎战。但不知这边宋军是何种行径，也不肯向前混杀。相持到残月升起，东方火光涌起，有几十团烈焰升上寒空。杨雄看了，便把带来的红灯，分别挂在树上，悄悄引了人马，绕出林子南方，仍由出兵的来路，奔回大营去，以便和大军联合一处。原来西北角喊杀声突起的地方，这时火光映红了半边天。喊杀之声，后又起来。杨雄料着是卢俊义的大军，正催动了向东进，正和金兵厮杀，便丢开了大路，由野地里直向那边扑去。

行了一二十里，天色已经大亮。原来的那片红光这时变了满田野的烈焰，烟雾腾腾的，在面前拦遮住了眼界。隔了烈焰，见自家旗帜飘荡。烈焰东边，有一条干河，金兵像排班似的，临河排下了阵式，前面是步兵，后面是马兵，再后面是车辆旗帜，正是堆排了三层。不擂鼓，也不吹角，只是挡了去路。遥望西北两面，也露旗影子飘荡在天空，只有这南向一带路，并不曾有金兵。杨雄带着这转战一夜的千余兵士，向自己阵地里去。到了那里，却是个百十户人家的小村镇。宋军旗帜由寨墙里伸出，却还大小排列整齐。村子外几间茅屋。和一些秫秸堆、柳树林子，都被烧焦了一半，兀自冒着黑烟。杨雄见正东门上，竖着卢字大旗一面，料着卢俊义在这里，便引了军队，径向前叩门。只见燕青手提长枪，骑了一匹青鬃马迎上前来。在马上唱个喏道："都统制特着小弟来接兄长入寨将息。"杨雄见他脸上染了两块黑煤烟。蓝战袍上，烧了好几块窟窿。便也唱个喏道："小乙哥辛苦了。"燕青道："厮杀了一夜，这贼兵只是将马队在四处放野火，前面隔了条河，冲近了，那贼便在向河那岸用箭来射，冲不过去。后方四周是火，他正看得清楚。所幸我们也有准备，退进这镇上和他们巷战。那贼兵箭射不着，马匹又冲撞不动，才把那些过河来的贼人杀退回去了。"二人说着话，进了寨门，杨雄见街头巷口，兀自纵横躺着死伤的人马。杨雄在马上传令副将，引着人马去街后将息候令。自己下得马来，和燕青步行到人家门首一片打麦场上，来见卢俊义。

这时，太阳已出来了，照着场上大片黄光。汤隆巡寨去了，卢俊义、柴进、陈达分坐在地面的石碌碡上，各人的坐骑，系在场外枯树上。卢俊义把一支金枪在碌碡边地上倒插了。手按了膝盖正自沉思。见杨雄前来，便起身迎着道："贤弟辛苦。"杨雄拱手道："幸不辱兄长之命，已护送了郝兄冲出重围。"因把过去事叙述了一遍。小校们已是搬了个做柴火的干树兜子来当座位。杨雄和柴、陈二人厮见了，且在柴兜上坐下。卢俊义道："这村镇被金兵蹂躏过多次，一些食物也无，更是休想吃酒，贤弟厮杀了一夜，吃碗热水冲寒也好。"说着，小校们将瓦钵盛了半钵热水，捧给杨雄。他吃过了热水，因问道："兄长大军离开大营，何以杀在这里驻脚？"卢俊义道："你去后，金兵正也中了我计，见我军四处出击，却不晓得我要怎的？后来我撤了西北两路兵，急向东路攻打，他们抵挡不住，却也让我冲过几个村寨。无奈他们骑兵多，便是这东路的怕不多过我全军两倍。他一面接战，他一面调了马兵，大宽转地在远处包围了来。不易厮杀过去，偏是又隔了这道干河，我要踏冰抢渡过去，他在岸上便用箭射石打，老大吃亏。所幸柴兄在后夺得了这个村寨，却还可以驻脚。且休息一日，再作计较。只是我们必须早日突围出去，那贼昨日分散了流星野马，只是烧我粮秣，现今又临河摆阵，分明是要困熬我。"杨雄道："小弟由南路来，知道南路空虚，我等绕开了这河岸，由南路冲过去，却不好些？"卢俊义笑道："恁般打算，何须贤弟来说。那金人多是骑兵，他行动自比我快，我打算绕向那里，他必是先抢去把我们的要道塞住了。厮杀一日夜，且让弟兄将息些时。"

正说着，小校们来报道："那金兵阵里出来几骑马，其中有会说汉话的，道是前沧州王知州，特来请柴统制出寨答话。"柴进忽地站起来道："这贼不知人间有羞耻事，居然敢来这里来寻我？我便出去亲自割了这贼头来。"卢俊义道："此人必是来说降我们的，大官人也不妨将计就计，我们于其中寻点方便。"柴进在打麦场旁边树上，解了坐骑缰绳，将使用的画戟，由树干边取了来，跨上马去，抖缰便行，燕青道："且慢！这王开人认贼作父之徒，甚事做不出来？柴统制一人前去，休着了他道儿，小可愿保护了前去。"卢俊义道："也好，陈达兄弟再点五百人出寨催阵，以防万一，我自在寨墙上看觑则个。"那柴进听说王开人来到，便将五肺气炸。打了马便奔出寨来。

只行半里路，果见有三骑马渡过河来，在平原上逡巡。除了两个着甲的外，有一人头戴乌纱帽，身穿红袍，不是王开人是兀谁？那两个着甲的见柴进武装出来，便向前了两步。柴进见他们离河岸，不到一箭远，自也不敢逼近，相隔五七十步，便停止了。燕青紧紧在后跟随，也停住了马。那边王开人见柴进不进了，在马上拱揖唱喏道："柴将军别来无恙？"柴进两眼里都冒出火来，将画戟遥指了他道："卖国贼！你还有脸来见我？"王开人又拱一揖道："柴将军且休动怒，听我数言奉告。别人和赵官家出力，不识贤愚，还则罢了。你柴大官人，是大周皇帝嫡派子孙。那赵匡胤便是夺得你家天下。于今你不报仇，却反来给他打江山，不是老大笑话？斡离不元帅特着小可来提醒你，你若是劝得卢俊义投降金邦，各人官加三级，并封你做沧州公，永奉大周香烟。"柴进不等他说完，大喝一声道："你这贼也曾食了朝廷多年俸禄，怎说出恁般没良心话？你把我祖先的话来打动我，以为就很动听，我不将你驳倒，也让你卖国的人多一层遮盖。我祖先把天下让给太祖，是我中原人把大业付托给中原人，好比一家之内换个当事的，有甚了不得？你也读过几句书，却不省得楚弓楚得那句话。像你这贼，认贼作父，自残骨肉，一朝投靠，世世为奴，上背叛了你祖先，下卖却了你儿孙，说什么引狼入室，为虎作伥，那都比不了你这行大罪。我宣赞兄弟，被你逼死，恨不活割你这狗头下来，临风祭他一祭，你还敢在阵前弄舌？"

这一番大骂，后面压阵的几百宋军，大声喝彩。王开人却慌在马上没了言语。柴进回顾燕青道："我实在看不得这卖国贼这一身穿着。"说毕，拍马舞动画戟，直奔王开人。这厮如何不提防了，已是拨转马头要走。燕青早是暗中取了弩弓在手，放在鞍后，只在他这一转马头的时候，两臂抱了弩弓高抬过肩，眼睛由执弓的手指环里，注视得亲切。唰的一声箭放出去，正中王开人后心窝，翻身落下马来。柴进见了大喜，一心要取他首级，益发放缰向前，提戟便刺。那两个护送王开人的金将，怎肯让柴进向前，双双地举起枪来，将柴进的画戟架住。燕青怕柴进有失，挺枪跃马，飞奔过来。柴进将戟向怀里一缩，已躲开了两支枪尖。这两个金将，便分开来敌住了两人。柴进和那金将只交手到三四个回合，哪肯久战，故意向他虚刺一戟，戟尖由他左肩刺过去，扑了个空，金将以为是个便宜，却把枪柄向怀里收住，打算用半截枪来刺柴进胸膛。柴进的马只进了半步，便将戟向回一扯，戟后枝钩住那金将颈脖，便割断了首级，尸身倒在马下。这是柴家的马上回风戟，是个绝招，自是容易奏功。

柴进腾出身子来，正待去帮助燕青，燕青已拖枪败下阵去。那金将见连伤二人，便飞马追赶。燕青已是在马镫带套里，插下了枪。故意把身子伏在马鞍上，却很快地取了弩弓在手，回转半个身子，脸看了马尾。两手平放在身下，弓背平了那角，右手将弦扣在怀里。只这分工夫，金将的马赶得贴近拢不住蹄。只听嗖的一声，弩箭出去，中了那将咽喉，扑通一声落了马。柴进看了大喜，见身前无人，回转马头，奔到王开人尸身旁，便跳下鞍鞯，拔出腰间佩剑，就地上割了那贼首级。隔河金兵阵上，便一阵大喊，几百支箭向柴、燕二人射来。柴进抓着马跳鞍上去向回奔时，人和马已中了好几箭。有一支箭正射中旧日伤口所在，一阵痛入肺腑，他也落下马来。陈达在后阵看到，把手中枪尖一挥，率领五百步队，同时飞抢出阵来，掩护二人。燕青马腿上中了一箭，人却无恙。他就地抱起柴进，背在肩上，向村寨里飞跑，不敢停留，一口气跑到打麦场上，将柴进放在秫秸堆上。他流血过多，已是气绝了。但他手上兀自提着卖国贼王开人那颗人头呢！

卢俊义见又折损了一员大将，流着泪站在打麦场上发怔一阵。杨雄向柴进遗体躬身拜了四拜，回头向卢俊义道："大官人今天这番动作，金兵必是恨之切齿。我军在此，既不打算久留，这遗体须是埋葬了，休得来受他们的蹂躏。"卢俊义道："贤弟说的是。这打麦场南端，有一棵古柏树，是这里最高大的一棵树，且在那里掩埋了，将来也好作一认记。"说着，便着小校们在村庄里寻了木板，钉了一口薄棺，草草地就将柴进殡殓了，在柏树下挖了一个坑，将薄棺埋下。坟前不敢树立碑记，只是成了个两三尺高黄土堆。卢俊义在村子里寻得一套文具，吩咐小校们把墨磨得浓了，将一张长纸，铺在桌上，这桌子便是在坟头上摆了的。卢俊义站在案前，提笔便写了一首诗道：

英雄哪肯寻常死？十万军中杀贼来。
博得山河同不朽，此身只合战场埋。

写完了，又叙了一行文字道："大宋横海郡沧州都统制柴进贤弟千古，宣和七年十二月卢俊义敬挽。把挽诗写好，村庄里没有供品，盛了一碗清水，一个铁香炉，燃了一束松枝。打麦场尽头，树干上东边缚了一个俘来的金兵细作，西边缚了一匹胡马。有两个小校拿刀在手，站在旁边。等候号令。在这里的弟兄卢俊义、杨雄、燕青、陈达、汤隆五筹好汉齐立在案前，向坟头拜了八拜。卢俊义起来，站着向坟前洒泪道：

"柴贤弟英灵不远。听我一言，我等兄弟为国效力，渡河北来，护国未成日有失土。贤弟今已成仁，我等如不收复土地，驱逐腥膻，誓不生还。"说毕，回头向小校们喝道："把来斩了，滴血祭坟。"在这一声喝里，那个侵犯中原的贼兵与胡马，同时得了他的报应。便在这时，外面号炮轰雷也似响，胡笳呜呜哀鸣，喊杀之声，潮涌一般，卢俊义道："金人看我在阵前杀了一个国贼，两员金将，恼羞成怒，倾巢来犯。这股锐气且让了他，我等五人分守了寨墙四周，不使他逼近就是。"说着，自与燕青守东门压住敌阵。着杨、陈、汤三人分西南北三门。

到得寨墙上看时，果然，金兵步马齐来，分了数层向这寨子围着。卢俊义在冀南转战多日，自备和掳获的弓箭预备充足，向来不肯枉用了。这时金兵围上，伏在寨墙里的，尚有万余军马，拿出几千张弓，同时猛烈向对面射去，却也叫他近前不得，攻打到了日色西沉，他们方始收队回去。但是还未曾到了晚间，沿河上下二三十里路，灯火络绎亮着，昏暗中看灯光位置，在地面上，正好成了个半环，更鼓声里时时杂着马嘶。卢俊义料得金人戒备甚严，自家军士厮杀了一日一夜，十分疲乏，今晚却是冲锋不得，只好多派将校们巡夜，且休歇这晚。

次早红日东升，却是个大好晴天，战场上鼓声、炮声、笳声、喊杀声，一齐动作，金兵又是几排阵势，将这寨子围困了。有那会说汉话的，只管叫卢俊义归降。卢俊义本来不睬他们，被他们这声音聒噪得烦恼了，便在寨墙上四周逡巡，要找个厮杀机会。到了巳牌时分，只见东北角上，一簇旗帜，拥了一把红罗伞盖，隐约看到一人，身穿紫金盔甲，手拿长鞭，东西乱指。卢俊义见陈达随在身后，便藏在墙垛下，将手暗指了道："那必是金兵东路元帅斡离不这贼亲自来指挥攻我。这是中原一个大祸星，我们的死对头，今日见面，岂可空过？我要单骑出阵，出那贼不意，将他杀了。"陈达道："凭哥哥这身武艺，有何惧怯。只是寨子外面，金人千军万马……"卢俊义作色道："大丈夫要做一番惊人事业，哪顾虑得许多？杀了此贼，胜杀贼兵十万。"说着，他下了寨墙，提枪上马，便向东门来。陈达在后跟随道："既是兄长要去，小弟愿意左右，多少有个照应。"卢俊义在马上想了一想，说："也好。"这里守门副将，是柴进带来的田仲。他自不敢拦阻，开门放了吊桥，让

265

卢、陈二人悄悄过去。卢俊义身着海浪鱼鳞甲，手使镔铁梅花枪，骑下一匹滚雪白马。陈达身穿青罗金锁甲，手使点钢枪，胯下一匹青鬃马。黄色太阳，照着平原金晃晃的，金兵步马两层雁翅排开；在旌旗影里，布了阵势。卢俊义怒马当先，陈达紧随在后，平原上但见两团黄尘滚滚，拥了黑白两个影子，向金兵阵里飞奔了去。

金兵自不曾理会得两骑宋军出来迎战。那斡离不在土岗上观看阵势，虽是见有两骑人马，在阵前飞奔，也不想是宋将出战，而且不曾打得旗号，黄尘掩蔽了也看不清楚是兀谁。也想不到两骑马，敢来向主帅怎的，只是托大了自在地观阵，卢俊义那梅花枪尖，像雨点也似，在马前拨动，且不管面前金兵多少，只是对着土岗子上冲去。那金兵近被马踏，远被枪挑，纷纷闪开，让出一条人巷，两骑马看看扑到那红罗伞盖下面，相距不到十丈。斡离不才看清这两员宋将是来对付自己的。啊呀一声，拨转马头，便要逃走。卢俊义大叫一声道："卢俊义、陈达来了，斡离不你这贼寇向哪里走？"说时迟，那时快，两支枪尖，在太阳下闪着电炬也似光芒，直向斡离不心窝里搠来。这番壮举，可说是惊心动魄了！

第三十一回

戴白巾哀兵作夜战
挥赤帜大将逞虎威

那斡离不是金邦东路大元帅，来到阵前，左右自有将校卫护。虽是卢俊义、陈达两马双枪来得很快，但是斡离不马后，恰是三四骑裨将暗地保护。卢俊义那枪向斡离不刺去，他正不曾手携武器，带转马头便走。在他啊呀声里，那枪尖相去他的后心不到三尺。正是所差有限，两旁抢出三骑马来，鞍上金将，各挺出枪刀，将卢俊义枪尖架住，陈达的马后到一步，他见一只落口的肥羊，被这三人救了，心里十分恼恨，伸出在马头前面的枪尖，一直在前面刺出，并不缩回来。当三员金将把武器架住卢俊义枪尖时，只知道把斡离不已经解救出来，便十分欢喜。却不提防陈达这骑怒马直奔过来，他枪尖到处，不用那金将稍一回手，已挑了一员金将落马。卢俊义见面前二金将已是手脚慌乱，眼见这是一个机会，便将枪尖舞弄得泼风也似，不许金将丝毫周转得动。陈达拾了个便宜，见靠近这员金将，迎面躲开卢俊义枪尖，向身边闪过来，正将撞上了自己的枪尖，轻轻一挑，又把他挑落下马。剩下那员金将，兜转马头便跑，陈达益发追向前去，向他后心一枪，直搠透甲心。

他顷刻之间，接连枪刺了三员大将，颇为得意，哈哈笑道："胡狗，还有多少无用的将才？益发过来，好叫你老爷打发。"他说这话时，已忘了身陷敌阵。四围金兵，看到不过是两员宋将，竟不十分惧怯，已是蜂拥将来，把卢、陈二人围在中心，枪刀剑戟一齐拥上。百忙中，陈达后心窝上，中了一流星锤。背上一阵重压，打得人向马鞍上伏了下去。卢俊义大惊，便将他由马背上提了过来放在自己鞍上，同时，另一只手，舞了枪，还要抵抗四周的金兵。

那金兵见两员宋将，只剩下一员，而且这一员，又带了一个负伤的人在马上，这就正好捉拿，更是铁桶一般地围着。卢俊义虽是舞动了一杆枪，四处迎击着。所幸那金兵，围困得逼近，反是不容他们施放箭石。挑着金兵稀松之处，且战且走。但鞍上有个负伤的陈达，竟是累赘，马冲撞不得。若说是把陈达推下马去，他未曾死，结义兄弟，如何忍心做得。正在十分为难。忽然西南角上金兵，纷纷动乱，那里鼓声咚咚，角声呜呜，天空里一簇旌旗飘荡，一彪人马杀到。为首的两骑将官，正是燕青和杨雄，后面跟随着约有千余马兵，如一条飞龙也似直冲了来。卢俊义再不敢恋战，随了他们杀开一条血路，再向自己营阵里奔回，这千余马队，眼见自己两员主将都陷在阵里，都瞪红着眼睛，把热血由腔子里直喷出来，要和金兵拼个死活。因此这千余人马，在数万金兵阵地里，来去如风，却是阻挡不得。但竟因众寡悬殊，被兵刃撞击，马蹄践踏，来去都有了很大的损折。

卢俊义到了驻扎的村寨里，先着小校们，将陈达抬去将息了，自己喘息了一口气，便又走上寨墙来观看阵式。正好那金人阵上一簇红旗红盖，拥在干河那边，分明是斡离不又出来督战。那原来摆阵列在对面的金兵，前列未动，后列人影移动，尘头高飞，正看到他们，分作南北两翼，向这寨子遥遥地围困上来。再抬头看看太阳，还正在天中，又看看远处，在村庄树木影子里，还有几股黄尘，不断地升腾，他右手按了腰间悬了剑柄，左手捻着髭须，昂头仰天长叹一声。身后有人答道："金兵有数万之众，云屯在这平原上。统制和陈兄两马双枪，去劫他们的主帅，特地冒险些个。"卢俊义回头看时，燕青悄然站在身后。卢俊义皱眉道："陈兄适才吐了两口鲜血，想是伤透肺腑了。"卢俊义按着剑柄，兀自抬头望了天空。燕青道："看金兵昼夜逼了我们厮杀，必是倚仗了他们人多，要困乏我们。若是我们零碎和他厮杀，一没有接济，二没有出路，越杀越疲倦，却不是中了这贼兵毒计？"

卢俊义听着这话时，却不住手摸了髭须，半晌没有言语。燕青偷觑他双眉直竖，面色微紫，却又是咬了牙关，是在生气，也便悄悄地站了。后来他一顿脚道："一定和贼兵决一死战，冲出这重围去。小乙哥，我们必定是留下这条顶天立地的身子，举大军来把贼兵扫平。谅他又是来攻打寨子，引我军出战，且休睬他，看他怎的？"燕青道："我等自是拼了这腔子血汗，来保国家疆土。只是统制是三军之主，却再休单骑出阵和贼人厮拼。"卢俊义手抚了髭须微笑道："斡离不欺我中原无人，带着贼兵，长驱直入。恁地教训他一番，也叫他认得我中原人才正多。你不看那厮旗盖，现今远远地躲了，适才我若是在阵前把他杀了，便不回来，却也值得。"燕青没甚言语，只是垂首站立。卢俊义也呆立时，身后一面三角大旗，那尖端拂在他项脖上，让他忽然有所省悟。他抬头看时，那太阳已让灰色的云彩遮住，大地无光。所有面前的旗帜，都在半空里刮刮作响。地面上的灰尘，正被风吹着，一阵阵在半空里飞腾。他注视了一会儿，那风益发大了，呜呜地在寒野上哀呼。眼前大陆，阴沉沉的。卢俊义忽然一笑，回头向燕青道："你看，风势由西北向东南，今晚必然阴雪。天助我们一臂，当可冲出金人重围。"燕青道："小乙正是恁地想，与其天天损兵折将，困守在这里，倒不如全军冲出，决一死战，好歹我们冲出些人马去。"卢俊义只微笑了一笑。

这时，那金兵在阵后移动了两支大军，暗暗地抄围了寨墙西北角。人马践踏起来的黄尘，遮天盖地，由上风头吹过来，直掩住这村寨天空上。卢俊义抽身向寨子北门走来，却见汤隆挣红了面孔，迎着唱个喏道："小弟虽是武艺低微，却忍不住受金人恁般欺侮，请兄长给我一千军马，我当出寨去，和金兵决一死战。纵然死在战场上，却不胜似困在这寨子里，让他昼夜围困？"卢俊义点头道："贤弟之言甚壮。只是我等和金人打仗，不争在这早晚，便是十年八年，好歹报了这仇，让他永远不敢窥犯上国。兄弟且忍耐半日，今晚我自有处置。"汤隆虽是不敢多言，抬头看到日色无光，黄尘像烟雾也似，由头顶上飞过，那村子里一些枯树枝丫在空中张舞，风吹得嗖嗖嘶嘶，犹如鬼哭神号。今天晚上，必是一个十分萧瑟的天气。他想着卢俊义恁地说了，必定有计摆布，且自退去。到了天色黑昏，金兵见卢俊义不曾出来接仗，便也收兵回营，夜静天寒，这风势越发汹涌。罩了平原，看金营火光，只有零落的几点，在黑野上闪动。正是天上不见一粒星点，便是这几星火光，也就十分引人在意。

初更以后，卢俊义一面下令全军造饭，一面自带了精壮兵校，在寨墙上四门巡查。看看那风势只管加紧，料着本晚不会止息，便在避风所在，零碎张了些灯火，留下几面大鼓，在风头上，侧面放了，上风安插秫秸编的篷片，在绳索缝里，插了木棍。风吹秫秸，木棍便撞上了鼓面，虽是响声杂乱，却也洪大。这般让金兵疑宋营里兀自有人。安排停当，将近二更，全军都吃过了战饭。这时，陈达已伤重身故，卢俊义草草将他殓了，埋葬在柴进一处，便带了燕青、杨雄、汤隆三人，在坟前一拜，暗中祝祷道："二位贤弟英灵不远，助兄一臂，也好救出这支河北仅有的中原军队，慢慢地杀贼。"说毕，回到中军帐里，在主帅位上坐地。

　　烛光下见只剩了三个兄弟，披甲按剑站立，心里着实有些伤感。传令刘屏、田仲二人入来。他们躬身参谒了。站在一边。卢俊义道："你二位虽是新兄弟，却一般十分忠义。今晚我们突围，死生在所不计。大丈夫为国尽忠，死在疆场，那是本分，有甚可说。却是这腔热血，不能白洒，必须拼出一些功绩来。若有功绩，死而何恨！各位听了，这一战，明日不知谁存谁亡，我若死了，可由杨雄为主将。杨雄也死了，依次由燕青、汤隆、田仲、刘屏为主将。只要有一人存在，必须领了这支军队，冲出去与郝思文、戴宗人马会合，然后再奔济州。现命燕青带前营兵马，由寨南庄门出去。杨雄带左营由东门出去。汤隆、刘屏带右翼由西门出去。田仲与我率带中军和后营兵马，随后出东门殿后。这样天黑风大，金兵便知我们突围，未必全队出来截杀，便是出来，不会多调军队，免得自相践踏。我们全军将士，不论兀谁，今晚都要在头上围一方白巾。虽是黑夜里，前后都看得出，免得厮杀时，误伤了自己人。那没有扎白巾的，自然是金兵，休问好歹，只要靠近了，便将他砍杀。"

　　卢俊义嘱咐已毕，便命各将立刻出发。全军前后苦战两日两夜，已折损十停内的两三停。郝思文和戴宗率领的那支先锋队，又调去了三千人，所以现今卢俊义全军，却也只剩得六七千人了。这时全军分了四股出发，每拨才得千余人马，自不见得有甚大的波动。那风势越到夜深越大，平原上兀自飞沙走石，摇撼树木，便是千余人马行动，也让风沙遮掩了。宋军阵里，有那白巾为号，虽是夜色昏黑，在五步内外，还分别得出来，所以不曾另外张着灯火，大家只是随了前面领率将官，摸索了鱼贯前进。

那第一拨人马，由燕青领着出了庄寨南门，他在马上昂头一看天色，其黑如墨，一个星点也无。飞沙带了唆唆的响声，由马后拨来，直觉那夜寒如刀一般，穿透衣甲。燕青勒住了缰绳，整理了弓袋，在马上四周看了一看。但见金营里灯火闪动，更鼓断续不齐，灯火之外，黑黝黝的，什么也不看见。于是横刀在马上，紧防万一，缓缓向南前进。风由后面吹来，但听到队伍的步履声，在土地上卟咤作响，其余却没些声音。自己的军士，都包上了白巾，黑暗中自也看到一群白影子在浮动。但是再远些，便坠入黑海里，便是那高出地面的庄寨影子，也一些也不见。好在这是平原大地，便是摸索看出了路面，却也勉强走得。约莫走了二三里路时，上风头断续传来了马嘶声，正是第二三拨人马，在后面跟随了来。四路传令旗牌，也就先后飞马来报，大军全已拨营出发。燕青料得金兵还有营寨在下风，这里脚步声、马嘶声，兀自随风吹了去，未必不知，且自加意警戒了。

又约行了五七里路，暗中已走了一个更次，算冲出一半路，心里正叫着侥幸。忽然东北号炮齐响，闪出了一丛火光，拥了出来。估量约莫相距两三里路，火光影里，见金兵高高低低在侧面展开了阵势，横压将来，仿佛要作几股向这里冲杀。燕青正待横过阵势来对敌，后面却有传令马队，飞传了卢俊义将令着只管径直地走，但听后面号炮三声，便回杀转来。燕青接了令，便让队伍先走，自退到后面来压阵。约莫走了里多路，后面果然三声号炮响，燕青带领军队回杀过来，见金兵约莫有一二千马兵，已冲到了面前。后队宋兵，远藏在暗地里，看看金兵队伍灯火辉煌地拥将来，如何不看得清楚，便只把箭来射着，并不和他们短兵相接。金军马兵被射得颠撞着下来，阵势便纷乱了。等着金军步兵迫近时，正好燕青前面人马杀回来，正与卢俊义后队相遇，前后夹攻，把冲来的金军步兵，又冲散了。金兵初不料宋军退却时还是首尾相应，丝毫冲动不得，倒自折损了些人马。他们见不是头路，自在黑暗中溃走了。卢俊义因刚才一阵冲杀，左翼杨雄人马隔断，怕是过于落后，且传令燕青前营先走，却压住了阵脚，在大风沙里等着左右翼过去。先是听到上

271

风头人步马蹄声，卟卟过去，那西角上飞尘下雨般扑在身上脸上睁不开眼。接着探马飞报，队伍业已过去。忽然东角上发出一丛火光，喊杀声随着涌起来。那路探马来报，金兵把牛皮罩子罩了灯笼，用马队追了来。遇到杨雄军队，把牛皮罩子去了，露出了灯走，却将马队冲杀。卢俊义待调兵去救，又恐误了行程。只得把随从的田仲带三百骑马军望了火光去接应，自己且督了队伍，又缓缓前进。

所幸那丛火光不大，料着金兵不多。又走了两三里路，探马来报，左翼军队已冲过来了，杨将军请卢统制尽管走，卢俊义听了，方才安了心，不想西角大地上又闪出一片火光，灰尘影里，还看不见灯火，约莫总在十里路上下。一面派人催汤隆走，一面带了队伍走。黑暗里马脚高低，人在马鞍上前仰后合，风沙又向身上压迫得紧。兀自撑持不住。骑马的如此，步行的兵卒可知，因此又不敢走得太快。这样挨过了三五里路，西角火光，已拥出了火焰，约莫有千百条火把，在黑地里舞出了无数条火龙。卢俊义想到汤隆这支军马，现着单薄，要策应他才是。但迎面拥出了一丛火光，在红焰里映出了黑森森的树林，却是金兵埋伏在那里截杀出来。自己的前锋，就地拥出一丛浮着白头巾的黑影，海潮一般吼着，正是弟兄们恼怒了，冲杀过去。

卢俊义到了这时，已觉难于三方照应。偏是身后半边天都涂上了红光，胡笳呜嘟呜嘟哀号，发出了紧急的喊杀声。卢俊义大声喊道："中原的儿郎们，贼军不放我们突围，四处杀来了。这番不是贼死，就是我亡，我们拼了命冲过去！"随了这声音，队伍里面，有人叫了起来。卢俊义便拦住了缰绳，回头问什么人叫喊。一个步兵，却挤上前来回禀道："我们擒获的那金将喝里色带在队伍里走，他说有话禀告统制。"卢俊义身边带的有一位通事，便着那步兵，带了喝里色到马前来问话。他向卢俊义道："我很感你们不杀我的恩典，眼见金兵远远近近四面围困，这样黑夜，风势又紧，人撞马跌，便是走也走不甚远，若是再加以厮杀，如何能逃得性命。不如依了我，向金兵投降。"通事将话译了，卢俊义在马上大喝道："我不看你是手无寸铁之人，马上就把你杀了。你胡狗虽然十倍于我，我却不放在眼里。好歹斡离不也要给我拿了，解上东京去献俘，他投降我中原，我还嫌他腥臭哩。将这厮打了后队去，休让他谣言惑众。"手下兵校们便齐齐吆喝了一声，将喝里色推得后队去。

这时，卢俊义见四面都是火光，后面的红光，且分作三丛火焰，从地面上涌起，便着旗牌传令下去，只管擂起前进鼓来。黑暗中咚咚咚山摇地动一片鼓声响起，左右两翼，也有鼓声相应。卢俊义便催了马在阵外逡巡，兵士们在地面涌起了一阵白头人潮，随了鼓声，顺了风势，向外飞扑了去。前面树林下，见金兵骑在马上一手举了火把，一手挥着刀矛，约莫二三千人，来往冲杀。步兵却一字排开，手挺长矛拦了去路，他们前面，烧着几十堆柴草。燕青那拨人马，赶到了火光下，正和他们厮杀成一团。卢俊义一马当先，挥动长枪，先搠倒几十骑冲撞的金兵，后面人潮涌过来，便冲出了一条路。两拨人马合在一处，益发拼命向前冲锋。金兵抵挡不住，他的阵势，两边一分，卢俊义军马便冲入了树林。一霎工夫，便冲到了金人阵后。那金兵见阵势转在上风，却把千百条火把一齐向枯树上去点着。树枝陆续燃烧了，大风一卷，噼噼啪啪，响声大起，立刻成了一座火林子。浓烟夹着火焰向宋军扑来，人马都站不住脚，那左右两翼，被火烟隔住，正不知在哪里厮杀，燕青由火林子骑马冲到卢俊义面前，甲上已焦煳了两块，手扑了马鬃的焦痕，喘气道："统制，我们只有舍了左右两路人马，先冲出重围去再说。"卢俊义瞪眼道："小乙哥，你说甚话？我等义军，一股也不能让他陷在贼阵里。"燕青道："便是怎地，也离开这火焰去。"卢俊义道："这却使得。"于是让燕青在前引道，自己在后压阵，又冲出了树林。只走了大半里路，便止住了阵脚，那金兵放了火，却不曾追来。

卢俊义在马上拢住缰绳，抬头四下里张望，那火林子照耀得周围几十里，村庄树木，全露出了隐约的影子，正不见左右翼两路人马。心里正在沉吟，却听得东角上有三声号炮响入了天空，虽是不见火光，却听到鼓角声由下风头隐约地响着。心想，若再有金兵生力军杀来，弟兄们苦战了一夜，却是休也。随了这念头，向东观望，却见带了绿焰的火箭，不断向天空飞去。这正是宋军暗号，军士们大喜，暗地里欢呼着，接应人马到也。不多时，有阵前探马飞来禀报："戴宗将军，引了二千马兵来到。"卢俊义也十分欢喜，策马迎上前去。戴宗也是一马先来，在马上迎着远处火光，看到卢俊义，便唱喏道："天幸哥哥无恙。前面是我营地，已无金兵，且请兄长前去休息。小弟带这支生力军断后。"卢俊义摇手道："且慢。左右两翼，还在火林那边，且停留片时。"于是下令将来的马队调为前队，把苦战一夜的队伍调到后面来。

这时，天色已渐渐发亮，对面那座火林子，变成了无数的烟峰，横拦在前面。那风每吹来一阵，便在西北角，发出了一片喊杀声。虽是这烟雾把前面地方遮隔了，料着必是右翼汤隆军队被围。便回转头对在身后的燕青道："我必须亲自去救他一遭。戴兄带来的这支生力军，大是可用。"于是把那二千马队，摆成了长蛇阵，由自己身边步卒旗手里，挑出十几面旗子，叫在阵头上的骑兵撑了。这旗子一律绛色，上绣白字。迎风招展开来，前两面旗子，大书着一个案面大的卢字。其后面四方旗子，各写着大名都统制河北玉麒麟。卢俊义和戴宗换了一骑战马，背了一张弓，挂了一壶箭，把佩剑挂带紧了一紧，两手挥了长枪，立马在骑队在前头。因对燕青道："你等就在此小驻片时，以便接应我。天大亮了，悬出我的旗号，让贼兵认得我上邦大将的虎威。"说毕，抽出马鞍插袋里的小红旗，在空中招展了两下。自己拍马先驱，后面二千马兵列成长龙也似一条队伍，人马向西北角飞奔，那是一条龙。地面上一条滚起来的黄尘，向东南卷起，又是一条龙，这两条龙，声势夺人，正好风势少煞，东边天脚，云霾里吐出一轮鸡子黄似的太阳，照着大地黄黄的。那马队里几十面大鼓，雨点般擂着，夹着那一片马蹄声，正是倾泻了一股瀑布，直奔金兵阵里。

那左翼人马，正被金兵围困了半夜，杀得人困马乏，这时看到一支生力军杀到，阵前飘出卢字旗号，大家精神一振，呐起喊来。卢俊义在前，领着二千马兵，对了喊杀声处直冲。大地上绛旗到处，金兵闪开一条人巷。便不闪开，也被这支精兵撞倒。直杀到阵地中心，内外宋军联合一处。卢俊义由东南角杀入，由西北角杀出，转了半个圈子，又由西北角转回东南。金兵只看黄烟涌起，日色无光，那一簇绛旗如火云一般，天空里腾挪。想到卢俊义匹马单枪，杀入万军阵里，要捉斡离不，如今卢字旗号下面，有生龙活虎般一支马队，彻夜围战之余，不敢拦阻，只得放他们走了。卢俊义的右翼人马救回到大军阵地时，戴宗带了一股人马前来接应。卢俊义在马上遥问道:"左翼人马,杀出重围也无?"戴宗指了树林子东角道:"那边有喊杀声移近。燕青本待去接应,又恐……"卢俊义不等他说完,招动指挥旗,掉转马头,直向东北角飞奔。后面二千马队,随了那一簇绛旗,再杀回金人阵里。那边杨雄领了右翼人马,且战且走,天亮时,奔进了一座猛恶松林。金人曾在上风头放火,想烧这座林子,却因火种少了,不曾燃烧得。却横撞出来,把数千人马,截断了林子东南角。杨雄带领军马,几次未曾冲过。这时听到鼓声震天震地地响,便派人爬上树梢去看阵势。及至守卒下来报告,是一簇白字绛旗。杨雄大喜,喊道:"我们都统制来也。"于是领了军队冲出林子来。金兵见救兵来势凶猛,把阵势向北移了一箭之地。这正好让杨雄军队杀出,与援兵会合一处。

卢俊义把马队横展开来,面北背南,掩护了左翼人马过去,却与金兵对阵。那金兵见卢俊义这支人马,阵式整齐,一簇绛旗下面,有一位绛色战袍的大将,手挥了红缨枪,勒马按住阵脚,三绺长须,飘在胸前,神色十分镇定。便不敢轻犯。卢俊义大喊道:"大宋大名都统制卢俊义在此,谁敢犯我?"一言未了,对面嗖的一箭飞来。卢俊义早看见了一员金将抢出阵来弯弓放箭。等箭来了,把枪尖一拨,箭落地上。趁势跃马出去,飞奔了那人。那金将见一箭未中,正伸手向弓箭袋里去摸第二支箭,不提防卢俊义已奔到面前,手无迎战兵器,便把弓梢来架卢俊义的枪。卢俊义故意把枪尖插入弓梢里,让它缠住,叫他逃走不了,马更奔得近切。腾出右手,抽出腰间佩剑,斜劈下去,将金将人头砍落马下。枪尖上兀自挑了那张弓,奔飞阵来。这金将正是这路人马主将,金兵见卢俊义本领这般了得,呐一声喊,不曾接仗,竟自溃退了。卢俊义从容压队,回到大阵里依然殿后,把大军撤回前面戴宗驻的庄寨。抬头看看日色,还不过三丈高而已。到了庄寨里,扯起吊桥,关了寨门,吩咐人马稍稍休息。将军队点检一番,又折损了二千人马,将领汤隆、田仲两员未曾归队。梁山弟兄,在这一战里,共损失了柴进、陈达、郝思文三位,汤隆又生死未卜。却喜那个俘来的金将喝里色,却还带在队里。大家虽是冲出了金兵天罗地网,把金兵杀个痛快,这损伤也就大了。卢俊义虽是十分伤感,想到此处距金兵大营不过四十里上下,恐怕他们再来围困。休息了半日，又拔营东行。

　　这一带不是金兵侵略地域，缓缓军行两日，到了临清地界。先着杨雄快马去见那里县官，不半日，杨雄带了一群百姓前来，道是因邻境打仗，知县携了印绶逃走了，以下职官，也都逃走。剩下一座空城，无人把守，百姓听说大名兵马来了，特地前来挽留驻守。卢俊义在马上看时，有千百名百姓，跪在地上喊叫，请卢统制驻马，救我们一救。卢俊义心想，哪里不是大宋国土，如何就可不顾？便依了百姓，率军入城。这临清面河筑城，本是一座大邑，水陆交通，粮食也很充足。卢俊义于是一面修理城垣，布置守戍，一面修好文书，着戴宗带向东京，向枢密院三司呈报军事。又修了两封书信，差飞骑送往邓州，分呈张叔夜、宋江两人，且在临清等候下文。沧州、大名军这一番苦战，可说是孤军苦斗，虽守不得土地，却也牵住了金人南下的十万大军。东京那里，如何对付卢俊义这班血汗功劳，却也值得去思忖了！

第三十二回

童衙内抢路射难民
史大郎横刀辱贵少

当卢俊义驻兵临清之日，已是金兵渡河之时。那时，大河南北，人心慌乱，也忘了过年。戴宗携带了文书，骑上一匹快马，带了两名骑卒，直奔东京。这日到了曹州地面，日方中午，在个驿站上经过，却见围了一大群百姓，张望墙上张贴的告示。听得人说，道君皇帝禅位太子，晋位太上皇，于今改了靖康元年。告示上说，金兵迫近京师，望全国朝野俊杰效命勤王。戴宗听了，大吃一惊，心想河北的仗，兀自未曾打完，不想金兵便已进逼东京了。便跳下马来，把缰绳拴在人家廊柱上，正待向那告示看看。忽然有个人从路旁酒店里奔了出来，挽住戴宗手臂，问道："戴兄何以来到此地？"回头看时，乃是九纹龙史进，便又一喜，因道："史大郎何以也到了这里？"史进道："且请到店里叙话。"

戴宗令两个骑卒下马，自解了马背上包裹，和史进一同走进店去。见他所占的座头，放了大半盘牛肉，半壶酒，正是独酌一会儿了。四人分左右手坐下。过卖添了酒肉，戴宗道："我到沧州去时，大郎还在大名。后来我和卢兄兵马会合一处，在冀南厮杀，知道大郎奉卢兄之命，来东京求援，却一直消息隔断。"

史进叹了口气道："一言难尽。小可来到东京，便向枢密院投文。谁知文书递去，却是石投大海，毫无回信。小可便在张青那里借了二三千两银子，在太尉太师衙里上下打点，催问消息。有个虞候，用得我钱多了，倒实在回了我信：说是眼见金兵就要直逼汴京，蔡太师、王太辅

277

昼夜鼓动圣上迁都南下，汴京兀自顾不得，枢密院却耐烦问黄河那岸的事？再说到高太尉，恨你梁山弟兄入骨，巴不得你们都在河北让金兵杀光，却来救你？现今是他自顾不暇，懒问前账。不然，你姓史的小小武官，在他管下，少不得借个事故，把你断送了。小可听了此信，知已绝望。待要回复卢俊义兄长，河北岸的梁方平援黎阳军队溃退下来，两岸不通。只得修了一封书信，托曹正兄弟，前去邓州禀告张相公和公明哥哥。我却经过应天府顺山东这条路，想绕道北上。不想到了此地，逃难百姓，纷纷说前面金人已到，见走不得。又遇到个旧日相好自关中来，说是老种经略相公已发兵勤王。我师傅王进，也在他帐下当了一名步军总监。我想去不得冀州时，回东京见一见我师傅也好，叫他知道这不才徒弟却还有些出息。那相好道是一两日内，由乡间再回曹州，我便羁留在这里，想再问他一个底细，不想遇到了戴兄。端的河北情形怎样地？"

戴宗吃着酒，便把战场上情形说了。史进听说折伤了许多兄弟，端着酒碗出神，洒了几点泪。戴宗道："俊义兄长现在临清，汴梁情形他自思量着，过去事情，大郎不去告知他，也不紧要。只修下一封信，着这两弟兄回报便可。既是东京吃紧，我等一路回东京去。若有甚祸福，二人有个商量和帮助。"史进点头道："戴兄说的是。官家兀自出着布告，要朝野俊杰赴难勤王，朝廷正在用人之际，能去和国家出些力量，也未可料。"二人商议定了，便向店家要了纸笔，草草写下一封书信，着两个骑卒，带回临清。史进回到客店，携来包裹马匹，便和戴宗二人同向东京去。

不久上了东大道，但见逃难官员眷属，车辆载着人口，骡马驮了箱柜细软，络绎不绝，由西向东。一路逢人打听，都说皇上已经带了蔡太师、少太师、童大王、王太辅到亳州去了，不久还要渡江到金陵去。金兵百万要占据中原，东京旦夕不保。又有人说，上皇走了，官家年壮，正要守住京城，和金人决一死战。四方勤王的兵马，都纷纷到了。这两种说法，虽是不同，东京要变成战场，却是不免的事，因此越向西方，逃难的人越多，将近东京二三十里时，难民车辆行李，益发把大路阻塞了。戴、史两骑马，在行人车辆缝里钻动，大半日却只行了五里路。有些眷属带得行李箱柜多了，撞跌在地上，又歇在路旁整理。还有那步行的百姓，肩上挑了行李，手上又牵了弱小，哭哭啼啼，沿路坐在地面休息，这路益发抢走不得。

史进在马上向戴宗道："偌大一条道路，只见人东来，不见人西去，哪有勤王之师？"戴宗道："便是恁地，我们必须到京里去探望一遭。"史进道："小可并非怕去。只是人民这样纷纷扰扰，却不是亡国模样？"说着，把马鞭向东一指。戴宗也向西看时，只见这条大路上的行人车辆，像蚂蚁阵般密集，蠢蠢向东移动。在马背上所看到的，竟是人头颠簸了来。戴宗见路旁有座土地庙，且下了马，和史进在避风地方站了，因皱了眉道："现是未牌时分，再过一个时辰，天色渐晚，谅是出城的人少。待得路上松动时，我们再走如何？"史进道："现今京师戒严，白日进城，犹自要受盘诘，如何待得晚上？"戴宗道："前面有一座桥，桥头上有几家酒店，我们且在那里先吃两碗酒。路不多，我们且牵了马匹，也好让人。"史进依了戴宗言语，牵马前进。

人丛里挤撞了多次，方才挤到桥头。这里有四五户店家，卖些茶酒面食，随意几副座头，都各坐满了人。旁边一座收拾车辆带钉马蹄铁的脚行，也乱哄哄地坐了休息的人。过桥来的车辆马匹行人，兀自拥将来，二人牵着马，要停留，无可落脚；要过桥，桥窄人多，如何挤得过？这桥下冰冻，兀自未化，那急了要过桥的人，或挑或扛，却下了河岸，踏冰抢将来。史、戴牵了马，没个作道理处，只好大宽转由野地里绕过人家，站到河岸上来。

戴宗道："看恁情形，我等也要由河里踏冰过去。"史进忽然吃惊道："怎的了？难民都由桥上向河里跳？"戴宗看时，那桥上和隔岸的难民，纷纷奔跑，在桥上的难民，前面被挤塞了，便扶了石栏杆向河里跳。而且跑跳的时候，桥上难民，都发着惊叫。戴宗道："却是作怪，为何人民这般惊慌，难道是金兵追将来了？"史进警觉些，拔了身上悬的腰刀，便跳上马背。戴宗自也加紧提防了，随后跳上马背。看时，那桥上难民，弃了行囊车辆，跑走个空。随着有十几匹怒马，飞奔上桥来。马上人只是锦袍鸾带，不曾着得盔甲，每人手上一张弓，弦上架了箭，对着难民要放射。分明这是东京贵人，衙里侍从，哪里是甚金兵？那几骑过去了，后面来了一簇车辆，驾了骡马，一般地飞奔。因奔上桥

279

来时，难民弃的车辆，兀自阻了半边路途，那赶车的侍从，三五成群，拥将上来，便把难民车辆举起，颠入河里。那散落的车轮，阻停在桥头上，倒由人打量清楚。除了若干辆载运细软的木板车外，还有几辆篷帐车子。其中一辆漆着朱红车辆，罩了簇新绿绸帐篷。车篷后插了一面小小的红旗，上面碗大的一个童字。史进在马上叫顾戴宗道："兄长，你见吗？"戴宗低声道："休睬他，必是童贯那厮眷属。"

正说着，那些车辆蜂拥过去，接着是一片人声喧哗。史进忍不得了，骑马又兜回大路上来。却见行路百姓，有七八个被射死在地面，箭或穿头，或插在胸前，兀自未曾拔出。还有几个受伤的，也都坐在路边，其余已跑开到野地去的行人，见车辆去之未远，张望着还不曾拢来。史进看到，分明是刚才过去的这批人做的事，在马上望了那簇人马车辆，眼睛里要冒出火星来。不想他站在路心，恰是挡了来人去路，耳边下听得马蹄声扑将来，正待勒转马蹄，却有一条黑影向背后飞来。史进是个周身有武艺的人，如何不省得。立刻把身子一闪，顺手拔出腰下朴刀，回马迎过去。看时，来了三骑马，上面坐着一老二少，都穿了锦袍，其中一个少年，恶狠狠地兀自握了长鞭子在手，那老者见史进挺起了朴刀，脸上有一股英俊之气，想到不是寻常百姓，便向两少年道："纠缠甚的？前面车辆去得远了。"史进喝道："且慢，停了马说话。不然，我手上朴刀不肯饶人。"那老者将马缰拢了一拢，瞪眼道："你这厮，不是太岁头上动土。我是童大王府里管家，你敢拦我？"史进见那少年兀自握鞭在手，隔马伸出刀尖，将鞭子一挑，飞出去丈外。喝道："不许动，兀谁动一动，先让我搠他几个窟窿。"接着冷笑道，"你这老奴才，却自称太岁，我偏在你这太岁头上动动土，看把我怎的？"说着，将朴刀在马上按了个门面。那些纷藏在路两边的百姓，倒丢了那些死伤百姓，远远地围了，看史进说话。

那老者看两少年不是史进敌手。抬头望前面车辆，又喊叫不得，便和悦了脸色道："你这汉子休来啰唣，我等自要赶上前面车辆。"史进喝道："说甚闲话？连前面车辆我益发都拿了，解上东京缉捕使衙里去。漫说你这几个撮鸟，千军万马里，老爷直杀进杀出。你且说前面车辆里是些甚人？满地杀伤了许多逃难百姓，竟自不管吗？"老管家道："说出来又奢遮。那是童大王衙内和眷属。"史进哈哈笑道："这话你却哄骗兀谁？三岁小儿，也知道童贯是个内监，他如何会有儿子？"老管家道："自不是童大王亲生儿子，是他族侄，过继到名下的。"说时，戴宗也奔马到了面前，因道："大郎只是和他纠缠甚的？终不成童大王府里杀了人，东京缉捕使衙门能奈何他们丝毫？我们自有要事进京。"史进道："不然，于今东京兵临城下，童天王也罢，一般的是难民。他嫌难民拦了路，射死这些人，好让他们跑快些，王法容了，天理也不容。缉捕使衙里管他们不得，现今他也管我不得。我要他衙内向我具上了结，亲自打上花押，承当杀死这些人。将来太平了，我有这证据告他一张御状。"

那老管家，见有了脱身之法，便嬉笑道："恁地也好，我衙内便在前面，我自陪你去和他说话。却未敢请教足下姓名？"史进瞪了眼道："你坐定了，说出老爷姓名，你休撞下马来，老爷叫九纹龙史进，这位是神行太保戴宗。老爷现今正由冀州杀了金兵回来，要到东京去向三司申报军情。你也长有两个耳朵，应当知道老爷是甚等人物。你告诉那内监的儿子，是老爷不许他胡乱杀人抢路，看他奈何得我？"老管家诺诺连声道："原来是一位将军，小人引去见衙内便是。"那周围看热闹的难民，见史进恁般责骂了，哄然地喝了一声彩。那老管家只觑了百姓一眼，没甚言语，自打马向前，去追那前行车辆。

不半里路，一行五骑马，已追到那前行车辆。老管家在后叫喊着，车辆马匹都停了。他向前去耽搁了一会儿，引着一少年出来。那人头戴红锦风帽，身披丝罗披风，老远将马勒住，手里将马鞭指了史进道："你这厮好大胆，敢拦阻我的行程。这是东京郊外，你休当了你往年住的水泊子里。"说话的便是童衙内了。史进将朴刀挺了一挺，喝道："你这畜生射死这多百姓，头也不回便走，你倒说这是东京郊外。"那衙内见史进挺起刀来，马向后退了两步，便有三五十骑马挺枪弯弓的童府亲兵，簇拥上来，挡了史进。其中一个头戴猪嘴头巾，穿了绿罗裰，肥头胖腮，项下簇拥了一部黑短须，手上挺了一柄双股叉，横了眼道："你这厮敢惊动衙内？这些糊涂百姓，塞阻了大路，打死他几个，算甚鸟？前些日子，我家大王护送圣驾南去，禁卫军挡了桥梁，兀自射了百

281

十人落水。我家衙内要避难，便射几个逃难百姓不得？大家都要逃命，兀谁叫他拦了去路。"史进道："你前来答话，是甚等人？"他道："我是童王府亲兵王教头。当年圣上若是让童大王征你梁山时，怕不让我王教师拿下你弟兄若干个。"史进微笑道："便是今日见面，却也未迟。"说着挺起朴刀，便向这教头马前一搠。王教头喝声"你好大胆"，将叉挑开刀尖，乘势便向史进咽喉上刺了来。史进把身子一侧，刀缩回来了，向外一削。瞠的一声，叉头落地，王教头手里却拿了半截叉杆。史进益发将刀逼前，横对了王教头肩膀待削下去。他却有急智，知道这不是战场，下马无妨，就鞍子上一滚，做了个新解数，马腹藏身。路边上又围了一群看热闹人，哈哈大笑。

　　史进却不肯让他走，也跳下马来，一脚将他踢倒，把刀尖指了他道："你动一动，我便先杀了你，给众百姓报仇。"说着，把一只脚踏了他胸脯，又把刀尖指了童家亲兵道："老爷九纹龙史进便是，千军万马里我直进直出，谅这百十个酒囊饭袋的奴才，不够我一顿厮杀。你叫童贯过继的儿子过来和我说话。"那童衙内听到梁山好汉拦路，先有五七分软了。原想在皇城下，还可以把势力压他。于今见史进强硬得紧，王教头和他不曾交手到两个回合，便颠下马来，益发在马上抖颤。听到史进指明了要他说话，将马头带转，举了手上马鞭子，便待打马先逃。忽然身边有人大喝道："神行太保戴宗在此，你哪里去？"童衙内看时，一个人穿着行装，腰上横了佩刀，骑在马上，手横了一根枣木棍棒，拦住去路。便抄了披风拱手道："戴将军，有……有……有话慢慢地说。"戴宗道："国家到了这种地步，上皇蒙尘，眼见宗庙倾覆，都是你这班权奸弄成的。于今闯下大祸，又想到南方去快活。我弟兄奉了宋公明哥哥将令，带领人马来京，一来勤王，二来扫清君侧。这大路两旁，有我南路都总管军马三千人埋伏，你们动一动，半个也休想活得。"说着，在马上将棒梢指了环围了童府亲兵。大家分明见戴宗在对过，不想这一会儿他便绕到了衙内面前。那踏在史进脚下的王教头，是老大榜样，兀谁敢声张？都如木雕泥塑一般，或骑马，或站立，呆在周围。戴宗向童衙内道："你听着，杀人偿命，本是定理，无奈我不是有司衙门，办你不得。现在须依了我三件事，我才放你过去。"童衙内见左右全不敢动弹，戴宗又逼在面前，拿了根棍子指东画西，因瞪了眼作声不得，双手捧了缰绳抖成一团。

那老管家立马一旁，本不敢说些甚的，看了这情形，却怕真个做出来，因插嘴道："戴将军，你要怎的？你自说，大凡能做到时，衙内他自依了。"戴宗道："你看，满地死伤的人这多，就让你们远走高飞吗？老百姓虽是奈何你童家不得，十年河东，十年河西，或者他们也有个报仇机会。现今你须向受伤的本人，惨死的户主，各给一张字据，打上手印，承当是你做的，将来免得抵赖。这是第一件。"那童衙内心里自忖，老百姓便有我的字据，他也无处告我的状，落得依了。便拱手连说可以可以。戴宗道："你行囊带的金银很多，应当拿出一半来做死伤的抚恤费。我弟兄两人，却不要你分毫。这是第二件。"那衙内听说，望望老管家，又望望众亲兵，见大家不曾言语，他只向戴宗拱拱手。史进站在地面，将刀举起来，喝道："先把你这些畜生的首级割了，这金银怕不是众百姓的？"史进一用劲，脚踏得紧些。那王教头像被宰的猪猡般叫，喊道："衙内，都依允了吧，都依允了吧，性命要紧！"童衙内只得连声说是。戴宗道："第三件虽是件小事，却怕你依不得。"老管家道："二位将军请说罢，大事都依你，小事又甚依不得。"戴宗道："杀了这些人，你们就白白地杀了吗？"童衙内拱拱手道："自是依了将军，把我的盘缠拿出来抚恤他们。"戴宗把木棒指了亲兵道："他们里面，必有个祸首。你指出几个来，我要就地杀了他示众。"童衙内和老管家同时哎呀一声。那些亲兵哄然地叫着，打转马头都逃跑了。步行的便在人丛里钻。老管家道："二位将军明鉴，不是我们不交出人来，无奈他们都跑了。"戴宗向史进道："你看我说的这三件事如何？"史进道："只是便宜了这些凶犯。于今那些亲兵都逃了，难道不用一个人偿命？"那老管家在马上，王教头在地上，只管哀求。史进道："也罢，童贯的儿子，终年吃着好东西，脑满肠肥，不知道人间艰苦，应当让他尝尝苦味。这地面有一堆食物，你们把它吃了。"说着，将刀尖指了地面一堆新鲜马粪。

他三个未曾作声，那围着的百姓，倒哄然地笑了。史进向周围点了个头，又唱了个无礼喏。因道："各位父老兄弟明鉴，并非我史进做得刻毒,不是我现今身为朝廷武职时,我便将这些凶犯杀光了。你想,童贯不过是个内监,一个形体不全的人物。他外结蔡家父子、王黼、高俅、朱勔这些小人,内和宫内的梁师成狼狈为奸,引诱上面终朝宴乐,不理朝政。在江南采办花石纲,骚扰百十万人民,不过是在东京盖一座万寿山,让上皇耍子。这都罢了,他执掌兵权二十年上下,封为广阳郡王,金人南犯,他是三路大军统帅,应当大小战一场,也不枉官家优容他一生。不想金兵还在关外,他便弃了太原,逃回东京。到京之后,并无匡救天下之策,也不认罪。却怂恿了皇上禅位,一同南下。听说他嫌禁卫军拦舆留着上皇,只怕逃走不快,要闪开路来,在大路上射死不少人。他这过继儿子,偏是把这事学得像,于今又在这里射死挡路难民。我们正恨捉不住童贯,把他碎尸万段。现今他过继儿子,正犯在我们手里,如何能饶他?我史进顾了国法,不愿连累上司,才饶恕了他们一死。要他吃些马粪,却是小小地惩罚了他。各位看看使得也无?”围着的百姓哄然地喝了彩,也有人叫着使得使得!史进将刀逼了那王教头脖颈道:“你先爬过去吃!不然……”

那王教头没口子叫道:“我吃我吃!”史进放了脚,将刀背压在他背上,赶狗也似,逼着王教头爬近那堆马粪。他先伸着头将鼻尖就着嗅了一嗅,然后皱着眉,回转脸来对史进道:“好汉,你把刀提开,我吃就是。”史进道:“好!让你安心吃。”说着,将刀杆插入土里。这王教头,跪在地上,伸了三个指尖,撮了一些马粪,向口内送着。那童衙内在马鞍上看到,一阵恶心,早是哇的一声,向地面吐了一口清水。围着的老百姓互相叫道:“要这个奸臣童贯的假儿子先吃。”戴宗将木棒伸过来,压在童衙内肩上因道:“你自听到百姓们怎样喊叫。你不前去时,不能平众愤,你却休想活命。”说着,拔出腰间佩刀来,遥遥举着,向那老管家道:“我便先砍了你。”他啊呀一声,滚下马来。这童衙内单独不敢骑在马上,也只得手扒着鞍鞒,溜下马来。史进抱了拳向老百姓拱了两拱道:“今日报仇,不必小可一人代劳。看这童家畜生,却未必肯自抓了马粪吃。有那受过奸臣害的,尽管自己动手。”只这一声,早在人丛中,拥出一二十人来,纷纷捉住童衙内和那老管家手脚。按他们跪在地上,便有人在地面上捧起大把马粪,不分好歹,向二人嘴里胡乱塞去。二人待不张嘴，执住手脚的老百姓，却又腾手来，老大拳头打将来。那童衙内究是爱惜性命，只好张口承受了一撮马粪，哭喊着嚼了两口，未曾咽下，低头一阵狂吐，肚里食物如倾水般吐了遍地。执着他手脚的百姓手势稍松，他晕死过去，倒在地上了。

第三十三回

太学生上书伏御阙
花和尚入世说流氓

那众百姓激于义愤，一时围着童衙内来处罚，本也不曾顾到甚利害上去，这时见童衙内晕过去了，却是一场非同小可的人命，大家哄然一声，纷纷后退。史进却抬起两手，向大家摇摆着喊道："千万休得惊慌，有天大事，都有我史进担当了。怕甚的？且等姓童的这厮醒来，向大家立了字据，方才可以散去。不然，打大虫不死，迟早让大虫咬了。"众百姓听了此言，自是有理，便停住了脚。那童衙内坐在地上喘息了一会儿，放声大哭。史进将刀尖指了他道："你哭些甚的？你父亲童贯害得全国人有家难奔、有国难投的多了，便是想找这般一个地方去哭，却也没有。正因为你不是他亲生儿子，才饶恕了你。若是童贯今日亲自在这里，大家拼了吃一刀剐了，也要把他打死。你射死许多百姓，不曾要你偿得半条性命，难道你还嫌委屈些个。你休惹得老爷性发，性发时，你便是童天王儿子，我也不饶你。"说着，又将刀尖指了那老管家道："你且引了这厮与我到前面铺店里去，便让他亲笔写上字据。"

老管家跪在地上。正抓了马粪，俄延着未肯饱吃。听了这话，便起身相应道："前面车辆上，原带有笔墨纸张，小人便引了衙内去。只是衙内不会写字，小人代笔了，让他签上花押便是。"史进道："便让你代笔，只是要快些，老爷还要向东京去。"这管家见是不须吃马粪了，便是遇了大赦，立刻引着童衙内到车辆边去，在行囊里取出文具，就伏在车板上写了若干张字据，说明童衙内抢路，射死人民若干，自愿拿出财帛周济。由童衙内签了押，打了手印，交给了史进，由史进再分交给受伤人和尸主，再由戴宗、史进两人押着童衙内将箱柜一一打开，取出金银来，分作两份，一份与了众人做抚恤费，一份仍由童衙内携回。那位王教头，趁着大家忙乱中，他弃了众人，也逃走了。史、戴两人倒为此事忙乱了一天。当晚只好就在附近小客店里胡乱歇息了一宿。虽是恁地惩治了童衙内一场，料得天下太平时，童贯必不甘休。史、戴却是九死一生里讨性命的人，自也不去理会。

次日五鼓早起，怕像昨日也似，大路会让难民阻塞了，不等天明，两人就向东京投奔。这时，东京城里，人民益发慌乱，东南城角，但见纷纷的难民扶老携幼，向外奔走。史、戴二人下马，拥挤了半日，方得进城。看各街巷时，两旁店铺都关闭了，街上空荡荡的，很少的市民行走，往日那旗盖车马，簇拥着贵人来往的事，却不再见。有时遇到一队缉捕使营官兵，不过三五十人，歪斜着扛了兵器，个把军官垂头丧气，骑马压了他们走。史进在马上向戴宗道："他们还要缉捕些甚的？恁般狼狈的队伍，兀谁又让他缉捕了？"戴宗道："我等且见了张青、曹正问明了东京情形，再作计较。"说时，两人将马加上一鞭。这城里街道，却比郊外还宽绰好走。不多时，来到小蓬莱门首，见外层店面都上了门板，只开了中间一扇门进出。两人将马拴在廊檐柱上，解下包袱，踅进门去。里面黑洞洞的，见炉灶无烟，锅盆碗盏全放了不曾动用。柜台上也没有人，空放着笔砚算盘。

戴宗喊了一声张家阿哥。只见母夜叉孙二娘上身卷了衣袖，下面露了叉脚裤匆匆迎了出来，因道："两位叔叔如何在这个日子来到东京？便是我家老小也早晚要走。不见这店里已歇了生理？"史进、戴宗都放下了包裹，向孙二娘唱个喏。史进问道："张兄和曹家贤弟都出外了吗？"孙二娘唤着店小二过来，替两人接下了包裹。因道："两三天未曾做得生理，楼上下都空着，两位叔叔请到楼上暖阁子里坐地，让小二舀盆热汤来，先洗了脚，且慢慢地谈。这几日来，东京着实一言难尽。"她说着话，将二人引入到暖阁子里，洗了手脚，泡上茶来款待，又着小二将两骑马引到后槽里去喂草料。

史进道："大嫂且休忙碌，端的曹、张两位何在？"孙二娘坐在旁边交椅上，先叹口气道："我等不在朝，替不得赵官家出半点儿力量，

287

眼见这花花世界的东京，早晚拱手让之他人。大郎和曹叔叔，终日便是恁地说。上次杨雄哥哥来此，认得那酸枣门外一个太学生陈东。他也常引着三朋四友到这里来吃酒。他虽是个书生，却有心结纳天下英雄豪杰，每次来吃酒，大郎道他是个志士，肩膀上有担当，是个不怕死的汉子，向来未收他酒钱。宋江哥哥也十分器重此人，常有书信来，由这里转交过去，以是彼此来得亲密。这几日看到风势益发紧，他二人却每日到酸枣门外去向他请教。今日一早又去了，兀自未回。那陈先生他道是：'你等在梁山上聚会的日子，曾标榜着忠义，那忠的是谁，义在哪里？于今社稷危殆，四方有志之士，都要来勤王。你等自号忠义之士，现在住在东京，见了这样一个能尽忠、能取义的机会，难道倒罢了不成？'史进听到此处，将手拍了桌子道："极是极是！我等厮杀了半辈子，在中原自家人面前，称得起顶天立地汉子，眼睁睁金人要进犯都城，我等又正在这里，若不做些惊人勾当，人家却不道我兄弟本领，只省得唬骇自己人？"

他拍桌时，却把桌上一盏茶震倾了，满桌面是水渍。孙二娘站起，扶起桌面茶碗，擦抹水渍，笑道："可见呢，我家大郎却正和史叔叔一般见解，他着我把老小眷属即日送往邓州去，却自要和曹叔叔守住东京，早晚有勤王兵马到来，且去投效。奴却不是个怕事女人，自也不愿走，人生一世，草生一春，往年拼了这条性命，强盗也肯当。于今改邪归正了把性命来换个万古流芳，不强似当年千万倍，有甚不愿？却是奴不走时，这数家老小，十分累赘，以此踌躇不决。"史进道："我也听得这陈东是个汉子，颇想和他见上一见。就请嫂嫂拿些酒饭来吃，饭后，我们便向酸枣门外去寻找曹、张两位，益发见那陈先生。"戴宗笑道："大郎便是恁地性急。我等也须打听清楚了东京甚等情形，却再作计较。"史进道："正因为要打听东京情形，才去见那陈先生。他是个太学生首领，有道是秀才不出门，能知天下事。他久居东京，又是个留心朝事的人，他一向和我兄弟交好，不向他打听，向兀谁打听？"戴宗笑道："大郎道的也是。"孙二娘见他二人一般说了，便亲自下厨，捡了些现成鸡肉，蒸热一大盘馒首，送到桌上来，却只打了两角酒，筛上两碗，便没了。她笑道："不是不将酒两位叔叔吃。初次去和那陈先生见面，休失了礼仪。东京这般乱腾腾的，吃得酒气满面去和人谈国家大事，也让人笑话。下午回来时我自备大坛酒来和两位洗尘。"戴宗点头道："也好。"史进瞅了孙二娘道："这一桌菜，嫂嫂便再赐两角酒来吃也不妨。"孙二娘道："于今东京戒严，城门开闭得早。休只管在这里贪杯，早去早回。"史进推开酒碗，站起来道："大嫂说的是。"于是吃了几个馒首，洗罢手脸，整齐了衣冠，和戴宗向酸枣门外走来。

路上问着陈东居住时，百姓都称着陈先生，不叫他名字。便有好事的，直引了二人向那住宅来。史、戴走到门外，不敢造次进去，便叩了几下门环。一个小童出来，拱手问道："二位要见陈先生？"戴宗道："烦劳通禀一声，戴宗、史进现自河北绕道京东来京，特来拜访。"小童进去，不多时，只见一人，头戴方巾，身穿蓝布羊裘，清瘦脸儿，略垂三缕髭须，匆匆迎出来。戴、史二人躬身唱喏道："来者是陈先生？小可特来拜访。"他奉揖道："小可便是陈东，有劳下顾。曹正、张青两兄，方在此地，请屋内拜茶。"于是引了二人客堂里坐地。张、曹两人由屏风后转出来，彼此握手言欢。

史进见这屋里，虽是些白木椅榻，却是图书满架，壁上挂了剑，案上列着琴，地面上扫得一些尘屑也无，并无逃难情景。陈东将四人让在客位上坐了，自在下面交椅上相陪。拱手道："戴、史两位从河北来，必知那边金兵情形，小可正急欲明白此事，端的金人形势怎样？"戴宗因把卢俊义、柴进等人在沧州、冀州一带与金兵相持的情形说了一遍。因道："合我们弟兄所部的人马，不上二万，言战，缺少马队冲杀，言守，缺少粮草接济。便是恁般困苦，也牵制金兵东路十万之师，不敢一鼓南下。若是再添得三五万人马，能够策应河东河北两面，东京哪会有事？"陈东两手按膝，正襟危坐，听他叙述。听到董平、柴进、宣赞、石秀、郝思文、朱武、陈达各种舍生取义的行为，不住点头，拍膝叹息。因道："不想为国家保守疆土的，却是你们。"听到卢俊义几乎生擒斡离不，郝思文摆阵吓倒金兵，又鼓掌称快。接着史进告诉他窘辱童衙内的事。陈东道："此事自也痛快！现今开封府尹聂昌，却是他们一党，他现在做官，也骂着蔡、高之辈，只是他们真心难说，将来，也未必就奈何了他。"

289

史进道："我等正要来请教陈先生，东京现今情形怎的？"陈东道："当今圣上却也有心图治，好在蔡京父子童贯、朱勔这些奸人，都已狼狈逃走。兵部侍郎于今换了李纲，听说他劝圣上死守京城，和金兵一战。西路大兵种师道、姚平仲部伍，总也是精锐之兵，不日便也到京，事情大有可为。便是区区不才，便也打算拼了这条性命，做点儿挽救危亡的事情，已经修写好了一篇谏书，待得明早圣上临朝，当邀合在京的同学书生，伏阙上书。现今圣上，已下诏求直言，陈东读圣贤书，所学何事？自不能舍却这个机会。"戴宗拱手道："陈先生上书，必有救亡妙策，可说给小可们先听听吗？"陈东道："欲御外侮，必先除内奸。国家到今日这步天地，都是群奸败坏纲纪所致。不除内奸，一则是民愤难平，二则是志士难起，三则是无以表明当今励精图治之心。我这书内，便是请圣上杀了六个奸臣，以谢天下。六个奸贼是兀谁，是蔡京、王黼、李彦、童贯、梁师成、朱勔。这六贼只有李彦还在朝，未解相印，这早晚他也必离开东京，因为他搜刮民财很多，十分富有，眼见蔡京、童贯这些人都尽室南行，过江去做富家翁，他如何忍耐得住？其余各人，圣上也知他们罪恶一二，我这书上，想来或者也能得圣上许可。"戴宗道："蔡、童虽去，当今朝廷上下，哪里不是他的门生故吏，先生上书，怒恼了他时，恐怕不与先生甘休。"陈东笑道："你等兄弟往日打家劫舍，以犯法为忠义，尚且为了那血气之勇不怕死。我为了人民社稷伏阙上书，正是至大至刚的行为，怕些甚的？"戴宗道："明天先生伏阙上书，我等一定要前去看看，万一朝廷不辨忠奸，我等……"陈东摇手道："这却使不得！陈某不惧一死，各位却休陷我于不义。"说到这里，正有一大群太学生到此地来聚议，戴宗四人便起身告辞。

这时，是太学里传出来消息，说有太学生陈东、陈朝老两个人为首，带领太学生要于明晨伏阙上书。东京满街满巷都传说这事。到了次早，史进在张青店里匆匆盥洗完毕，便向大内宣德门外来。正是东京好事的百姓，更有比史进早的，大街上人家屋檐下，挨排站着人，争看太学生上书，没有一点儿空隙。史进见百姓愈来愈多，宫门前已有御林军执了鞭子，在石板面的敞地上，四周赶散闲人，不许近前。

正纷扰间，只见街上百姓纷纷闪出一条道路，有人喊叫太学生来也。看时，正是陈东最前一个领导，后面有百十个书生，都戴了学士冠，穿着蓝衫，着了方履，恭恭敬敬，鱼贯向宣德门前走去。这东京城里虽能御侮之兵并无多少，但为这赵官家壮威的御林军却还威风不减当年。今皇上早朝未退，由端门以至宣德门都有全身盔甲的军士，手执金瓜斧钺戈矛等等武器，排班站立。这时，陈东来到禁道前，执鞭的军士，见他规行矩步而来，却未曾鞭打，只是横了鞭子吆喝站住。早有防守值班使臣，身着锦甲，腰横宝剑，迎上前来，喝问："你等书生，何故走近禁道？"这使臣后面，簇拥一批御林军，各举了光灿灿的兵刃，向着来的书生，只待一声令下，便可把这些人立刻处死。陈东神色不动，因躬身道："我等是太学生，今因国事日急，圣上下诏求直言，我等修有奏章，来伏阙敬献。"使臣道："你读书人不省得这是禁道？庶民擅入者斩！"陈东道："我等太学生，是国家选拔之士，正在御道外站定，先禀告来意，也未敢擅入禁道。"那使臣道："你是兀谁？"陈东道："小可陈东。"又指着身边一人道："这是陈朝老。"那使臣也有两耳，怎的不省得这是惊动天下的两个书生，便是蔡京、童贯，也当让他三分。便道："既是两位陈先生为首前来，我自省得你大名。只是圣上忧心国事，天威不测，一字不妥，你等却休想活了回去。"陈东道："我等为国效忠，死而无悔。"那使臣道："恁地时，你等便在这宫门外遥拜圣上，你那奏章，我等去请黄门内监来接去。小心了，进来。"说毕，那御林军士伸出兵刃，团团将书生们围住，引到宫门阶前，使臣大声喝跪下。陈东等人便朝北舞蹈，列班三排，向北拜了几拜。早有军士飞报入宫，出来两个内监，走近陈东面前，将他的奏章取去。

那禁道外千万百姓，眼睁睁看着这奏章入了宫门，这件事是福是祸，就在片刻决定。假设是祸，那环绕在太学生周围的御林军，手上举起明晃晃的兵刃，不会容情。空地上冻日无光，寒风拂面，那些太学生笔挺跪在地上，并无惧色。这些百姓，也就听到了他们伏阙上书，是要请诛六个奸臣，这打大虫的勾当，不把大虫打死，那便是给大虫咬了。大家静悄悄地站着，千万只眼睛，只看了宫门外那片敞地，连咳嗽声也不听到一声。越是恁地，大家却替太学生们捏了一把汗。约有一个时辰，黄门官才回复出来，站在阶上喝道："奏章已代为敬献，各太学生速速退去，不得久阻宫门，望阙谢恩。"那黄门内监吆喝了一阵，跪在地上的太学生，才三呼万岁，又拜了几拜，方才起身。御林军士依然手执兵刃，夹在这群书生左右，将他们押解着出了禁道。

　　街上百姓，看到这群太学生步行过来，争着唱喏，欢声震动。史进站在人丛中看了许久，心里自寻思，这般寒天，这群书生在青石板上跪了半日，枉自拜了几十拜，叫过几遍万岁，只那黄门小内监吆喝一声，便都退了。若蔡京、童贯在东京看到此种情形，岂不笑煞！他一头寻思，一头走，见大街上一辆双马车跑过，人声鼎沸，问时，都说，李彦那贼，退朝由这里经过，众百姓向他怒骂了一阵。史进冷笑道："怒骂怎的，这只有先打后商量。这年月却值得做这书呆子勾当！"一言未了，身后有人扯了两扯衣襟，低声道："官人说话低声。"史进看时，一个面生汉子站在身后。史进向他打量，还未曾开口，他先躬身唱喏，笑道："大郎却不认识小人？请到一个地方说话。"史进道："你端的是谁？却知道我姓史。"那人笑道："且休说破，到了舍下自知。"

　　那人引着史进走了几条街巷，史进见前面屋脊高耸，红墙在望，认得这是大相国寺后面。这里是条荒巷，有些小户人家。一个矮木门外，又站着个短衣汉子，笑问道："史官人来了。"史进心想，却是跷蹊，那厮也认得我。且休管他，便随他进去，看把我怎的？于是随了这两个汉子进门，一个小院落里，也安顿着一个佛堂，只是神龛尚在，供着两尊社公社婆神像，佛堂却堆了柴草炊具桌椅，像个人家。木柱下站定一个胖大汉子，身穿青罗袍，头戴青紫幞头，面上蝎刺也似，簇拥了许多短髯。史进站定了脚，觉得那人好面熟。他突然扯去幞头，哈哈大笑道："贤弟还认得洒家？"原来是花和尚鲁智深。

　　史进啊哟一声，扑地便拜。因道："却是师兄，想煞小弟，一向可好？"智深对拜了两拜，同在神龛下炕子上坐地。史进道："师兄何以来到东京？又是这样打扮？"智深依然将幞头戴上。因道："自从那年与公孙先生别了海州，也曾进东京小住两日，我想这里不是出家人留恋之所，便回到五台山去。那智真长老见我弃了红尘，回心转意，又来持修，十分欢喜，又让我在五台山文殊院住下。去冬金兵窜犯代州，也在山下侵扰。洒家因奉师命，到崞县去采办斋物，路上见金兵猖獗，忍耐不得，在大路上杀了他两个小将官。洒家怕连累了五台山长老，星夜奔往太原，不想太原也失陷了。一路听到老种经略相公率师勤王。我想，虽是出了家，我却是黄帝子孙，相公是我旧日上司。且见了他寻个出力处也不枉为人，便直奔东京来等他。这两位兄弟，一个是过街老鼠张三，一个是青草蛇李四，虽是在流浪子弟队里厮混，却十分义气。一向待我好，叫我一声师傅。我一个出家人，平常人家胡乱进去不得。便到酸枣门外相国寺菜园边去投奔他们。这才知得张青、曹正在京。又听到今早太学生伏阙上书，是一件惊天动地的事。一来进城拜访张青兄弟，二来看这番热闹。张三兄弟道洒家这个胖大和尚，又不忌酒肉，惹人家留意，戒严时候，不大稳当，便扮成这份模样。街头我已看见大郎，却叫张三引你这里来叙话。这是张三阿哥张二家里，可以随便叙谈。"史进道："原来恁地，高俅、蔡京这班权奸，多已逃出东京。和我弟兄为难的人，谅已不多。"鲁智深道："洒家来到东京，要寻着厮杀，又要吃些酒肉，暂穿两天俗家装束也好。"

原来引史进前来的张三，便起身笑道："贵客来到，不能寡坐，小人却去到街上买回些肉来下酒。我二哥家中，酒还有半瓮，却是一些下酒也无。"鲁智深道："你休忙乱，东京城里一等酒馆，便是洒家自家人，口馋时，我等自向那里去吃，益发你也同去。"说着，回转脸来，向史进道："贤弟，我约你这里来厮见，却有一番用意。这里附近，都是张三、李四同帮人物居住，休看他谋生上不成器，在义气上用得着他们时，都是斩头沥血的汉子。我昨日和张三说起，若是金兵万一渡了黄河，来逼东京，你等作何处置？那时，京城里必是十分紊乱。你等贫苦了一世，却好向富有人家张罗些便宜。"他们异口同声说，师傅不来东京时，我们下等百姓，做得甚事。只好眼望了城破做顺民。望师傅替我们做主，我们有出路，兀谁不愿做一点儿有出息的事？师傅若带着我们投效，去杀鞑子，我们有一百个去一百个。我听他们言语慷慨，答应等西路军来了，引他们去投效。他们分散在城里外，怕不有千百人。这里有几个为首的，他们认得大郎是个豪杰，洒家愿意你和他们相识。"史进站起来道："他们在哪里？我便去相见。"张三起身道："怎敢劳动官人？他们便散居在这前后各家小屋里。平常日子，他们无非在闹市里厮混，有时也做点儿小生理，于今人心惶惶，满城也寻不到一些油水，都在家里发闷睡觉，小人去一喊，他们自会来。"

张三说着去了。不多时，他引了七八个人来，歪戴头巾，短衲袄子或敞了胸襟，或将带子束了，每人都踏了一双破鞋。有个头戴猪嘴头巾，身着皂布袄子的人，尖削的脸儿，嘴唇上养了两撇老鼠髭须，头巾缝里，倒插了一支腊梅花，却是个泼皮样儿。张三先引了他到佛堂上，向智深道："这人叫扑灯蛾孙宏。一向卖个零食，串走茶楼酒肆，他有个本领，任是甚等人在茶酒肆里取乐，他必得前去兜售一些胡桃、松子仁儿、豆蔻之类，因此人家便和他取这诨号。这里弟兄们都听他话。东京城里地面，他最熟悉。"当张三引见时，孙宏向鲁、史二人唱喏，各拜两拜。跟在他后面的一群破落户子弟也都七上八下拜了。

鲁、史两人慌忙将他们扶起，没个座位，就分在柴草堆与阶石上坐了，鲁智深掀去幞头，露出秃顶，笑道："让你们认识洒家。"众泼皮都大笑。鲁智深道："各位虽是个贫民，你们无一技之长在东京厮混长大，怕不是沾了国家恩典。往日我们笑骂奸臣误国，于今他们是逃走了，现在是忠臣孝子仁人义士出头之日，你若自己看得起自己是条汉子，就该挺身出来，做一番事业。洒家出了家，本是世外之人，看到国家危殆，也回来出个力，难道你等厮守在东京几代的人，却眼睁睁看了国破家亡？你们都道我们梁山人物义气，恨不都投入梁山，你看我们兄弟在河北独战金兵，堵了那奸臣嘴，道不得我们一个不字。他们往日都道你们是刁民，你们正好学我们弟兄，洗刷这臭名，也堵他们嘴。"众泼皮都道："师傅道的是，我们愿跟了师傅出力，便是无处去投效，我们弟兄自己也操起刀棒来，杀几个鞑子出气。"鲁智深听说，反向他们拜了两拜，叫道："你等此话，快活煞洒家！"这一席话，引起东京市民一番义举来。

第三十四回

李相公卫国募民兵
何制使守城纳义士

　　那鲁智深尽管出家多年，却不曾改得他的性格，见着一番话说服了许多泼皮，抑捺不住心头高兴。便向张三笑道："你说你阿哥家里有半瓮酒，你且将来，洒家要和各位各吃一两碗。"张三笑道："小人刚才说到街上去买些果子荤菜来，师傅却又不肯。"鲁智深道："我还要去厮见张青兄弟们，怎耐烦在这里吃酒？现时且吃两碗，助助我这兴致。明天且约各位到酸枣门外菜园子里痛快地吃一顿，不强似这里和你们热闹，又耽误了我和旧日兄弟相见。"李四道："三哥，师傅怎地说了，我们只管依他，明天到菜园子里去吃个醉！"鲁智深道："怎地便让洒家两日都吃得痛快。"众泼皮听了，便去张三家里，搬出半瓮酒来，又取出十几只碗放在桌上。史进便揭开瓮盖，取碗舀了酒，都分给各个泼皮，大家围着酒瓮站定，不一会儿，将半瓮酒都吃了。鲁智深将酒碗放下，向众泼皮道："你们明日午牌时分，都来菜园子里相见，一个不来，下次休在街上撞到洒家，老大拳头请你。"大家都笑了。

　　史进看看院落里日影，因道："将近午牌时分，我等且向张青店里去，也休叫他们挂念了我。"鲁智深着张三、李四跟了去，别了众泼皮，来到张青酒店。孙二娘在柜台里看到鲁智深，直迎到街上来，连道几个万福。笑道："这是天风吹下，不想师兄也来了。"随了这话，戴宗、张青、曹正都迎了出来，群向鲁智深唱喏。他笑道："洒家自离开五台山以来，整日兀自心里烦恼难受，今日得见各位，且叫洒家快活。"张青笑道："正预备好了酒饭，等史大郎回来吃，于今师兄来了，益发吃个快活。"于是大家蜂拥上了酒楼，立刻搬出酒肴来吃。张三、李四也入座同吃。智深道及孙宏一班泼皮也被他说服，愿意为国出力时，张青笑道："这班弟兄，自有他们的能耐，休道东京是天子足下场合，他们在五街六巷去寻些油水，五城缉捕使衙里，也奈何他们不得。他们也有他们的义气，东京城内外，有几千人，上自公子王孙，下到肩挑负贩，他们都眼熟，有个缘分。若非闯下滔天大祸，便有甚小为难之处，上上下下，有他们人说合，总平安无事。"张三笑道："我等总是不成器人物，哪像各位英雄横行天下。"

大家说得高兴，大碗筛酒吃，却听到一阵马蹄声，卜卜响着，自楼下过去。史进靠窗栏杆坐了，推开窗扇看时，正有一队马兵，顺街飞奔了去。看时，只见后影马鞍上竖起刀矛来，银光在空里荡漾。因回脸转来向大家说了，张青道："这半日来，京师里常有兵马在街头巡逻。"各人未理会，仍自吃酒。片时，街上又是马蹄声自远送过来。这番史进先推开窗子望了，见由南向北，约有千余军马，自楼下过去。队伍排列得齐整。兵校扛了兵器，大着步子走。后面一骑马，上面坐着一位紫袍玉带、微白髭须的官员，马前张着青罗伞盖，这一行过去了。史进道："却是奇怪，这分明是一位大员，却不……"张三道："这如何不认得？便是新任的兵部侍郎李纲。休看他是年老的文官儿，他兀自要自己出马，去和金兵对阵。"张青道："往日巡逻街道，却没有这等大员出来，莫非东京城里，真个有甚事故？"张三站立起来道："小人饭已吃饱了，到外面去探听一下，好吗？"李四道："我也去，益发分途去看看。"张青提了壶，向二人碗里，各筛满了酒，笑道："吃了这碗酒走，路也跑得快些。"张、李二人真个端起酒碗来吃了，待要起身时，史进回头向窗子外看了一看，因道："街上因甚这般鸟乱？"

大家伸头看时，见满街上人像热石上蚂蚁也似，分途乱窜，有些店铺，便趁此将半开的店门也都关闭了。鲁智深大吼一声，站起来道："洒家看看去！"张青道："东京城里道路，师兄既不熟悉，又……"鲁智深卷了衣袖道："遮莫是金兵杀到城下了，洒家怕甚鸟？"张三、李四同道："师傅满眼生疏，哪里去打听消息？还是让小人去看看，先回来送个信，大家再作计较。"孙二娘、戴宗都劝鲁智深且忍耐了。他只得坐下睁了眼向张三、李四道："你快快来给我报信，休让我等得不耐烦。"两人诺诺连声,下楼上街去了。史进只管伏在窗户口上,向街上张望。鲁智深一味闷闷地吃喝。张青筛过了两遍酒,也道:"我也兀自忍耐不得,大嫂,你且在这里张罗酒饭,我向街上去张望些时。"孙二娘道:"你自去,我自会代你做主人。"她的言语未完时,张青已是下楼走远了。三个去探听消息,是他先回。他满头是汗,喘着气走上楼来。鲁智深道:"大局有了甚情形?"张青道:"街上忽忽扬扬,都说金兵杀到城门下了,我怎能相信恁般言语?后来遇到缉捕使衙里一个都头,他说了实在情形,金兵却是渡过了黄河,早晚必来攻到城池……"

鲁智深听说,大吼一声,便站了起来。戴宗道:"师兄现今向哪里去?"鲁智深道:"黄河天险,怎的便让金兵过来了?这上十万人马渡河,却不是偷摸地过来的,怎的也不听到一些警报,金兵却杀到了东京城下?洒家到城外看看去。"史进也起身道:"小弟和师兄同去。"曹正道:"这如何去得?"鲁智深瞪眼道:"似你这般胆小,怎能抵敌金兵?"戴宗起身扯住他衣袖,赔笑道:"师兄,你听我说!方才李纲相公由此经过,必是去料理守城军,金兵既已渡河,城门如何不闭得铁紧?师兄要出城去张望,却如何叫人开这城门?再则城上有大军把守,平常百姓,又如何近得城门?你一个军家出身的人,这有甚不明白?"智深先是翻着眼睛,听了这话,便哈哈一笑,向史进道:"大郎,你也如何不明白?便算我们现今是个军官,没有将令时,却也走近城门不得。没奈何,我们再吃两碗闷酒,等了张三、李四回来告诉消息再说。"史进笑着没言语,自同了大家吃酒。

又一会儿张三回来了,鲁智深问道:"张家兄弟,打听得金兵渡了黄河,这……"张三道:"这是真的。小人打听得金兵确已占领了东北面牟驼岗,兵部李相公现今带了兵马去守宣泽门。现今街上张贴了李相公告示,小人抄得一张在此,各位请看。"说着,弯腰在袜筒子里取出一张呈上。戴宗接过时,大家都要抢着看。他道:"大家都性急要晓得,传观不及,让我来念给大家听罢。"于是两手捧了抄单念道:

兵部侍郎尚书右丞东京留守兼亲征行营使李,为晓谕事:

照得金胡入寇,犯及畿甸,干天威之咫尺,暴丑类于国

297

门，是孰可忍，国焉奚立？我皇上念祖宗创业之艰，痛庶民受祸之惨，决计背城借一，固守京师，锦绣河山，寸土不弃。现已传檄四方，调兵入卫，勤王之师，旦夕可集。谅彼妖魔，不难扫荡。唯大军未集之先，寇势方张之际，青黄不接，陨越堪虞。是以特命即藉京城金汤之固，迅命禁卫精锐之师，环城部署，毋遗漏隙。本部堂受命于危难之时，设守于指顾之顷，纵极忽遽，幸告宁贴，自当亲施石矢，昼夜登陴，肝脑涂地，义无反顾。然念汴城为国本寄托之乡，亦人文荟萃之所，爱国谁不如我，伏隐恐尚有人。所望草泽隐杰，闾巷奇英，禀玉石俱焚之戒，伸君父戴天之仇，投袂而起，共赴国难。庶几众志成城，剑及履及。本部堂现已饬河北河东路制置副使何灌建立义勇忠字军，募兵城内。外城都统制马忠建立义勇忠字军，募兵西郊。凡属血气之伦，岂失风云之会，其各执戈引缰，来辕投效，苟有绝技，不惜上赏。将相本无种，男儿当自强，千秋万世，在此一举，自当大名垂宇宙，莫误时势造英雄，布告遐迩，咸使闻知。

大宋靖康元年正月

戴宗念完了，又将字义讲解了一遍。史进道："这义勇忠字军现在哪里？我立刻就去！"曹正道："我们都去！"鲁智深却掀起了幞头，抓耳抚腮，翻了眼出神。张青道："师兄想些甚的？"鲁智深道："洒家想，这何灌不知可是林冲教头朋友？他曾说过，他有个师兄弟名叫何灌，本事了得。这个何灌却是由滑州溃退下来的。"史进道："管他是也不，这兵部李相公，是一个国家救星，他既重用了这人，他必是个好男子。我等前去投他，料不会埋没了我们。"鲁智深道："我不是恁地说，我等肯自去投效，怕他不用我。我们曾答应了孙宏，要他集合了城内外兄弟一同投效。若是像高俅那般杀才，他见了这些人前去，必定心里捣鬼。"张青笑道："这却不须顾虑得。凡是高俅这一般人物，早已随了太上皇南下。便是留得一两个人在东京，也不会让他掌了兵权。"鲁智深道："既是恁地说了，我便和史进兄弟先去见何灌。"戴宗道：

298

"且等李四回来，益发通知了孙宏，让他明白我等用意。"鲁智深道了声也好，便和史进同伏在窗栏杆上，向街上张望，却见孙宏和李四一同走来。在街头上他们看到鲁智深，便先叫着师傅。鲁智深道："你们看见榜文也未？"孙宏道："正是见了榜文，特地来禀告师傅。"史进道："我们正等了你来计议，且上楼来说话。"

孙宏随着李四上楼来，又拜见了各位豪杰。鲁智深问孙宏道："京师地面很熟，你却探得了甚消息也未？"孙宏道："小人专卖果子下酒，常走动名公巨卿门首，那些侍役差拨都买小人食物，以此小人认得出入大内的小太监。适才见了京师慌乱情形，曾到朱内侍家去张望。他是当今圣上掌理文书太监，国家大事，他自比平常官宦清楚。他说现今朝内大臣，分着主战主和两派。李纲相公是主战的首领，于今任着重职，执掌东京内外兵权。新任太宰李邦彦，比那六大奸臣里面的李彦，名字多了个邦字，一般地怕事，他是主和的首领。官家在东宫做太子时，便是他不离左右，他的言语，赵官家也十分相信。官家一只耳朵里听着主战，一只耳朵又听了主和，始终没个了断。虽然现今相公已经带了兵去把守城门，在朝的文臣，还是在主和。这早晚便要派人出城到金营去请和。"鲁智深道："你这话听了朱太监家里人说的，必是真的。那朱太监自己却说些甚的？"孙宏道："他家里有个老娘，还有兄弟眷属，都是盼和的。他说是金人要的是黄河以北地界，便都许了他，京城好歹保守住，大家的生命财宝都不会损伤。"史进叹了口气道："怎地说时，李相公却不是白费了气力。"鲁智深道："管他娘！我们先投效了忠字军，出城先杀金兵一阵，也出这口鸟气！"说时，一手挽了史进，起身便要走。孙二娘道："师兄休慌，我等都去，家里先要安排安排。"鲁智深瞪了眼道："兵临城下，偌大京师，也怕保不住。国都要亡，我们甚家事要安排？"说时，已走到楼梯口。戴宗自怕这两个鲁莽汉子，会出了事故，也随后跟随，回转头来道："我且随了他们去。有甚好消息，我自来觅你。"说着，匆匆跟下楼来。

走时，金兵围城的噩耗，已传遍了东京，满街商民，都已紧紧闭了门户，空荡荡的，不见行人。便有一两个行路的，也是老年人携箩筐，背些菜米回去。因是人少，便是白昼，也像深夜也似，没得一些声音。

抬头看看太阳，正为阴云遮盖，只觉眼前愁惨惨的。那大街北面，宣德门宫楼，矗立在愁云影里，正是半月前，那里还扎着鳌山彩灯，大闹元宵。鲁智深叹了口气道："不想恁般好锦绣江山，却要拱手让人。"正说时，身后脚步响，张三却追了来。鲁智深回头问道："你又来恁地?"张三道："小人无家眷，随时可以投军。却怕师傅路径生疏，找不到投效所在，小人来领了去。"鲁智深道："只这便好，不管甚衙署，只要是肯收了我到军中，给我马匹军器去厮杀，我都肯去，你休顾忌。"

张三听说，便在前引路，路过两条短巷，穿上大街，却有一队五城缉捕使的巡查队，迎头上来，闪避已是来不及，只好都站定了。队后一个骑着白马的军官，见巷口上这一群人，情形尴尬，便将马鞭指了问道："现今京师戒严，百姓少出，你等在此则甚?"张三便抢向前，到马前躬身唱喏道："小人是酸枣门外菜贩。后面这三位，那是邓州张相公手下军官，各因公干来京，现见李兵部相公榜文，招募军队，要到忠字军那里应募。"那军官听说，面上带了喜色，问道："莫非宋公明将军部下弟兄?"戴宗看那人并无恶意，便向前唱个喏，拱手道："小可戴宗，同鲁智深、史进两位兄弟在此。"

那人听说，啊哟一声，滚鞍下马，问道："鲁、史两位是谁?"鲁智深向前道："洒家鲁智深改了俗装，这位史进兄弟。"那人连连拱手道："何幸今日得见三位豪杰，小可吴立，现任五城缉捕副使，奉李相公之命，巡查街道。三位英雄非同等闲，如何说应募二字? 正是勤王义举。李相公正在用人之际，听说三位前来，怕不喜从天降? 李相公现在宣泽门箭楼上料理军事，小可便引了三位去晋见，如何借重，李相公自有卓裁。如到制使那里应募，却不辱没煞三位? 便是那何将军，也在李相公左右。"鲁智深道："恁地便好，这个张三，虽是市井小民，他自有投军义气。而且他弟兄们很多，都愿投效李相公部下杀贼，让他也一去见。"吴立道："现今招募民兵，自是愈多愈好，可着他一路去。"于是着队里三个军官下马，让戴宗等三人骑了。张三也命他跟了队子走。吴立坐在马上，自陪了大家谈说，鲁智深听悉，他正是林冲、徐宁好友，益发高兴。便到了宣泽门。

吴立着他手下一个都头，依然带了队子去巡逻，自己却引了戴宗四人步上城墙，向箭楼边走来。鲁智深见每个城垛下，都堆了砖石，伏了弓箭手，大小旗帜，挨次在地上插了。禁卫军全副披挂，各支架了武器，靠城墙里边，席地坐了，三五十个一群，静悄悄地等候将令。来到箭楼前，已有大小武官穿甲佩剑，分班站立，吴立向旗牌官告知了来意，先去晋见。不多时，旗牌官出来，传戴宗、鲁智深、史进三人入去。那箭楼里早已收拾得洁净，四根大柱下，各站了佩剑的武官，上面设了一张公案，正是刚才所见到的那位李兵部坐在上面。鲁智深等躬身参谒，自己报了姓名。李纲点头道："素来听说你们以义气相号召，你们今日所为，却是名不虚传，你们三人，何以来到东京？"

先是戴宗说了在河北作战情形，道是前日方到，正值东京在用兵事，未能到兵部申报。次是史进报道，去冬奉了卢统制之命，来京请救，枢密院未曾发下批文。后是鲁智深说出家多年，在崞县杀了金将，特来京投效。李纲不觉在位上站起来，手抚髭髦，点头道："恁地说，你等的志向，都着实可嘉，等候事平之日，本部堂当申奏朝廷，褒奖你们忠义。必须如此，才不枉朝廷赦了你们过去之罪。现在金兵窜据牟驼岗、陈桥，早晚要攻打东京城北面。贼人从容渡河，以为我中原无人，十分骄傲。我想调敢死之兵二三千人，缒出城去，乘其不备，挫折他的锐气，正缺少步战勇将，领兵巷战，你三人敢去吗？"鲁智深躬身道："贫僧等既来投效，赴汤蹈火，均所不辞，贫僧可以骑战，也可以步战，这戴宗、史进却向来是步兵将校，巷战正是所长。"李纲大喜道："难得你三人这样慷慨，我一定重用你们。这缒城出战的事，我已命何副制使亲自临阵指挥，我且着来与你等相见。"说着，便吩咐侍卫，传何灌入见。

那何灌穿了青色软甲，腰系长剑，步入箭楼，向李纲禀见。李纲将鲁智深等来意说了，因道："他们都是百战之将，正好相助，我便着将军调遣他三人任用。鲁智深并说，他早劝说了义民孙宏、张三等几十人为首，愿领市井小贩入忠字军投效。这等市民，虽未经训练，但街巷熟习，精力强壮，让他们在巷战里人自为战，牵制金兵，亦大有用处，益发着将军调遣。民气如此，国事尚有可为，望将军好好使用。"何灌躬身道："卑将在滑州败退，愧无以对国家，今有效死之所，又得各处义士义民协助，必当竭力而为。这番出城应战，金兵不退，誓不来重见相公。"李纲道："我且勾当公事，你引了他们去计议战事。"

大家一齐行礼告退，却到箭楼左角，一角小箭亭子里来坐地。何灌向鲁、戴、史三人唱喏道："听说戴将军和卢指挥在冀州一带，与金兵苦战数旬，兵且不过二万。我何灌在滑州，受了那正面梁方平太监军队溃退之累，也是不战而溃，半世英名，尽付流水。幸得三位前来相助，何灌但听李相公一声令下，即刻缒城而去，不建奇功，绝不上城。贤弟兄林冲、徐宁是我同门学艺弟兄，尚望着国家分上之外，更念私谊助我一臂。"说着，向三人拜了两拜。戴宗道："制使尽管放心，我等恨金兵入骨，早把生死置之度外，只求痛快一战。休说今得李相公这般社稷之臣来指挥我们。便是高俅为帅，今日用得着我们杀贼时，我们也死而无怨。我等是怕事的，今日之下不向东京来。"何灌道："三位这般行为，真痛快煞人。我这里已选好了一千余人，都是精壮能步战的兵士，原想一人统率。今得三位，十分是好，可分作三路厮杀。"鲁智深道："我们还有三个男女兄弟，张青、曹正、孙二娘三人，可做副手，一唤便来。便是张三来此，还不曾见得李相公，应当请何制使优加礼貌，激励他们。"何灌连声道是，便着小校去请了张三到箭亭子里来厮见。

张三见这般大将，自是纳头便拜。何灌将他搀起，执了他手道："适才听了三位将军说，你等愿为国家效力。你等不过市井小民，并未受过朝廷丝毫爵禄，有这般忠义，我们身为大将的，怎不感动！"说时，见亭子地上，正放了半瓮酒，便在瓮边拿起一只碗来，舀出一碗酒，向张三道："张三，本制使敬你这碗酒，代朝廷先犒劳你这义民。"说着，双手捧了碗过去。张三躬身答道："折煞小人，小人不敢当！"何灌道："仁义之士，鬼神敬重，当得相敬。"张三听说，只好两手接过酒碗来。见箭亭前面，树立了一面大帅字红旗，北风吹来，旗子在空中展动，刮刮有声。张三便把酒奠洒在旗杆脚下。躬声祝道："但愿这一战旗开得胜，马到成功。"将酒奠毕，依然双手将碗呈还给何灌。何灌大喜道："兀谁说市井小人不知礼节？却看人家是把甚等眼光来看觑他便了。"因向张三道："你可回去，通知张青三人，便来这里集合。你那些城内外弟兄，如愿帮着守城的，可向我衙里去投到，那里有招募人员，自会

302

受纳。若愿缒城出战，在今晚初更，必须到城上来听候调遣。"说着，吩咐左右，取来一面小招募旗子，一盏红字灯笼，都交与了张三，因道："有此二物，你等自可以在街上通行无阻。"

正说时，城外喧哗之声大作。向城垛眼里看时，有金兵游骑一小队，约莫百十骑马，在壕外街道飞跑，前面几骑兵，扛了旗帜，后面的骑兵，舞着兵器，在马上嬉笑，打着鼓，吹着号角。马队中间，却有整群百姓，或肩挑了担子，或携了包裹，被金兵押解了走。再后面便是几十名年轻妇女，将一条索缚了，由金骑兵牵在手上。何灌道："你们来看，这正是金游骑抢掠了妇女细软，要押回大营去受用。这些在马队中间被押解了的，哪个不是神明子孙？"鲁智深大吼一声道："统制，你将洒家缒出城去，杀这群贼。"何灌道："这等游骑，今日我等在城上，已经看过几十起，岂杀得尽？"史进顿脚道："那也特藐视我中原军马！"这时，那游骑里面，有个人是将官模样，在壕那边，对城上指手画脚。何灌便在城垛下弓箭手手里，取出一副弓箭，对准了那里，由城垛口向外射去。但听到城垛眼里守兵哄天也似喝了一声彩，却见那人已跌落马下。何灌将弓掷在地上，向鲁智深笑道："小可虽是败军之将，这一身本领。无论马上马下，还不会轻易放过了金人。"说着，指了城外金兵道："今天且再让你猖狂半天，明日这时，却叫你晓得厉害！"大家随了他手指所在看去，那壕岸上扶起那个金将，一拥走了。何灌回转头来向张三道："你看我还能杀贼也无？"张三连声称是，且取了旗帜灯笼，下城而去。

何灌和戴宗等，谈到卢俊义在冀州作战那番情形，十分兴奋，拔出身上佩剑，砍着箭亭柱子道："大丈夫带兵万人，自当驰驱敌阵。由战场溃退回来，守着城门不出，算甚英雄？我何灌决计死战了。"这时，城外喧哗之声益发嚣杂了，西北风到晚更甚，刮起一片黄尘，绕了城东西北三面。在城垛眼里张望，但见金军旗帜，一簇簇在街道屋脊上拥出，攻城号鼓，震天震地地响。鲁智深和史进，都手扶了城垛，眼睁睁地向城外看。那金兵却也狡猾，仿佛已知道了城上有备，却不再在壕上出现。只是远远地虚张声势。这里李纲亲自登城以来，却未离开寸步，时时下令，不听梆子响，休发箭石，免得无谓耗费了。有时，他还骑了一匹马，在城上巡视，到得傍晚，城墙上悬了千万灯笼，照得墙脚下雪亮，城上又不时将燃了的火把，掷在壕边上，监视了金兵渡壕。

二更附近，守城军纷纷用饭，张三引着张青、曹正、孙二娘、孙宏一行人上城来与何灌厮见。道是已集合了五百弟兄在城下听候调遣，他们都愿出城厮杀，不愿守城。何灌大喜，先将众人引去见了李纲，李相公嘉奖了一番。后来又着两个副将，把五百余市井小贩，引到城上，让他排班站定，亮起灯笼火把，将他们照耀了。便站在他们面前，躬身唱喏道："有你们这般忠义，大宋天下绝不会亡，何灌今日先向你们致敬了。"回头看看守城军士，问道："你们看老百姓如此义勇，可以算是好汉吗？是好汉，你们喝一声彩。"那周围军士震天地喝了一声彩，何灌道："既然如此，和我击起得胜鼓来，恭贺这五百英雄！"于是箭亭前后，鼓声像震雷般响起。那火光之下，照见这五百余人面上红红的，也就眉飞色舞呢。

图书在版编目(CIP)数据

水浒新传·第一部 / 张恨水著. — 北京：中国文史
出版社，2018.6

（民国通俗小说典藏文库·张恨水卷）

ISBN 978 - 7 - 5205 - 0016 - 6

Ⅰ. ①水… Ⅱ. ①张… Ⅲ. ①长篇小说 - 中国 - 现代
Ⅳ. ①I246.5

中国版本图书馆 CIP 数据核字（2018）第 010225 号

整　　理：萧　霖
责任编辑：卢祥秋

出版发行：**中国文史出版社**

社　　址：北京市西城区太平桥大街 23 号　邮编：100811
电　　话：010 - 66173572　66168268　66192736（发行部）
传　　真：010 - 66192703
印　　装：廊坊市海涛印刷有限公司
经　　销：全国新华书店
开　　本：720 × 1020　1/16
印　　张：20.75　　字数：319 千字
版　　次：2018 年 6 月第 1 版
印　　次：2018 年 6 月第 1 次印刷
定　　价：59.80 元